Cœurs solitaires

Du même auteur
dans la même collection

Les Étrangers dans la maison (n° 201)
Scalpel (n° 228)
Off Minor (n° 261)
Les Années perdues (n° 299)
Lumière froide (n° 337)
Preuve vivante (n° 360)
Proie facile (n° 409)
Eau dormante (n° 479)

Titre original : *Lonely Hearts*

106, bd Saint-Germain – 75006 Paris

ISBN : 2-86930-612-1
ISSN : 0764-7786

John Harvey

Cœurs solitaires

Traduit de l'anglais
par Olivier Schwengler

Collection dirigée
par François Guérif

Rivages/noir

Remerciements

Le texte figurant p. 110 est extrait de *I Got It Bad and That Ain't Good*, de Keith Jafrate, publié dans *Jump*! (Slow Dancer Press, 1988).

Le texte figurant pp. 223-224 est extrait de *I Don't Stand a Ghost of a Chance with You* de Bing Crosby et Ned Washington, © 1932 American Academy of Music Inc., reproduit sur autorisation de Columbia Pictures Publications / International Music Publications et CPP / Belwin Inc.

Le texte figurant p. 260 est extrait de *These Foolish Things Remind Me of You* de John Strachey, reproduit sur autorisation de Boosey & Hawkes.

A Dulan Barber, dont l'aide et l'amitié au cours des étapes préliminaires de ce livre ont été inestimables.

1

Voilà longtemps qu'elle n'avait plus pensé à lui.

A cette manière qu'il avait de rester adossé à l'encadrement de la porte pour l'observer tandis qu'elle s'habillait. Attendant de voir quel pull elle allait choisir, le vert tendre, ou peut-être bien le rouge. *Tu le sais, hein?...* Sa voix. Elle se tenait devant le miroir et entendait sa voix, à l'intérieur d'elle-même, aussi claire, aussi proche qu'autrefois. *Quand je te regarde, les gestes que tu fais, je ne peux pas résister à l'envie de te toucher.*

Au début, lorsqu'ils avaient commencé à vivre ensemble, il lui semblait n'avoir jamais une minute de répit. Parfois, elle se réveillait au milieu de la nuit et le trouvait appuyé sur un coude, en train de la regarder. Une fois, même, il avait garé sa voiture en face du bureau où elle travaillait et il était resté là toute la journée, à attendre de l'apercevoir derrière les fenêtres. Dans leur appartement, lorsqu'elle passait près de lui, ses mains se tendaient vers elle, cherchant à la toucher, à la prendre. Puis, juste au moment où elle commençait à croire que les choses dureraient ainsi pour toujours, il s'était mis à changer.

Tony.

Des petites choses, au début, à peine perceptibles : il ne lui prenait plus la main lorsqu'ils regardaient la télévision; il oubliait de venir poser la tête dans le creux de son épaule pendant qu'elle préparait les œufs brouillés du dimanche matin. Puis elle s'aperçut qu'elle s'était habillée cinq matins de suite sans qu'il sorte une seule fois de la salle de bains, le bas du visage couvert de crème à raser, pour venir voir.

D'autres indices, plus clairs, avaient suivi. Des choses qu'il était impossible de ne pas remarquer.

– *Tony?*

– *Hmm?...*

– *Est-ce que ça va?*

– *Est-ce que ça a l'air d'aller?...*

– *Non, justement, c'est pour ça que...*

– *Alors, pourquoi tu demandes?...*

Elle se regarda dans le miroir. Elle avait choisi le sweater gris perle, par-dessus sa longue jupe noire et les bottes qu'elle avait fait ressemeler pour le deuxième hiver de suite. Elle portait ses cheveux bruns presque noirs sur les épaules, le front barré d'une courte frange. Ce soir, elle avait apporté une attention et un soin tout particuliers à son maquillage, afin qu'il n'émanât pas d'elle le mauvais signal. Enfin pas trop tôt.

Un petit détail manquait encore. Elle ouvrit le tiroir du haut de la coiffeuse et en sortit une fine écharpe de laine rouge vif qu'elle noua négligemment autour de son cou, s'y reprenant à plusieurs fois avant d'être satisfaite.

Enfin, un sourire se dessina sur son visage.

« Tu n'es pas mal du tout, Shirley Peters. »

Sa voix résonna dans la petite chambre, légèrement rauque, comme si elle avait attrapé froid. « ... Pour ton âge. »

La lettre était posée sur la table basse, près du canapé. Un simple billet bleu pâle. L'unique raison pour laquelle elle avait lu celui-là deux fois tenait à l'écriture, tracée à l'aide d'un stylo-plume à encre noire. Curieux comme, parfois, un petit détail prenait une importance insoupçonnée dans la conduite de nos actions.

« S'il vous plaît, soyez là entre huit heures et quart et huit heures et demie. »

Elle emporta le billet avec elle dans la kitchenette. Il y avait une bouteille de vin italien entamée et elle rinça un verre avant de se servir. L'écriture était singulière, avec des minuscules petites et rondes, et des capitales affirmées, ornées à l'excès. La boucle du S initial était assez large pour contenir un mot tout entier.

Shirley consulta de nouveau sa montre. Elle avait tout le temps. Elle regagna le salon, glissa une cassette dans l'appareil et étendit ses jambes sur les coussins du canapé. Une de ses amies avait beau lui répéter que sa passion pour Sinatra était du dernier kitsch, elle s'en fichait. Il n'y avait pas tant de choses qu'elle aimait dans la vie pour se permettre de les sacrifier à la mode.

Elle sourit et, tandis que la voix de Sinatra montait en contrepoint des violons, renversa la tête avant de fermer les yeux un instant.

La première sonnerie du téléphone se perdit dans la musique avant de faire voler son rêve en éclats. Contre toute logique, Shirley pensa que c'était son rendez-vous qui confirmait pour la soirée, mais se rendit compte, l'instant d'après, en ôtant sa boucle d'oreille, qu'il n'avait aucun moyen de connaître son numéro. Pas encore.

– J'étais en train de penser que tu me manquais.

– Tony?

– Je me suis dit aussi que tu sortais, ce soir.

– Qu'est-ce que...?

– Nous sommes lundi soir, n'est-ce pas? Qui t'a jamais vue rester enfermée chez toi un lundi soir?

Elle sentit son ossature fragile, à fleur de peau. Et, quelque part dans la pièce, le reflet fugitif de l'écharpe rouge vif sur le gris de son pull.

– Où es-tu ? Qu'est-ce que tu veux?

– Voilà longtemps que nous ne nous sommes parlé.

– On ne parlait pas, on hurlait...

– Eh oui! Mon foutu tempérament...

– Je t'ai dit que je ne voulais plus te revoir.
– Tu es même allée plus loin.
– Je devais me protéger.
– Oui, bien sûr, dit-il d'une voix radoucie où perçait un sourire qu'elle pouvait encore voir. Dis-moi quelque chose, Shirl...
– Dépêche-toi.
– Dis-nous comment tu es habillée.

Elle avait fermé les yeux en raccrochant. Qu'il aille au diable ! Elle déboucha une nouvelle fois la bouteille, dans la cuisine. Aucun jugement du tribunal n'avait pu la libérer du regard qu'il avait eu lorsqu'ils s'étaient séparés. Ni lui faire oublier le ton de sa voix. Elle posa le verre dans l'évier et gagna la penderie pour prendre son manteau. Il avait raison. On était lundi et, depuis vingt ans, elle n'était jamais restée à la maison un lundi soir. C'était ce qui lui permettait de tenir le reste de la semaine.

Avec précaution, elle ôta le verrou et tourna la clé.

2

Resnick mit un moment pour se rendre compte que l'un des chats était assis sur sa tête. Sur Radio Four, une voix féminine l'entretenait vainement du prix des pommes de terre, Maris Piper.

« Fiche le camp, Dizzy. »

Il changea doucement de position, renversant le chat sur l'oreiller, et vit que l'horloge digitale marquait 6 h 17. Un deuxième chat, répondant au nom de Miles, ronronnait, blotti dans le creux du V formé par les jambes de Resnick, sous les couvertures.

« Ça suffit, Dizzy ! »

Le chat noir, la queue en trompette, n'en continua pas moins d'enfoncer ses griffes dans le bras de Resnick.

« Bon ! »

Il finit par attraper le chat, le posa sur le sol, puis ramena ses jambes avant de se lever à son tour après quelques secondes d'hésitation. La pluie tambourinait à la fenêtre et lorsqu'il tira les rideaux, la luminosité resta faible.

Sous la douche, Resnick se frictionna les cheveux aussi vigoureusement que possible puis, les yeux clos, leva le menton et baissa lentement la température de l'eau jusqu'au minimum. Lorsqu'il examina son visage dans la glace, sa respiration lui renvoya des relents de bière allemande et de cornichons confits. Il avait toujours ses quatre kilos de trop. Les chats se frottaient contre ses mollets, manquant de glisser sous ses pieds tandis qu'il enfilait son pantalon anthracite et ses chaussettes gris clair.

En entrant dans la cuisine, il aperçut la tête de Pepper entre les feuilles de la plante verte, sur le réfrigérateur.

Dizzy, Miles, Pepper. Manquait Bud.

Le petit dernier du quatuor – aucun n'était de la même portée – finit par faire son apparition, tout heureux, étirant ses pattes, au moment où Resnick ouvrait une boîte « poulet et foie » qu'il répartit dans les quatre écuelles, verte, bleue, jaune et rouge. Même quand il en changeait l'ordonnancement, les chats ne se trompaient jamais. Qui a dit qu'ils sont incapables de distinguer les couleurs ? Ou alors savaient-ils tout simplement lire leur nom écrit en rouge sur chaque écuelle.

Comme il était trop tôt pour écouter une musique stridente, Resnick jeta son dévolu sur un disque de guitare et baissa le volume de la stéréo. En attendant que le café soit prêt, il découpa trois tranches de pain de seigle et se replongea dans la lecture du journal de la veille. Les équipes de foot locales avaient joué et perdu. L'une surnageait péniblement en troisième division, l'autre se maintenant près du sommet en première, avant de prendre ses quartiers d'hiver.

Supporter de la première, Resnick avait passé quelques samedis de congé dans les tribunes, en compagnie d'une demi-douzaine de réfugiés du delicatessen polonais, cherchant avec un désespoir croissant quelque chose à applaudir. Mais une attaque élégante, un contrepied adroit ou même un tir au but tenaient du rêve inaccessible.

Tout en dissuadant Dizzy, du bout du pied, de finir la pâtée de Bud, Resnick coupa une fine tranche de mozzarella qu'il plaça sur un toast. Il buvait son café noir et sans sucre, et se demandait, certains jours, pour quelle raison il n'arrivait pas à perdre du poids.

– Vous devriez vous remarier, Charlie.

Le superintendant Jack Skelton gagnait la sortie, son porte-documents sous le bras, une petite lueur au fond du regard. Ces cheveux grisonnants, toujours drus, étaient impeccablement coiffés. Sa majesté venait probablement d'avaler ses cinq kilomètres de footing matinal, pensa Resnick.

– Il faudrait déjà qu'il y ait une première fois, monsieur.

– Une femme prendrait soin de vous.

– C'est aussi ce que je me suis laissé dire.

– Elle s'assurerait par exemple, que vous ne quittez pas la maison avec votre petit déjeuner sur votre cravate.

Resnick baissa les yeux :

– Ce n'est pas à moi, monsieur.

– Vous vous promenez avec le petit déjeuner de quelqu'un d'autre sur votre cravate?

– Avec la cravate de quelqu'un d'autre.

Skelton descendit les marches et prit la direction du parking d'un pas à la fois nonchalant et rapide. Resnick se demanda si le superintendant serait de retour pour le briefing de neuf heures ou si l'inspecteur-chef le remplacerait. Il préférait l'entrain naturel de Skelton à l'éternel numéro d'homme du peuple de Len Lawrence.

Les locaux du CID[1] formaient un L. Les bureaux étaient rassemblés au centre de la pièce, en groupe de quatre, puis de six et quatre autres à l'angle, séparés par des travées, plus une rangée supplémentaire disposée le long des fenêtres, sur l'aile gauche. Quatre sergents-détectives et seize agents y travaillaient en alternance, partageant leurs impressions sur plus de cinq mille crimes et délits rapportés pour l'année en cours – on était seulement début novembre – et pour cette seule section de la ville.

Le bureau de Resnick occupait le reste de la pièce, séparé des autres par une paroi d'aggloméré et de verre.

Patel avait pris le premier tiers, de 7 h à 15 h, et se tenait penché au-dessus de son bureau, finissant de mettre en ordre les dossiers qui tiendraient Resnick au courant du déroulement de la nuit. L'un détaillait les entrées et les sorties des prévenus du bloc cellulaire situé au rez-de-chaussée, et l'autre rassemblait les messages locaux et nationaux dûment triés. En outre, le gamin avait mis la bouilloire à chauffer.

– Quelque chose à voir en premier? demanda Resnick par la porte ouverte.

– Il y a eu six cambriolages, monsieur, annonça Patel en s'arrêtant dans l'encadrement de la porte, un dossier sous chaque bras.

– Six? Vous allez vous retrouver au chômage.

En tant qu'officier de service pendant la première tranche horaire, Patel avait en charge tous les cambriolages. Il regardait Resnick, un peu tendu, hésitant à sourire.

« Bon! eh bien on va jeter un coup d'œil là-dessus en attendant que l'armée débarque. »

Le jeune agent-détective disposa les dossiers sur le bureau de Resnick, les ouvrant au fur et à mesure :

1. CID : Criminal Investigation Departement, équivalent à la PJ. (N.d.T.)

– Le sergent Millington est là, monsieur.

Resnick acquiesça. Qu'est-ce qu'ils avaient tous, ce matin? Avait-on trafiqué les horloges sans l'avertir? Il était pourtant certain d'avoir réglé sa montre à l'heure d'hiver.

– Le thé ne va pas se faire tout seul, fiston.

Patel s'éclipsa, laissant place à Millington. Resnick considéra son sergent, en pensant qu'il devrait avoir achevé la lecture des dossiers avant la conférence. Graham Millington tira une cigarette de son paquet, la fit passer d'une main à l'autre pour finalement la remettre en place sans l'allumer. Il ne comprendrait jamais. Dix ans en tenue, sept comme agent détective. Cela faisait maintenant quatre ans qu'il était passé sergent, à quoi s'ajoutaient deux citations, une médaille de la bravoure, un costume trois-pièces très seyant, une alliance à son doigt, une horloge interne réglée sur l'heure de Greenwich et une cravate nette. Que lui manquait-il donc pour passer inspecteur?

– Quelque chose de particulier, Graham? fit Resnick en refermant les dossiers.

Millington renifla et secoua la tête.

– Non, monsieur.

– Quelqu'un semble avoir fait une nuit fructueuse, de l'autre côté du boulevard.

– Les agents m'ont fait un rapport à l'instant. L'inspecteur de permanence dit qu'un gamin a téléphoné aux alentours de cinq heures. Il rentrait d'une soirée, en taxi, et il a trouvé la porte ouverte en arrivant. Au bout de cinq minutes, il s'est rendu compte que la télé avait disparu.

– Personne d'autre dans la maison?

– La famille. Tout le monde roupillait au-dessus. Travail rapide.

Un coup de chance, pensa Resnick.

– Et à part la télé?

– Un magnétoscope, deux appareils-photo. Le gamin a fait un rapide inventaire et constaté qu'on lui avait embarqué aussi toute sa collection de James Brown. Millington soupira : « Il y en a eu cinq autres comme ça jusqu'ici. Et je crois que c'est pas fini. Faut s'attendre à d'autres réveils pénibles. »

– En deuil de James Brown?

Millington réprima un sourire naissant au coin de sa bouche. Il aurait voulu pousser la plaisanterie, mais n'osait pas. A son idée, son supérieur était rentré chez lui, avait roulé le tapis et, après avoir descendu quelques verres de Schnaps, avait dansé toute la nuit sur *Papa's Got a Brand New Bag.*

Des silhouettes apparurent à l'entrée, accompagnées de bribes de conversations matinales, parmi lesquelles dominait le rire tonitruant de Mark Divine, qui racontait en détail sa soirée à ses collègues.

Par-dessus son épaule Resnick jeta un œil au cadran rond de la pendule nichée entre le tableau d'affichage et ses meubles de classement. 8 h 04.

– O.K.! Graham, dit-il en se levant. On va s'en occuper.

Le superintendant Skelton n'était pas revenu du QG et Resnick, après avoir briefé ses hommes, avait fait son rapport à l'inspecteur-chef Lawrence, en compagnie de l'inspecteur responsable du personnel en tenue. Tous deux avaient veillé à être aussi bref que possible, si bien qu'à neuf heures et quart, Resnick était de retour à son bureau et décrocha le téléphone pour appeler le chef des inspecteurs au QG.

– La nuit a été agitée par chez vous, fit remarquer celui-ci, gentiment caustique.

– C'est le mot, monsieur.

– Le personnel en tenue vous donne un coup de main?

– Deux, pour le porte-à-porte.

– Parfait, Charlie, je vous appelle demain. Vous devriez avoir quelque chose d'ici là.

La porte de son bureau s'ouvrit au moment précis où il raccrochait.

– Je ne savais pas s'il était nécessaire que je vous le rappelle, mais vous êtes au tribunal, ce matin, dit Graham Millington.

Resnick ferma les yeux et se pinça l'arête du nez entre le pouce et l'index, tandis que la porte se refermait doucement. De l'autre côté, des téléphones sonnaient, des gens décrochaient. Une voix jura doucement, à plusieurs reprises, mais personne ne parut y faire attention.

Il avait tenté d'évacuer de son esprit le fait qu'il devait déposer dans la matinée. Certaines affaires passaient comme une lettre à la poste, d'autres représentaient simplement leur comptant d'heures sans sommeil. Et puis il était des affaires comme celle-là.

Tout avait commencé par un coup de fil au poste. La mère de l'enfant s'était tout d'abord fait passer pour une voisine, et avait accusé son mari de contraindre leur fille à des actes sexuels. Puis ces allégations étaient devenues des faits avérés, après la phase de dénégations et les numéros d'acteur. Tout cela paraissait remonter à une éternité. Les premiers mots bredouillés, l'enquête, l'enfant assise sagement face à une caméra-vidéo, jouant avec deux poupées. *Oui, il a pris ça. Il l'a mis là.* Une petite fille de sept ans. Est-ce pour cela que les gens se marient? s'était demandé Resnick. Pour cela qu'ils font des enfants?

En chemin vers le centre-ville, il essaya de ne pas répondre à ces questions, et aussi de se vider l'esprit. Tout cela reviendrait assez vite comme ça lorsqu'il serait à la barre des témoins.

Il avait le temps d'aller jusqu'au marché couvert et de s'asseoir un moment sur son tabouret habituel, au comptoir de la brûlerie italienne. La fille avança un espresso devant lui sans qu'il ait commandé quoi que ce soit. Il l'avala en deux fois, et en demanda un second.

– Comment ça va? demanda-t-elle.

Resnick posa la monnaie sur le comptoir et haussa

les épaules. Comment ça allait? Des téléphones sonnaient, quelqu'un décrochait. Ça faisait partie du boulot, et il faisait son boulot.

Le tribunal était une construction récente en brique rose et verre fumé, du hall de laquelle on pouvait apercevoir les bus quitter le terminal et s'engouffrer dans la circulation à raison d'un toutes les deux minutes. Concerto pour pneus, pluie et freins à disques. Resnick tourna la tête et vit la mère et l'enfant, assise chacune à une extrémité du banc. A force de vouloir chasser l'affaire de son esprit, il en avait presque oublié qu'elles seraient là. Qu'il les verrait. Toutes ces choses avaient pris du temps. Il se demanda si la petite le reconnaîtrait. Et quelle serait sa réaction, dans ce cas.

Une femme se tenait entre elles deux, penchée vers la mère, caressant machinalement les cheveux de la petite fille. Resnick l'élimina d'entrée en tant que parente, l'identifiant plutôt comme l'assistante sociale. Mais une autre que celle présente lors des interrogatoires.

Oui, ça m'a fait mal.

C'était une femme grande, enfin, assez grande, avec un maintien qui semblait dire : « Je sais qui je suis et ce que je fais là. Si ce n'est pas votre cas, tant pis pour vous. » Le col de son manteau beige était relevé et la ceinture négligemment nouée autour de la taille. Resnick remarqua des bottes de cuir à talons et entrevit une jupe bleue par l'ouverture du manteau.

Lorsqu'il s'aperçut qu'elle regardait dans sa direction, Resnick glissa instinctivement sa main à l'intérieur de sa veste, à cheval sur la rangée de boutons, afin de dissimuler la tache sur sa cravate.

Il eut envie de s'approcher pour dire un mot à la mère. Une phrase de circonstance, un mot apaisant. Ce qui le retint fut de ne pas savoir quoi dire à la petite fille qui tripotait un bouton sur sa manche et raclait du bout de ses chaussures le rutilant sol de marbre. Ce qui le retint fut la raison pour laquelle il avait envie de s'approcher, qui était seulement de paraître sympathique à la femme au manteau beige.

Rachel Chaplin laissa sa main posée sur le dossier du banc et suivit Resnick des yeux tandis qu'il se dirigeait vers la salle d'audience. Elle ignorait son nom mais pas le fait qu'il était inspecteur. Elle savait que c'était elle qu'il avait regardée et non ses clientes, assises sur le banc. Au moment où il avait failli s'approcher, elle avait deviné qu'il avait participé à l'arrestation et en demanderait dans un instant confirmation à Mrs Taylor. Pour le moment, elle s'interrogeait seulement sur la raison pour laquelle il avait changé d'idée et passé son chemin.

Il avait un peu plus de quarante ans, une tendance à l'embonpoint, des yeux rapprochés avec des cernes de fatigue, et sa cravate nécessitait un crochet chez le teinturier.

Rachel Chaplin se rendit compte qu'elle souriait et se demanda pourquoi.

Durant sa déposition, Resnick hésita sur une date et dût vérifier sur son calepin. Oui, cela voulait dire que l'enfant avait été examinée par un médecin très exactement sept jours après le premier coup de téléphone. Oui, le délai s'expliquait en partie à cause de la manière dont la mère avait choisi d'informer les autorités. Pensait-il que la mère avait pu être complice, à un degré quelconque, de l'attitude du père?

Une fois seulement, Resnick s'aventura à regarder directement l'homme qui se tenait dans le box, entre deux agents, lorsqu'on lui demanda de décrire l'attitude de l'accusé, une fois celui-ci confronté à l'évidence des faits : avait-il manifesté une émotion particulière? éclaté en sanglots ou craqué nerveusement? avait-il demandé pardon? Il considéra l'homme et surtout son air indifférent et mort d'ennui, l'air de quelqu'un qui attend de régler ses achats à la caisse du supermarché.

– Inspecteur?

Resnick garda l'œil rivé sur lui lorsqu'il se décida à répondre.

– L'accusé a dit : « C'est rien qu'une sale môme. » Et il a ajouté : « Une petite salope doublée d'une menteuse. »

Rachel aurait pu donner l'impression qu'elle l'attendait mais ce n'était pas le cas. Elle se tenait près de la sortie, en conversation avec un homme roux que Resnick reconnut comme l'agent de probation attaché au tribunal. Elle parlait avec détermination, l'ovale de son visage marqué d'une expression de sérieux imperturbable, cerné par les boucles brunes.

– Inspecteur...

Le léger sac de cuir qu'elle portait en bandoulière à l'épaule droite heurta la porte de verre en accompagnant son mouvement.

Resnick se tourna vers elle, saluant au passage le rouquin d'un signe de tête.

« Je ne vous retiendrai qu'un instant », dit Rachel.

Il remarqua l'irrégularité de ses incisives comme si un morceau s'était écaillé.

« Mon nom est Rachel Chaplin, je suis... »

– L'assistante sociale des Taylor, abrégea Resnick.

– Voilà.

L'agent de probation fit un bref salut de la main qu'ils ne remarquèrent pas et descendit les marches pour gagner la rue.

– Elles tiennent le coup? s'enquit Resnick.

– Difficile à dire dans les circonstances présentes.

– La petite...

Un magistrat passa en hâte derrière Resnick, rangeant sa robe dans un sac de sport sans interrompre sa marche. Le pas en avant que fit machinalement l'inspecteur le rapprocha suffisamment de Rachel Chaplin pour voir clairement son visage se refléter dans les lunettes à monture rouge de la jeune femme.

– Reposez-moi la question dans six mois, un an. J'aurai peut-être une réponse. Lorsque le père sortira de prison, après sa thérapie. Pour le moment je ne sais pas.

Elle détourna un instant le regard, avant de le planter à nouveau dans le sien.

« Et vous?... »

Pris au dépourvu, Resnick resta muet.

« Vous paraissez tendu », dit Rachel. « Vos yeux disparaissent sous les cernes et vous avez manifestement mal dormi. »

– Ah?

– Oui. Votre lit n'est probablement pas assez ferme ni adapté à votre poids. Et si vous me disiez que vous avalez un ou deux verres de scotch avant d'aller dormir, je vous croirais.

– Et si c'était un ou deux cafés?

– Le résultat est le même.

Il n'arrivait pas à déterminer si ses yeux étaient plus verts que bleus, ou bien l'inverse.

– Est-ce la raison pour laquelle vous vouliez me parler?

– Disons que c'est ce qui a fini par sortir naturellement.

– Mais lorsque vous m'avez interpelé...

– Je voulais vous parler de Mrs Taylor... ce matin, avant l'audience, je lui ai demandé qui vous étiez et...

– Et...

– Elle m'a dit à quel point vous aviez fait preuve de compréhension.

– Elle se trompe. Je ne comprends rien. Je ne comprends rien du tout.

Ils auraient pu quitter le tribunal ensemble, descendre les marches côte à côte, or Resnick était parti seul. Il n'avait pas vraiment voulu la planter là, mais c'est pourtant ce qu'il avait fait. Il dépassa les gens massés à l'angle du bâtiment qui attendaient que le feu passe au rouge. Il avait presque atteint le passage souterrain qui menait vers le centre-ville *via* le quartier commerçant lorsque son beeper retentit, l'obligeant à gagner la cabine téléphonique la plus proche.

3

Resnick avait vécu dans cette partie de la ville, à l'époque où, sergent, il portait encore l'uniforme et faisait tout ce qu'il pouvait pour rejoindre les rangs du CID, désireux de sortir de sa condition. A présent, les trottoirs des rues en terrasses se paraient de 2 CV bicolores, et on distinguait, de l'autre côté des jalousies de couleur, du papier peint Laura Ashley ou des palmiers d'intérieur. Peut-être aurait-il dû s'attarder un peu plus longtemps dans le quartier.

Il y avait une ambulance arrêtée devant le 37, et Resnick se gara entre elle et la berline marron qu'il reconnut comme étant celle de Parkinson, le médecin légiste.

La pluie avait cessé, mais l'air demeurait assez humide pour réveiller les vieux os. Un petit groupe de badauds était massé sur le trottoir d'en face, se livrant à des conjectures tout en battant la semelle, et des visages apparaissaient aux fenêtres, la lumière déjà allumée dans plus d'un appartement.

L'agent détective Kellogg parlait avec une jeune fille brune, à la coiffure luisante de gel, sous le porche du 39, prenant des notes au fur et à mesure, tandis qu'un jeune agent en tenue montait la garde à l'entrée du 37, les mains derrière le dos, visiblement embarrassé d'être la proie de tous les regards.

Millington vint au-devant de Resnick dans l'étroit vestibule.

– Ça s'est bien passé au tribunal?

Resnick ignora la question et regarda par-dessus l'épaule de son subordonné, en direction de la porte ouverte de l'appartement.

– Les gars de l'Identité sont là?

– Ils arrivent.

Resnick acquiesça.

– Je vais jeter un coup d'œil.

Un pardessus gris avait été jeté sur le dossier d'un fauteuil derrière lequel dépassait la pointe d'une chaussure rouge. Il y avait deux verres à vin sur le plateau en verre de la table basse, l'un d'eux contenant encore un doigt de vin rouge, et une boucle d'oreille rouge et blanche. Trois mégots de cigarettes dans un cendrier; sur le dessus de cheminée, quelques lis orange-brun, qui commençaient à perdre leurs pétales.

Les murs étaient décorés de posters encadrés, dont un de Marilyn, vêtue de noir, juchée sur un tabouret de bar. Resnick toisa un instant son regard vide, puis détourna les yeux. Les paroles d'une chanson de Billie Holiday lui revinrent en mémoire tandis qu'il s'attardait sur les paysages hivernaux dans des cadres de verre.

Parkinson se leva, se tournant légèrement pour adresser un bref salut à Resnick. Il rangea ses lunettes à double foyer dans un étui qu'il glissa dans la poche intérieure de sa veste.

– Vous avez fini?

– Pour le moment.

– Une idée de l'heure?

Le légiste cligna des paupières, l'œil lugubre. Resnick supputa que la météo le privait de golf depuis un bout de temps.

– Un peu plus de douze heures.

– La nuit dernière, donc?

– L'aube.

Resnick hocha la tête et s'approcha du cadavre. Le

dos de la jupe de Shirley Peters était froissé, et une de ses jambes était croisée par-dessus l'autre, comme si la victime, à l'origine en position assise, avait été lentement allongée sur le dos. Le pull gris était lui aussi remonté sur un côté, jusque sous la poitrine. Resnick pensa qu'il avait dû être complètement remonté dans un premier temps, puis remis en place à la va-vite. La tête de la victime était inclinée sur le côté, légèrement en arrière, tournée vers la cheminée. Les yeux, ainsi que la bouche, étaient grands ouverts. Une marque violacée apparaissait à la racine des cheveux noirs de jais, disparaissant sous le nœud de l'écharpe rouge, tendue à l'extrême autour du cou.

– Qui l'a trouvée?

Millington se racla la gorge.

– Patel.

– Il est toujours dans les parages?

– Il donne un coup de main à Kellogg pour...

– Dites-lui de venir.

L'équipe de l'Identité déambulait dans le couloir. D'ici une heure, un examen minutieux aurait été pratiqué : passage des lieux au peigne fin, prélèvements d'échantillons sous les ongles vernis de Shirley Peters et d'empreintes sur les verres, photos et enregistrements vidéo à l'intention du briefing de Resnick.

Il leur laissa le champ libre.

– On tirait les sonnettes, au sujet de cette vague de cambriolages. Le plus proche a eu lieu au n° 62.

– Deux agents et vous-même.

– Oui, monsieur.

Resnick observa les doigts fins, entrelacés, des mains de Patel dont il frottait nerveusement ses cuisses. Il se demanda si c'était la première fois que le jeune homme se trouvait en présence d'un cadavre, pour conclure finalement qu'il avait bien dû y avoir une grand-mère, une tante ou quelque parent chez lui, là-bas – où était-ce, déjà? – à Bradford.

– J'ai sonné, frappé à la porte. Personne n'est venu ouvrir, alors j'ai voulu laisser un mot avec le numéro de téléphone auquel rappeler. Et c'est à ce moment-là que la voisine du n° 39 est sortie.

– La voisine?

Patel ouvrit son petit carnet noir à la page marquée avec la bande de caoutchouc. « Mrs Bennett ». Le nom avait été inscrit en capitales et souligné.

– Elle m'a dit qu'il devait y avoir quelqu'un. Shirley – c'est le nom qu'elle a utilisé – Shirley dort souvent tard, a-t-elle dit.

– Vous avez donc refait une tentative?

Patel acquiesça et Resnick songea combien les choses auraient pu être différentes avec d'autres agents. Le manque d'assurance du jeune asiatique avait pour origine les années passées à entrer dans une conversation comme dans un champ de mines, conscient qu'un rien pouvait tout lui faire exploser à la figure. Sans cette patience et cette prudence circonspecte, il n'aurait vraisemblablement jamais tenu le coup dans le métier.

– J'ai fait le tour par-derrière.

– Seulement pour poser quelques questions de routine au sujet d'un cambriolage?

Pour la première fois depuis le début, Patel regarda Resnick en face.

– Je me suis dit que ça ne coûtait rien de vérifier. Juste une minute. Il y avait une autre entrée.

Tu as suivi ton instinct, bonhomme. Bon point, se dit Resnick.

– La porte de derrière n'était pas fermée. J'ai tourné la poignée.

– Vous êtes entré?

– Il y avait des raisons de penser... j'ai cru...

– Que d'après la voisine, il y avait quelqu'un?

– Oui, monsieur. J'ai entrebâillé la porte pour appeler. Plusieurs fois. Et assez fort pour réveiller n'importe qui.

Enfin presque. Resnick revit, l'espace d'une seconde, la position de la tête brune, sur le coussin.

– A cause des autres cambriolages dans le secteur?

Patel ouvrit la bouche, mais les mots ne venaient plus. Resnick comprit que, dans sa tête, le jeune officier traversait à nouveau la cuisine. Évier, cuisinière, placards muraux. Vers la porte qui donnait sur le living.

« Votre intuition, à partir de là, continua Resnick, c'est que les allégations de la voisine sont fausses. La maison est vide, mais il y a eu effraction par la porte de derrière, comme les autres fois. C'est bien ça? »

Patel fit « oui » de la tête.

– Mais vous découvrez que ce n'est pas le cas...

– Non, monsieur, ce n'était pas le cas.

Resnick lui toucha furtivement le bras.

– Allez respirer un bol d'air, d'accord?

Il le suivit des yeux, tandis que le jeune homme gagnait la rue, son casque sous le bras, dodelinant de la tête. S'il n'avait pas encore vomi, ça n'allait pas tarder.

– Graham?

Millington quitta des yeux l'officier de l'Identité occupé à charger sa caméra et s'approcha de Resnick.

– Ça ne devrait plus être très long, dit-il.

– Où est Lynn?

Millington fit un vague signe de tête au-delà de l'ambulance. Lynn Kellogg était assise sur un muret, en conversation avec deux gamins qui devaient tout juste avoir l'âge d'aller à l'école.

« Envoyez-la-moi. Quant à vous, s'il n'y a rien de plus que vous puissiez faire ici, ramenez Patel au bureau. Il devrait rentrer chez lui, mais ça m'étonnerait qu'il veuille. »

– Si c'était quelqu'un d'autre, je l'emmènerais au premier pub pour s'envoyer un double cognac.

– Si c'était quelqu'un d'autre, ce cadavre aurait pu rester à pourrir pendant des jours.

Millington le toisa, offusqué.

– J'espère que vous ne dites pas ça pour moi.
– Vous, Graham? fit Resnick imperturbable. Vous, c'est pas pareil, vous êtes sergent.

Lynn Kellogg était une jeune femme de vingt-huit ans, trapue et rougeaude, avec des cheveux châtains et dans la voix, une pointe d'accent grasseyant du Norfolk. Sa mère et son beau-père possédaient un élevage de poulets quelque part entre Thetford et Norwich, et, chaque Noël depuis trois ans, Resnick se voyait offrir un chapon sous plastique.

De même que beaucoup de femmes officiers, elle avait tendance à se retrouver d'office sur certaines affaires. Hériter aussi systématiquement d'enfants martyrs et de viols aggravés lui donnait l'impression, certains jours, de s'être enrôlée dans les services sociaux. Il n'en restait pas moins qu'elle se révélait très efficace face aux autres femmes et avec les enfants. Mais Resnick n'oubliait pas l'avoir vue, un jour d'exaltation, parmi la foule du Trent End, maîtriser un jeune supporter en écharpe rouge et blanche qui avait tenté de démolir, à coups de pavé, le gardien de l'équipe adverse.

– Des témoins clés? s'enquit Resnick, en regardant s'éloigner les gosses.

– On fait connaissance.

– Il y a une Mrs Bennett, domiciliée au 39, dont les yeux et les oreilles m'ont l'air de traîner dans toute la rue. D'après Patel, elle semblait en connaître un bout sur les habitudes de la victime. Tout au moins, elle le croit. J'aimerais que vous me l'entrepreniez en douceur. Si vous glanez quelque chose, faites un rapport à Millington, ou à moi directement. Si on a une chance de boucler cette affaire, c'est en traînant le moins possible.

Il n'en eut pas pour plus de dix minutes avec le responsable de l'Identité. Dès qu'il recevrait leur rapport, il disposerait d'un point de départ. La foule des badauds s'était largement clairsemée, sous l'effet du froid et de l'ennui. L'éclairage urbain s'était mis en marche, déployant un halo violet par-dessus les contours ténébreux de la ville. Resnick frissonna en regagnant la maison. Il détestait ces soirs sans crépuscule où la nuit s'installait dès qu'on tournait le dos.

Tout ce qui avait été manipulé dans la pièce avait été soigneusement remis en place. Le visage de Shirley Peters ressemblait à un masque de cire. L'examen *post mortem* du légiste avait dû être minutieux, lui aussi. Minutieux et terrible.

– Monsieur.

L'agent se tenait à l'entrée de la pièce, plus inquiet qu'embarrassé, dansant d'un pied sur l'autre comme si son pantalon avait soudain rétréci.

« Il y a quelqu'un, là, dehors, monsieur... Elle vient voir la... » dit-il, désignant le cadavre d'un mouvement de la tête. « Je crois que c'est la mère. »

Resnick fit un bond en avant :

– Pour l'amour du Ciel, empêchez-la d'entrer !

– Oui, monsieur.

Mais, juste au moment où l'agent tournait les talons, la femme franchit le barrage en évitant son bras et Resnick dut camper son corps massif en travers du chemin pour l'empêcher de pénétrer dans la pièce. Sa chevelure platine, décolorée, était d'une autre époque et, abstraction faite du chignon ridicule et des talons aiguilles, elle ne devait pas mesurer plus de 1,50 m.

– Que s'est-il passé ? Shirley ! Oh, Mon Dieu, Shirley !

– Je pense que nous devrions sortir, Mrs Peters. Vous ! appela-t-il par-dessus son épaule. Arrêtez de glander et trouvez-moi l'agent Kellogg. Elle est à côté. Vite !

La femme tenta de forcer le barrage et Resnick l'agrippa aux épaules.

– Laissez-moi passer!
– Je ne crois pas que ce soit une bonne idée.
– Vous n'avez pas le droit!
Doucement, il l'obligea à reculer vers le bout du vestibule, veillant à ne pas exercer une pression trop brusque sur les maigres épaules.
« Ma Shirley! » hurla-t-elle au visage de Resnick, tandis qu'il relâchait lentement son étreinte, jusqu'à ne plus effleurer que les bras de la vieille femme. Ils étaient presque parvenus à la porte d'entrée. A l'extérieur, Lynn Kellogg franchissait la grille.
– Nous allons nous rendre à côté, dit Resnick autant à Mrs Peters qu'à l'intention de Lynn. Vous avez besoin de vous asseoir. Et aussi d'une tasse de thé.
Le visage de la femme était livide et ses yeux papillonnaient convulsivement. Ses mains s'agitèrent de tremblements.
« Venez », dit doucement Resnick.
– Non, non...
– Je crois que vous allez vous évanouir.
– Non, pas du tout! Je vais très... Je crois que je vais m'évanouir.
Resnick fit un pas de côté, ramassé sur lui-même, et son bras retint juste à temps la femme quand elle s'écroula.

4

Le sandwich était à base de thon et d'œuf mayonnaise, agrémenté de rondelles de cornichons et de miettes de fromage bleu. La mayonnaise dégoulinait entre les tranches de pain sur ses doigts et Dizzy, sur ses genoux, se tordait le cou pour lécher. Dans le casque, Billie Holiday et Lester Young s'en donnaient à cœur joie, faisant l'amour par la musique sans même s'effleurer les mains. Resnick se demandait pour quelle raison il avait menti à Skelton.

Son mariage n'avait pas été cauchemardesque au point qu'il le raye de sa mémoire, ni à ce point monotone qu'il en ait oublié l'existence. Ce jour remontait à cinq ans, où elle était entrée dans la petite chambre pendant qu'il refaisait la peinture, pour lui annoncer qu'elle demandait le divorce. Tous les ans, il refaisait la décoration de cette petite pièce, derrière leur chambre à coucher, dans l'espoir qu'un jour elle entrerait avec une lueur dans le regard pour lui dire qu'elle était enceinte. Dans quelle autre perspective aurait-il utilisé des couleurs primaires et du papier alphabet?

Tout ce qu'elle avait trouvé à dire était qu'elle avait besoin d'espace pour s'épanouir, se trouver elle-même et que ce qu'elle entendait par espace n'avait rien à voir avec ces quatre murs où il cultivait des obsessions pouponnières d'année en année. Elle sentait son horizon personnel se limiter, se rétrécir.

D'accord, avait dit Resnick. On vend, on déménage. Rien ne nous retient ici. J'oublie mes envies d'enfant pendant quelques années et tu te polarises sur ta carrière. C'est peut-être mieux. Lance-toi à fond dans ton job. Ou bien recycle-toi. Inscris-toi à l'Université. Et pourquoi pas l'étranger?...

Rien que le mois dernier, au CID, un collègue avait obtenu un transfert pour Billings, dans le Montana, et doublé son salaire pour le prix d'un billet d'avion. A présent, il habitait une maison en bordure de la ville, dont les fenêtres donnaient sur des kilomètres de prairie, et tout ce qu'il avait à faire était d'apprendre à monter à cheval.

Mais tout cela ne correspondait en rien à ce qu'elle avait en tête.

Quel que fût l'épanouissement professionnel auquel était destiné Resnick – et elle laissa entendre très clairement au cours des dernières semaines qu'il avait un énorme potentiel en la matière –, il le vivrait seul, tandis que, de son côté, elle partirait essayer ses ailes toutes neuves.

Elle se remaria dans les six mois avec un agent immobilier qui changeait de voiture tous les ans et passait ses week-ends dans un cottage gallois. Durant qelque temps, Resnick prit l'habitude de passer les journaux au crible dans l'espoir de lire qu'un malencontreux incendie avait réduit leur nid d'amour en cendres, et souscrivit même au fond de soutien de Plaid Cymru [1]. A présent, c'était presque comme s'il ne l'avait jamais connue, comme si seuls leurs corps avaient eu affaire l'un à l'autre. Il s'était rendu compte que, durant leurs cinq années de vie commune, il n'avait finalement jamais rien su de ce qu'elle pensait ou ressentait au fond d'elle-même. Et la vérité, au bout du compte, si terrible fût-elle, était qu'il n'y avait jamais réellement accordé d'importance. Elle l'avait certainement quitté pour cette raison-là. Il s'était révélé incapable de savoir qui elle était et elle avait dû se mettre en devoir de le découvrir par elle-même.

Longtemps, Resnick s'était demandé ce qu'elle avait bien pu découvrir sur le siège arrière d'une Volvo dernier modèle, ou au fond d'une piscine privée.

Lorsqu'il y pensait, les premières années, c'était toujours avec une profonde tristesse. Et puis, au fil du temps, il n'y avait plus songé que très rarement. A elle comme au reste.

A y regarder de plus près, en définitive, la réponse qu'il avait faite à Skelton n'était qu'un demi-mensonge.

Il essuya ses doigts, achevant le travail commencé par Dizzy, se pencha pour poser l'assiette par terre et, en ôtant le casque stéréo, s'aperçut que le téléphone sonnait.

Il tendit le bras pour attraper le récepteur et, bien sûr, on raccrocha à l'autre bout du fil au moment où il le portait à son oreille.

1. Parti nationaliste gallois. (N.d.T.)

Il composa immédiatement le numéro de la boîte. Non, personne n'avait essayé de le joindre. Lynn Kellogg était seule au bureau, en train d'expédier la paperasse. Lorsqu'elle était fatiguée, son accent du Norfolk remontait à la surface, et Resnick avait parfois quelque difficulté à comprendre ce qu'elle disait.

– Comment va Patel?

– Il était blanc comme un cierge. Le sergent lui a dit de retourner chez lui.

– Chez lui à Bradford, ou chez lui dans son meublé?

– Dans son meublé, j'imagine.

– Faites la même chose.

– Voilà longtemps que je n'habite plus en meublé, monsieur.

Elle vivait à présent dans un HLM du quartier d'Old Lace Market, en concubinage avec un cycliste professionnel qui passait le plus clair de son temps à pédaler dans les Alpes et l'essentiel de ses loisirs à se raser les jambes pour éliminer la résistance au vent. Au moins disposait-elle d'assez d'espace.

– Rentrez chez vous, insista Resnick. Reposez-vous. Et n'oubliez pas votre nécessaire à pharmacie et vos chaussures de compétition, pour demain. Il y aura quelques sonnettes à tirer.

Resnick gagna la cuisine et éloigna Pepper de la gazinière pour mettre de l'eau à chauffer. Il dosa un mélange de continental et de moka dans le filtre, s'apercevant soudain qu'il pensait à Rachel Chaplin. Sans doute un peu à cause du speech qu'elle lui avait fait à propos de la consommation d'excitants avant l'heure du coucher, mais surtout à cause du souvenir qu'il avait de ses yeux, et de la manière dont ils avaient soutenu son regard. Il sentait confusément que, d'une manière ou d'une autre, Rachel Chaplin allait l'entraîner vers les complications. Et aussi qu'il n'avait rien contre.

Il versa l'eau bouillante sur le café, sortit un verre

propre et la bouteille de scotch. Autant faire les choses en grand.

S'il ne parvenait pas à trouver le sommeil, du moins aurait-il de quoi occuper ses pensées.

– Ne dites rien, avertit Resnick. Surtout ne dites rien!

Il s'adossa contre l'angle de la rampe d'escalier, la respiration haletante. L'agent Kellogg tourna la tête, goûtant la vue offerte sur le parc, le terrain de golf, le dôme de l'église sur la colline en vis-à-vis et au-delà des rangées de maisons, sur la campagne.

« Ces putains d'ascenseurs sont toujours en panne! Aucun problème pour des mômes comme vous qui grimpent encore les marches quatre à quatre avec le sourire... »

Justement, Lynn Kellogg eut un sourire.

– C'est la première fois que je vous entends parler troisième âge, monsieur.

Resnick se redressa d'un sursaut.

– N'exagérons rien.

Souriant de plus belle, elle le suivit sur le palier et ils se frayèrent un chemin entre deux landaus, l'un occupé par un enfant endormi, l'autre par un sac de charbon de vingt-cinq kilos et un tube cathodique.

Olive Peters les fit entrer dans un salon exigu. Dralon et plastique; une tache d'humidité s'étalait en cercles sombres à un angle du plafond. Ses joues semblaient avoir fondu et sa bouche était comme noyée dans le bas du visage à cause du dentier, probablement ôté et oublié dans un verre; des crevasses apparaissaient dans le maquillage de la veille; le chignon platine avait été refait n'importe comment, et le reste de la silhouette s'affaissait dans un cardigan boutonné et une jupe.

– Je peux faire un peu de thé.

– Ne vous dérangez pas.

– Mais si, je... commença-t-elle d'une voix qui s'acheva dans un sanglot.

– Mrs Peters, dit Lynn Kellogg. Je vais aller dans la cuisine et m'en occuper si cela ne vous ennuie pas.

Elle s'enfonça dans sa chaise, soulagée.

– Merci, mon petit. Il doit y avoir un paquet de biscuits quelque part, dit-elle, avant d'ajouter à l'adresse de Resnick : elle est gentille.

Puis elle se remit à pleurer.

Resnick lui tendit son mouchoir et regarda la photo de la mère et de la fille qui jaunissait dans son cadre, posée sur la cheminée. Il attendrait le thé et les biscuits avant de commencer à poser ses questions, histoire de laisser quelques minutes de répit à la vieille femme.

La mère de Shirley Peters, elle, n'attendit pas :

– Ce qui me rend malade, c'est qu'une fois que vous aurez coincé cette petite ordure, il ne sera même pas pendu pour ce qu'il a fait.

Quelque chose dans la manière dont elle avait prononcé ces mots fit tiquer Resnick. Le « il » ne désignait pas un criminel anonyme, qu'il restait à identifier. Non, elle pensait à quelqu'un en particulier.

– Tony, dit-elle en regardant Resnick dans les yeux, lisant à son tour dans ses pensées. Ce salaud de Tony avait promis qu'il la tuerait.

On entendit siffler la bouilloire, dans l'autre pièce, puis le silence s'installa. Resnick sortit calmement son carnet et ôta le capuchon de son stylo.

Le sergent Millington déboucha en trombe dans le parking au moment où Resnick et Kellogg fermaient les portières de la berline noire. Ils n'eurent pas le temps d'atteindre les marches du perron qu'il était déjà sur leurs talons.

– Six témoins! six!... tous prêts à témoigner des menaces proférées à l'encontre de la victime par son ex-petit copain.

Resnick poussa la porte vitrée, salua le planton et prit la direction des escaliers.

« Un couple, des Noirs, mais, bon bref : ils se souviennent de tout en détail, le jour, l'heure, tout. C'était leur anniversaire de mariage. Ils rentraient chez eux, et les autres étaient là, au beau milieu de la rue : *Tu regardes seulement un autre mec, et, ma parole, je t'étrangle!* Ni plus, ni moins. Ils déposeront sous serment. »

Ils se tenaient dans le bureau de Resnick, ce dernier acquiesçant distraitement au récit de Millington excité comme une puce. Dans un coin, Lynn Kellogg n'en perdait pas une miette, réfrénant le sourire qui menaçait d'illuminer sa bouille ronde.

Millington se frotta théâtralement les mains :

– Eh ben voilà! affaire classée.

– Tony Macliesh, laissa tomber Resnick, impavide.

Millington ouvrit des yeux comme des boules de loto, puis fronça les sourcils. Resnick fixait un point imaginaire, à dix centimètres au-dessus de la tête du sergent.

– Si vous saviez, pourquoi...

– J'ai envoyé Naylor et Divine le cueillir.

Lynn Kellogg s'excusa et sortit, une main sur la bouche, pour réprimer son fou rire jusqu'aux toilettes des dames.

– Affaire classée, Charlie. C'est votre avis?

Resnick tâchait de ne pas s'agacer de la disposition maniaque – à exactement 1,5 cm du bord de la table – des casiers à correspondance, ou de celle du sous-main, selon un angle de quarante-cinq degrés par rapport à la rangée de stylos à plumes, elle-même équidistante du calendrier et des photographies souriantes dans leurs cadres en argent.

– On dirait.

Skelton hocha la tête.

– Faites-moi un topo.

Resnick décroisa les jambes pour les croiser à nouveau.

– Shirley Peters, trente-neuf ans. Elle a travaillé les quatre dernières années pour une boîte d'informatique du côté d'Old Market Square. Claviste, analyste-programmeur. Aucune spécialisation particulière. Jusqu'à il y a environ dix-huit mois, elle vivait avec le Tony Macliesh en question. La mère dit que ça a duré environ trois ans et semble avoir un faible prononcé pour l'époque de leur séparation. Il part alors pour Aberdeen, travailler comme manœuvre sur les plates-formes pétrolières, et elle reprend sa vie de son côté. Six mois après, il revient et commence à la harceler. Disputes, menaces, il tambourine à la porte en plein milieu de la nuit. Elle change les serrures, se réfugie quelquefois chez sa mère, ce qui envenime la situation car il la croit chez un mec.

– Des traces de plaintes dans nos fichiers?

– Kellogg vérifie. Il a bien dû y avoir quelque chose, puisque, d'après la mère, elle avait obtenu un arrêt du tribunal contre lui.

– Effectif?

– Ça n'a pas été nécessaire. Macliesh s'est fait épingler pour vol aggravé et a tiré neuf mois à Lincoln. Il n'est pas dehors depuis longtemps. Une voisine a déclaré à Millington l'avoir vu arpenter la rue il n'y a pas deux jours.

Skelton se renversa dans son fauteuil, ramenant ses mains derrière sa nuque.

– Crime passionnel?

– Ça se présente comme ça.

– Pas de quoi s'affoler.

– Non.

– Où en sont les autres éléments de preuve?

– Les gars du labo ont prélevé des cheveux sur le pull de la victime, un fragment de peau sous l'ongle de l'index de la main droite. Des poils pubiens mâles autour du pelvis...

– J'avais cru comprendre qu'elle était habillée?

Resnick leva les yeux vers lui :

– Il y en a qui préfèrent.

Le regard que lui renvoya Skelton n'était teinté que d'une légère surprise. Depuis deux ans qu'ils travaillaient ensemble, Resnick n'avait jamais vu son supérieur perdre une once de son self-control.

– Ça vous paraît cadrer avec votre théorie au sujet de Macliesh ?

– Si ce qui l'a poussé à agir était une jalousie d'ordre sexuel, tout est possible. Toutes les traces de sperme se trouvaient sur et non dans le cadavre. L'abdomen, les...

Resnick en resta là. Si Skelton voulait un dessin, il pouvait se servir de son imagination.

– D'accord, Charlie. Je suppose que vous avez logé l'individu ?

– J'ai envoyé deux hommes chez lui. Il a une piaule à Radford. Ils ont appelé il y a une heure pour signaler qu'il n'y était pas, mais ses affaires sont toujours là. Ils fouinent aux alentours. Les concierges, les gens du quartier. Ils finiront par trouver.

Skelton se leva et jeta un œil à sa montre. Resnick se demanda si, à la seconde où il aurait quitté la pièce, le superintendant noterait dans son filofax l'heure exacte à laquelle s'était achevé l'entretien.

Kevin Naylor déploya le nuancier sur son bureau, sans parvenir à se rappeler si Debbie avait dit « pêche » ou « abricot ». De toute façon, quelle différence y avait-il et qu'est-ce que ça pouvait bien faire ? Peut-être cela avait-il quelque chose à voir avec la couleur terre cuite qu'elle avait choisie pour les tuiles. Miséricorde ! Lui qui avait cru que se marier voulait dire trouver une fille qui possède toutes les qualités de votre mère sans que les défauts de la sienne apparaissent à mi-parcours. Mais la vie, c'était tout autre chose : après des semaines d'hésitation pour choisir le moment, on posait la question fatidique. Enfin, quelques larmes de joie et un anneau d'or plus tard, le moment était venu de verser un acompte pour l'une de ces maisons fraîchement construites au bord du canal.

L'agent détective Kevin Naylor faisait preuve d'une grande naïveté en dehors des heures de service.

Sortir le dépôt de garantie du compte-épargne n'avait été qu'un début. A présent, tous les week-ends et autres moments de repos étaient dévolus au papier peint, aux échantillons de moquette, aux divers tissus et matériels destinés à la fabrication de rideaux. Il connaissait par cœur chaque magasin de meubles, dépôt-vente et autre temple de l'article ménager en kit, dans un rayon de vingt-cinq kilomètres autour de la ville.

Il fit disparaître son nuancier au moment ou Mark Divine regagnait le bureau avec deux gobelets de thé. Naylor se demandait quelquefois pourquoi il n'était pas comme Divine.

– Le patron est là?

– Pas encore.

– Tu penses qu'il va falloir qu'on aille au pays des cornemuses?

– Va savoir.

– Y a de la bonne bière, là-bas. Notamment une qui s'appelle...

Les deux hommes se levèrent au moment où Resnick entrait en grignotant un sandwich jambon-fromage, et trimbalant deux tasses de café noir couvertes posées l'une sur l'autre. Il leur adressa un signe de tête, les invitant à le suivre dans son bureau. Ce faisant, un morceau de jambon tomba du sandwich, s'attardant une seconde sur la jambe de pantalon de Resnick avant d'atteindre le sol.

– Alors, où est-il? demanda-t-il, tout en épongeant le café qui gouttait avec une enveloppe.

– Aberdeen, monsieur, répondirent Naylor et Divine, presqu'à l'unisson.

Resnick ferma les yeux un instant.

– Est-ce que je suis censé vous applaudir?

Divine se décida à poursuivre :
– C'est un voisin de palier ou quelque chose comme ça. Il l'a rencontré l'autre nuit, après la fermeture des pubs. Macliesh a vaguement parlé de retourner travailler sur les plates-formes de forage, là-bas. Il y avait un train en partance à Midland Station, ce matin à huit heures et quart. L'employé des réservations l'a reconnu sur la photo.
Resnick se rappela la photo en question, que la mère de la victime avait exhumé d'un tiroir, parmi les gilets usés : Shirley Peters en tailleur blanc, brandissant un bouquet de fleurs dont Resnick s'était demandé s'il s'agissait de celui de la mariée, attrapé au vol. « Trois fois, elle a été demoiselle d'honneur », avait précisé la mère, avant d'ajouter : « Enfin, au moins n'a-t-elle pas épousé cette petite ordure ! » A côté d'elle, Tony Macliesh, le regard fuyant, dans un costume emprunté. Une chance que l'employé ait réussi à l'identifier sur un document pareil.
– Le train arrive à quelle heure ?
– 3 h 47, monsieur, répondit Naylor.
– 49, corrigea Divine.
– Bien sûr, vous avez appelé Aberdeen ?
– Un inspecteur du nom de Cameron. Il veillera à ce que quelqu'un soit à la descente du train. Il aimerait que vous lui passiez un coup de fil.
Resnick acquiesça et écrivit le nom sur son bloc.
– Vous allez vous rendre là-bas, dit-il. Vous dormirez en route. Et vous le ramènerez ici.
– On l'arrête ? fit Divine, excité.
– Non, vous vous contentez de le ramener.
– Sans l'arrêter ?
Resnick le regarda intensément, jusqu'à ce que l'agent détourne les yeux.
– Aucun motif de foncer tête la première. On le ramène d'abord pour lui poser quelques questions.
– Mais, monsieur, je pensais...

– Non, Divine, c'est justement ce que vous avez omis de faire. Vous n'avez pas vu plus loin que le bout de votre nez.

– Oui, monsieur.

Au-delà du bout du nez de Divine se trouvaient à présent ses chaussures et le tapis.

– Si vous voulez devenir flic, Divine, il va pourtant falloir vous y mettre.

– Oui, monsieur.

A côté de lui, Naylor faisait un effort surhumain pour ne pas pouffer devant l'infortune de son acolyte.

– On a encore de la chance de l'attraper en Écosse, expliqua Resnick. En Angleterre ou au Pays de Galles, les vingt-quatre heures de garde à vue commencent au moment où on pique le gars? Arrivant d'Écosse, elles ne prendront effet que lorsqu'il aura été ramené ici. Mais j'imagine que je ne vous apprends rien?

Naylor et Divine échangèrent un regard.

– Non, monsieur, firent-ils sans conviction.

– Code de procédure policière. 1984. Vous en prendrez un exemplaire. Ça vous occupera pendant le voyage.

Il attendit d'être seul avant d'ôter le couvercle de la première tasse. Il existait certainement un truc pour y parvenir sans se renverser du café brûlant sur les doigts.

Il ne le connaissait pas.

5

Il était cinq heures moins cinq lorsque Resnick appela Rachel Chaplin.

Cette dernière se trouvait en pleine réunion au sujet du fiasco d'un hébergement à long terme. Un jeune antillais de quatorze ans qui volait régulièrement depuis des mois dans le porte-monnaie de sa mère adoptive, mais avait surtout omis de lui envoyer une carte pour son anniversaire. La mère s'était montrée compréhensive, sinon coulante, vis-à-vis des larcins répétés, mais n'avait pas digéré cet oubli, qu'il fût volontaire ou pas.

– Quelles sont les chances de lui obtenir une place en foyer? demanda l'un des participants.

Rachel décrocha à la deuxième sonnerie :

– Service social, dit-elle.

– Bonjour, ici Charlie Resnick.

– Pardon? Qui avez-vous dit?

– Resnick. On s'est vus au tribunal. Vous accompagniez Mrs Taylor.

Charlie, songea Rachel. Ainsi, il s'appelle Charlie.

– Que puis-je faire pour vous, inspecteur?

– Je me demandais...

– Écoutez, je suis en réunion pour le moment. Je peux vous rappeler?

– Un verre, dit Resnick. Que diriez-vous de prendre un verre après le travail?

– On pourrait lui trouver une famille d'accueil provisoire, suggéra quelqu'un à côté d'elle.

– Je ne sais pas pour combien de temps j'en ai, dit Rachel, posant une main sur le récepteur pour s'adresser de nouveau à l'assemblée : On ne peut vraiment pas laisser les choses comme elles sont?

– Qu'est-ce que vous diriez de six heures trente? proposa Resnick.

– Plutôt sept heures.

– Où?

– On pourrait essayer Buxton, proposa Rachel.

– Cinquante bornes pour boire un verre?

– Excusez-moi, ce n'est pas à vous que je parlais. A moins que vous ne vouliez héberger un charmant adolescent un peu caractériel sur les bords.

– Pas ce soir.

– Vous connaissez le *Peach Tree?*

– Oui.
– Sept heures.
Elle raccrocha et reprit le fil de la discussion.

Au cours des dernières années, dans toute la ville, les pubs de quartier avaient été gagnés par la marotte de la fermeture provisoire pour transformations, réapparaissant, à l'issue d'un ravalement de devanture et d'une refonte de la déco intérieure, sous forme de bars à vin, bars à cocktails, bars tout court, personnalisés ou pas. Les marchands de nostalgie en posters et d'éclairage fluo y avaient sûrement gagné des vacances de Noël aux Bahamas en location permanente, mais, bien que l'endroit fût situé à moins de trois cents mètres de son bureau, Resnick n'y avait pas remis les pieds depuis l'invasion des branchés.

Passé la porte à deux battants en verre dépoli, il plongea au milieu d'une foule de jeunes gens obligés de converser en hurlant par-dessus la musique. L'affluence de l'heure chic, songea-t-il. Il feuilletait parfois les suppléments-couleur des magazines, histoire de rester dans la course.

Le bar du rez-de-chaussée étant hors d'atteinte, Resnick gagna l'escalier du fond, qui menait à un salon-vidéo. Plantes vertes sur mobilier *high-tech,* stores vénitiens blanc cassé, dans le plus pur style nouveau-riche.

Il se préparait à redescendre lorsqu'il aperçut Rachel au bas des marches.

– Vous n'êtes pas du genre à attendre patiemment, vous.

Elle portait un chemisier blanc, large et bouffant, un pantalon de velours côtelé bleu marine et un blouson de cuir noir à larges épaulettes. Seules les bottes n'avaient pas changé.

– Je me disais que j'avais pu vous manquer, en bas.

Elle tourna la tête.

– Vous voulez redescendre?

– Pas vraiment.

Un sourire se dessina sur ses lèvres.

– Vous préférez rester là où vous êtes?

– Pas vraiment non plus.

Rachel gravit les marches avec grâce, le prit par le bras et l'entraîna vers le bar.

– Venez, puisqu'on est là, je vous offre un verre.

Ils s'installèrent à une petite table sur le devant, avec vue sur le flot de circulation qui remontait vers la colline, sous la pluie qui avait recommencé à tomber sur le centre-ville.

– La dernière fois que je suis venu ici, dit Resnick, c'était un irish pub où on servait des sandwichs fromage-oignons et de la bonne Guinness. L'arrière-salle du rez-de-chaussée était une cave taillée à même la roche, et le juke-box avait la meilleure sélection de rock'n'roll de la ville. Ils le mettaient si fort le samedi soir que les parois s'effritaient jusque dans les pintes.

Rachel écoutait, sirotant son vin blanc-soda.

– Lorsque vous m'avez appelée, je ne vous ai pas reconnu.

– Je sais, je fais cette impression aux gens.

– Au bureau, quelquefois, il est impossible de penser à autre chose. Je veux dire à l'extérieur.

Elle leva son verre et le reposa :

« Je suppose que c'est pareil pour vous? »

– Pour moi, c'est l'inverse.

Elle resta un instant songeuse avant de sourire :

– Je ne vous crois pas.

– Ah bon! fit seulement Resnick, se renversant dans sa chaise.

Pourquoi se parlaient-ils ainsi?

– En tout cas, dit Rachel, je suis désolée que ce pub ne soit pas à votre goût. Au moins, on est au calme, à l'étage. Et on trouve une table assez facilement si l'on s'y prend tôt.

Elle s'interrompit, songeant qu'elle parlait trop, comme pour éviter de laisser s'installer la moindre

seconde de silence. Elle le regarda, attendant que ses yeux se posent à nouveau sur elle.
– Je viens souvent ici, avec Chris.
– Une amie à vous?
– Il ne s'agit pas d'une amie, ni d'une femme.
– Qui, alors?
Resnick but deux gorgées, sans la quitter des yeux.
– L'homme avec qui je vis.
Il lampa son verre avant de se lever :
– La même chose?
– Merci, ça va, répondit Rachel.
Il lui rapporta tout de même un autre verre. Le macho typique, se dit-elle, prenant soin d'ignorer ostensiblement la seconde consommation qu'il posa devant elle, tout en terminant de siroter la précédente.
« Ça n'a rien de contraire à la loi, glissa-t-elle. De vivre avec quelqu'un. »
– Non.
– Ça ne vous plaît pas, pourtant.
– Ah bon?
– Cela se lit sur votre visage.
– N'y voyez aucune considération d'ordre moral.
– Alors je suis soulagée.
Elle le trouvait séduisant. Quelques kilos de trop, mais séduisant.
– Peut-être ai-je tout bonnement été surpris. Je ne vous voyais pas vivant avec quelqu'un, c'est tout.
– Ce n'est pas l'impression que je donne?
– Non.
– Vous savez, vivre avec quelqu'un ne signifie pas qu'on soit obligé de porter le voile.
– Non, bien sûr, fit Resnick.
Il eut vaguement l'idée d'ajouter une plaisanterie sur le sac et la cendre mais préféra y renoncer, persuadé qu'elle n'était pas friande de numéros machistes à deux ronds.
– Quelle idée vous faisiez-vous de moi?
Considérant la façon qu'avait Resnick de tenir son

verre serré contre sa poitrine, Rachel craignit un instant qu'il ne le renverse.

– Je ne sais pas, finit-il pas répondre.

– Mais il n'y avait pas d'homme, enfin Chris, dans le tableau ?

– Non.

– Je dois dégager ce genre d'aura, n'est-ce pas ? Je devrais faire attention. La femme indépendante qui mène sa barque et passe ses soirées entre une tasse de chocolat chaud et un ours en peluche bouffé aux mites, devant les énièmes rediffusions de *Rhoda* ?

Elle avait commencé à boire le deuxième verre sans s'en rendre compte.

« C'est ça qui vous intéresse. Vous pensez que je ressemble à cette femme dont parle le journal, l'affaire que vous avez sur les bras : Jeune femme, la trentaine, retrouvée assassinée dans son salon. Comment s'appelle-t-elle, déjà ? »

– Shirley Peters, dit Resnick en se redressant.

– Voilà, c'est ça. Ce qui expliquerait cette soudaine invitation à prendre un verre. *La Psychanalyse chez vous,* chapitre v. Ben voyons !... et moi qui m'étais dit, en raccrochant le téléphone : « Bravo, Rachel, ce coup-ci, on dirait que tu as fait impression ! » Mais non, tout ce qui vous intéresse chez moi, c'est le côté « tranche de vie ». Une vierge sur canapé. Eh bien ! navrée, inspecteur, mais je ne suis pas cliente. Je vis avec un travailleur social et je fais suffisamment d'heures supplémentaires comme ça. La machine à sonder les âmes et les psychologies, et à reconstituer les puzzles est débranchée !

Elle hurlait presque. Il y avait bien quelques regards tournés vers eux, mais personne ne semblait s'intéresser plus que ça à leur conversation. Resnick ne répondit pas et, un peu décontenancé, se contenta de la regarder finir son verre, attraper son sac sur le dossier de la chaise et fendre la foule en direction de la sortie.

Drôle de manière de finir la journée, se dit Resnick. Ou d'entamer la soirée. Et, en plus, il ne lui était même pas venu à l'idée d'étudier, à travers elle, la psychologie de Shirley Peters. Seulement de voir si, éventuellement, elle pouvait lui obtenir des informations sur Macliesh.

A travers la vitre embuée, il la suivit des yeux tandis qu'elle traversait la rue pour regagner sa voiture, et se demanda ce qui pouvait bien la mettre à ce point sous pression.

Patel avait aperçu la Porsche rouge à plus de deux cents mètres, malgré la pluie qui dégoulinait sur son visage. N'importe où ailleurs, il n'aurait même pas fait attention, mais là, dans cette rue, garée devant cette maison...

Le matin même, Resnick l'avait enjoint à oublier cette affaire-là et à se remettre sur celle des cambriolages. Questions-réponses selon la bonne vieille procédure fastidieuse. A force de se pencher sur des tables de cuisine pour remplir des formulaires, il sentait croître une douleur entre ses omoplates. Officiellement, il aurait dû terminer son service à trois heures et demie, mais la plupart des gens du quartier travaillaient et il était inutile de tenter de les joindre avant six heures, six heures et demie.

– Vous cherchez après Miss Peters? s'enquit Patel.

La femme devant la porte se retourna légèrement, toisant Patel du coin de l'œil, abritée sous un parapluie transparent.

– Ouais, Shirl. Pourquoi, mon lapin?

Patel se présenta, protégeant de la pluie sa carte officielle du mieux qu'il pouvait. La femme le considéra avec surprise, formant avec sa bouche un « oh » qui ne sortit pas.

– Vous êtes une amie, peut-être?

– Pas peut-être. J'ai fait un crochet pour venir la voir, dit-elle en désignant la Porsche d'un signe de tête.

– Je me demande si...

Elle l'interrompit d'un signe de son index verni de rouge, pour l'inviter à la rejoindre :

– Venez sous le parapluie, il n'y a aucune raison de vous faire tremper comme ça.

Trop de parfum, pensa Patel. Trop de parfum et aussi trop de maquillage. Sous le blanc manteau de fourrure, il entrevit les jambes moulées dans un pantalon noir synthétique lustré. Un rien voyante pour le garçon aux goûts simples qu'il était.

« Qu'est-ce qui se passe ? » demanda-t-elle en voyant se crisper le visage du jeune homme. « Vous pouvez tout me dire, je ne vais pas m'évanouir sur les marches, vous savez. »

Patel respira un grand coup :

– Il y a eu... Votre amie est morte. Elle a été...

– Vous déconnez ?

– J'ai peur que non. Elle a été assassinée.

Le parapluie glissa des mains de la femme. Patel le rattrapa à temps et le maintint au-dessus d'elle. Il la dévisagea, cherchant en vain des larmes. Tout ce qu'il vit fut une expression de colère.

– La conne ! fichue petite conne ! Combien de fois... ! combien de fois je lui ai dit que ça lui pendait au nez !

Elle adressa un regard dur à Patel ; leurs visages étaient très près l'un de l'autre tandis que l'eau glissait sur le parapluie et allait s'écraser sur le béton à leurs pieds. Il regarda, la bouche entrouverte, et crut, l'espace d'une seconde, qu'elle allait lui emporter la lèvre d'un coup de dents.

« Bon ! » finit-elle par dire. « Je crois qu'il vaut mieux que je vous accompagne au poste. »

Elle prit le parapluie des mains de Patel et descendit les marches, le laissant de nouveau exposé à la pluie.

6

Chris Phillips avait pris ses aises dans le canapé, près du feu, une jambe par-dessus le dossier bas. A ses pieds, le labrador beige grommelait doucement dans la serviette-éponge que son maître utilisait pour le sécher après la promenade du soir. Un fichier en équilibre sur son estomac et une brassée de dossiers roses sur les genoux, il noircissait une fiche, un impressionnant attirail de fournitures de bureau à portée de la main. S'il n'avait pas été en train d'écrire quand Rachel entra dans la pièce, il aurait vu l'expression de son visage et se serait gardé de lancer son habituel : « Surprise, surprise », d'un ton à la fois ironique et affectueux.

– C'est censé vouloir dire quoi ?

La voix cassante avec laquelle elle avait posé la question lui fit lever les yeux. Le labrador traîna sa serviette-éponge jusqu'aux pieds de Rachel.

– Je ne t'attendais pas si tôt, c'est tout, dit-il.

– Désolée.

– Ce n'est pas ce que je voulais dire. Je...

– Je peux aller attendre dans la cuisine si tu travailles.

Phillips eut un profond soupir avant de répondre :

– Je croyais seulement que tu avais rendez-vous avec quelqu'un, dit-il en mettant son fichier de côté. Que tu allais boire un verre en ville.

– C'est ce que j'ai fait, dit Rachel de la cuisine.

– Alors ?

– Alors j'ai bu un verre et me voilà. Point.

Il termina sa fiche et la remit en place. Il savait comment réagir lorsque Rachel était ainsi. Il fallait la laisser tranquille et régler le problème seule.

– J'allais me servir un scotch, annonça-t-il timidement par la porte entrebâillée. Tu m'accompagnes ?

– Non.

– Ça te ferait du bien.

– Non.

Il était si bien parvenu à ignorer le son de la pluie en travaillant qu'il fut presque surpris lorsqu'il sortit dans le jardin. Le chien s'était précipité à sa suite et furetait autour d'un rosier qui attendait qu'on le taille, relevant la tête à intervalles réguliers pour lui faire les yeux doux dans la pénombre. Tu veux jouer à la balle? M'emmener faire une autre promenade?

A travers le rectangle embué de la fenêtre, il distinguait la chevelure de Rachel tandis qu'elle s'affairait entre la cuisinière et l'évier.

Trempé jusqu'aux os, le labrador le regardait, le museau lisse, les yeux brillants.

Bien sûr, il savait qu'elle passait un mauvais quart d'heure à cause de cette histoire de gosse. Elle s'était battue pour lui avec tant d'acharnement. Mais quel besoin avait-elle de tout garder pour elle, de le tenir ainsi à l'écart, comme si admettre la moindre vulnérabilité revenait à ouvrir une brèche dans laquelle il allait s'engouffrer en ennemi? En outre, sa journée à lui n'avait pas été rose non plus. Deux mômes en réanimation après avoir sniffé trop de détergent, une femme barricadée dans son appartement au treizième étage, menaçant de se mutiler les dix doigts si on ne lui fichait pas la paix et un vieillard à moitié mort d'hypothermie, qui était resté deux jours enroulé dans son tapis, avant qu'un livreur de Meals on Wheels ne donne l'alerte. Elle n'était pas toute seule à avoir des angoisses et des problèmes.

Lorsqu'il regagna la maison, trempé, Rachel n'était plus dans la cuisine. Sur la cuisinière, la bouilloire commençait à siffler.

Immobile devant le miroir, Rachel regardait les rougeurs qu'avaient laissées le froid et la pluie sur ses pommettes. Après quelques instants, elle commença à se brosser les cheveux, puis s'interrompit. Pourquoi se comportait-elle ainsi? Pour s'être laissée contrarier par un homme qu'elle connaissait à peine? Ce flic stupide? C'était ridicule.

– Je suis désolée, commença-t-elle.
– Pas grave.
Phillips ferma la porte du salon avec le bout du pied, une tasse dans chaque main.
– C'est quoi? demanda Rachel en esquissant un sourire. Du café?
– Du thé.
Le sourire éclaira son visage.
– Tout ça parce que ton ex dit que c'est le remède miracle pour une femme qui va avoir ses règles?
– Ah! parce que c'est ça?
– Partiellement.
– J'aurais dû savoir.
– Je t'ai déjà dit de mettre des petits points rouges dans ton agenda.
Il attendit qu'elle s'installe dans le canapé, lui tendit la tasse de thé et s'assit à côté d'elle, prenant soin de ne pas la serrer de trop près.
– Comment s'est passée la réunion?
– Elle s'est passée.
– Impossible de laisser les choses comme elles sont?
– Non...
Elle serra la tasse entre ses mains.
« ... impossible. »

Resnick était rentré en voiture du *Peach Tree* et avait nourri les chats. Il fit l'inventaire du courrier. Il y avait une lettre de sa banque l'invitant à demander la seule carte de crédit qu'il possédait déjà, diverses pubs à mettre directement à la poubelle et une lettre de rappel de cotisation pour l'Association polonaise locale. Il mit la dernière lettre de côté et s'apprêtait à déchirer les autres lorsqu'il remarqua un prospectus proposant trois séances gratuites dans un club de remise en forme.
Après tout.
Resnick plia soigneusement le prospectus et le glissa entre le tabasco et la sauce Worcester, puis prit acte

des doléances de Bud qui s'était une nouvelle fois fait racketter par Dizzy. Il attrapa l'animal, le posa près de l'égouttoir et déposa devant lui une poignée de croquettes au poulet.

Quelques minutes plus tard, il regagnait sa voiture pour retourner au CID.

Graham Millington avait ouvert un petit miroir de poche sur son bureau et taillait sa moustache à l'aide d'une paire de ciseaux à ongles.

– Graham, le porte-à-porte?

Millington faillit se trancher un gros morceau de lèvre en sursautant.

– Les rapports sont sur votre bureau, dit-il d'une voix étouffée, en se levant.

Resnick parcourut les comptes rendus ainsi que la liste de visites effectuées par Kellogg et Patel au cours de la journée.

– Faites-moi un résumé, dit-il sans lever les yeux.

– Des éléments supplémentaires concernant les menaces de Macliesh, qui venait tambouriner à la porte à n'importe quelle heure du jour et de la nuit, la traitant de tous les noms, plus deux témoignages comme quoi il l'a guettée du bout de la rue toute une soirée.

– Récemment?

– La plupart de ces témoignages remontent à avant son incarcération, mais pas tous.

– Celui-ci, là, dit Resnick en tirant un feuillet du lot : « Un homme au 42 prétend avoir vu Shirley Peters sortir de chez elle le soir du crime. Huit heures... »

– Exact. Il dit se rappeler l'heure à cause de la télévision.

– Et l'avoir vue monter dans un taxi.

– Il pense qu'il n'y avait que le chauffeur à l'intérieur, mais il n'a pas pu être catégorique.

– Pas plus que sur la compagnie à laquelle appartenait le taxi.

– Il n'avait aucune raison de faire attention. D'autant que la fille semblait mener une vie de barreau de chaise.

Resnick tiqua sur le ton plus que désapprobateur de la voix du sergent.

– Vous ne seriez pas par hasard, en train de suggérer qu'elle n'a eu que ce qu'elle méritait?

– Non, monsieur.

– On est remonté jusqu'au taxi?

– Kellogg s'en occupe. Elle a passé quelques coups de fil. Rien encore, mais elle s'en tire généralement bien sur des choses comme ça...

Resnick rassembla les rapports puis regarda sa montre.

– Vous avez fini votre service, non?

– Ma femme a sa classe de russe, ce soir. Elle a mis les enfants chez sa mère. Je vais aller boire une bière et rentrer.

Resnick hocha la tête et le sergent tourna les talons vers la sortie.

– Graham...

– Monsieur?

– Le *Peach Tree* est bien votre pub habituel, non?

– Oui, pourquoi?

– Vous ne devriez pas y aller comme vous êtes. Le sang sur votre col de chemise, ça fait désordre.

Resnick parcourut une nouvelle fois les rapports, les annotant ici et là. Il y avait eu un appel d'Aberdeen confirmant la prise en charge de Tony Macliesh à la descente du train. Le sergent-détective du deuxième roulement avait dû se rendre sur les lieux d'une réunion de famille qui avait tournée au crêpage de chignon. Le propriétaire d'un magasin de matériel d'occasion sur Alfreton Road avait également téléphoné pour signaler que deux gamins étaient venus lui proposer d'acheter trois magnétoscopes. Ils devaient revenir le lendemain et seraient accueillis par un officier de police. Le geste du commerçant n'avait rien d'une rafraîchissante bouffée de civisme. Il avait déjà été condamné deux fois pour recel.

Lorsque Resnick réalisa que ses pensées dérivaient à nouveau sur Rachel Chaplin, il décrocha son téléphone pour demander qu'un agent lui apporte une pizza aux poivrons, avec anchois et olives en quantité.

Il reposait tout juste le combiné quand Patel fit son entrée en compagnie de la femme.

Grace Kelley chercha en vain une quelconque odeur de Brut flottant dans la pièce. Elle était déjà entrée dans un poste de police, mais jamais encore au CID, et cela ne ressemblait pas à ce qu'elle avait imaginé. Elle se serait attendue à des relents de gel douche et de Benson *king-size*, du thermolactyl sous les uniformes amidonnés, mais n'était entourée que de quelques machines à écrire déhoussées, de deux plantes moribondes et, sur le bureau le plus proche, d'une photo de famille et d'un miroir à maquillage. Pour un peu, elle se serait crue de retour au sein de son *pool* de dactylos.

Appuyée sur le coin du bureau, Grace ôta une de ses chaussures à talons aiguilles et se massa la cambrure du pied. Dans un bureau attenant, elle pouvait voir le jeune asiatique en train de parler avec un homme assis derrière un bureau. L'homme ne tourna qu'une seule fois la tête dans sa direction, croisant furtivement son regard et détournant aussitôt les yeux.

Grace ôta son autre chaussure en faisant chatoyer son pantalon noir. Elle avait mis deux heures par l'autoroute à cause de leurs putains de travaux, impatiente de montrer à Shirley son nouvel engin, juste pour voir la tête qu'elle ferait. Qu'est-ce que Shirley n'aurait pas fait pour une Porsche. Rouge, en plus. Rien ne l'aurait arrêtée. A supposer qu'elle ait vécu assez vieille. Pauvre gosse !

Quand la porte du bureau s'ouvrit, elle s'écarta prestement de la table et se rechaussa en catastrophe. Une inimitable odeur de sueur l'étreignit soudain et elle se rendit compte que c'était la sienne.

– L'inspecteur aimerait s'entretenir avec vous.

Grace chancela et tendit le bras pour agripper l'épaule de Patel, souriant de le voir tressaillir.

– Merci, mon lapin, dit-elle en enfilant sa chaussure droite.

Resnick s'était levé pour l'accueillir et l'invita à s'asseoir.

– Miss Kelley?

– C'est ça, dit-elle, en déployant son manteau de fourrure sur les accoudoirs de métal.

– Grace, ajouta-t-il, avec une pointe d'admiration.

Elle sortit un paquet de cigarettes de son sac à main noir.

– Ma mère me voyait déjà en haut de l'affiche, dit-elle. Ou du Golgotha.

Elle trouva que le sourire lui allait bien, le faisait paraître plus jeune. Elle attendit un instant qu'il lui offre du feu, puis finit par sortir un long briquet en or qu'elle rangea dans son sac après s'en être servi. Elle tira une longue bouffée en rejetant la tête en arrière, puis exhala la fumée.

– New Cross, dit-elle.

– Je vous demande pardon?

– Golgotha. Quand je dis Golgotha, vous êtes censé me demander...

– Quel rapport avec le Golgotha? acheva Resnick.

– Voilà. Ce à quoi je réponds New Cross. Nous habitions New Cross, dit-elle en dissipant d'un geste une volute de fumée bleue. Enfin, pas tout à fait New Cross. Deptford exactement. Vous connaissez Londres, au sud de la Tamise?

Elle se rappela qu'elle devait veiller à son port de tête, à cause de l'affaissement naissant de son menton.

– Pas vraiment, dit Resnick.

– Vous ne perdez pas grand-chose. J'en suis partie dès que j'ai pu.

– A la grâce de Dieu.
– Trop tentant, hein?
– Quoi?
– Avec un nom pareil.
La voyant observer la cendre au bout de sa cigarette, Resnick exhuma un cendrier du fond de son tiroir et l'avança vers elle.
« Maman passait le plus clair de son temps au cinéma. Deptford, Lewisham. N'importe quoi du moment qu'il y avait Grace Kelly dedans. Elle voyait le film jusqu'à quatre fois dans la même semaine. J'ai dû passer la moitié de mon enfance assise dans Greenwich Park à l'écouter me raconter *Quatorze heures*, *Mogambo* ou *Le Train sifflera trois fois*. D'ailleurs, plus tard, quand j'ai vu les films, j'ai réalisé qu'elle avait mélangé les histoires entre elles. Il y a celui-là, *Le Crime était presque parfait*, où son mari tente de la faire... »
Elle se pencha en avant d'une manière étrange et lâcha sa cigarette. Elle fut parcourue d'un frisson et, lorsque Resnick put de nouveau voir son visage, elle pleurait.
« ... assassiner!... Mon Dieu!... »
Elle voulut se lever, mais une poche de son manteau se coinça dans l'armature du fauteuil et manqua de se déchirer.
« Shirley!... Le fumier!... J'aurais jamais dû la lâcher avant qu'elle vienne s'installer à Londres avec moi, au moins le temps de semer ce porc qu'on aurait jamais dû laisser sortir », pesta-t-elle tandis que les larmes faisaient couler son rimmel. « Mais elle a jamais voulu regarder les choses en face. Elle croyait que tout se passerait bien. Moralité, elle est restée dans sa rue minable, à attendre un connard de Prince Charmant à cheval sur un arc-en-ciel. Comme si l'autre allait les laisser roucouler tant qu'il saurait où les trouver! Elle voulait plus vivre avec lui. Alors il a fait en sorte qu'elle ne refasse pas sa vie avec quelqu'un d'autre. »

– Vous parlez de Macliesh?

– Non, du pape! dit Grace, avant de demander, d'une voix plus calme, en s'agrippant aux deux bras du fauteuil : Je suppose que vous n'avez rien à boire?

Resnick se leva et gagna le bureau de permanence. Il sortit la demi-bouteille de Bell's du tiroir de Divine et en versa dans une tasse.

– Je peux aussi vous faire monter du café, dit-il.

– Ça va aller, vous en faites pas. C'est seulement le contrecoup, comme ils disent.

– Le jeune agent a été pratiquement aussi choqué que vous, dit Resnick en se rasseyant.

– Pauvre chou. Je ne sais pas ce qu'il a cru que j'allais lui faire.

– Je voulais dire, quand il a découvert le corps.

On frappa à la porte. Un agent antillais apporta la pizza de Resnick.

– C'est Byzance, ici, dit-elle, quand l'agent se fut retiré.

– Vous en voulez une part? proposa Resnick en sortant la chose de son emballage.

– Je ne crois pas que... Mon Dieu! Des anchois et des saucisses. C'est immonde!

Resnick ne rosit que très légèrement et porta une part de pizza à sa bouche, se demandant si, pour une fois, il se révèlerait capable de manger proprement sans se maculer le menton de fromage fondu.

– Vous connaissiez bien Shirley Peters?

– On était restées de bonnes copines. Enfin, autant que faire se peut lorsqu'on n'habite plus au même endroit. Je l'ai rencontrée il y a cinq ans. J'arrivais de Birmingham. Je faisais des défilés promotionnels. On déambulait en bombant le décolleté et en tortillant du cul entre les derniers modèles de voiture exposés au centre commercial, pendant que les représentants fantasmaient et essayaient de nous coller la main au panier. Shirley travaillait au noir, en plus de son emploi de bureau. Tony l'aurait tuée sur place s'il avait su. Enfin bref, on s'est bien entendues, toutes les deux, et on est resté en contact. Et quand elle a réussi à larguer son mec, je suis venue passer quelque temps avec elle. Une quinzaine de jours.

Elle se resservit une rasade de whisky de Divine.

« Vraiment pas un endroit pour moi. Trop calme. Tout le monde se couche avec les poules. »

L'expérience qu'avait Resnick de la sortie des discothèques à trois heures du matin ne cadrait pas vraiment avec cette description, mais il ne releva pas.

– Donc, elle vivait avec Macliesh quand vous vous êtes connues ?

– Ouais. Et il ne pouvait pas m'encadrer. Parce que j'encourageais Shirl à lui tenir tête. Le genre de mec qui vous prend pour sa chose et voit rouge si vous avez le malheur d'être seulement aimable avec un autre. Une fois, il l'a frappée, à *Tesco's*. Pas une petite taloche, hein ! une beigne grand format, juste parce qu'elle avait souri à un type qui avait écarté son caddie pour la laisser passer.

– Pourquoi... ? commença Resnick avant de s'interrompre tant la question n'apportait rien. Pourquoi des femmes acceptaient-elles de vivre avec des types qui les frappaient ? Et pourquoi tant de types bandaient à l'idée de posséder par la violence ? Il songea que dans douze heures ou presque, il retournerait au tribunal et se retrouverait face à un de ces hommes-là.

« L'avez-vous entendu la menacer ? »

– Vous vous foutez de moi ?

– Non, j'entends un événement précis dont vous auriez été le témoin. Des choses qu'il aurait dites.

– Ou faites.

Une olive tomba de la part de pizza.

– Si cela ne vous ennuie pas, j'aimerais que vous reveniez demain matin pour faire enregistrer votre témoignage.

– Tout ce que vous voulez pourvu que ce fumier soit renvoyé au trou, dit-elle en lui adressant un regard âpre. Vous lui avez mis la main dessus ou est-ce qu'il a réussi à disparaître dans la nature?

– Il n'est pas allé plus loin qu'Aberdeen. Il est en garde à vue.

– C'est lamentable qu'on l'ait seulement laissé faire, dit-elle en se levant. Et lamentable qu'il n'ait aucune chance de finir au bout d'une corde.

En la raccompagnant jusqu'à l'escalier, Resnick demanda :

– Vous parviendrez à vous débrouiller pour ce soir? Je veux dire, vous savez où dormir?

Son sourire découvrit ses dents, tachées par le rouge à lèvres que ses larmes avaient fait baver.

– C'est une proposition?

– Si c'est un problème pour trouver un hôtel, je...

Elle effleura son bras :

– J'ai l'habitude de trouver des hôtels...

Deux gamins passablement éméchés, seulement vêtus de chemises malgré le temps, la suivirent des yeux à l'accueil. Elle n'eut besoin que d'un regard pour les renvoyer à leurs culottes courtes et les dispenser d'une éventuelle remarque salace.

« A quelle heure voulez-vous que je vienne, demain matin? »

– Neuf heures et demie, dix heures?

– Entendu. Bonne nuit, inspecteur. Merci pour le verre.

Il remarqua le regard insistant du sergent posé sur lui.

– Vous me devez deux cinquante, pour la pizza, dit-il.

Resnick acquiesça et reprit l'escalier jusqu'à son bureau.

Rachel Chaplin était au lit quand le téléphone sonna. Phillips l'appela du rez-de-chaussée.

– C'est pour toi.

Elle descendit, en sweat-shirt et collants.

– Il est quelle heure? demanda-t-elle en prenant le combiné.
– Presque minuit.
– Allô, fit Rachel, qui est à l'appareil?
– Je me suis dit qu'on risquait de se rencontrer, demain. Et je voulais seulement que ça ne soit pas glacial, dit Resnick.
Il n'ajouta rien.
Rachel raccrocha.
Phillips leva les yeux du rapport qu'il achevait et lui lança un regard interrogateur.
– Rien d'important, fit seulement Rachel avant de remonter se coucher.

7

Mark Divine était assis dans le hall d'accueil, près d'un bureau de renseignements entouré d'un panneau de bois seulement muni d'un guichet vitré par lequel un homme aurait pu à la rigueur passer la tête, mais pas les épaules – et encore, en se tordant le cou. Le guichet était prolongé d'un comptoir en Formica constellé de brûlures de cigarettes. Divers avis de recherches concernant des enfants disparus étaient placardés tout autour du banc qu'occupait Divine, feuilletant les différentes rubriques du *Sun*. Cela faisait un quart d'heure, vingt minutes même, qu'on les laissait poireauter sans même une tasse de thé.
Kevin Naylor passa la porte située juste après le guichet. Divine referma son journal et se leva.
– Tu y as mis le temps, dit-il.
– Macliesh est prêt?
– Je te croyais justement parti aux nouvelles.
Naylor secoua la tête.
– J'étais au téléphone.

– T'as appelé la boîte?

– Non, j'ai appelé Debbie. Je lui ai passé un petit coup de fil, comme ça, rapide.

Divine s'assit en grommelant et rouvrit son canard.

– T'avais peur qu'elle se soit envolée?

– Ça veut dire quoi, ça?

– J'sais pas, moi. On croirait que si elle entend pas ta voix à heures fixes, on va la transporter aux urgences.

– C'que tu peux être lourd.

– Ah! c'est moi qui suis lourd, maintenant? C'est Môssieu qui va au rapport toutes les cinq minutes, et c'est moi qui suis lourd!

– Je ne suis pas *obligé* de lui téléphoner!

Divine tourna une page, puis une autre.

– Bien sûr que non, t'es pas obligé, pomme! D'ailleurs, je m'demande ce que vous trouvez à vous raconter à force. Ça m'intrigue, ça, dit-il avant de ricaner à l'adresse de son compère : Ou alors, le genre de roucoulades à la con, style : « Ma - tourterelle - tu-me-manques-tellement-je-ne-peux-pas-vivre-sans-toi-mon-lapin-rose. » C'est ça? « Mon-cœur-il-me-tarde... »

– Ta gueule, Divine!

D'un revers de main, Naylor lui arracha le journal.

– Oooh oui, ma poule, viens...! continua l'autre.

– J't'ai dit d'la boucler, tête de con!

Divine se leva d'un bond et fit face à Naylor.

– Ici, on laisse plutôt ce genre de truc aux clients, fit un sergent en uniforme par le guichet.

Naylor fut le premier à baisser les yeux et les deux cessèrent les hostilités.

– C'est vous deux qui êtes là pour le nommé Macliesh?

Ils acquiescèrent en chœur.

« Suivez-moi, je vous emmène au bloc. »

Le sergent affecté au bloc cellulaire trônait de l'autre côté d'un petit comptoir en demi-lune avec, ouvert devant lui, un registre aux inscriptions soigneusement calligraphiées et soulignées à l'encre. Derrière son épaule droite se trouvait un tableau noir où figuraient, écrites à la craie, les entrées et les sorties. Du haut des marches, en plein courant d'air, on sentait l'odeur du désinfectant fraîchement passé, par-dessus de vagues effluves d'égout.

– Ils viennent prendre livraison de Macliesh.

– Il arrive.

En dehors de ce qu'ils avaient entendu dire et de la photo qui leur avait été confiée, pas plus Naylor que Divine ne s'était fait une idée précise de Macliesh. Ils furent néanmoins surpris par la silhouette en apparence frêle qui gravissait les marches. Jusqu'à ce qu'ils voient les muscles saillants de ses bras glabres et son estomac plat. On aurait cherché en vain une once de graisse sur ce type.

– C'est tout ce qu'il avait sur lui? demanda Divine.

Un pull gris sans manches par-dessus un tee-shirt noir, un jean sans ceinture et des chaussures sans lacets.

Le sergent sortit un fourre-tout de derrière le comptoir et vida une enveloppe de son contenu : quelques pièces, un bout de crayon, un billet de 5 livres, une montre avec un bracelet.

L'officier tendit un stylo.

Naylor signa le reçu, et les objets personnels furent remis dans l'enveloppe, elle-même glissée dans le fourre-tout. Naylor signa la décharge et ensuite le registre.

– Pas d'imprudences avec celui-là, les gars.

Le sergent passa un bracelet au poignet droit de Macliesh et l'autre au poignet gauche de Divine.

– Aïe, merde! grinça Divine que le sergent venait de pincer.

– Désolé, fit le sergent avec un mince sourire en réajustant les menottes.

– On peut y aller? demanda Naylor.

Le sergent acquiesça. Il suivit des yeux le tandem

encadrant le prisonnier jusqu'à la voiture, et se dit qu'ils ne tireraient probablement pas une parole au prévenu durant le voyage de retour. Tout en souriant, il effaça le nom de Macliesh du tableau, à l'aide d'un chiffon jaune.

– A quel moment avez-vous établi que la femme qui vous avait initialement signalé les faits reprochés n'était pas une voisine, mais en réalité la propre mère de l'enfant?

Resnick avait briefé Millington sur la procédure à suivre quand Macliesh arriverait et s'était aussi assuré qu'il interrogerait et prendrait la déposition de Grace Kelley. Il aurait cent fois préféré être là-bas plutôt qu'au tribunal, sous le feu d'un contre-interrogatoire.

– Inspecteur?

Resnick referma son calepin.

– Trois jours après le premier coup de fil.

– Trois jours?

– Le sergent-détective Pierce est retourné au domicile accompagné de l'agent Kellogg et, à cette occasion, Mrs Taylor a reconnu que la dénonciation émanait d'elle. Ensuite, après discussion, elle a fini par accepter que sa fille fasse l'objet d'un examen médical.

– Et cet examen, inspecteur, où a-t-il eu lieu?

– A l'hôpital municipal.

– Qui était présent?

– Un pédiatre, le médecin légiste, Mrs Taylor, bien sûr, et l'assistante sociale chargée de son cas.

– Mais pas Mr Taylor?

Resnick secoua la tête.

– Non.

– Pas le père de l'enfant?

– Non, pour d'évidentes...

– Votre opinion était donc déjà faite, et le père déclaré coupable? Vous-même et le Service social aviez déterminé d'un commun accord...

– Rien du tout, coupa Resnick.

L'avocat de la défense sourit.

– Diriez-vous, inspecteur, que vous entretenez de bonnes relations avec le Département des Affaires sociales ?

Resnick voulut tourner la tête dans la direction où il savait que se trouvait Rachel Chaplin. Il avait remarqué son tailleur bleu marine, parcouru de fines rayures, la veste cintrée à la taille et rembourrée aux épaules, ainsi que le chemisier bleu clair, boutonné jusqu'en haut. Aujourd'hui, elle avait coiffé ses cheveux en arrière, le chignon maintenu par un peigne en argent.

– Dans la mesure où nos objectifs sont parfois différents, je dirais oui, nous travaillons dans une atmosphère de collaboration.

Il regardait l'avocat dans les yeux, le visage sans expression. Celui-ci hésita, tenté un instant de poursuivre sur la question des objectifs, mais se ravisa et reprit le fil de l'interrogatoire.

Rachel Chaplin changea de position sur le banc qu'elle occupait et croisa de nouveau les jambes, la droite par-dessus la gauche. Dans le silence du prétoire, elle entendit distinctement le bruissement du nylon. « Tu ne déposes pas, aujourd'hui ? » lui avait demandé Chris Phillips avant qu'elle parte. « Je ne pense pas, pourquoi ? » « Tu es d'une élégance, ce matin... »

Elle avait retenu son souffle en entendant la question, certaine que Resnick allait parcourir la salle des yeux et regarder dans sa direction. Elle savait qu'il en avait envie et fut étonnée qu'il n'en fasse rien. Il ne lui apparut que plus tard qu'il l'avait fait exprès.

Bon ! pensa-t-elle, d'accord. J'aimerais discuter objectifs et intentions avec vous. Et mettre au clair certaines choses.

– A présent, inspecteur, dit l'avocat, je vais vous demander de regarder attentivement ces clichés, qui constituent la pièce à conviction n° 1, et qui ont été pris par le photographe de la police à l'issue de l'examen médical.

Resnick se pinça l'arête du nez et ferma les yeux pendant une seconde.

– Elle tire pas, cette caisse, fit Divine.

Il faisait du quatre-vingt-cinq sur la voie rapide, en pleins phares sur la Volvo, à quinze mètres devant.

– On s'arrête à la prochaine.

– Encore?

– Encore.

A l'arrêt précédent, les deux hommes avaient échangé leurs places, Naylor passant à l'arrière avec le prisonnier. Près d'une centaine de kilomètres assis inconfortablement, à sentir sa jambe gauche s'ankyloser au-dessus du genou. A remuer les fesses sans oser bouger trop souvent, à cause du type menotté à côté, qui, lui, ne bougeait pas du tout et se contentait de respirer en regardant défiler le paysage par la fenêtre, l'œil à l'affût de l'apparition sporadique d'un carré de verdure entre une banlieue et une portion d'autoroute.

– Me dis pas qu' tu veux encore passer un coup de fil?

Il y avait un truc à propos de Divine, songea Naylor. C'est que lorsqu'il avait une idée dans la tête, il ne renonçait pas vite.

– Je voudrais lâcher un fil, rétorqua Naylor.

– Et qu'est-ce que tu dirais de deux beignets? lança Divine par-dessus son épaule. Avec de la marmelade au citron.

– Seulement deux?

– Pour commencer, dit-il, tandis que, devant la Volvo passa à contrecœur sur la voie centrale pour les laisser doubler. Et tête de nœud, qu'est-ce qu'il en dit, d'un p'tit pipi?

Naylor glissa un regard à Macliesh.

Celui-ci semblait se trouver dans un autre monde.

Ils se garèrent à côté d'une Volkswagen Polo et durent patienter le temps qu'on attache un bébé dans son siège de voiture et que trois autres gamins, entre trois à sept ans, se frayent un chemin en piaillant parmi les valises et les boîtes de jeux, renversant au passage le pot en plastique bleu et le scottish terrier. Quand ils purent enfin monter à leur tour, les parents semblaient terrassés et incapables de seulement manœuvrer la voiture jusqu'à la sortie du parking.

– Ça, c'est toi dans quelques années, prédit Divine en leur ouvrant la portière.

– C'est pas obligatoire d'en arriver là, répondit Naylor quand ils furent sortis.

– Ah bon?

– On peut s'y prendre autrement.

Divine fit la moue et leva un sourcil.

– Tout dépend de comment tu les éduques, tes gosses. Si tu te débrouilles bien, plus il y a de gosses, moins c'est de boulot, malgré les apparences.

– C'est Debbie qui dit ça?

– C'est le sens commun qui dit ça.

Près d'une rangée de jeux vidéo et de machines à sous, deux motards adossés au mur adressèrent un signe de solidarité à Macliesh qui ne sembla même pas s'apercevoir de leur présence. Une vieille femme s'aidant d'un déambulateur pour marcher aperçut les menottes et les suivit des yeux.

– Non, mais t'imagines combien ça coûte de trimbaler tes nains dans des endroits pareils? Les burgers, les goûters, les frites! Tu pars en vacances, t'es ratissé avant d'avoir quitté l'autoroute.

Ou alors, tu prépares des sandwichs à emporter, se dit Naylor, une Thermos et une grande bouteille de Coca. Mais il n'avait pas une envie folle d'épiloguer.

« Merci, très peu pour moi. Les capotes, ça coûte quand même moins cher, continua Divine. Encore que moi, personnellement, j'm'en sers pas, ça coupe le plaisir, mais bon... »

– Vas-y, dit Naylor en désignant la cafétéria d'un signe de tête. Je vais pas rentrer attifé comme ça. Ramène-nous quelque chose, pendant ce temps-là, nous, on va aux gogues. Rendez-vous à la voiture.

– T'es sûr que ça ira?

Naylor acquiesça en regardant Macliesh et prit la direction des toilettes, traînant son colis derrière lui!

– J'espère pour toi qu'il est gaucher, lança Divine en les suivant du regard.

Une fois... songea Naylor. Juste une fois, il aurait aimé faire équipe avec Patel, qui n'était pas le mauvais mec, ou bien avec Lynn Kellogg. De temps à autre, il lui arrivait de fantasmer sur Lynn. Une chose, parmi d'autres, qui l'avait pris au dépourvu. Il avait cru que l'amour et le mariage vous faisaient renoncer ne serait-ce qu'à regarder les autres femmes, tout au moins les premières années. Seigneur! Il se demandait comment réagirait Debbie si d'aventure il trouvait le courage de le lui avouer, ce qui, bien entendu, n'arriverait pas. Lynn n'était même pas mignonne, enfin pas au sens habituel du terme, mais cela ne l'empêchait nullement de la regarder à la dérobée dans le bureau, ni d'essayer d'imaginer à quoi elle ressemblait sous les vêtements amples qu'elle portait habituellement. Peu de temps après sa promotion au CID, Divine était sorti avec elle, vendant comme d'habitude la peau de l'ours avec un luxe de détails sur la manière dont il allait faire son initiation, et l'habituel florilège de conneries. Naylor ne savait pas ce qui s'était passé ensuite, Divine s'étant curieusement montré d'une extrême discrétion quant au résultat des courses. Muet comme une tombe et...

Naylor sentit quelque chose de chaud contre sa cuisse et tourna la tête. Macliesh s'était légèrement décalé par rapport à son urinoir et, tenant avec solennité son engin de la main gauche, était en train de lui pisser consciencieusement sur sa jambe de pantalon.

– Et jamais, à aucun moment, inspecteur, vous n'avez douté de la véracité des allégations de Mrs Taylor?

– C'est à la cour d'établir la véracité de ces allégations, pour ma part, je devais établir qu'un viol avait bel et bien été commis.

– Et vous avez acquis cette certitude?

– Oui.

– Sans le moindre doute?

– Il y avait une enfant qui pouvait être en danger. Mon devoir était de veiller à ce qu'une enquête en règle soit effectuée.

– Rapidement?

– Oui.

– A la hâte.

– Ce terme n'engage que vous.

– Je pense inutile de votre part d'engager un débat sémantique avec la défense, intervint le juge en se penchant vers lui. Répondez seulement aux questions.

– Je suis désolé, Votre Honneur, répliqua Resnick, mais c'est ce que je pensais avoir fait d'une façon claire.

– Je suggère... reprit l'avocat. Je suggère que ce que vous avez fait a consisté à réunir deux éléments de preuve trop tentants. D'une part celui qui établit de manière malheureusement évidente qu'on a abusé sexuellement plus d'une fois de cette pauvre petite, et d'autre part les accusations d'une mère extrêmement perturbée qui peut avoir différents motifs pour accuser son mari d'avoir perpétré de tels actes.

Des clameurs d'indignation se firent entendre à deux endroits différents de la salle. Rachel s'aperçut qu'elle s'était levée d'un bond et entreprit de se rasseoir calmement.

« Vous avez opté pour la solution la plus simple, car il est devenu quasiment automatique dans ce genre d'affaire très prisé des médias de tomber à bras raccourcis sur le père ou le beau-père pour en faire des coupables. Et aussi parce que, comme vous nous l'avez précisé tout à l'heure de façon très révélatrice, cette solution était très diplomatique pour l'atmosphère de collaboration régnant entre les services de police et le Service social.

– Je n'ai jamais dit que...!

– Inspecteur, tout cela est inscrit au procès-verbal.

– Je n'ai *jamais* dit que l'opinion du Service social...!

– Inspecteur, s'il vous plaît. La cour a parfaitement entendu ce que vous avez dit.

– Aucune pression extérieure n'a été exercée pour nous conduire à l'arrestation de Mr Taylor.

– Qu'est-ce qui, dans ce cas, a motivé cette arrestation?

Resnick retint sa réponse. Sa respiration, aussi. Il sentait sa chemise trempée de sueur au bas de son dos. La transpiration sous ses aisselles et dans le pli du genou.

– La petite fille, dit-il.

– Une petite fille de sept ans?

– Oui.

– ... nerveuse, intimidée...

– Non.

– ... bombardée de questions...

– Non.

– Questions auxquelles, comme le font les enfants, elle a donné les réponses qu'elle a pensé qu'on attendait d'elle.

Un son sortit de la bouche de Resnick, à mi-chemin entre un rugissement et un rire.

– J'ai vu, dit Resnick, à travers un miroir sans tain, j'ai vu la petite Sharon Taylor, âgée de sept ans, assise avec une assistante sociale et personne d'autre dans la pièce...

– Inspecteur, intervint l'avocat, il n'est nul besoin...

– Bien sûr que si!...

Les mains de Resnick s'étaient refermées sur la

barre des témoins et, même du fond de la salle, Rachel put voir la blancheur des articulations.

Le juge se pencha vers lui.

– Inspecteur Resnick, nous comprenons ce que cette affaire peut avoir de douloureux...

Resnick fit face au juge avant de reprendre d'une voix posée.

– Entre elles deux, il y avait un micro et deux poupées, dit-il en désignant la table où étaient posées les pièces à conviction. Celles-là même qui ont été présentées à la cour. Et j'ai vu et entendu la petite Sharon Taylor manipuler ces deux poupées pour expliquer ce que l'accusé lui avait fait. Et aussi ce qu'il lui avait fait faire.

Resnick planta son regard dans celui de l'avocat : « Son père !... »

8

Il crut tout d'abord qu'elle n'était pas là et ressentit une bouffée de déception proche de la colère. Il pensait presque l'avoir mérité. A cause de son témoignage. Il s'était même laissé aller à imaginer comment ça se passerait. Comment elle se tiendrait pour l'attendre, avec un grand sourire pour l'accueillir. Un jour, peut-être, il cesserait de rêver sa vie.

Resnick adressa un signe de tête à quelqu'un qu'il connaissait, contourna deux avocats qui, armés de leurs agendas, arrangeaient leur bridge hebdomadaire, puis, enfin, l'aperçut. A l'écart, lui tournant pratiquement le dos, en train de parler avec Mrs Taylor. Il pouvait même imaginer le ton de sa voix. Apaisant.

Il ralentit le pas, soucieux de ne pas atteindre la sortie avant qu'elle ait pu l'apercevoir à son tour.

– Inspecteur.

Rachel prit congé de Mrs Taylor d'un sourire et traversa le hall à sa rencontre.

« Comment ça va ? »

Resnick regarda par-dessus son épaule.

– Comment va votre cliente ?

– Elle a passé presque toute la journée dans une salle d'audience à écouter un faux cul perruqué, mielleux et grassement payé, essayer de démontrer qu'elle n'est qu'une menteuse hystérique et vindicative. Que croyez-vous qu'elle ressente ?

Elle s'interrompit un instant, baissa la tête et un sourire se dessina au coin de ses lèvres.

« Je suis désolée, dit-elle. Vous ne méritez pas ça. Mrs Taylor tient le coup. Et l'aspect positif de tout ça, c'est que ça l'a rendue furieuse, elle aussi. Furieuse de ce qu'ils essayent de lui faire. Alors que vous... »

Le sourire illuminait son visage, à présent.

« Elle pense que vous êtes un chevalier. »

– Elle a vraiment dit ça ? un chevalier ?

– Non, moi, dit-elle en faisant un pas vers lui. Regardez, lisez sur mes lèvres.

– Je suis désolé à propos d'hier soir, dit Resnick en essayant de ne pas regarder ses lèvres, ce qui lui parut très difficile.

– Comme vous dites.

– J'espère que je ne vous ai pas sortie du lit quand j'ai téléphoné ?

– Si.

– Mais pas... Comment s'appelle-t-il ?

– Vous savez très bien comment il s'appelle. Chris. On ne va pas recommencer ?

– Allons prendre un verre.

– J'ai promis à Mrs Taylor de l'accompagner pour chercher Sharon. Il faudra que je reste avec elles un moment.

– Plus tard, alors ?

Resnick sentit qu'elle le jaugeait et se demanda ce que donnait son estimation.

– Sept heures? finit-elle par proposer.
– D'accord. Où voulez-vous aller?
– Vous choisissez l'endroit, cette fois, dit-elle, amusée.
– Vous connaissez le *Partridge?*
– Sur Mansfield Road?
– C'est ça.
Elle acquiesça et retourna vers Mrs Taylor qui attendait. Resnick se dit qu'il avait largement le temps de faire un crochet par la brigade, histoire de voir où en était Millington avec le cas Macliesh. Selon toute vraisemblance, et vu comment il avait mis le paquet auprès du sergent, il pouvait compter trouver à son arrivée des aveux signés dans les règles. Ce qui vaudrait peut-être enfin sa promotion à Millington, et à Resnick de ne plus l'avoir dans les pattes.
En gagnant la rue, Resnick regarda sa montre. Avec un peu de chance, il avait aussi le temps de rentrer chez lui nourrir les chats.

– J'y renonce!
Graham Millington était assis sur un bureau du bloc central, un pied posé sur le dossier de la chaise, un gobelet en plastique dans une main, une cigarette dans l'autre. Ses vêtements semblaient avoir été passés dans un moulin à légumes.
– Je croyais que vous aviez arrêté?
Millington regarda ses deux mains.
– Quoi?
– Je peux vous dire un mot, monsieur?
Le sergent du troisième roulement se tenait juste derrière Resnick, hésitant, trois sacs en plastique et une demi-douzaine de clichés 13 × 18 à la main.
– Allons dans mon bureau.
Quand, dix minutes plus tard, Resnick et le sergent reparurent, Millington n'avait pas changé de position.
– On est toujours sur la bouteille de scotch de Divine? demanda Resnick.

Millington fit signe que oui.

Resnick sortit la bouteille du tiroir, songeant au passage qu'aux alentours du 1er janvier, il faudrait qu'il touche deux mots à Divine sur son goût en matière de calendriers. Il n'était sûrement pas le seul, à la brigade, à être fatigué de contempler, mois après mois, des poitrines de 105 en berne. Peut-être même en parlerait-il aussi à Lynn Kellogg.

Il versa une petite rasade dans le gobelet du sergent.

– Comment ça s'est passé, pour vous, monsieur?

Resnick secoua la tête.

– Plus tard. Donc, d'après ce que j'ai cru comprendre, il n'a ni craqué, ni avoué?

– C'est moi qui ai failli craquer.

– Comment ça se fait?

Millington leva les yeux.

– Vous imaginez ça comment, vous, de passer l'après-midi entier face à un mec qui refuse de répondre à la moindre question?

– Un après-midi reposant.

Malin, pensa Millington.

« Pourquoi a-t-il refusé de parler? »

– Comment voulez-vous que je le sache, puisqu'il n'en a pas décroché une?

– Calmez-vous, Graham.

– Je m'excuse, monsieur.

Millington se leva, fouilla dans ses poches à la recherche de son paquet de cigarettes.

« Ça me foutait hors de moi. Assis là, à écouter le tic-tac de la pendule. Je me suis retenu pour pas faire le tour du bureau et lui coller un pain.

Resnick subtilisa la cigarette d'entre les doigts de Millington, la remit dans le paquet, puis le paquet dans la poche-poitrine de la veste chiffonnée du sergent.

– Mais vous vous êtes retenu?

Millington hocha la tête.

– J'avais dans l'idée que c'est ce qu'il attendait. Que je lui foute sur la gueule, j'entends.

– Bizarre quand même, pour un type censé avoir un tempérament violent.
– Peut-être qu'il est seulement comme ça avec les femmes.
Resnick sentit comme un écho à l'intérieur de lui-même. Trop lointain pour identifier clairement de quoi il s'agissait.
– Peut-être.
– La seule chose qu'il a dite... commença Millington.
– Oui?...
– Quand Divine et Naylor l'ont descendu au bloc...
– Eh bien?
– Il a dit : « Je sais que c'est cette morue qui a tout combiné. J'aurai sa peau. »
– De qui parlait-il?
– Il n'a pas précisé.
– A votre avis, de qui voulait-il parler?
– De la mère de la fille, peut-être?
– Possible, dit Resnick.
Mais lui pensait plutôt à Grace Kelley.
Le téléphone sonna et Millington décrocha.
– CID?... Bien, monsieur... Oui, monsieur, dit-il avant de se tourner vers Resnick : Le superintendant. Il souhaiterait que vous montiez le voir avant de partir.
Resnick acquiesça et prit la direction de la porte.

L'essentiel de la page 2 du journal déplié sur le bureau de Skelton était consacré au procès Taylor, avec un renvoi en page 3. Resnick aperçut, à l'envers, une vieille photo de presse le représentant.
– Pas très ressemblante.
– Non, monsieur.
– Les faits rapportés sont-ils exacts?
Resnick prit le journal et se mit à parcourir l'article tandis que le superintendant laissait traîner son regard sur le tableau d'avancement placardé au mur. Le bureau de Resnick aurait pu tenir plusieurs fois dans

celui de Skelton tout en laissant encore largement la place de faire cinquante pompes pendant la pause déjeuner. Une rumeur courait selon laquelle un jeune inspecteur exalté était entré un jour sans frapper, pour trouver le big boss en train de faire le poirier entre les meubles de classement. Mais c'était seulement une rumeur.

– Oui, monsieur, dit Resnick en reposant le journal. Je suppose que le compte rendu est objectif.

Skelton se racla la gorge, émettant un son bizarre, entre la toux et le grognement.

– Ça ne sert pas toujours nos intérêts de rendre coup pour coup dans l'enceinte d'un tribunal.

– Il a tenté de mettre la pression sur moi, histoire d'impressionner le jury.

– Et vous ne vous êtes pas laissé faire. Aucune objection.

– Il avait répété son numéro au millimètre. Regards pénétrants, effets de manches, coups bas. N'importe quoi pour démolir la vérité des faits.

– Mais vous avez gardé l'avantage, Charlie?

Resnick ne répondit rien.

– Il y a une implication émotionnelle de votre part?

– Naturellement, monsieur.

Skelton baissa les yeux sur la photo de sa femme et de sa fille, dans son cadre en argent.

– Et le jury? Il penche de quel côté selon vous?

Resnick revit leurs visages, solennels, craintifs. L'homme chauve en veste de sport qui prenait des notes au stylo à bille sur le dos d'une enveloppe; la femme qui se cramponnait à son sac à main pendant l'exposé des preuves matérielles et dont les lèvres bougeaient rapidement, silencieusement, comme pendant une prière.

– Je ne sais pas, monsieur.

Skelton se renversa dans sa chaise et, dans le même élan se leva. Cela faisait neuf heures qu'il était dans la maison, et son costume avait l'air de sortir du pressing.

Chaussures sur mesures, régime. Resnick n'imaginait pas Skelton partir de chez lui sans avoir ciré ses chaussures ni être allé à la selle.

– Vous avez vu Macliesh ?

– Pas encore, monsieur. J'ai seulement parlé avec Millington.

– Il semble avoir eu un après-midi frustrant.

– C'est aussi ce que j'ai cru comprendre.

– On ne peut pas faire traîner plus longtemps la procédure. Il a proféré des menaces à l'encontre d'un témoin, en présence du sergent de garde. Cela dit, je ne veux pas que les choses soient expédiées. Demain, il fera jour. On va le laisser téléphoner et choisir un avocat. Et s'il refuse, on prend le premier qui répond présent.

Il ponctua ses paroles d'un hochement de tête et Resnick se leva.

« Parfait, Charlie. Je souhaiterais que vous preniez les choses en main personnellement, demain matin.

– Bien, monsieur.

– Vous procéderez vous-même à l'interrogatoire.

– Entendu.

– Oh ! encore une chose, Charlie.

– Oui ?

– Vous continuez à faire un peu d'exercice, de temps en temps ?

Resnick regarda le superintendant, légèrement déconcerté. Le week-end dernier, il avait passé l'aspirateur dans toute la maison, de fond en comble, dans des pièces dont la seule fonction consistait à accumuler de la poussière et des restes d'oiseaux morts. Était-ce vraiment ce que Skelton entendait par « faire de l'exercice » ?

– Non, monsieur. Pas régulièrement.

– Vous devriez. Vous commencez à être grassouillet.

Le pub se trouvait à deux blocs du QG et Resnick y était allé souvent lorsqu'il était basé dans le secteur. L'établissement faisait l'angle d'une rue commerçante qui remontait vers la colline en direction du cimetière et alignait charcuteries, restaurants chinois et magasins de matériel d'occasion remplis de réfrigérateurs rouillés et de Baby Bellings en vitrine, sans oublier le traditionnel cageot de livres de poche à dix pence l'unité. La clientèle se composait en majeure partie de gens du quartier, habitant les étroites rues en terrasses qui s'étendaient de chaque côté, et d'étudiants de tous âges dilapidant leur bourse d'étude en prenant un verre avant ou après les cours du soir de l'École professionnelle d'enseignement technique.

Rachel Chaplin était arrivée la première et avait pris place dans un angle, sur le côté droit de la salle, confortablement assise sur la banquette capitonnée qui bordait les deux murs, un livre sur les genoux, un verre de vin blanc à portée de la main, la veste de son tailleur déboutonnée. Dire qu'elle a juste à être assise là, songea Resnick. Simplement à être assise là, pour me faire l'effet qu'elle me fait.

Rachel sut qu'il était entré avant de lever les yeux. Elle avait senti ses yeux se poser sur elle. De la même manière dont elle avait senti, au cours de l'audience, son désir de regarder dans sa direction. Elle termina la phrase qu'elle était en train de lire et porta le verre de vin blanc à ses lèvres.

Un groupe de gamins de l'école passa devant Resnick comme il marchait vers elle. L'une des filles – en minijupe grise sur des collants à côtes – bouscula Resnick et poursuivit son chemin en pouffant. Il n'était rien pour elle. Juste un homme plus vieux, en travers de son chemin. Asexué.

Était-ce ainsi qu'elle le voyait? songea Rachel. Même dans son costume de sortie, au tribunal, il faisait négligé. Son pantalon avait des poches aux genoux et son nœud de cravate mal foutu ne ressemblait à rien, le pan étroit pendouillant sur le devant.

– Désolé d'être en retard, fit Resnick en s'installant. Boulot.

Sa jambe effleura la sienne et il buta dans la table en s'écartant.

« Ça va se vider au fur et à mesure, dit-il. Une partie des clients va au WEA [1]. »

– Je sais, dit Rachel. J'y ai pris des cours de yoga, à une époque.

En voyant son expression, elle précisa.

– J'ai lâché au bout de trois semaines. J'étais une très mauvaise recrue.

– Comment ça se fait?

– Chaque fois que la prof nous faisait allonger par terre pour la relaxation, je plongeais.

– Vous vous endormiez?

– A poings fermés.

– Je croyais que c'était moi qui dormais mal la nuit?

– Quand j'ai abandonné les cours, je me suis offert un nouveau matelas.

Et sûrement un nouveau fiancé, se dit Resnick.

– Le yoga est loin d'être le pire des trucs, dit-il. Je craignais que vous n'ayez versé dans l'analyse transactionnelle.

La femme de Resnick avait tâté de la chose. Les ondes positives, les ondes négatives et lui au milieu, comme un chat sur une clôture électrifiée. Il passa un bras derrière les épaules de Rachel et pressa le bouton encastré dans la boiserie.

– J'ignorais qu'on en trouvait encore, dit Rachel tandis qu'il ramenait son bras : la clochette pour appeler le serveur.

– Toute une époque, fit Resnick. Il y en avait dans chaque bar de la ville, autrefois.

Elle détourna le regard et aussitôt Resnick regretta le ton qu'il avait employé pour dire ça. Nostalgique d'un passé où un shilling était un shilling, où toutes les

1. Workers Educational Association. (N.d.T.)

cabines téléphoniques étaient rouges mais aucune ne fonctionnait. Conjuguée sur un certain mode, la nostalgie devenait l'arthrite de l'esprit.

Il commanda une Guinness à la pression dans un grand verre. La serveuse était maigre comme un coucou et arborait une scoliose des plus inesthétiques. Elle connaissait Resnick de vue mais sans plus et s'occupait de lui comme d'un client anonyme.

– Il reste des sandwichs?

– Pain au sésame. Canard. Fromage. Oignons. Fromage et oignons.

– Fromage et oignons, dit-il en se tournant vers Rachel qui déclina l'offre d'un geste.

Ils parlèrent de Mrs Taylor et de la façon dont elle vivait les choses, comment elle essayait de reprendre le dessus, et aussi du silence de la petite fille qui s'était complètement renfermée en elle-même. Elle lui demanda ensuite comment progressait l'enquête sur le meurtre et il lui parla du suspect en garde à vue.

– Le mari?

– L'ex-petit copain.

Elle but une gorgée de vin.

– Vous êtes marié?

La serveuse apporta la bière et le sandwich de Resnick. Rachel en profita pour commander un autre vin blanc-soda.

– Et de la sauce Worcester, ajouta Resnick.

– Je n'en mets jamais dans le vin.

– Mais moi, j'en mets dans mes sandwichs.

– C'est déjà assaisonné. Mettez plutôt de la moutarde.

Il secoua négativement la tête.

– Sauce Worcester.

Lorsqu'elle apporta la petite bouteille sur la table, la serveuse fit en sorte de détourner le regard pour ne pas voir ce qu'il allait en faire.

– Alors? insista Rachel.

– Délicieux. Je vais vous faire goûter, fit Resnick.

– Pourquoi évitez-vous la question?

Il cligna des paupières.

– J'ai été marié pendant cinq ans. C'était il y a très longtemps.

– Des enfants?

– Non, et vous?

– Si j'ai des enfants ou si j'ai été mariée?

– Les deux.

– J'ai été mariée, moi aussi. Ça me paraît également remonter à une éternité, mais ça ne fait pas si longtemps. Nous n'avons pas eu d'enfants, et je n'en ai pas eu depuis non plus.

Il aurait voulu en savoir plus, au sujet des enfants. Si elle en voulait ou pas. Mais il demanda seulement :

– Et pourquoi avez-vous repris votre liberté?

Rachel fit tourner le verre entre ses doigts :

– J'avais l'impression d'essayer de respirer sous l'eau.

Il la suivit des yeux tandis qu'elle revenait des toilettes pour dames. Elle portait toujours ses cheveux tirés en arrière, la nuque dégagée et mise en valeur par deux pendants d'oreilles en argent qui accentuaient aussi le contour de ses mâchoires et lui faisaient la bouche plus pleine.

Lisez sur mes lèvres.

– Je dois rentrer tôt, annonça-t-elle.

Resnick acquiesça et lui posa la même question que Skelton lui avait posé à propos du jury. Elle n'avait pas de certitude à ce sujet, elle non plus.

– Il y a un an, six mois, même, j'aurais pu vous répondre.

– Vous pensez que les mentalités ont changé à ce point?

– Pas vous?

Elle connaissait les statistiques : une augmentation de 140 pour 100 des « viols domestiques » sur des enfants. Plus de 3 000 cas figuraient sur les registres.

A la suite de l'affaire Jasmine Beckford, on avait même fait appel à du personnel spécialisé, avec formation et responsabilités particulières. La même chose qu'à Cleveland.

– L'ennui, dit-elle, c'est que c'est devenu presque banal.

– Et ça n'encourage pas beaucoup d'enfants à parler?

– Si, bien sûr, mais le problème, avec les modes, c'est qu'elles changent vite. Le poncif d'autrefois, c'est que nous n'agissions pas assez rapidement. A lire les journaux, on aurait cru que le pays tout entier réclamait des mesures à la moindre alerte, et le placement immédiat de l'enfant.

– Et maintenant, c'est l'excès inverse.

La police avait, elle aussi, l'expérience de ce genre de revirement.

– Vous savez, dit Rachel en se penchant légèrement vers lui, que lorsque l'un des enfants de Cleveland a été enlevé d'un placement sous contrôle judiciaire, il y a eu un journal pour titrer en gros caractères : « LE PREMIER ENFANT A ÉTÉ LIBÉRÉ »?

– Vous craignez que le jury ait tendance à pencher du côté du père?

Rachel se contenta de le regarder dans les yeux.

Resnick changea de position sur son siège et but une gorgée de Guinness, sentant qu'elle préférait changer de sujet. Assez avec les heures sup.

– C'est la culpabilité qu'ils n'accepteront pas, dit Rachel après une pause de silence, la voix montant d'un ton, leur culpabilité.

– La leur?

– Il fut un temps où n'importe quel individu qui abusait d'un enfant était un psychopathe, un fou à enfermer ou à mettre hors d'état de nuire. Les gens pensaient à Myra Hindley, ou Ian Brady, dit-elle, s'interrompant pour toucher ses joues qui commençaient à lui brûler. A présent, il y en a partout. Des gens ordinaires. C'est cela qu'ils n'arrivent pas à croire. Des gens comme eux, comme leurs amis, comme leurs propres enfants.

Elle leva son verre et le but d'un trait. Les gens autour d'eux qui lui avaient prêté un instant l'oreille retournèrent à leurs conversations ou à leurs silences. Resnick observa ses joues reprendre une couleur normale et ses yeux briller d'un éclat moins intense.

– Je suis navrée, dit Rachel. Je ne voulais pas m'épancher comme ça.

– Aucun problème, dit Resnick.

Elle se leva.

– Il faut que je parte.

Un flux continu de circulation descendait de la colline, en deux lignes jumelles de phares, vers le centre-ville. Des files séparées d'hommes et de femmes étaient massées à l'autre bout de la rue, devant l'*Huckleberry,* le *Jivago* ou l'*Empire.*

– Merci pour le verre, dit Rachel.

– Merci d'être venue, dit Resnick.

Elle sourit. Un vrai, magnifique, sourire.

– Dire que j'étais supposée me détendre.

– Il n'est peut-être pas trop tard pour une leçon de yoga.

Elle glissa les mains dans ses poches et tourna les talons. Le même groupe d'étudiants qui étaient entrés dans le pub en même temps que Resnick sortirent à leur tour, s'attardant un moment sur le pas de la porte pour rire entre eux. Les gamins portaient tous de longs impers sans forme, comme celui du courtier auprès duquel sa mère avait souscrit, à sa naissance, une assurance d'un penny par semaine.

9

Si Dizzy avait été humain, songea Resnick, il aurait sûrement passé ses journées à errer comme un clochard dans les centres commerciaux ou aurait plongé tout habillé dans les fontaines municipales, une écharpe rouge et blanche à la ceinture. On l'aurait certainement repéré, jouant l'ivrogne de service, embusqué derrière un mur de canettes dans le bar d'un quelconque ferry-boat traversant la Manche de long en large. Resnick ouvrit les yeux sous l'insistance du miaulement plaintif, se glissa hors des couvertures avec précaution pour ne pas troubler la somnolence de Miles et se dirigea pieds nus vers la fenêtre.

Le squelette noir de l'arbre en contrebas nuança le pelage sombre du chat qui, après un bond étouffé sur la corniche, apparut de l'autre côté de la vitre, portant quelque chose dans la gueule, ses deux deux yeux jaunes luisant dans la nuit. Resnick leva le panneau coulissant de la fenêtre et Dizzy entra, la queue en trompette. Dehors, la pluie avait cessé depuis peu. La lumière du réverbère se reflétait sur le trottoir mouillé, dans le murmure du vent.

De prime abord Resnick avait pris le trophée de Dizzy pour une chauve-souris mais s'aperçut, une fois la forme grise déposée au creux de l'oreiller, qu'il s'agissait seulement d'un mulot. L'échine était brisée. Un mince filet jaunâtre et rose s'échappait du ventre à l'endroit marqué par le croc.

Assis près de la table de nuit, Dizzy le regardait avec un air de reproche.

Resnick prit un chiffon pour enlever le rat et emporta l'oreiller à la salle de bains, où il réveilla Pepper, pelotonné dans le panier à linge, en allumant la lumière. Le chat se frotta les yeux du bout de la patte.

Il était presque quatre heures et quart.

Resnick décida de préparer du thé.

Son grand-père lui revint en mémoire. Ses chemises et ses cardigans sans col qui pendouillaient sur sa poitrine creuse; ses éternels pantalons gris, avec un rabat cousu sur le devant, que soutenaient deux épingles de sûreté. Il faisait deux choses dans la maison : il allumait le fourneau tous les matins et préparait le thé. Il roulait les feuilles dans ses doigts maigres avant de les émietter en pluie dans une casserole toujours sur le côté du fourneau, le thé devenant toujours plus noir, toujours plus épais.

Il se rappelait à peine le son de sa voix, mais se souvenait un peu plus du grand-père lui-même. Une silhouette à la démarche lente, évoluant entre la cuisine et le cabinet, où les feuilles de journal, pliées en deux, puis encore en deux, pendaient à une broche de métal transformée en crochet. Une fois, un dimanche, le reste de la famille avait ramené de l'église un étranger et Resnick avait vu son grand-père engoncé dans un col-cravate – Resnick lui-même, encore enfant, l'avait aidé à boutonner le col et à nouer correctement la cravate – et enfiler par-dessus une veste rutilante, avant de tous les rejoindre dans le salon, fermant la porte derrière lui. Dans le couloir, entre les balustres de la rampe d'escalier, lui étaient parvenus des éclats de voix, et surtout celle de son grand-père, furieuse, amère et si étrangement aiguë, relançant la dispute.

Parfois lui revenaient, par bouffées, des souvenirs du petit Polonais se bouchant les oreilles aux bêtises des grandes personnes. Il n'avait jamais su à propos de quoi tout le monde s'était disputé ce jour-là.

En y repensant à présent, il ne se rappelait pas non plus, malgré toutes ces années passées dans la même maison, que son grand-père lui ait jamais dit plus de trois mots.

– Mon Dieu! Qu'est-ce qu'il lui arrive?
– Gardez votre calme.
– Je veux savoir!...
– Attendez une minute que ce soit réglé.
– Pas ques...!
– Vous devriez aller jeter un coup d'œil, monsieur.

Resnick considéra l'œil inquiet du sergent affecté au bloc, puis l'avocate qui se tenait en face de lui dans l'étroit bureau. Un agent en uniforme escortait un détenu hors des toilettes qui faisaient face à un bloc de trois cellules; de l'autre côté de la porte de la plus proche d'entre elles, un poing martelait avec colère, régulier comme un métronome; une femme policier en tenue arborant un casque de cheveux blonds parlait à voix basse à un jeune noir menotté au radiateur; enfin, tout au bout du corridor, Divine et Naylor se tenaient près de la porte de la troisième et dernière cellule. Partout dans l'immeuble, des téléphones sonnaient.

– Monsieur...

– O.K.! sergent, dit-il en prenant le couloir.

Il ignora la voix de l'avocate sur ses talons, tout comme ses hommes en faction devant la porte, et pénétra dans la cellule. Assis sur l'étroite paillasse, Tony Macliesh leva les yeux vers lui et sourit.

Du sang dégoulinait d'une estafilade à sa pommette gauche et une bosse de la taille d'un œuf de pigeon enflait au-dessus de sa tempe. Sa lèvre était fendue et lorsqu'il se leva, un filet de sang coula de son nez sur son menton, tachant son tee-shirt et son jean avant d'atterrir sur ses chaussures en daim fatiguées.

Pourtant, pas de doute, l'enfoiré souriait.

– Mon bureau, dit-il sans se retourner, à l'adresse de Naylor et Divine. Tout de suite.

L'avocate n'avait pas bougé du bureau du sergent, ni obtenu de réponse à ses questions. Quelque part, quelqu'un sifflotait *Moonlight Serenade.*

– Inspecteur... commença-t-elle.

– On a appelé un docteur? demanda Resnick au sergent.

– Il arrive, monsieur.

– Inspecteur Resnick...

– Appelez la permanence et voyez si quelqu'un peut apporter une tasse de thé à Miss Olds, ajouta-t-il en croisant le regard de l'avocate. Ou du café.

Resnick avait croisé Suzanne Olds une seule fois auparavant. Elle représentait un gamin de treize ans inculpé de coups et blessures volontaires. Elle était parvenue, et ce probablement avec raison, à ne pas faire figurer au procès les aveux de son client. Il se souvenait de deux ou trois choses à son sujet, notamment qu'elle tenait à ce qu'on l'appelle Miss.

– J'aurais dû me douter que mon client était justement celui en difficulté, dit-elle.

– Macliesh est votre client depuis quand? s'étonna Resnick.

Suzanne Olds retroussa la manche de sa veste de toile beige afin de consulter sa montre.

« Laissez tomber, aucune importance, fit Resnick en décrochant le téléphone pour composer un numéro de poste. Patel? Je voudrais que vous descendiez au bloc. Vous restez avec Macliesh, porte ouverte. Personne n'entre ni ne sort jusqu'à l'arrivée du toubib, vu? »

Il raccrocha sans attendre la réponse et gagna la porte.

– Et pendant ce temps-là, mon client ne recevra aucun soin, je suppose?

Resnick soutint son regard pendant quelques secondes avant d'aller jusqu'au bureau d'accueil et de revenir muni d'une trousse de secours qu'il déballa sous le nez de l'avocate. Il sortit une boîte de pansements, un flacon de Germolene et un reste de coton hydrophile. Quand Patel arriva, Resnick lui confia le tout.

– Si le médecin n'est pas là d'ici dix minutes, voyez ce que vous pouvez faire avec ça.

Naylor se demanda s'ils en étaient quittes pour un savon ou pour plus grave, mais sans s'inquiéter plus que ça. Après tout, ce qui était arrivé était la faute de Divine, et si le temps se couvrait, Divine pourrait se brosser au sujet de l'esprit de corps! Chacun sa peau!

En revanche, il était davantage préoccupé par ce qu'avait dit Debbie au petit déjeuner. Il en avait transformé sa biscotte en chapelure lorsqu'elle avait fait mention de ses quatre jours de retard. Quatre jours de retard! Qu'est-ce qu'elle voulait dire par là? Et pourquoi se mettait-elle subitement à parler de ces choses-là, alors qu'il n'en était jamais question à la maison? Lorsqu'ils allaient faire les courses, à Sainsbury's, elle mettait toujours la boîte de Tampax bien au fond du caddie et la recouvrait immédiatement d'une boîte de *tagliatelle parmigiane*. Et puis, elle avait dit ça sur un ton, en plus, comme s'il avait fait quelque chose à son insu, en douce.

En outre, « retard » était tout sauf le mot adéquat. Selon le plan quinquennal de Debbie, toutes choses en ce domaine auraient dû avoir trois ans et demi d'avance. Ils n'avaient même pas encore déterminé le meilleur rapport qualité-prix dans la gamme de fours à micro-ondes.

Mark Divine, pour sa part, se remémorait l'époque où il s'était fait vider du club de rugby pour avoir cassé le nez d'un autre joueur au cours d'une mêlée. L'autre n'avait rien fait qu'à l'embêter pendant tout le match. Na-nanère, na-nanère... des réflexions, tout le temps! Alors forcément, au bout d'un moment... Ç'avait été un jeu d'enfant, en plongeant avec le pack, de lui en coller une. Et un vrai plaisir d'entendre le bruit des cartilages au moment du choc. Il rentra les épaules en entendant arriver Resnick. Il aurait peut-être eu moins de problèmes s'il s'était agi d'un joueur de l'équipe adverse.

– Je vous écoute, messieurs. Que s'est-il passé?

Resnick avait posé la question en ouvrant la porte et eut le temps de s'installer à son bureau avant que l'un ou l'autre ne réponde.

– Macliesh, il a...

– Il a quoi, Naylor?

– Il est devenu comme fou furieux, monsieur.

– Il semble effectivement que quelqu'un se soit énervé.

Les deux échangèrent un regard.

– C'est lui, fit Divine. c'est lui-même qui s'est démoli le portrait comme ça.

Si c'était tout ce qu'ils avaient trouvé, ils n'allaient pas tarder à comprendre leur douleur.

– C'est vrai, monsieur, assura Naylor.
– Tiens?
– Si, monsieur.
– Votre prisonnier s'est levé et s'est balancé un grand coup de poing dans la gueule, tout seul comme un grand?
– Non, corrigea rapidement Divine, il s'est jeté la tête la première contre le mur.
– Comme ça, pour rire?
Vilain temps, se dit Naylor. Divine commençait à sentir le roussi.
– Naylor? fit sèchement Resnick.
– Ben! y a eu comme un mot malheureux, monsieur.
– Envers Macliesh?
– Oui, monsieur, dit Naylor.
– Oui, monsieur, dit Divine, un peu moins fort.
– Une remarque qui a conduit votre prisonnier à s'infliger coups et blessures volontairement?
Les deux opinèrent du bonnet sans rien ajouter.
– Vous avez certainement une idée de ma prochaine question?
Une vague idée. Naylor regarda Divine et Divine sembla pris d'une soudaine passion pour les notes de service qui s'étalaient sur le tableau d'affichage, derrière le bureau de Resnick.
– Allez attendre à côté, Naylor, dit Resnick. Mais ne vous éloignez pas trop, on n'a pas encore fini.
Divine comprit que ça allait barder beaucoup plus méchamment qu'au club de rugby. Ou même que la fois où il avait envoyé l'autre con de Nègre à l'hosto.
– Je vous écoute. Qu'est-ce qui a foutu Macliesh en rogne à ce point-là?
Divine tenta d'humecter ses lèvres avec le bout de sa langue, mais il n'avait pas de salive sur sa langue non plus.
« Que lui avez-vous dit pour qu'il en arrive à se mettre dans cet état? »

– Rien, m'sieur.
– Divine?
– Monsieur?
– Divine, il y a en ce moment même plusieurs bandes de mômes en train de traîner du côté du square. Si vous en piquez un avec une demi-douzaine de montres en or au bras, ou même avec un sac marqué « butin » et que vous lui demandez ce qu'il a fait pour les avoir, il va répondre quoi, à votre avis?
Divine faisait son possible pour ne pas rencontrer le regard de Resnick, mais c'était difficile.
« J'attends. »
– Excusez-moi, monsieur, je ne pensais pas...
– Que je voulais une réponse? Le problème, c'est que j'en veux une, et que c'est même dans ce but précis que je vous ai posé ma question.
Divine se tortilla. Comme à l'étroit dans ses vêtements, dans ses chaussures.
– Alors? Il répond quoi, le môme?
– Rien, m'sieur.
– Et ça vous suffit, quand on vous répond ça?
Cessez ce jeu! pria Divine.
« Alors? »
– Non, monsieur.
– Vous n'avez donc aucun mal à comprendre mon état d'esprit?
– Monsieur, c'était seulement pour le faire réagir.
– Apparemment, c'est gagné.
– Depuis hier qu'il en décrochait pas une.
– Et vous vouliez que ça change.
– C'était seulement une vanne, quoi. Pour le taquiner.
Resnick demeurait le regard rivé sur Divine.
– Une remarque que vous avez faite?
– Oui, monsieur.
– Et vous lui avez dit quoi?
– Je lui ai dit... que quand un mec arrive pas à bander alors que sa gonzesse en meurt d'envie, ben, la gonzesse crève tout court, quoi.

Resnick s'assit lentement. Songeant qu'on pense toujours en avoir vu assez, en matière de connerie. Qu'on s'étonnera plus. Il mit quelques secondes à reprendre le fil.

« Mais, si j'peux me permettre, monsieur, je crois pas que c'est seulement ce que j'ai pu lui dire. La façon dont il s'est foutu la gueule dans le mur, vous auriez vu », dit-il d'une voix mourante. « C'est moi qui l'ai retenu. Demandez à Naylor, il... »

– J'ai parcouru votre dossier, l'autre jour, coupa Resnick. Je ne sais plus pour quelle raison exactement. Bref, j'y ai trouvé cinq dépositions de témoins, toutes faisant état d'abus intempestif de la force. Notamment celle d'un chauffeur de taxi qui déclare ne pas être moins raciste que tout un chacun, mais qu'il y a des limites à ce que peut se permettre un flic dans l'exercice de ses fonctions.

Divine commença à compter dans sa tête, puis s'arrêta, de peur que Resnick voit bouger ses lèvres.

« La dernière fois, vous vous en êtes tiré avec un savon en privé et des excuses en public, et vous avez eu la veine qu'on trouve sur le gosse assez de coke pour bourrer le pif de toute la ville. Mais je pensais vous avoir honnêtement prévenu quand vous avez été réintégré dans mon service. Vous vous en souvenez?

Divine ferma les yeux sans même s'en apercevoir.

– Oui, monsieur, je me rappelle.

Resnick se leva.

– Fichez-moi le camp et pondez-moi un rapport.

Divine ne bougea pas, indécis.

« Vous avez autre chose à dire? »

Il adressa à Resnick un regard d'incompréhension.

– Votre Macliesh, monsieur, il a une case en moins, si vous voulez mon avis. Il a pas besoin d'une raison pour faire des trucs barges. Vous savez ce qu'il a fait quand on l'a emmené aux gogues? Il a pissé sur le froc de Naylor!...

10

Resnick se promit de mettre la main sur le rossignol qui égrenait l'œuvre complète de Glenn Miller à travers toute la boîte, et de veiller à ce qu'il trouve du Duke Ellington dans ses souliers pour Noël. D'ailleurs, était-ce il ou elle? Est-ce que les femmes sifflent? Autrefois, la chose était considérée comme peu seyante pour une femme, tout spécialement en public. Un peu comme fumer. Aujourd'hui, toutes celles qu'on croisait dans la rue avaient une cigarette allumée entre les doigts. Surtout les plus jeunes, au-dessous de vingt-cinq ans. Il l'avait encore entendu dire pas plus tard que ce matin, sur Radio Four : Une génération entière d'écolières pour qui le tabac était un palliatif à l'angoisse du chômage et du sida.

Suzanne Olds était assise sur une chaise de métal tendue de grosse toile et ne sifflait pas. Elle n'avait pas non plus vingt-cinq ans, et la magistrature était sa seconde carrière. Resnick n'en était pas sûr mais croyait se souvenir que la première était en rapport avec le marketing. Peut-être avait-elle arpenté les allées piétonnières, hélant le passant pour s'enquérir des journaux qu'il lisait, de la taille de ses pieds ou de sa marque préférée de haricots en conserve.

– Miss Olds.

Elle se leva avec un soupir d'impatience et laissa tomber son mégot au fond de son gobelet de café. Les gens qui entamaient une seconde carrière sur le tard, aimaient encore moins que les autres qu'on les fasse attendre.

– Navré de ce contretemps. Au moins avez-vous pu vous entretenir avec votre client?

Elle portait en bandoulière un petit sac en cuir clair de la taille d'un gros portefeuille et ramassa en se levant une serviette posée au pied de sa chaise. Elle était presque aussi grande que Resnick, celui-ci le constata tandis qu'ils marchaient côte à côte : 1,75 m, 1,80 m.

– Cela aurait dû avoir lieu hier. Vous me semblez avoir une notion du temps pour le moins curieuse.

– Comment avez-vous hérité du cas Macliesh ?

– La loterie. J'étais l'avocate de permanence, le téléphone a sonné, j'ai décroché, répondit-elle, s'interrompant au moment où Resnick songeait à lui ouvrir la porte, avant de s'effacer pour la laisser ouvrir elle-même et entrer la première.

– Je doute que votre superintendant demande une prolongation du délai de garde à vue, ce qui veut dire qu'un pauvre idiot des services du procureur de la Couronne va devoir se déplacer pour quémander une rallonge de soixante-douze heures.

– Merci du tuyau.

– Je veillerai à ce que Macliesh soit remis en liberté avant que vous ayez pris de telles mesures. De toute façon, je ne vois pas un magistrat, quel qu'il soit, le laisser entre vos mains dans l'état où il est. Pas avant qu'il y ait eu enquête.

– L'enquête en cours me paraît suffisamment sérieuse pour...

– Pas suffisamment sérieuse pour vous autoriser à brutaliser mon client.

– Votre client s'est lui-même infligé les brutalités dont vous parlez.

– Vous essayerez de faire avaler ça à la cour, dit-elle en lui faisant face.

– La cour n'est pas née de la dernière pluie. Et ça ne change rien à la gravité des accusations qui pèsent sur lui.

– Allons, inspecteur ! Il ne s'agit pas de prévention du terrorisme ni de quoi que ce soit du même genre. Personne n'est accusé d'avoir posé une bombe ou fait passer des cadavres dans la valise diplomatique. Il s'agirait d'un forcené armé d'une mitraillette, passe encore. Mais là, il est seulement question d'un banal crime passionnel.

Resnick chercha vainement une trace d'ironie dans son regard. Il ne trouva rien que le vague reflet de son propre visage dans les lentilles de contact sépia.

– Excusez-moi, Miss Olds.

Il la contourna et gagna la salle d'interrogatoire.

La pièce ressemblait à son bureau mais en plus petit. L'atmosphère y était déjà lourde avant même qu'ils n'aient commencé, avec un fond sonore de machinerie et de travaux provenant de l'extérieur du bâtiment pour ponctuer les silences. Tony Macliesh fumait les cigarettes de son avocate jusqu'au filtre avant de les écraser dans le cendrier de métal qui constituait l'un des rares bibelots de la pièce. Ses contusions avaient été désinfectées et pansées, ce qui avait eu pour effet de les rendre encore plus visibles. Macliesh était assis là, comme s'il attendait d'auditionner pour l'*Homme invisible*.

La nouveauté, c'est qu'il parlait. D'une manière tranchante, abrupte, mais il parlait.

– Redites-moi ce que vous faisiez dans la zone industrielle ?

– Je vous l'ai déjà dit.

– Oui, mais je suis bête. Il faut qu'on m'explique plusieurs fois.

– On reconnaissait les lieux.

– L'entrepôt ?

– Voilà.

– Vous et deux autres types. Un avec un accent de Liverpool... ?

– Enfin, j'crois.

– ... dont vous ignorez le nom.

– C'est l'autre qui l'a amené.

– L'autre étant votre ami antillais Warren ?

– Je suis pas raciste.

– Lui, c'était les bras?
– Il a des biceps comme ça.
– Et vous la tête?
– J'avais en tout cas assez de cervelle pour voir que c'était un coup infaisable.
– Et assez de cervelle aussi pour être en train de repérer les lieux d'un coup infaisable pendant qu'on assassinait Shirley Peters.
– Je pouvais pas le savoir, hein...
Resnick le dévisagea jusqu'à ce que Macliesh tende la main vers Suzanne Olds pour se faire offrir une autre Dunhill International.
– Vous n'êtes pas sans savoir que, sans confirmation, votre alibi ne vaut pas un clou.
– Trouvez Warren et demandez-lui.
– Pour le moment, c'est vous que j'interroge.
– Feriez mieux de l'interroger lui, au lieu de faire de la littérature. Il fait quoi, l'autre, là? dit-il en désignant Patel, qui noircissait des feuillets standard à la chaîne, levant rarement le nez de la table.
– Il prend notre conversation en note.
– Il écrit ce que je dis?
– Oui.
– Alors j'espère qu'il comprend tous les mots, grinça Macliesh. Tu piges ce qu'on raconte, mec?
Puis, se tournant vers Resnick.
« Il sait lire et écrire, au moins? »
– Je croyais que vous n'étiez pas raciste?
– C'est pas du racisme, seulement, il est un peu pakistanais sur les bords...
– L'Agent détective Patel est diplômé de l'université de Bradford.
– Les diplômes, y en a plein les paquets de lessive.
– Pourquoi vous êtes-vous tiré, Macliesh?
– J'me suis pas tiré!
– Vous avez sauté dans le premier train pour Aberdeen.
– Je partais travailler.

– Vous êtes sans emploi.

– On m'en avait promis un sur les plates-formes de forage. Je trouve un job quand je veux, là-bas. C'est pas la première fois, d'ailleurs.

– Vous parlez d'avant la prison?

– Jouez pas au malin avec moi, espèce de flicaillon prétentiard! explosa Macliesh, serrant soudain les poings contre ses cuisses.

Suzanne Olds lui lança un regard désapprobateur et lui mit le paquet de cigarettes sous le nez afin de faire diversion.

– Vous êtes une vraie girouette, hein? fit Resnick.

– Comment ça? dit-il en prenant une cigarette sans l'allumer.

– La nuit précédente, vous montez un coup avec vos amis ou complices, avec dans l'idée de cambrioler un entrepôt, et puis, tout d'un coup, comme ça, vous pliez bagage et vous filez à la gare acheter un billet de seconde pour l'Écosse.

– Quoi, un billet de seconde? Qu'est-ce que ça vient foutre?

Resnick examina le regard de Macliesh et sentit la fureur qui montait.

– Inspecteur, intervint Suzanne Olds, on dirait que vous êtes déçu que mon client renonce à commettre un délit et préfère chercher un emploi honnête.

– C'est presque ça, fit Resnick d'un ton tranchant, face au sourire affecté de l'avocate.

– Mais vous concédez que mon client se trouvait dans la zone industrielle de Lenton à l'heure où Shirley Peters a été assassinée?

– Je ne concède rien du tout.

– Ah ouais?!... grogna Macliesh en gigotant sur sa chaise.

– Inspecteur... commença Suzanne Olds, soucieuse de prévenir un nouvel accrochage entre Resnick et son client, avant d'avoir pu avancer ses pions.

– Il y a un léger problème avec les témoins.

Macliesh fit un nouveau bond sur son siège.
– Je vous les ai donnés, les témoins!
– Des noms!
– Quoi, des noms?
– Des noms de types qu'on puisse retrouver!
Macliesh étouffa un juron et écarta rageusement sa chaise du bord de la table. Derrière Resnick, Patel commençait à trouver l'atmosphère lourde.
– Inspecteur! intervint une nouvelle fois l'avocate. Vous paraît-il vraisemblable que mon client avoue une tentative de cambriolage ainsi que les noms de ses complices si ça n'est pas vrai?...
– Parfaitement vraisemblable, Miss Olds! Vous choisiriez quoi, à sa place? Une inculpation pour association de malfaiteurs en vue d'un délit qui n'a pas été commis, ou une inculpation pour un meurtre qui l'a été?
– Personne dans cette pièce n'a encore été inculpé de meurtre!
Macliesh brandit un doigt menaçant sous le nez de Resnick, sa voix grondant par-dessus celle de l'avocate.
– J'ai tué personne, bordel de merde!
– Est-ce que vous l'aimiez? demanda Resnick.
Macliesh regarda le mur.
« Même après qu'elle vous ait foutu à la porte?... »
– Elle ne m'a jamais...
– J'ai eu une conversation avec sa mère, Macliesh. Elle en était malade de ne plus avoir une seconde de tranquillité ou de se faire taper dessus quand ça vous prenait. Elle a balancé vos affaires dans la rue et changé les serrures!
Macliesh marmonna quelque chose dans sa barbe que personne, dans la pièce, ne parvint à entendre.
« Mais ça n'a pas suffi : coups de fil, intimidation, menaces de violences physiques. »
– Il n'y a jamais eu de putains de menaces!
– Alors tout le monde ment?
– Ils ont pas arrêté de mentir, du début!

– Vous l'avez frappée à coups de poing!...
– C'est pas...
– ... A l'époque où vous viviez encore ensemble!
– C'est faux!
– J'ai des dépositions signées! Vous la frappiez n'importe quand et pour n'importe quoi, chaque fois qu'elle n'en passait pas par où vous vouliez! et la seule solution qui lui restait a été d'obtenir un arrêt du tribunal pour vous interdire de l'approcher!...
Macliesh écrabouilla entre ses doigts la cigarette qu'il tenait.
– C'est l'autre poufiasse qui lui a collé cette idée-là dans le crâne!
– Qui?
– L'autre conne! toujours à lui monter la tête!
– Vous voulez dire Grace Kelley?
– Vous savez très bien qu'oui!
– D'après Miss Kelley, vous vous montriez violent et possessif au-delà du supportable. Au point que, même après que Shirley vous ait signalé clairement que, de son côté à elle, tout était fini entre vous, vous avez continué à l'empêcher de rencontrer d'autres hommes.
Macliesh ne répondit pas et continua de se tortiller dans son fauteuil en dodelinant de la tête.
– Vous étiez jaloux, pas vrai, Macliesh?
– Allez vous faire foutre!
– Vous ne viviez plus à la pensée qu'elle rencontre d'autres hommes...
– Merde!
– ... A l'idée qu'elle soit seule avec eux...
Macliesh s'immobilisa, tête en arrière, bouche ouverte.
« ... qu'ils la séduisent. Qu'elle en tombe amoureuse... »
La chaise de Macliesh partit valdinguer en arrière et Suzanne Olds lâcha son stylo en poussant un cri.
« ... qu'ils fassent l'amour. »

Macliesh heurta le mur d'un coup d'épaule, du revers de son poing, du plat de la main, de son poing à nouveau.

« C'est dur en taule », continua Resnick comme si Macliesh était encore assis en face de lui. « D'autant qu'elle n'est jamais venue vous voir à Lincoln... »

– Tu vas fermer ta putain d'gueule ! hurla Macliesh.

– On gamberge, c'est fatal...

Macliesh frappa d'abord le mur de ses deux mains à plat, puis se mit à y donner des coups de tête.

« ... on peut pas s'empêcher d'imaginer. »

Il cogna de plus belle, jusqu'à ce que le sang commence à couler sous ses bandages.

– Inspecteur ! cria Suzanne Olds. J'exige que vous arrêtiez !

– « Tu clignes seulement des yeux en face d'un autre mec... » dit Resnick qui s'était levé « ... et je t'étrangle ! »

Macliesh chargea à l'aveuglette, heurtant l'avocate qui manqua de s'écrouler. Son genou buta dans une chaise et sa hanche cogna violemment le coin de la table. Il chancelait déjà quand il voulut plonger sur Resnick qui se contenta de faire un pas de côté, avec le sang-froid de mise face à une bête furieuse et désorientée.

– « Je t'étrangle ! » répéta-t-il. Et c'est ce que vous avez fini par faire !

La voix haute et claire de Resnick résonna entre les quatre murs de la petite pièce. Patel avait immobilisé le bras de Macliesh dans son dos et lui plaquait la joue contre la table. Attiré par le bruit, Graham Millington fit irruption dans la salle et se figea, médusé. Suzanne Olds se tenait pliée en deux, les bras ramenés sur sa poitrine. Elle tremblait.

– Je vous inculpe, dit Resnick. De meurtre sur la personne de Shirley Peters.

11

La maison ne comportait que quatre pièces, deux en haut, deux en bas, plus une extension à l'arrière pour cuisine et salle de bains, et un jardinet de la dimension d'une table de billard que Luke n'avait guère mis plus de deux jours à transformer en carré de boue. Elle était libre de toute hypothèque. Il y avait veillé. C'est d'ailleurs la seule chose à laquelle il avait veillé, prenant toutes les précautions auprès des avocats, des banquiers, remplissant toute la paperasse nécessaire. *Je réglerai les choses pour toi, Mary, pour toi et les enfants. Tu ne manqueras de rien.*

Tu ne manqueras de rien. Cela lui rappelait les cantiques qu'elle chantait à l'école du dimanche. Il me guidera jusqu'aux verts pâturages... Highland Crescent tenait en fait assez peu d'un vert pâturage, mais vu les tarifs en vigueur... Elle connaissait des familles qui payaient jusqu'à 200 livres par mois à l'agence immobilière. Linda, qui travaillait dans l'électronique, en avait pour 250, avec le remboursement du prêt pour l'achat de ses nouveaux meubles. Elle se demandait comment ils arrivaient à se débrouiller. Elle-même avait suffisamment de difficulté à joindre les deux bouts sans jeter l'argent par les fenêtres. D'ailleurs, s'ils devaient partir et séjourner à Ingoldmells un été de plus dans cette caravane, elle s'était promis de foutre l'engin à l'eau.

L'été dernier, il avait envoyé une carte postale de Corse à Luke et Sarah.

Elle l'avait déchirée avant qu'ils ne rentrent de l'école. Que voulaient-ils savoir de lui et de la portion de tripes à gueule d'enterrement avec qui il s'était remarié, et de leurs vacances au soleil?

L'eau est chaude et claire, mais on doit rester à l'ombre l'après-midi.

S'il avait tant d'argent à gaspiller, il pouvait payer une paire de chaussures neuves à Luke et un manteau d'hiver à Sarah. Ou bien un de ces trucs pour écouter de la musique qu'ils n'arrêtaient pas de lui réclamer.

– Luke!

La nuit commençait à tomber et l'éclairage urbain s'était mis en marche. Les contours des voitures garées des deux côtés s'estompaient lentement. Elle détestait cette époque de l'année où la nuit tombait si vite.

– Luke!

Elle lui avait dit, pourtant. Cent fois. Rentrer à quatre heures et demie. Et comment j' fais si j'ai pas l'heure? Et ta montre, elle sert à quoi? Elle marche plus. Comment ça, elle marche plus? Elle est cassée, regarde. Alors tu demandes l'heure à quelqu'un. Tu as une langue, apprends à t'en servir.

Mon Dieu!

Elle s'adossa contre le battant de la porte ouverte. Elle n'aurait jamais dû... c'était complètement... Mais qu'est-ce qu'elle était allée lui dire là?... d'aborder le premier venu pour lui demander l'heure. C'est ça qu'elle lui avait dit de faire... Il lui sembla que son corps avait aspiré tout l'air alentour et son estomac se noua. Sa peau se fit soudain glaciale au toucher. La chair de poule... Elle lui avait dit!... S'il vous plaît, est-ce que vous... est-ce que vous pouvez me dire l'heure qu'il est... m'sieur.

Des images prirent forme devant elle. Obsédantes. Lancinantes.

– Maman. Maman! Qu'est-ce que t'as, maman?...

Elle se força à respirer. A sourire à la petite Sarah qui, du haut de ses quatre ans, la tirait par le pan de la jupe.

« Qu'est-ce que t'as? »

– Rien. C'est rien. Viens boire ton thé.

– Luke, il est pas rentré.

Elle l'entraîna dans l'autre pièce.

– Ce n'est pas grave. C'est inutile d'attendre.

Prends le tien maintenant. De toute façon, Luke mange deux fois plus vite que toi. Il te rattrapera.

– Maman...

Elle fit asseoir la petite fille devant une assiette de pain et de beurre. Sur la cuisinière, les spaghettis débordaient et il y avait six bâtonnets de poisson pané en attente sur le grill. Deux pour Sarah et...

L'espace d'un instant, Mary sentit ses jambes se dérober sous elle et manqua de s'écrouler. Elle tenta d'agripper quelque chose et ne réussit qu'à saisir la queue de la casserole qu'elle renversa sur le carrelage.

Elle sentit la tiédeur de l'eau à ses pieds.

Elle tordait une serpillière au-dessus de l'évier quand elle se rendit compte que Sarah l'observait par l'entrebâillement de la porte, les larmes aux yeux.

– Tout va bien, ma chérie. Maman a juste renversé de l'eau. Retourne boire ton thé pendant que j'essuie. J'en ai seulement pour une minute.

Elle embrassa prestement la petite, sentant ses propres larmes lui monter aux yeux. *Demande à quelqu'un. Tu as une langue, apprends à t'en servir.* Mary se baissa pour passer la serpillière. Il y avait de l'eau partout. En allant tordre son chiffon une troisième fois dans l'évier, elle alluma le gaz sous le grill et sortit une portion de spaghetti qu'elle versa dans une assiette.

– Maman?

– Hmm?

– Voilà Luke.

Elle se retourna brusquement et le vit au milieu de la pièce. Derrière lui, la porte donnant sur la rue était ouverte. Il avait couru et était un peu essoufflé. La tête légèrement penchée, une mèche rebelle lui tombant sur le front, il n'osait pas entrer dans la cuisine.

– J'suis pas en retard. C'est seulement que...

Le plat de la main de sa mère cingla son visage. Durant quelques secondes, il resta là, sans avoir l'air de comprendre, adossé au mur, massant ses joues brûlantes en attendant d'éclater en sanglots.

Sarah s'était rassise à table, tête baissée pour ne pas voir. Elle aussi pleurait.

– Qu'est-ce qu'il s'est encore passé, avec eux?
– Avec qui?
– Avec les enfants.
– Rien.
– Mary, tu ne vas pas me dire...
– Maman, il ne s'est rien passé de particulier.
– C'est à peine s'ils ont ouvert la bouche depuis qu'ils sont là.
– Ça fait seulement dix minutes. Laisse-leur une chance.
– Vous êtes arrivés juste avant six heures et...
– Qu'est-ce que ça peut faire, l'heure à laquelle nous sommes arrivés, hein? Quelle différence?
– Mary, je ne te parle pas de l'heure...
– Justement, n'en parle pas.
– Ce n'est pas de l'heure que je veux parler.
– D'accord.
– C'est de mes petits-enfants qu'il...

Si Vera Barnett avait pu se lever suffisamment vite de sa chaise, elle aurait attrapé sa fille par le bras pour l'obliger à rester dans la pièce. Seulement, tout ce qu'elle pouvait se permettre de faire était de la regarder fixement, priant pour qu'elle ne parte pas, et faire ce qu'elle disait, tout comme avait fait Mary lorsqu'elle était enfant. Une enfant morose et silencieuse, avare de ses peines.

Au bout d'un instant, elle entendit le son des tasses dans lesquelles sa fille versait l'eau bouillante après les avoir disposées dans des soucoupes sur le plateau. Luke était agenouillé devant la télévision, trop près de l'écran, où des hors-la-loi en noir et blanc attendaient de tendre une embuscade à la diligence, le son baissé. Blottie dans un coin du canapé à deux places, Sarah observait le visage de sa grand-mère, ses joues creuses et ses boucles grises tombant sur la peau terne de son cou.

Lorsque Mary revint au salon, munie du service à thé et d'une assiette en porcelaine garnie de biscuits, elle évita le regard de sa mère et prit place, tenant la tasse d'une main et la soucoupe de l'autre. Par-dessus l'épaule de Luke, elle regarda les passagers de la diligence se faire détrousser, tandis que Sarah, qui s'était rapprochée d'elle, renversa du thé au lait sur sa robe à fleurs.

– Ah! très bien. Très distingué, vraiment.

Mary s'efforça de ne pas réagir au ton d'ironie glacée de sa mère.

« Je ne vois personne de la semaine, et, quand je reçois une visite, on se croirait à une veillée funèbre. »

Pendant un instant, Mary ferma les yeux et passa un bras autour de sa fille, la serrant contre elle. Cela suffisait.

« D'accord, ne faites pas attention à moi. D'ailleurs, quelle importance. Tu m'amènes les enfants pour le thé, et vous restez là à regarder des âneries à la télévision. Je ne vois pas pourquoi tu t'en fais. »

Mary se leva d'un trait et passa devant Luke pour éteindre le poste.

– C'est pas juste! s'insurgea Luke sans en rajouter.

Vera Barnett chercha le regard de sa fille, avec une expression mesquine et triomphante.

– On a toujours tort, avec toi, lâcha Mary, n'y tenant plus.

– Qu'est-ce que c'est censé vouloir dire?

– Que si on vient pas te voir, ça va pas, et que si on vient, ça va pas non plus.

– Je ne suis pas un meuble.

– Personne ne te considère comme un meuble.

– On dirait, pourtant.

– Tu voudrais tout le temps qu'on soit aux petits soins.

– Aux petits soins! Je ne demande pourtant pas grand-chose. Un mot gentil, de temps en temps. Ou un bisou de mes petits-enfants.

– Maman, ils t'ont embrassée en arrivant.
– Faut voir comment.
– Tu es ridicule.
– Ah bon! je suis ridicule? En tout cas, moi, je sais me conduire.
Mary n'en revenait pas. Voilà qu'elle recommençait.
– Peut-être que c'est plus facile de savoir se conduire quand on reste vissé dans sa chaise du matin au soir.
– Comment peux-tu!
Mon Dieu, songea Mary.
– Je suis désolée, dit-elle. Ce n'est pas ce que je voulais dire.
Mais ce qu'elle avait voulu dire n'avait pas d'importance.
– J'imagine que tu crois que ça m'amuse d'être vissée sur ma chaise toute la journée, jour après jour. Que je le fais exprès.
Mary secoua lentement la tête.
– Non, maman.
Luke ralluma le poste à temps pour voir un cavalier tomber de cheval et la diligence s'abîmer parmi les broussailles dans un nuage de poussière.
– Mes pauvres os! Tu crois que j'ai choisi d'être infirme?
– Maman, tu n'es pas une infirme!
Mary s'était dressée, furieuse, dominant sa mère du regard. Sarah s'enfonça dans les coussins, sans cesser de regarder et d'écouter, mais se recroquevillant lentement sur elle-même.
« Je sais que tu souffres, je sais que tu as du mal à te déplacer, mais tu n'es pas une infirme! »
– Bon, je suis désolée, excuse-moi.
– Qu'est-ce que tu sous-entends, là?
– Que je ne suis pas encore assez malade pour te permettre de faire ce que tu as derrière la tête depuis... depuis...
– Maman!

Elle l'avait saisie par les bras et soulevée de sa chaise. Elle pouvait voir les poches de peau, semblables à de la chair de poulet, qui dégoulinaient du coin de ses yeux. Au bout d'un instant, elle eut conscience de la fragilité des os de la vieille femme entre ses doigts.

Sarah respirait bruyamment, au bord des larmes, pendant que Luke faisait semblant de regarder un type avec une étoile qui pénétrait dans un saloon bondé et inondé de lumière.

Mary se redressa, regardant tour à tour sa mère et sa fille, puis tourna les talons et rangea les tasses sur le plateau.

– Je suppose que tu sors, ce soir? dit sa mère tandis que Mary se dirigeait vers la cuisine.

– Oui, maman. Je sors ce soir.

Mary lissa sa jupe et se tourna pour baisser le siège des toilettes. Une fois assise, elle sortit ses chaussures à talons du sac en plastique où elles étaient rangées et effaça une éraflure sur le dessus de l'une d'elles avec une feuille de papier hygiénique. Pendant qu'elle les enfilait, elle écrasa ses ballerines au fond de son sac à main et glissa le sac en plastique derrière le tuyau d'écoulement de la chasse d'eau... Puis, enfin, elle se leva, trébuchant légèrement lorsqu'elle sentit le dos de la chaussure gauche mordre la peau de ses tendons. Elle aurait dû emporter de l'Albuplast. Tout ce qu'elle pouvait espérer à présent c'était que, quoi qu'ils fassent, il n'y ait pas trop à marcher.

Elle tira la chasse et ôta le verrou pour ouvrir la porte.

Sa trousse à maquillage posée sur l'étroit rebord – comment pouvait-on imaginer pouvoir poser quelque chose là où n'aurait même pas pu évoluer un chat?

Mary appliqua un peu de rose sur ses joues, en s'étonnant de la persistance des taches de rousseur sur son nez à une époque aussi avancée de l'automne.

Rouge à lèvres.

Au moins, c'était un sujet qu'elle était parvenue à éviter avec sa mère. L'interrogatoire qu'elle devait systématiquement endurer aux temps du collège. *Où vas-tu? Avec qui as-tu rendez-vous? Quel film?* Et cette main qui effaçait son fond de teint Miners, sur son visage. *Pas de ça avec moi, ma petite fille! N'essaye pas de me faire avaler que tu te barbouilles comme ça pour aller à l'Odeon avec une copine.*

Vérité ou mensonge, cela n'avait jamais eu la moindre importance.

Tu ne peux pas me mentir. Je suis ta mère.

Bien sûr, maman. Elle pinça fort ses lèvres avant d'émettre un bruit de bouchon qui saute. Mais c'est aussi bien que tu ne demandes plus.

Une femme sans âge entra, boudinée dans un manteau couleur sac-poubelle, poussant un petit garçon devant elle.

« Là-dedans, va. Eh bien! entre, idiot! » dit-elle avant de claquer la porte.

Mary passa la petite brosse noire sur le mascara et souleva sa paupière du bout du doigt. C'est à ça qu'elle aurait voulu que je ressemble. Une femme finie, asexuée. Comme elle. Mon Dieu, et dire qu'elle n'a pas encore soixante ans. Elle ne s'en rend même pas compte. Mary ferma l'étui à mascara et se donna un dernier coup de peigne. Non que ce fût pour ça qu'elle recherchait leur compagnie, aux hommes. Ce n'était pas pour le sexe, ce qui d'ailleurs valait mieux, dans un sens, car la plupart du temps, elle n'allait pas jusqu'au bout. Restaient la conversation et les éternels pelotages de dernière minute, lorsque son intérêt s'était depuis longtemps évanoui quelque part entre les silences embarrassés et les mensonges trop criants.

« Enfin », dit-elle à son reflet dans la glace. « Encore une chance que tu ne sois pas une accro de la bagatelle. »

Derrière elle, il y eut un bruit de chasse d'eau et de

porte qu'on ferme. Pendant quelques secondes, le regard de la femme rencontra le sien dans la glace.

« Regarde où tu marches », dit-elle au petit garçon. « Tu es tout le temps dans mes jambes. »

Mary ferma la fermeture Éclair de sa trousse à maquillage. En jetant un coup d'œil à sa montre, elle vit qu'elle avait encore vingt minutes, ce qui était parfait car elle aimait toujours arriver en avance et attendre. De cette façon, elle gardait l'avantage, repérait la première et pouvait prendre l'initiative. Ainsi, quand leurs regards ne lui plaisaient pas ou le moindre petit détail, elle pouvait passer son chemin et les planter là. Elle marchait de long en large, revenait sur ses pas, s'arrêtait pour regarder sa montre ou l'horloge du square, se remettait en marche.

Une fois, elle était revenue plus de deux heures après et le nabot était toujours là, l'œil vitreux, cigarette allumée entre les doigts, à attendre sous la pluie fine.

Ce soir, pourtant – Mary s'avança sur le trottoir et pressa le bouton du passage protégé – elle sentait que tout allait bien se passer. Sa lettre l'en avait convaincue. Pas le genre imbu de lui-même, comme d'autres qui se présentaient comme un mélange de Sylvester Stallone et de Shakespeare. Il ne semblait pas non plus être l'avorton qui s'est mis à quatre pattes pour écrire.

Elle tourna au coin, juste après le bureau de poste, soulagée de n'avoir pas à aller trop loin, sentant une ampoule se former au-dessus de son talon. Son écriture. Sophistiquée. A l'encre, pas au stylo à bille. Presque sensuelle. Elle n'avait rien contre un homme sensuel. Au contraire.

En traversant le square parmi les buveurs de bière et les pigeons, Mary esquissa un sourire. Séduite.

Elle commanda un porto-brandy et s'assit à sa place habituelle, installant le tabouret juste à l'angle du bar, de manière à se ménager une vue imprenable sur l'entrée, sans toutefois être en première ligne. Ainsi, elle aurait tout le temps pour être sûre. Derrière elle, le batteur déballait son matériel et commença à assembler les éléments. Mary sirota son verre en tentant d'ignorer un léger filet de sueur au-dessus de sa tempe. Détendue, se dit-elle.

Tu le reconnaîtras au moment même où il passera la porte.

12

On ne trouve pas seulement de la poussière dans les chambres vides.

Une fois, en poussant la commode en bois blanc, il avait trouvé un oisillon. Pris dans une toile d'araignée, immobile, sur le dos, les ailes déployées. La taille de son bec et de son ventre lui donnait l'allure de quelque créature préhistorique en modèle réduit. Âgé de quelques heures, quelques jours, tout au plus. Délicatement, il avait ôté la toile et dispersé la poussière, puis fermé le petit bec. Mais lorsqu'il avait refermé sa main autour de l'oiseau, ses ailes étaient tombées en poussière. Entre les pages d'un livre, il avait trouvé une lettre de son ex-femme qui contenait les mots « pour toujours ». Ce soir-là, en cherchant Bud qui avait manqué l'appel des quatre bols, il avait déniché, parmi de vieux magazines, une carte postale de Ben Riley.

Arrive, disait le texte. *L'eau est bonne !*

Sur la photo, au-delà d'un premier plan de sommets enneigés, une lune pâle se levait sur un vaste paysage sans la moindre étendue d'eau.

Resnick et Ben Riley avaient arpenté le bitume ensemble pendant deux ans. Un samedi sur quatre, ils descendaient aux Meadows, parfois jusqu'à Trent Bridge et, des terrasses, observaient leurs collègues, leurs casques posés sur le sol à côté d'eux. Sur le chemin du retour, Ben s'arrêtait chez le marchand de cycles et discutait des mérites comparés des divers engins et des différents types de braquets, tandis que Resnick passait en revue les nouveautés jazz chez les disquaires spécialisés du secteur.

Depuis, Arkwright Street avait été démolie, ainsi que la plupart de ses terrasses adjacentes. A l'endroit où ils avaient autrefois l'habitude d'assister aux exploits des Reds, se dressaient à présent des bureaux administratifs où tous les téléviseurs étaient branchés sur les courses. Resnick s'en était allé soutenir l'équipe sur l'autre berge de la rivière. Et Ben Riley était parti au Montana.

Enfin, Resnick supposait qu'il y était toujours.

Au début, il y avait eu des lettres, des cartes postales des excursions de Ben : les champs de bataille de Custer, les Missouri Breaks, le Parc national du Glacier, Chicago, et puis, inévitablement, les cartes de Noël qui parvenaient à la mi-janvier, enfin plus rien, depuis quelques années.

En passant près de la salle de bains, Resnick perçut un miaulement pathétique qu'il connaissait bien. Pepper était pelotonné au sommet du panier à linge dans lequel Bud avait réussi à se faire piéger bêtement, parmi les chemises sales.

Avant de se rendre dans la cuisine avec le chat qui ronronnait au creux de son bras, Resnick remit Johnny Hodges sur la platine. Il se rappela Ben Riley, en garçon d'honneur à son mariage, et posa le petit chat près de son bol avec un sourire.

Il cassa deux œufs dans un bol, ajouta du lait, déposa une noix de beurre dans la poêle, saupoudra de parmesan et ouvrit le buffet pour prendre le Tabasco. *Vous continuez à faire un peu d'exercice, de temps en temps? Vous commencez à être grassouillet.* Resnick déchira en quatre le prospectus du club de remise en forme et le balança à la poubelle. Quand le beurre commença à grésiller dans la poêle, il y versa la mixture à base d'œuf, la remua une ou deux fois et prit dans le frigo un berlingot de crème dont il ajouta une très généreuse portion.

La soirée n'était pas encore très avancée et il n'irait pas au club avant onze heures. Il donna un coup de spatule aux œufs, baissa le gaz et prit le téléphone.

C'est Chris Phillips qui répondit.

– Rachel est là? demanda-t-il.

– Non, elle est à une réunion, dit Phillips.

– Ah... fit Resnick, hésitant à laisser ou non un message l'invitant à rappeler.

– Je peux prendre un message?

– Non, rien d'important. Merci.

– Si elle me demande qui a appelé?

– Euh... Resnick. Charlie Resnick.

– C'est vous qui avez appelé, l'autre nuit?

Après avoir raccroché, Resnick emporta son assiette au salon où Johnny Hodges en était à *Satin Doll*. Lorsqu'il avait commencé à écouter du jazz, Resnick considérait Hodges comme le meilleur saxophoniste du monde. Et depuis, il arrivait encore que le son qu'il tirait de son instrument soit le seul qu'il aimât à ce point.

When I listen to Johnny Hodges
I am ashamed

To carry loss
like a sick-note
like a dream of sailing

Arrive, l'eau est bonne! Ça n'avait pas d'importance que Ben Riley se trouve quelque part dans sa prairie et que Rachel Chaplin ne soit pas chez elle. Pour le moment, Resnick se sentait bien. Mieux que bien.

Dans certains night-clubs de la ville, la cravate était exigée et les toilettes nettoyées trois fois dans la soirée.

L'un d'entre eux avait un videur stylé qui vous examinait des pieds à la tête, vérifiant que vous ne portiez rien de chez Marks & Spencer ou Top Shop avant de vous vendre un ticket. Resnick avait entendu parler d'un autre club privé dont la cotisation avoisinait son salaire mensuel. Dans un mobilier blanc, on y écoutait exclusivement du Frank Sinatra ou du Vic Damone.

Le *Stardust* était coincé entre un pub et un entrepôt de fournitures, dans l'une des rues principales du secteur de Resnick. On y jouait du reggae pur jus et le bassiste motivait l'essentiel des plaintes du voisinage. Les taxis se retrouvaient en file sur le trottoir entre deux et quatre heures. Un écriteau au-dessus de la caisse annonçait que les membres devaient montrer patte blanche, mais personne ne semblait regardant outre mesure quant à la tenue vestimentaire. Les non-membres devaient être parrainés, et Resnick se fit parrainer par sa carte officielle.

A l'autre bout de la salle, un chanteur barbu coiffé d'un bonnet de laine multicolore faisait du bouche à bouche au micro. Il y avait bien quelques tables, mais le gros de la clientèle se tenait debout, le long du bar ou adossé au mur, en face, généralement par groupes de deux ou trois, avec quelques esseulés par endroits, se balançant légèrement au rythme de la musique ou furetant simplement du regard. Tous les autres dansaient. Un Noir musclé évoluait sur la piste autour d'une femme moulée dans une longue robe de velours, qui tournait à l'intérieur d'un cercle minuscule sans quitter l'homme des yeux. Quatre filles surveillaient les sacs. La majorité des hommes étaient d'origine afro-caribéenne, tandis qu'à de rares exceptions les femmes étaient blanches. A l'époque où Resnick s'était installé ici, elles devaient travailler aux usines de bonneterie qui bordaient la route entre Kimberley et Eastwood, en direction d'Heanor. Il ne savait pas au juste ce qu'elles faisaient maintenant. Même la vieille usine Player's, celle de Prospect Street, avait été démolie.

– Un problème?

Le barman était blanc. Et aussi trop gros.

– Une Guinness, dit Resnick en louchant vers sa bedaine.

– Vous payez?

Resnick allongea un billet de 5 livres sur le comptoir et ignora la monnaie.

– Tu connais un type du nom de Warren?

– Warren Oates.

Resnick soutint l'insolence étudiée de son regard.

« Il y a aussi le lapin de Warren. »

Resnick empocha sa monnaie et traversa lentement la salle, contournant les filles affectées à la garde des sacs à main, et attendit patiemment qu'un grand Noir mince, arborant des couettes et une seyante chemise rouge à rayures vertes, finisse de danser.

– Jackie, je te présente le détective inspecteur Resnick.

La fille lui adressa un regard peu habitué à la lumière du jour avant de tourner les talons avec un haussement d'épaules.

– Nouvelle recrue? s'enquit Resnick, avenant.

– Une conne, fit l'homme en s'adossant au mur, tête en arrière et pelvis en avant.

– Je comprends ton succès auprès du beau sexe, dit Resnick. Tu es gracieux, tu irradies le charme et la sympathie. Et en plus, t'as les manières. Un vrai gentleman.

– Vous êtes venu pour des cours particuliers?

– Pour un tuyau.

– Parce que les cours particuliers, c'est payant.

– Alors que les tuyaux, c'est gratuit.

– Depuis quand?

– Depuis la dernière fois.

– Vous allez pas remettre ça?

– Tu n'as fait que ton devoir.

– Merde!

– Ton devoir d'honnête citoyen.

– J'avais fumé.

Et quelqu'un s'est fait griller, pensa Resnick, trouvant, sur le coup, l'astuce fort plaisante.

« Qu'est-ce qui vous fait marrer comme ça ? »

– Ton sens du commerce. Tu m'as balancé un confrère qui louchait sur le carré de bitume où évoluent tes petits sujets. Avoue que ça pouvait pas mieux tomber. Il attend toujours sa liberté sur parole, au fait.

– Ça vous défrise ?

– Au contraire, j'en redemande.

– Ce coup-ci, vous irez vous faire enculer, dit-il en tournant les talons.

– Warren, dit Resnick.

L'autre, surpris, s'arrêta net et manqua faire demi-tour.

« J'ai besoin de parler à un dénommé Warren. »

Resnick marqua une pause avant d'ajouter :

« Ou alors, avant de partir, je me fends d'un petit compliment au micro sur ta conception de la vie de quartier. Façon prix de camaraderie. »

Cette fois, l'homme ne s'arrêta pas, mais entendit parfaitement.

Resnick promena son regard dans la salle, remarquant quelques têtes connues, se faisant lui-même reconnaître de quelques autres, qui s'empressèrent de faire passer le message. Il arrêta le compte à cinq et regagna le bar avec son verre vide. La fille répondant au nom de Jackie s'y trouvait et cracha dedans lorsqu'il le posa sur le comptoir.

– La même chose, commanda-t-il au barman. Dans un verre propre.

Elle portait le même manteau de fourrure court, le même pantalon brillant. Elle se trouvait en compagnie d'un homme que Resnick avait serré par deux fois, mais sans parvenir à le faire plonger. Après, il avait dû repasser le bébé aux Affaires criminelles, mais ils n'avaient guère eu plus de chance que lui. Avec

George Despard, il fallait beaucoup plus que de la chance, et graisser quelques pattes ne suffisait pas non plus. Le type à l'entrée était son gorille.

Il attendit que le couple se soit assis à une table avant de s'approcher, prenant soin de mener l'opération de face. Despard n'était pas le genre de type qu'on se risquait à approcher par-derrière.

Resnick le salua d'un signe de tête.

– J'espère que vous n'avez pas garé la Porsche n'importe où, dit-il à Grace Kelley.

– On est venu en Ferrari, fit Despard.

Grace Kelley sourit :

– Bonsoir, inspecteur, je ne m'attendais pas à vous rencontrer ici...

– Qu'est-ce qu'un garçon bien élevé comme moi vient foutre dans un endroit pareil ?

– C'est à peu près ça.

– Je suis également surpris de te voir de sortie, George, dit Resnick. On m'avait dit que tu boudais les mondanités, ces temps derniers... comme qui dirait « en rade ? »

– J'ai lu ça, dit Despard. C'est un peu moins incohérent que le reste de l'œuvre. Évidemment, il faut être ouvert à ce genre de symbolisme.

– Eh ! fit Grace, qu'est-ce que c'est, ici ? les cours du soir ?

– Enrichir ses connaissances ne nuit pas à l'âme, répondit Despard, solennel.

– Et vous êtes assise à côté de l'illustration parfaite de cet aphorisme. George est un modèle d'autodidacte, qui s'est élevé à la force du poignet.

Despard se tourna vers Grace :

– Mon père est arrivé de la Jamaïque juste après la guerre, dit-il. Il était trompettiste dans un orchestre de danse. Pas un très bon trompettiste, mais il était noir et la Vieille Europe trouvait ça follement exotique. Il portait une chemise à volants et secouait les maracas même quand l'orchestre jouait une rumba.

Une moitié du club regardait en direction de Resnick et George Despard, essayant d'imaginer ce qu'ils pouvaient bien se dire. L'autre moitié regardait la première moitié regarder Resnick et George Despard.

« Sa lippe n'a pas tenu le coup. Entre-temps, à Londres, la température avait fraîchi. On trouvait les Noirs beaucoup trop nombreux et plus du tout exotiques. Alors il a décidé de s'installer dans les comtés du Centre et d'acheter un commerce de fruits et légumes. Des mois avant que ça pète, il disait à tout le monde : “ Surveillez Notting Hill. Le temps se couvre, les choses vont s'envenimer... ” »

Tout en parlant, Despard caressait l'épaule de Grace Kelley, les doigts enfouis dans la fourrure.

« Il avait senti les choses et il a à peine eu le temps de les voir arriver. Les premières émeutes raciales du pays. Il a été brûlé vif dans sa boutique. »

Elle remua l'épaule et il déplaça son bras de quelques centimètres.

« Voilà. J'ai dû partir de rien, de cette épicerie en cendres pour arriver où j'en suis aujourd'hui. »

– Le phénix né de ses cendres, ponctua Grace.

– Tu vois, fit Resnick, tu parlais de symbolisme.

– On avait aussi parlé d'un verre, fit Grace en tournant la tête.

Despard adressa un signe à son gorille et, quelques instants plus tard, ce dernier apporta une bouteille de brandy et trois verres.

– Asseyez-vous, dit Despard.

– Je suis à la Guinness, dit Resnick.

– Asseyez-vous, inspecteur, insista Despard. Vous ne voulez pas vexer la dame.

Resnick prit une chaise.

– Vous semblez avoir fait impression sur elle.

– Mon goût vestimentaire, fit Resnick. Ça ne rate jamais.

George Despard portait un complet bleu en soie légère, une chemise en soie jaune et une cravate rouge sombre. Ses chaussures étaient en alligator véritable, et le reste de son individu cousu d'or aux endroits stratégiques, avec un goût certain.

Ils restèrent ainsi un moment, à parler de tout et de rien, buvant du brandy. Le chanteur avait marqué une pause et le DJ avait pris le relais. Les gens s'étaient remis à danser.

« Qu'est-ce que Macliesh a contre vous ? » finit par demander Resnick à Grace, tandis que Despard allumait une autre de ses cigarettes.

– J'ai fait comme vous m'aviez dit. Je suis revenue faire une déposition.

Resnick acquiesça.

– Je l'ai lue.

– Eh bien voilà.

– Il semble certain que vous l'avez enfoncé délibérément.

– Après ce qu'il a fait à Shirley.

– Il y a autre chose.

La manière dont la regardait Despard trahissait un ennui profond. Du côté du bar, son gorille serrait de près le type que Resnick avait entrepris quelque temps auparavant, au sortir de la piste, mais ils ne semblaient pas en conversation.

« Quelque chose de plus personnel, entre vous et lui. »

– Aussi loin que je m'en souvienne, ça a toujours été comme ça, dit Grace.

– Une femme comme elle, intervint Despard, en lui prenant la main ostensiblement, n'importe quel type a envie de l'entreprendre dans un coin.

– Ils n'ont qu'à essayer! fit Grace.

– C'est ce qui est arrivé? demanda Resnick. Il vous a fait des propositions?

Elle renversa la tête en arrière et exhala deux traits de fumée par les narines.

– Plutôt du rentre-dedans, style rugby américain, voyez?

– Football, corrigea Despard.
– Si tu veux.
Despard éclata de rire et fit tourner le brandy au fond de son verre.
– Il a essayé de te plaquer au sol?
– Il a changé d'idée après un bon coup de pied dans les joyeuses.
– Shirley l'a su? demanda Resnick.
Grace secoua rapidement la tête.
– La pauvre chérie avait assez de soucis comme ça.
– Il s'est juré de vous avoir, dit Resnick.
– Là où il est, ça me paraît difficile.
– Pour le moment.
– Vous n'allez quand même pas relâcher ce salopard?
– Pas si on peut l'éviter.
– Bien sûr que vous pouvez l'éviter. C'est lui le meurtrier, non?
Resnick détourna le regard.
– Il semble avoir un alibi.
– Bien sûr, qu'il a un putain d'alibi. Il est pas con à ce point-là.
– Il passe devant le juge demain. Espérons qu'il n'obtiendra pas sa liberté sous caution.
Grace regarda Resnick, puis Despard.
« Toujours est-il... » poursuivit Resnick. « Vous feriez bien de rentrer à Londres au plus vite. »
– Il ne peut rien lui arriver ici, en ville, fit Despard d'un ton protecteur.
– En tout cas, je ne reste pas dans cette foutue ville avec ce taré en liberté.
– On pourra quand même vous joindre?
– J'ai pas dit que je partais pour l'étranger.
– Votre adresse?
– Je l'ai donnée à votre sergent.
Il n'y avait pas grand-chose à ajouter et Resnick n'avait pas envie de trop s'éterniser à boire le brandy de George Despard. Des plus gradés que lui avaient eu

des problèmes pour s'être assis à la même table que des dignitaires de la pègre, et, en ce qui le concernait, toute conversation prolongée avec Despard aurait risqué de dégénérer dans les gros mots.

– Content de vous avoir revue, dit-il à Grace Kelley.

Le sourire sincère qu'elle lui adressa en retour dissimulait cependant mal quelque trace d'angoisse.

Despard tendit une main que Resnick serra sans hésitation, mais sans complaisance non plus.

En regagnant la sortie, Resnick flaira la présence du gorille avant même d'apercevoir l'ombre de sa silhouette sur le mur d'entrée.

– Votre Warren, dit-il. Vous le trouverez au Victor's, le club de gym.

Resnick enregistra l'information sans ralentir le pas.

13

La permanence de nuit du CID s'organisait en trois roulements de deux officiers. Cette nuit-là, Lynn Kellogg était du nombre, assise à son bureau devant une tasse de chocolat plus très chaud et une lettre de ses parents. Ceux-ci avaient eu vent de la grève des chauffeurs de bus locaux qui refusaient d'assurer le service de nuit du vendredi et du samedi. *Je m'inquiète tant à ton sujet, Lynn chérie. Es-tu vraiment obligée de travailler dans une ville aussi dangereuse? Au moins pourrais-tu demander d'être mutée à Norwich. Tu y serais plus en sécurité et moins loin de la maison, ne crois-tu pas?* Bienvenue dans notre belle ville de Norwich, songea Lynn. Une ville sympathique avec ses tranches de vie dont on éprouvait tantôt la nostalgie, tantôt le soulagement d'en être éloigné. De même d'être plus ou moins loin de la maison. Tous les deux mois, ou à peu près, sa famille commençait à lui manquer vraiment et, un week-end de congé, elle prenait la voiture et descendait là-bas par la petite route étroite qui constituait l'unique chemin... Passé les embrassades, les poignées de mains et les quelques nouvelles fraîches, elle n'avait qu'une envie : repartir.

– Ton fiancé?

Jim Peel était un grand type dégingandé avec des cheveux jaunes et un menton fruyant. Il venait d'une famille de quatre enfants, tous dans la police, sur les traces d'un père et d'un grand-oncle. Bon sang ne saurait mentir.

– Non, une lettre de chez moi. Ils s'inquiètent de la grève des bus.

– Ils ont peur que tu sois obligée de faire de la marche à pied?

– Quelque chose dans ce goût-là.

Peel sortit un crayon de sa poche et le passa délicatement sur le chocolat de Lynn, retirant un conséquent bout de peau.

– Merci, Jim.

Il hocha la tête et jeta le fruit de sa pêche dans la corbeille la plus proche, avant d'essuyer le bout de son crayon.

– Rien de nouveau sous le soleil, tu sais, cette histoire de bus. J'en ai parlé avec quelqu'un à la cantine. Il m'a dit qu'ils avaient déjà fait ça lorsqu'il a débuté dans la police, ça remonte à 1967.

Peel s'assit sur une chaise à l'autre bout de la pièce et se balança en arrière jusqu'à ce que ses épaules touchent le mur.

« Je ne serais pas surpris que la même chose soit arrivée du temps où les tramways étaient tirés par des chevaux. »

Lynn acquiesça distraitement en relisant ce qu'elle venait d'écrire. Jim était un très gentil garçon mais alors, qu'est-ce qu'il pouvait débloquer! Exactement le genre de gars pour lequel ses parents se seraient mis en quatre, à supposer qu'elle l'invite à passer un week-end chez eux, dans le Norfolk. Elle l'imaginait sans peine littéralement envoûté tandis que son beau-père l'entretiendrait, pendant la visite guidée, des mérites relatifs du poulet élevé en batterie à White Rock ou White Cornish, détails à l'appui, avant d'aborder dans l'ordre les différentes sortes de peste aviaire. Maman, de son côté, commencerait à compter les mois comme elle comptait ses poulets.

– Je prends!

Jim balança sa chaise en avant pour se lever, mais Lynn n'avait qu'à tendre le bras.

– CID. Agent détective Kellogg à l'appareil.

Vera Barnett n'avait que cinquante-huit ans, mais en paraissait bien vingt de plus. Des cheveux gris filandreux collés au front par la sueur, un visage à la peau flasque et cireuse, les articulations des mains violacées. Elle était assise dans un grand fauteuil à large dossier muni d'accoudoirs. L'un de ses pieds reposait sur un coussin.

– Les enfants... demanda Lynn.

– Je vous l'ai dit, ils sont dans son lit. Ils dorment.

– Quel âge ont-ils?

– Luke vient d'avoir sept ans et la petite Sarah en a quatre.

– Ils vont bien?

– Rien ne leur arrivera tant que je serai là.

Lynn jeta un regard à l'officier en uniforme qui se tenait debout dans un coin.

– Votre fille vous les a déjà confiés auparavant?

– Toutes les semaines.

– Le même soir?

Vera Barnett acquiesça et Lynn fut parcourue d'un frisson en entendant craquer ses os.

« Ils restent souvent coucher chez vous? »

– Jamais.

– Même à titre exceptionnel? Je veux dire...

La bouche de la vieille femme se rétrécit.

– Elle est leur mère. Ce sont ses enfants. Elle n'a pas le droit. Pas le droit.

– Donc vous attendiez qu'elle vienne les chercher?

– Toujours.

– A quelle heure, Mrs Barnett? Je veux dire, en temps ordinaire.

– Onze heures et demie.

– Mais les enfants dorment à cette heure-là.

– Pas de problème. Ils se réveillent sans broncher et ils se rendorment sur le chemin du retour. C'est tout simple à leur âge.

– Donc, votre fille vient systématiquement les rechercher à onze heures et demie...

– Ou plus tôt. Elle me prépare une tisane, m'aide à me coucher et elle repart jusqu'à la prochaine fois. Elle me les amène en autobus, enfin deux autobus à cause du changement, mais elle les remmène toujours en taxi. Elle téléphone pour en demander un à la minute où elle arrive.

Elle repoussa une mèche trempée de sueur.

« Quelquefois, elle est obligée de rappeler deux fois, trois fois, même. Ils donnent des excuses comme quoi ils n'ont pas trouvé le numéro indiqué, ou bien ils ont sonné mais personne n'a répondu. Je n'ai rien contre ces gens-là, bien sûr, mais enfin, bon, ce sont tous plus ou moins des Chinois. Je ne sais pas si j'aimerais trop me faire raccompagner chez moi par des gens comme ça. Surtout la nuit.

Lynn songea qu'il y avait bien pire, en matière de danger.

« J'ai appelé l'hôpital », poursuivit Vera Barnett. « En cas qu'elle ait eu un accident. On entend tellement de choses. »

– Qu'est-ce qui vous fait croire qu'il a pu arriver quelque chose à votre fille?

– Quoi d'autre?

– Il est seulement... Lynn jeta un coup d'œil à sa montre.

– 2 h 52, dit l'agent.

– Il n'est pas encore trois heures. Si elle est avec des amis. Une soirée, suggéra Lynn, en tentant d'arborer un sourire rassurant, bien qu'elle fût de plus en plus convaincue que les craintes de la mère étaient fondées. Elle en avait froid à l'estomac.

« Elle a encore du temps devant elle. »

– Une fois seulement, elle a été en retard. Vraiment en retard. Elle a téléphoné.

– Peut-être qu'elle s'amuse là où elle est, et qu'elle a oublié.

– Avec les enfants ici ?

Lynn frotta les paumes de ses mains contre la laine de sa jupe. Si la femme avait raison, ils perdaient leur temps ici. Tenter de la rassurer était inutile. Elle était omnubilée par la possibilité d'une catastrophe.

– Vous avez essayé d'appeler ses amis ? demanda l'agent.

– Au beau milieu de la nuit ?

– Si vous êtes inquiète.

– De toute façon, elle n'a pas d'amis. Enfin, pas avec qui elle sortirait le soir. Des gens qu'elle voit au travail, c'est tout.

Ils avaient déjà eu droit au récit du mariage raté, à une avalanche de détails et de reproches formulés sans détour, et avaient été invités à partager la certitude qu'en tout cas, où qu'elle fût, elle n'était certainement pas avec *lui.*

– Et vous n'avez aucune idée de l'endroit où elle allait ce soir ?

La bouche se rétrécit à nouveau, ainsi que les yeux, dans une moue désapprobatrice.

– Aucune.

– A quoi occupe-t-elle sa soirée de liberté, d'habitude ?

– Elle ne me raconte jamais ses histoires et je ne lui pose jamais de questions.

Elle changea de position dans le fauteuil, gardant les

bras posés sur les accoudoirs, les doigts crispés au bout.

« Bien que je sois parfaitement au courant de ce qu'elle fait. »

Lynn resta suspendue à ses lèvres.

« Elle est avec un homme. »

– Ça avait l'air de vachement la turlupiner, hein?

– Qu'il soit arrivé quelque chose à sa fille? Mets-toi à sa place.

– C'est pas ce que je veux dire : ça avait l'air de vachement la turlupiner que sa fille s'envoie en l'air.

– Parce que tu es sûr qu'il s'agit de ça?

– Pas toi? Si tu avais seulement une occasion par semaine...

Lynn leva les yeux au ciel, réfrénant un soupir. Encore un qui avait fait son éducation dans le courrier des lecteurs de *Penthouse* et les séances de masturbation mutuelle dans les douches après le sport.

– Qu'est-ce qu'elle en dit, ta mère, à propos de toi et du sexe?

– Pas grand-chose.

– Comment ça?

– Ils ne savent pas que le sexe existe, dans cette partie du Norfolk.

La maison se trouvait dans une petite rue avec des voitures garées des deux côtés. Une lumière filtrait de l'intérieur du n° 7. Les autres bâtiments étaient baignés d'obscurité.

– Qu'est-ce qu'on fait?

Lynn haussa les épaules, remonta son écharpe de laine autour du cou et pressa le bouton de la sonnette. La sonnerie retentit, quelque part à l'intérieur de la maison. Sans réponse. La fente de la boîte aux lettres ne laissait rien apercevoir de spécial : une balle de plastique à moitié dégonflée sur le tapis et une pièce de Lego.

– Tu veux que j'essaye par-derrière?

– Pourquoi compliquer? fit Lynn en sortant de sa poche la clé que leur avait remise Mrs Barnett.
– Tu es sûre que tu sais ce que tu fais?
Pour ça, elle en était sûre. Ses bras, le haut de ses mollets, toutes les parties de son corps étaient parcourues par un même frisson qui réveillait les nerfs sous sa peau. La clé entra presque trop facilement dans la serrure, et la porte s'ouvrit dès que sa main la toucha. En entrant, Lynn constata que le verrou n'avait pas été mis et que seul le loquet avait maintenu la porte close.
La lumière venait du palier du premier étage.
Elle tâtonna de sa main gantée pour trouver le commutateur, dissimulé par les vêtements pendus à la patère.
– Il y a quelqu'un? appela l'agent.
Lynn ouvrit la première porte sur sa gauche et alluma la lumière. La pièce avait été rangée à la hâte, remplie de piles inégales de journaux, de magazines, de bouquins *Ladybird.* Quelques jouets avaient été entassés dans un coin. Sur la télévision, une trace de poussière avait échappé à un coup de chiffon négligent.
– Je vais jeter un œil là-haut?
– Si tu veux.
Elle ne voulait pas monter à l'étage. Pas tout de suite.
– Fais attention à ce que tu touches.
La pièce du fond donnait sur la cuisine. Des tasses et des bols sur la table; un peu de vaisselle rangée sur l'égouttoir; une poêle qui trempait dans l'évier, cerclée d'une trace orange. Elle l'entendit dévaler les escaliers en hâte et tourna la tête.
– Je me trompe où on n'est pas tombés chez une femme d'intérieur?
– Pas vraiment, non. Pourquoi?
– Le lit, là-haut, c'est gratiné.
– Elle n'est pas...
L'agent secoua la tête.

– La salle de bains?
– Personne.
Le silence s'installa pendant quelques secondes.
– Qu'est-ce qu'on fait? demanda-t-il à nouveau, peu enclin à l'initiative.
– Reste-là une minute.
Elle retourna dans la pièce principale, se souvenant y avoir remarqué une chose à laquelle elle n'avait pas porté l'attention requise. Dans l'alcôve, posé à même le sol, au pied des rideaux tirés, elle trouva un sac à main qu'elle ouvrit délicatement avec le pouce et l'index. Il renfermait une trousse à maquillage, un porte-monnaie et une paire de chaussures à talons plats fatiguées. Elle secoua légèrement le sac et fit apparaître un paquet de préservatifs Durex Élite. Elle songea un instant à le vider sur la table puis se ravisa.
– On appelle le bureau?
Elle acquiesça, reposant le sac à l'endroit où elle l'avait trouvé et, au moment de retraverser le couloir, s'arrêta devant la patère surchargée d'où pendait, entre les vêtements, une paire de bottes en caoutchouc, attachées l'une à l'autre par un cordon. Les semelles étaient boueuses.
– Attends une seconde.
– Qu'est-ce qu'il y a?
– Attends.
De retour dans la cuisine, dont le sol était plus bas que le reste de la maison, Lynn se souvint du frisson glacé qu'elle avait éprouvé et comprit qu'elle avait eu là bien plus qu'une simple appréhension. La porte donnant sur le jardin n'était pas fermée. Elle sortit sous la lune voilée par des nuages. Elle vit une bicyclette sans roue arrière posée contre le mur, puis son pied toucha quelque chose qu'elle ramassa aussitôt : une chaussure noire à talon aiguille. Toute neuve.
Un peu plus loin, elle distingua une forme inerte, dans la pénombre.
– Ta lampe-torche, vite! Il...

Il était plus près qu'elle n'avait cru et la rapidité avec laquelle il braqua le faisceau la fit sursauter.

Seigneur!

Mary Sheppard était complètement nue au-dessus de la ceinture et ne portait au-dessous pour tout vêtement qu'un slip de couleur chair ou beige. Son autre chaussure semblait plantée dans le sol, accrochée, envers et contre tout au bout d'un de ses pieds, de travers. Un bras tendu sur le côté, l'autre tordu au-dessus de la tête donnaient l'impression qu'elle avait tenté de se mettre à l'abri, de fuir. Des lignes sombres, pareilles à des rubans, prolongeaient sa chevelure.

– Retourne au poste et envoie-moi Jim Peel. J'appelle mon chef.

– Tu es sûre que...

– Fais ce que je te dis.

Resnick était en train de rêver d'une fillette jouant avec des poupées. Un mauvais rêve dont la première sonnerie du téléphone le tira non sans soulagement. 4 h 10. Dizzy fit un bond silencieux de la place qu'il occupait, quelque part au-dessus de la tête de Resnick, prêt à se remplir la panse.

– Allô?

– Agent détective Kellogg, monsieur. Navrée de vous déranger, mais je crois que vous allez devoir venir...

Tout en écoutant, Resnick caressait le poil ras de Dizzy qui évoluait sous sa main pour se faire câliner sans qu'il ait à allonger le bras.

– Comptez une quinzaine de minutes, dit Resnick, avant de raccrocher et de se lever.

Dizzy, la queue en trompette, le précéda dans l'escalier.

Il ne mit que douze minutes. Un pan de sa chemise pendait sous son pull-over gris et une manche de sa veste était restée coincée en accordéon dans celle de son pardessus à chevrons. Il portait une écharpe marron foncée, mais pas de chapeau.

L'ambulance était garée en double file, devant la maison, et une voiture de police, gyrophare en action, bloquait l'accès à la rue un peu plus loin. On avait allumé la lumière dans quelques maisons du voisinage.

Resnick salua l'agent stationné devant la porte et entra. Il aperçut Lynn Kellogg debout dans la pénombre du salon, mais ce n'était pas là qu'on l'attendait. Jim Peel parlait avec un des ambulanciers, dans la pièce du fond, tandis que l'autre préparait du thé. Dehors, dans le jardin, on avait couvert le corps de Mary Sheppard à l'aide de deux manteaux.

Resnick tendit la main et Peel, qui lui avait emboîté le pas, lui passa la lampe-torche. Un manteau après l'autre. Le haut d'abord, ensuite le bas. Il essaya d'évaluer la température du corps qui devait se situer autour de trente degrés. Le sol était dur sous ses pieds. Il avait pourtant plu dans la soirée et il aurait dû être boueux, comme l'était le talon de la chaussure au pied de la morte.

Au bout du bras, les doigts semblaient de marbre. La rigidité avait dû commencer. Il ne vérifia même pas.

Il se tourna vers le grand échalas qui cligna des paupières avant de détourner le regard, et lui rendit sa torche. Le médecin légiste venait de faire son apparition dans la cuisine et ôtait ses gants tout en observant l'ambulancier verser l'eau bouillante sur les sachets de thé.

– Pourquoi faut-il toujours que ça arrive au milieu de la nuit, Charlie?

Resnick haussa les épaules et Parkinson glissa ses gants dans les poches de son Barbour.

« Je vais avoir besoin d'éclairage, dehors. »

– Ça arrive, monsieur, dit Jim Peel. On s'en occupe.

Le médecin acquiesça et prit la tasse de thé qu'on lui proposait, extirpant une petite flasque recouverte de cuir d'une poche intérieure.

– C'est pas une raison pour attraper la crève, dit-il, en versant une rasade de cognac dans son thé.

– Monsieur?

Resnick laissa tomber deux morceaux de sucre dans la tasse qu'on lui tendait et l'emporta vers le living-room. Lynn Kelogg avait changé de place et se tenait à présent près de la fenêtre, donnant l'impression d'hésiter à ouvrir les rideaux.

– Tenez, dit-il avec douceur.

Il crut d'abord qu'elle ne tournerait pas la tête, mais elle finit par le faire et prit la tasse qu'il lui tendait à deux mains.

« Comment ça va? »

Elle ne répondit pas, regardant fixement la surface du liquide qui remuait doucement au bord de la tasse.

« Lynn? »

La tasse lui glissa des mains et Resnick attrapa la jeune femme avant qu'elle ne tombe à son tour, le visage enfoui contre sa poitrine, les doigts d'une de ses mains pressant le coin de la bouche du policier. Dans cette lumière, les cheveux de Lynn n'étaient plus bruns, mais carrément noirs. Resnick songea à la femme étendue sous les manteaux dans le jardin glacé, au stéthoscope de Parkinson, à ses lunettes à double-foyer cerclées d'or et au porte-mines, en or aussi, avec lequel il prenait ses notes.

Le son étrange que Resnick sentait vibrer en lui n'était autre que la respiration de Lynn Kellogg. Le bout de son auriculaire à présent sur sa lèvre inférieure.

Peel fit une brève apparition sur le pas de la porte et s'éclipsa de nouveau.

Resnick attendit que la respiration de Lynn soit redevenue normale pour demander :

– Ça va mieux?

Elle releva la tête qui dodelinait encore un peu, ferma un instant les yeux puis les rouvrit, ôtant sa main du visage de Resnick.

– Je suis désolée, monsieur, je...
– Vous devriez vous asseoir.
– Non, je...
Il l'accompagna jusqu'au siège le plus proche et demanda qu'on lui apporte deux thés, dont un très sucré. Après quoi il alla écarter les rideaux, mais sans dissiper la pénombre grisâtre qui semblait vouloir les avaler. Dehors, dans la rue, le gyrophare bleu clignotait toujours.
– Charlie, appela Parkinson du couloir. Je peux vous dire un mot?
Cela resterait à confirmer dans son rapport définitif, mais la cause de la mort semblait liée à de nombreux coups portés sur le crâne à l'aide d'un objet lourd et contondant. Il y avait également des traces de contusions sur le cou, autour de la trachée et juste à la base de la mâchoire, ainsi qu'au ventre et sur les hanches.
– Combien?
– Pardon?
– Nombreux, ça veut dire combien?
Parkinson se pinça les lèvres :
– Dix ou douze, difficile à dire. Je pense pouvoir vous donner une idée précise dans mon rapport.
Resnick le remercia et regagna le salon où Lynn Kellogg buvait son thé en regardant le tas de jouets amoncelés dans un coin.
« Vous avez oublié de demander », le rappela Parkinson.
Resnick tourna la tête.
« Quelque part entre minuit et une heure. »
Resnick acquiesça. Dehors, l'équipe de l'Identité venait d'arriver, sous l'œil de quelques voisins descendus sur le trottoir, en robe de chambre.
– Il y a deux enfants, dit Lynn.
Resnick dut se pencher pour parvenir à entendre le son de sa voix.
« Un garçon et une fille. »
– Où sont-ils?

– Chez sa mère. La mère de la morte. C'est elle qui nous a prévenus.
– Je vois.
– Elle avait peur que quelque chose soit arrivé...
Resnick crut qu'elle allait craquer à nouveau, mais elle se reprit à temps et poursuivit :
« Elle s'inquiétait que sa fille ne soit pas venue chercher les enfants. Je me suis rendue chez elle et j'ai promis de faire un tour ici, histoire de vérifier. C'est elle qui m'a donné le double des clés. »
Resnick lui prit délicatement la tasse des mains et la posa par terre.
– Vous pensez que les enfants sont en sûreté avec elle ?
Lynn se passa la main sur le visage.
– Je ne sais pas trop. Elle a quelque chose qui ne va pas, de l'arthrite, ou quelque chose de ce genre. Ça m'étonnerait qu'elle tienne le coup longtemps.
En particulier après qu'on lui aurait annoncé la nouvelle, se dit Resnick.
– Bon, très bien, dit-il en lui posant une main sur l'épaule. Je vais m'occuper de ça.
Elle leva les yeux vers lui, lentement.
– Je suis vraiment désolée pour...
– Votre petit copain est à la maison, en ce moment ?
– Oui, je...
– Passez-lui un coup de fil, qu'il vienne vous chercher.
Resnick vit avec surprise le visage de Lynn Kellogg s'éclairer d'un franc sourire.
– J'ai dit quelque chose ?
– Il n'y a pas de porte-bagage sur son vélo, monsieur.
Resnick sourit à son tour.
– O.K. ! je vais demander à quelqu'un de vous raccompagner.
– Ce n'est pas la peine, monsieur, je vais mieux. Franchement.

– Vous irez encore mieux après quelques heures de sommeil.
– Mais, mon rapport... ?
– Vous venez de me le faire. Vous n'aurez qu'à le rédiger demain, quand... Enfin, tout à l'heure, quand vous reviendrez au bureau. La seule chose dont j'ai besoin pour l'instant, c'est l'adresse de la mère.
Avec précaution, Lynn Kellogg se leva et ouvrit son calepin.

– Allô ? Qui est à l'appareil ? demanda la voix engourdie de sommeil de Chris Phillips.
Resnick demanda à parler à Rachel Chaplin.
– Putain, il est cinq heures et demie du matin !...
– Donc ce doit être pour une chose importante.
– Ça pouvait sûrement attendre !
Resnick crut un instant qu'il allait lui raccrocher au nez, mais il entendit le récepteur changer de main, puis la voix de Rachel :
– Allô ?
– Ici Resnick, dit-il.
Elle marqua un temps avant de répondre :
– Je présume que vous n'appelez pas seulement pour dire bonjour ?
Il lui expliqua. La femme assassinée, les deux jeunes enfants, la grand-mère invalide.
Rachel écouta attentivement sans l'interrompre, puis :
– Vous savez que nous avons une permanence de nuit.
– Oui, mais j'ai pensé qu'à cette heure-là, ils se contenteraient seulement de prendre un message.
– Alors ?
– Je pense qu'il serait mieux que quelqu'un soit avec la grand-mère quand les enfants se réveilleront.
– Vous voulez dire qu'elle n'est pas encore au courant ?
– Pas encore.

– Et vous voulez que je m'en charge?

– Je voudrais seulement que quelqu'un d'autre soit là lorsque je lui annoncerai moi-même. Une pro, qui sache comment agir vis-à-vis d'elle et vis-à-vis des enfants.

– Pourquoi moi?

Resnick ne répondit pas.

« Bon! donnez-moi l'adresse », dit Rachel. Puis : « Je vous retrouve devant chez elle d'ici vingt minutes. »

– D'accord, dit Resnick, en entendant Chris Phillips élever la voix dans le fond.

« Et merci », ajouta-t-il.

Mais Rachel avait déjà raccroché.

14

Le superintendant Skelton portait un costume gris clair à rayures rouges très fines, dont la veste pendait sur un cintre derrière la porte de son bureau, et Resnick s'étonna qu'il ne soit pas allé jusqu'à la recouvrir d'une housse de plastique. Son supérieur s'était en revanche autorisé à déboutonner le haut de son gilet – un seul bouton – sur une chemise bleu pâle à col blanc, ornée d'une cravate d'un bleu plus sombre avec une rayure rouge également plus sombre que celles du complet. Resnick se sentit comme soulagé de ne pas voir quelles chaussettes il avait assorti à l'ensemble.

– Asseyez-vous, Charlie. Vous m'avez l'air fourbu.

Resnick ne s'était pas changé depuis qu'on l'avait tiré du lit aux premières heures du matin. Il avait cependant rentré dans son pantalon le pan de chemise rebelle lorsque Rachel Chaplin le lui avait fait remarquer, et s'était fait prêter une cravate de rechange par Millington. Son caleçon commençait à le démanger et il songea qu'il avait sauté directement dans ses vêtements de la veille. En plus, il n'avait même pas donné à manger aux chats.

« Café? »

– S'il vous plaît.

Il fit en sorte de regarder ailleurs tandis que Skelton, sans lenteur excessive mais avec un soin méticuleux, mesurait une dose de café en grains qu'il passa au moulin électrique avant de verser le café moulu dans le filtre, puis l'eau dans le réservoir pour finir par appuyer sur un bouton au bas de la machine.

– C'est prêt dans deux minutes.

Resnick hocha la tête, réfrénant un violent désir d'arracher l'engin de son socle mural et de le balancer par la fenêtre avec tous les accessoires.

– Comment va l'agent Kellogg?

– Elle est en bas, en train de rédiger son rapport.

– On dirait que ça devient une habitude pour votre équipe de buter sur des cadavres.

Resnick regarda le superintendant sans répondre. Le café passait. Lentement, mais sûrement.

Skelton avança deux feuillets vers lui.

– Vous avez lu le rapport de Parkinson?

– Oui, monsieur.

– Qui que ce soit qui ait fait ça, il ne cherchait pas seulement à la tuer. Notre homme... Skelton marqua une pause, comme s'il cherchait à se représenter le meurtrier. Notre homme était après autre chose, reprit-il en consultant une nouvelle fois le rapport. Les coups portés ont été suffisamment violents pour « perforer le cortex au niveau de l'hémisphère gauche, briser le ventricule gauche et la vésicule antérieure, provoquer des lésions au bulbe rachidien et à la moelle épinière ». Ceci sans autres contusions graves sur le reste du corps de la victime.

– Une force physique hors du commun, observa Resnick.

– Ou une fureur extrême, dit Skelton en se levant pour servir le café.

Resnick réagit à temps pour refuser le nuage de lait.
– Dans le cas de Shirley Peters, cela ne m'aurait pas autrement surpris. Un homme jaloux, violent et musclé qui nous a donné un aperçu des dégâts qu'il pouvait causer lorsqu'il se laissait emporter par son tempérament. L'état de son visage le prouve.
Skelton goûta son café qui sembla lui donner satisfaction.
« Seulement lui, il s'est servi d'une écharpe de femme. »
Resnick se demanda quelle importance cela avait qu'il s'agisse d'une écharpe de femme ou d'une écharpe d'homme.
– C'est long et dur de tuer quelqu'un, monsieur.
– Et défoncer un crâne humain de cette manière n'est pas à la portée de tout le monde.
– En ce qui concerne l'écharpe, peut-être que cela signifiait quelque chose. Enfin, dans l'esprit de Macliesh, s'entend.
– Continuez.
– Si ce qui l'obsédait était la séduction qu'elle pouvait exercer sur les autres hommes, il peut l'avoir fait exprès.
Resnick haussa les épaules, guère satisfait de l'idée, à présent qu'il l'avait formulée.
– Vous voulez dire : à cause de la couleur rouge? Un accessoire de séduction qui était en même temps un signal de disponibilité?
– Quelque chose de ce genre.
– Vous avez planché récemment sur le manuel de psychologie criminelle, Charlie?
Petit malin, va.
– Non, monsieur, répondit-il. Je crois que j'ai vu ça une fois... dans un film.
– J'ignorais que le symbolisme fût votre tasse de thé.
Un écho résonna dans l'esprit de Resnick. Tout en se demandant comment se débrouillaient Divine et Nay-

lor, envoyés à la fameuse salle de gym du nom de Victor's pour vérifier l'alibi de Macliesh, il réfléchit sur ce qui lui avait valu cette information. Le seul fait de s'être assis à la table de George Despard et d'avoir bu un verre en sa compagnie? Ou bien y avait-il autre chose?

– Pensez-vous qu'il y ait un lien, Charlie? Deux femmes seules, la trentaine. Toutes deux – Skelton marqua un temps d'hésitation avant d'achever sa phrase – portées, apparemment, sur la bagatelle.

– Ce qui ne constitue pas un crime, monsieur.

– Loin de moi cette pensée, répondit-il d'un ton trop forcé pour être naturel.

– Je n'en doute pas, monsieur.

– Ce que je cherche, c'est un lien possible.

– J'entends bien.

– Shirley Peters a été étranglée pendant ou juste après avoir eu un rapport sexuel.

– Ou bien immédiatement avant.

Skelton poursuivit sans relever.

– Le rapport du labo concernant Mary Sheppard indique qu'il y a également eu relation sexuelle approximativement à l'heure du meurtre. Mais dans ce cas précis, souligna-t-il en regardant Resnick droit dans les yeux, très probablement avant la mort, puisque la chose apparaît s'être déroulée dans la chambre tandis que le meurtre a eu lieu dans le jardin.

Sur la table de nuit, à côté du lit à deux places, on avait trouvé un préservatif utilisé, glissé entre deux mouchoirs jetables, probablement en attendant d'être mis à la poubelle. D'autres mouchoirs en papier, eux aussi utilisés, jonchaient le sol et on en avait glissé un autre sous l'oreiller. Il y avait des traces de sperme à l'intérieur des cuisses de la victime, mais en très petite quantité. Peut-être seulement des éclaboussures. Avant ou après? On avait relevé aussi quelques taches sur les draps qui, une fois analysées, correspondraient ou pas.

– Y a-t-il une chance que Macliesh consente à nous fournir un échantillon?

Resnick secoua la tête.

– Son sang a maculé les murs de sa cellule, mais c'était par inadvertance. Je crains qu'il ne soit plus circonspect avec son sperme et ses poils pubiens. En outre, je suis certain que son avocat lui conseillera de refuser.

– Elle ne pense pas que cela pourrait le laver des charges qui pèsent contre lui?

– Pas plus que nous, j'imagine.

– Et cet alibi?

– On essaye de le vérifier. Il semblerait qu'on ait logé un des types dont a parlé Macliesh.

– Et l'ex-époux Sheppard? Il ne s'agit pas d'un amoureux éconduit, cette fois, je suppose.

– Ça n'en a pas l'air.

– C'eût été trop beau.

– On a réussi à le joindre dans le Wirral.

– Eh! Monsieur a bien mené sa barque, on dirait.

– Pour le moment, il est en route. Patel l'attend pour prendre sa déposition.

– Il vient pour identifier le corps?

– Non, monsieur. La mère s'en est déjà occupée.

– Je la croyais invalide?

– Elle marche. Avec difficulté, mais elle marche. Le Service social a affrété un véhicule.

– Quelqu'un d'autre aurait pu s'en occuper, non?

– C'est elle qui a insisté. Elle a dit que c'était sa fille et qu'elle voulait faire ce qu'elle devait. Je crois que s'il avait fallu, elle serait venue à quatre pattes plutôt que de laisser le mari s'en charger à sa place. Enfin, l'ex-mari.

– Elle n'a pas l'air de l'aimer à la passion.

– Il l'a laissé tomber avec les deux gosses sur les bras quand l'envie lui a pris de le faire, on n'a pas besoin de lui maintenant. C'est plus ou moins ce qu'elle a dit. J'ai même l'impression qu'il aura de la chance d'être invité à l'enterrement.

Skelton soupira, portant machinalement la tasse à ses lèvres avant de s'apercevoir qu'il avait fini son café. Resnick, lui, songeait à Mary Sheppard, à quatre pattes dans le petit jardin, derrière la maison. Avait-elle trébuché en essayant de courir ? Ou était-ce le premier coup porté qui l'avait jetée au sol ? Ou encore ceux qui avaient suivi, jusqu'à avoir raison de tous ses efforts pour s'échapper, la laissant immobile dans la boue ?

– Les voisins ne se bousculent pas au portillon pour témoigner, cette fois, Charlie.

– Pas jusqu'ici, monsieur.

– Et pas d'arme du crime non plus.

– Pas encore.

– J'ai eu trois coups de fil du superintendant en chef, en l'espace de deux heures, dit Skelton. Vous avez vu le chef des inspecteurs ?

– Oui, monsieur.

– On a envoyé quelques agents faire le tour du quartier, mais j'ai peur que ça ne suffise pas, à moins qu'on ne trouve quelque chose rapidement. Nous ne sommes pas devant un banal meurtre crapuleux, Charlie. La presse locale se prépare à faire les gros titres sur un crime sexuel, et ils peuvent compter vendre quelques milliers d'exemplaires en plus du tirage habituel avant ce soir.

Resnick se leva.

– On aura peut-être une piste d'ici là.

– Soyez gentil d'y penser, dit Skelton en se levant à son tour.

En sortant, Resnick veilla à manœuvrer la porte du bureau sans déranger la veste pendue à son cintre. Son estomac commença à gargouiller sérieusement tandis qu'il gagnait le couloir. Manger était une autre chose dont il ne s'était pas occupé au cours des huit dernières heures.

Deux agents détectives et un sergent fignolaient des rapports sur des bécanes récalcitrantes. Divine et Naylor n'étaient pas encore revenus du gymnase Victor's, quant à Lynn Kellogg, elle était passée pour rédiger son rapport et on avait dû la renvoyer se reposer avant qu'elle ne s'écroule. Millington, de son côté, était parti procéder à une seconde vérification sur le lieu du crime, en compagnie d'un type du labo. Patel... Tiens, où donc était passé Patel?

Il l'aperçut dans l'escalier menant au premier étage, suivi d'un homme voûté, au visage blême, chaussé de grosses lunettes d'écaille. L'homme était vêtu d'un costume sombre qui coûtait probablement plus cher encore que ceux de Jack Skelton, mais qu'il portait avec infiniment moins de classe.

– Mr Sheppard, chef.

Resnick se présenta. Poignée de main, condoléances. La main moite de Sheppard donna l'impression à Resnick qu'il venait d'égoutter des épinards.

– Je souhaiterais m'entretenir avec vous lorsque l'agent Patel aura pris votre déposition, dit Resnick, sentant son estomac gronder.

– Il y a l'avocate qui voudrait vous dire un mot, monsieur appela Millington, la main en porte-voix. Olds.

– Elle est dans la maison?

– Oui, monsieur. En bas.

– Bon, dites-lui de monter, mais laissez-moi trente secondes.

Resnick ferma la porte de son bureau derrière lui et composa le numéro du delicatessen local, dont la vitrine contenait tout ce qui peut faire rêver un gourmet. Il commanda un sandwich thon, mayonnaise et salade au pain de seigle, un autre au blanc de poulet et fromage Jarlsberg avec moutarde française, cette fois sur seigle aux graines de carvi, ainsi qu'un quart de salade de pommes de terre et deux gros cornichons.

Le temps qu'il repose le combiné, Suzanne Olds apparut à la porte de son bureau, les traits fins de son visage déformés par endroits, de l'autre côté de la paroi de verre. Tout le monde paraissant s'être donné le mot en matière d'élégance ce jour-là, elle portait une jupe de laine rouge par-dessus de rutilantes bottes noires, une veste d'automne à carreaux, et une broche de la taille d'une pièce de 50 pence fermait le col d'un chemisier ivoire. Elle trimbalait toujours ses deux mêmes sacs, l'un en bandoulière à l'épaule, l'autre à la main.

Resnick se leva pour aller ouvrir mais, interprétant son mouvement, elle le devança et entra d'elle-même.

– Je ferme?

– Si vous voulez.

Elle referma la porte en s'appuyant contre le battant, gardant la pose quelques instants afin que Resnick puisse admirer sa tenue et fasse ce qu'il était censé faire.

– Asseyez-vous, je vous en prie.

En fait, il se demandait pourquoi il ne l'avait jamais trouvée séduisante. Cela n'avait rien à voir avec le fait qu'ils fussent adversaires. Et il n'était nullement intimidé par les battantes. Non, ça venait plutôt de l'image que Suzanne Olds persistait à vouloir donner d'elle-même. Ce n'était pas tant qu'il trouvât à redire que le simple fait qu'il n'était jamais parvenu à la prendre au sérieux dans son rôle.

– Je ne vous dérange pas?

– Pas pour le moment.

Ses yeux. C'est de là que ça venait. Ou plutôt que rien ne venait. Il revit Rachel Chaplin dans la salle des pas perdus du tribunal. L'éclat et la force de ce premier regard entre eux.

– Mon client.

– Macliesh...

– Vous allez devoir le relâcher.

Resnick regarda par-dessus son épaule en direction du calendrier accroché au mur.

– Cela me paraît légèrement prématuré.

– Même au vu des circonstances?

– Les seules circonstances que je connaisse c'est une enquête en cours, et le renvoi par le tribunal de la demande de liberté sous caution de votre client à une prochaine audience, après complément d'information.

Suzanne Olds croisa les jambes dans un léger bruissement de nylon.

– Vous oubliez quelque chose, inspecteur.

– Quoi donc, Miss Olds?

– Le second meurtre.

Resnick s'aperçut soudain qu'il pleuvait au-dehors. L'averse martelait en rafales les vitres, en contrepoint des sonneries de téléphone qui, momentanément, s'étaient tues.

– En quoi serait-ce un élément nouveau?

– Je pensais inutile de le préciser tellement ça paraît évident.

L'estomac de Resnick se rappela à son souvenir et il le gratifia d'une petite tape ou deux. Patience, ça arrive. Il se demanda si l'entrevue serait achevée lorsque les sandwichs arriveraient ou s'il allait devoir manger une fois encore avec un lance-pierres.

– On dirait que vous êtes en train de plaider au tribunal, Miss Olds.

– Et vous que vous avez un problème digestif ou un ulcère.

– Très touché de cette marque d'intérêt.

– Je serais touchée, moi aussi, de vous voir témoigner une quelconque marque d'intérêt pour mon client.

– Il faudrait qu'il m'encourage un peu plus.

– Il a subi un interrogatoire et répondu à toutes vos questions. Et ce, en dépit de provocations et de malveillances qui...

– Oh! je vous en prie.

– Non, vous ne m'en priez pas! Vous savez aussi bien que moi que...

– Tout ce que je sais, c'est que Macliesh a sauté sur la première occasion qui lui a été donnée.

– Êtes-vous en train de me dire que votre subordonné s'est comporté d'une façon intelligente et responsable ?

– Je n'ai fait aucun commentaire sur le comportement de mon subordonné.

– Ce qui me semble préférable.

Resnick se renversa dans sa chaise et aperçut Naylor et Divine qui entraient dans le bureau à côté.

– Êtes-vous prête à conseiller à votre client de coopérer et de nous confier quelques échantillons intimes...

– Non.

– Ce qui pourtant constituerait des éléments irréfutables de...

– Ne gaspillez pas votre salive à me réciter le code de procédure, inspecteur.

– Dans ce cas, je ne vois aucune autre alternative que d'attendre les résultats définitifs de l'enquête. Enquête que nous serons obligés de poursuivre, malheureusement, par des voies plus lentes et fastidieuses.

Suzanne Olds secoua la tête, ouvrit son sac à main et en sortit un paquet de cigarettes.

– Ça ne vous gêne pas ? demanda-t-elle machinalement.

Resnick, à sa grande surprise, s'entendit répondre :

– Si.

Il n'avait pas envie de prendre son déjeuner dans la fumée de cigarette.

Suzanne Olds mordit très légèrement l'épithélium de sa lèvre inférieure et fit disparaître le paquet à l'intérieur de son sac.

– Félicitations, inspecteur.

– Pour quoi ?

– Pour m'avoir détournée de mon sujet.

– Parce que je vous ai détournée de votre sujet ?

– J'étais venue vous parler du meurtre de la nuit dernière.

– Je ne vois toujours pas ce qui vous a empêchée de le faire.

Elle secoua une nouvelle fois la tête, plus vigoureusement.

– Tony Macliesh est toujours mon seul et unique client dans cette affaire.

– Et puis?

– Il a été arrêté sur la base de témoignages partiaux et d'allégations émotionnelles, et considéré aussitôt comme le coupable idéal, alors que vous ne continuez à avoir que des présomptions. Il n'y a nulle part de témoignage concernant sa présence sur les lieux, ni même dans le voisinage des lieux de l'assassinat de Shirley Peters et rien non plus qui le relie directement ou spécifiquement à ce qu'il est convenu d'appeler un crime sexuel. Crime sexuel qui a été suivi d'un second, encore plus brutal, auquel mon client n'a pu être mêlé, puisqu'il se trouvait en détention au moment des faits.

Resnick se leva.

– Miss Olds, je vous assure qu'il ne m'a pas effleuré une seconde de mêler Macliesh au meurtre de Mary Sheppard.

– Et pour cause. Il y a un tueur sadique en liberté, en train de s'attaquer à des femmes sans défense et, au lieu de lui donner la chasse, vous vous acharnez sur un innocent à cause de votre aveuglement.

Resnick se pencha en avant, jusqu'à ce que le parfum de Suzanne Olds l'invite à garder ses distances.

– Je vais tâcher de m'exprimer aussi clairement que possible. Nous nous trouvons en présence de deux meurtres distincts. La cause de la mort, la manière d'opérer sont complètement différentes, sans point commun. Pas plus qu'il n'y a jusqu'ici de rapport entre les deux victimes, en dehors du fait qu'elles sont toutes les deux des femmes, qu'elles vivaient toutes les deux seules – enfin pas avec un homme. Ce qui donne deux meurtres, deux affaires, deux enquêtes et deux meurtriers. Comme vous ne l'ignorez pas, nous avons arrêté quelqu'un pour le premier des deux meurtres et comme vous l'avez dit vous-même, le suspect en question n'a rien à voir avec le deuxième meurtre.

Resnick se rassit.

« Dans l'intérêt de votre client, je ne peux qu'espérer que vous trouverez quelque chose de plus solide pour assurer sa défense. »

Suzanne Olds se leva et sortit. Cette fois sans s'attarder à garder la pose et sans même fermer la porte derrière elle.

– Divine! Naylor!

L'agent en uniforme délégué aux sandwichs se retrouva encadré par les deux compères lorsqu'il entra dans le bureau, avec le précieux sac en papier brun.

– Il y a un sandwich pour vous, monsieur, annonça Divine.

– J'espère même qu'il y en a deux, dit Resnick en posant le sac sur son bureau. Alors, résultat des courses?

– On l'a trouvé, monsieur, annonça fièrement Naylor. Votre Warren.

– Et?

Les deux agents échangèrent un regard.

– Il fait pas mal de trucs, là-bas. Il surveille la salle, les clients, les haltères, tout ça...

– Et le soir, il travaille comme videur dans différents clubs.

Resnick sentit l'impatience le gagner, louchant sur le sac en papier.

– Pourrait-on en venir au fait, messieurs?

– Ben, le fait est...

– Le fait est qu'il veut ne parler qu'à vous seul.

– Parfait, dit Resnick. Où est-il?

Les deux hommes échangèrent de nouveau un regard.

– A la salle de gym, monsieur, au Victor's.

– C'est un de ces vieux entrepôts qui...

– Je sais où c'est. Ce que je veux savoir, c'est pourquoi Warren n'est pas avec vous. S'il veut me parler, j'ai un bureau. Pourquoi ne l'avez-vous pas ramené?

– On y a bien pensé, monsieur. On lui a demandé, dit Naylor.
– Quand même?
– Mais il aimait pas l'idée.
Resnick se frotta les yeux calmement, puis braqua son regard sur Mark Divine.
– Vous lui avez expliqué qu'on enquêtait sur un meurtre?
– Oui monsieur.
– Et il a quand même refusé de coopérer?
– Non, monsieur, enfin pas exactement. Il a dit qu'il vous parlerait, ça, ça semblait pas poser de problème. C'est juste de venir ici.
– Il n'a pas une minute à lui? dit Resnick.
Il jugea que les effluves du parfum de Suzanne Olds s'étaient suffisamment dissipées pour ne pas entamer le goût du cumin dans le pain de seigle et l'arôme de la moutarde.
« Ou il a peur que ses haltères se fassent la malle? »
– Il était après un nautilus, monsieur. Si vous aviez vu le poids qu'il...
– C'est pourtant pas votre genre, Divine, de laisser passer une occasion de convaincre.
Divine bricola son nœud de cravate tandis que Naylor abandonnait un semblant de fox-trot au profit d'un semblant de paso doble.
– Ben, il était du genre costaud, monsieur. Un physique de brute, voyez?
– Des biscottos comme ça, renchérit Naylor.
– Vous avez déjà vu des culturistes.
– A la limite de l'humain, presque.
– Et donc, coupa Resnick, vous avez préféré éviter de prendre le témoin à rebrousse-poil, des fois que ça le fasse rentrer dans sa coquille. Et en plus, vous aviez présent à l'esprit le risque d'une altercation dans un endroit public.
– Oui, monsieur, dit Divine.
– Non, monsieur, dit Naylor.

– Il ne bouge pas de l'après-midi?
– Il est là jusqu'à quatre heures, monsieur.
Resnick laissa tomber un regard sur son bureau.
– Vous avez déjeuné?
Ils n'avaient pas déjeuné.
– Bon! Dès que vous sortez de la cantine, vous rappelez le CID de Liverpool. Vous leur transmettez la description que Macliesh a faite de son deuxième acolyte fantôme, et vous voyez s'ils ont en magasin quelques trognes qui pourraient correspondre. Et vous interrogez l'ordinateur à propos de ce Warren. Au trot!

Resnick attaquait son premier cornichon quand le téléphone retentit. Le vinaigre éclaboussa sa main et commença à serpenter entre son pouce et son index vers son poignet.
– C'est Millington, monsieur.
La communication semblait venir du Pôle Nord.
– Vous êtes toujours au domicile des Sheppard?
– Oui, monsieur.
– Et?
– Je crois que j'ai trouvé quelque chose d'intéressant. Alors je me suis dit que si vous n'étiez pas enseveli sous trop de trucs, vous pourriez peut-être faire un saut?
– C'est vous qui m'avez l'air enseveli, Graham.
– Pardon?
– Rien. J'arrive dès que possible, dit-il, avant de raccrocher d'une main et de porter le sandwich au poulet à sa bouche de l'autre.
« Je file chez Sheppard », annonça-t-il à la cantonnade en traversant la salle commune. « Dites à Patel de me garder l'ex au chaud le plus longtemps possible. Je ferai un crochet par le gymnase au retour. »
Il descendit l'escalier quatre à quatre, son sac en papier à la main.
– Ça fait mauvais genre de parler la bouche pleine, observa Naylor sans trop élever la voix.

La dernière fois qu'il s'y était hasardé, à la maison – côtes de porc en sauce, cuites au four, pommes de terre sautées et panais – Debbie lui avait copieusement remonté les bretelles. Elle ne cavalait pas en rentrant à la maison lui préparer des petits plats pour le regarder les postillonner sur la nappe, sans blague!

Mon Dieu! Pourquoi fallait-il qu'il repense à Debbie?

Lorsqu'il avait levé un sourcil interrogateur, le matin même, cette façon qu'elle avait eue de secouer négativement la tête! Et cette expression dans ses yeux, comme si elle était heureuse qu'il n'y ait rien de neuf. Bien que sachant sa leçon par cœur, Naylor s'approcha du calendrier à pin-up de Divine et recompta les jours.

15

Rachel Chaplin partageait son bureau avec une collègue, une pièce pas beaucoup plus large qu'un lit à deux places et pas beaucoup plus longue non plus. Les corbeilles à courrier débordaient de paperasse en tout genre qui s'étalait sur les bureaux. Articles photocopiés avec des passages surlignés au feutre fluo, formulaires, notes de service, mémos. *Pendant votre absence...* Qui avait choisi cette couleur grenat pour les feuillets de bloc-notes?

Pendant que Carole, sa collègue, avait passé sa matinée à tenter de résoudre un problème de transfert pour un vieillard de quatre-vingt-deux ans, avec deux prothèses aux hanches, entre un service de gériatrie et une maison de convalescence, Rachel tâchait de résoudre le problème de l'hébergement de Luke et Sarah Sheppard.

– Non, c'est le garçon qui a sept ans, et la petite

fille quatre. Oui, elle a une place en crèche. Pas tout à fait au même endroit, mais presque. C'est à cinq, dix minutes à pied, maximum.

– Et vous ne savez pas quand il y aura une place de libre? Bien sûr que je réalise de quoi ça dépend, non, je ne souhaite pas que ça se produise. Oui, je vois. Un coma de quatre jours et le médecin ne sait pas si... Écoutez, dans l'éventualité... C'est ça, s'il vous plaît, appelez-moi. D'accord.

– Je pense quand même que ça risque d'être problématique si la grand-mère n'y a pas accès. Elle se déplace difficilement et... Écoutez, je ne veux pas vous paraître faire preuve de mauvaise volonté, mais est-ce que je peux vous rappeler? Non, aujourd'hui, c'est promis. Je vous rappelle de toute façon.

– Vous imaginez ce qu'est un service de gériatrie? Vous comprenez donc pourquoi j'aimerais que ce transfert ait lieu le plus vite possible...

– Allô, c'est Rachel Chaplin à l'appareil. Très bien et toi? Ah bon? Formidable. Dis-moi, il y avait une femme à qui tu faisais appel régulièrement pour les hébergements provisoires. Je l'avais rencontrée, une fois, à cette conférence... Voilà, c'est elle. Je me demandais... Ah! en Australie? Oui, évidemment. Bon!merci quand même. Ciao.

C'était la première fois en près d'une heure que les combinés refroidissaient sur leurs socles. Rachel se leva pour étirer les muscles de son dos.

– Tu devrais essayer la technique Alexander, observa Carole.

– C'est ce truc où tu es allongée sur le dos pendant que quelqu'un te marche dessus?

– Tu exagères un peu.

– Ça ne m'a jamais trop rien dit. Peut-être parce que ça me rappelle trop ma vie sentimentale.

– Pourtant, tout se passe bien avec Chris.

Rachel se tourna vers elle sans répondre.

« Je veux dire : Il n'est pas comme ça. »

– C'est plus subtil.
– Pourquoi ne lui demandes-tu pas de te faire un massage?
– Je ne vois pas quand il trouverait le temps.
– Il faudrait, pourtant. Traîner avec des problèmes de dos est la dernière chose à faire. Tu commences comme ça et tu finis avec une pension d'invalidité.
Rachel se rassit et ouvrit son répertoire.
– Sympa, dit-elle en riant.
– Ne ris pas. Tu es encore jeune, mais les emmerdements commencent.
– Tu peux me redire ça?
– Je ne vois que ça tous les jours. Des gens qui n'ont jamais accordé une minute d'attention à leur corps et qui se retrouvent un jour à soixante ans à se demander pourquoi telle ou telle chose fonctionne mal ou ne fonctionne plus. Je veux dire, s'il s'agissait d'une voiture, là le...
Carole fut interrompue par la sonnerie du téléphone de Rachel.
– Allô, Service soci... Chris? Qu'est-ce qui se passe?
Elle glissa un regard en direction de Carole qui décrochait son appareil et composait un numéro.
« Je m'apprêtais à avaler un sandwich », dit Rachel. « Je n'ai pas beaucoup de temps. »
Rachel continuait à feuilleter son répertoire tout en écoutant et son visage trahissait un malaise.
« Écoute Chris, coupa-t-elle, je te retrouve près de l'église dans dix minutes. Là, il faut vraiment que je raccroche. »
– Enfin, tout dépend de ce que vous entendez par incontinent, disait Carole à son correspondant.
D'un geste décidé, Rachel referma le répertoire et composa le numéro de poste du fonctionnaire chargé de l'aide à domicile.

Le drap-housse, la couette ainsi que le matelas avaient été emportés au labo pour analyse. Resnick était assis contre le cadre métallique du lit, face à Graham Millington, accroupi, une main posée sur le sol. Entre eux, recouvrant presqu'entièrement le tapis, s'éparpillaient les lettres.

– Il pleut.

Curieux, quand même, songeait Rachel, comme certains jours, sans raison particulière, toutes les banalités qu'on peut échanger dans la vie deviennent subitement horripilantes.

« Je disais simplement... »

– J'ai entendu.

– On est vraiment obligé de rester sous la flotte?

– C'est une idée de toi.

– Pas de venir ici.

– Je ne voulais pas aller loin.

– On peut quand même entrer dans un pub. Même un quart d'heure.

Rachel franchit le portail en fer forgé et suivit le dallage irrégulier en direction du porche sud qui croulait sous les échafaudages, comme plusieurs autres endroits de l'église, en cours de restauration.

Elle sortit les mains de ses poches et déboutonna le haut de son manteau. Chris Phillips la rejoignit à l'abri, ébroua ses cheveux ruisselants tandis que deux employés de bureau sortaient, munis de sacs Marks & Spencer contenant leurs déjeuners sous Cellophane.

– Qu'y avait-il de si urgent?

Il voulut parler, puis se ravisa et tourna la tête pour regarder la pluie dégouliner le long des barreaux de la grille et deux pétales de rose qui persistaient à ne pas vouloir tomber du rosier.

– Tu ne vas pas me faciliter les choses, hein?

Rachel ne donna pas l'impression d'avoir entendu.

Chère B 124,

Comme vous l'aurez deviné, je réponds à votre annonce parue dans « Cœurs Solitaires. » Avant toute chose, je dois préciser que je suis au-dessus de la tranche d'âge que vous mentionnez – je vais sur mes quarante-trois ans – mais j'ai quand même décidé de répondre. Après tout, ça ne coûte que le prix du timbre!

Cela dit, sérieusement, je suis affectueux et plein d'entrain, enfin quand j'en ai l'occasion, si vous voyez ce que je veux dire. J'ai été marié et j'ai un enfant que je vois un week-end sur deux. Ma femme, enfin mon ex, habite Lincoln et, comme je n 'ai pas de voiture en ce moment, j'ai quelques problèmes pour y aller. Mais assez parlé de mes difficultés! (Vous ne dites pas si vous avez été mariée, ni d'ailleurs grand-chose sur vous-même – mince, séduisante, vingt-neuf ans – mais ce n'est déjà pas mal.)

Quoi qu'il en soit, pour conclure, pourquoi ne pas nous rencontrer un soir et voir si ça marche? Vous ne pourrez pas me joindre par téléphone ces temps-ci (je n'ai pas le téléphone) alors envoyez-moi un mot pour me dire où et quand.

J'attends impatiemment de vos nouvelles.

Sincèrement,

John Benedict

– Rach' (Mon dieu ce qu'elle pouvait détester qu'il l'appelle ainsi!), je veux juste savoir ce qui arrive.

– Il fait froid, il y a du vent, je suis en train de manger un...

– Arrête, Rachel.

– ... sandwich et tu me donnes l'impression d'être très inquiet.

– Rachel, arrête!

Compte jusqu'à dix, Rachel, se dit-elle. Compte jusqu'à dix et arrête de faire chier.

– D'accord, dit-elle, excuse-moi. J'ai passé la matinée à m'occuper de trouver une place pour deux gosses à qui on n'a pas encore annoncé que leur mère est morte.

Il passa un bras autour de ses épaules. Elle ne bougea pas.

– Je suis désolé, moi aussi, dit Chris. Je comprends que tu sois préoccupée, mais c'est la même chose pour moi.

Il lui pinça affectueusement l'épaule avant de s'écarter légèrement.

« On a déjà chanté cette chanson-là, hein ? »

– Quelle chanson ?

– Tu n'arrives pas à penser à autre chose qu'à ton boulot, ce qui fait qu'il ne te reste plus de temps à consacrer à nous deux. Et moi, je m'inquiète de savoir ce qu'on va devenir à ce train-là et je n'arrive pas à me concentrer sur mon travail plus de cinq minutes d'affilée.

> Chère Affectueuse et Pleine d'Entrain,
>
> N'allez pas croire qu'il soit dans mes habitudes de répondre aux petites annonces, encore que j'admets qu'il m'arrive de les lire, pour m'amuser. Pourtant, quelque chose dans le ton de la vôtre m'a poussé à prendre la plume pour la première fois. Je ne pouvais, bien sûr, pas vous voir en écrivant, mais j'en ai eu pourtant l'impression. Je vous imaginais assise devant un petit déjeuner solitaire, décachetant mon enveloppe avec la pointe de votre couteau avant de l'ouvrir.
>
> Pourquoi ne pas m'appeler ?
>
> Peut-être seriez-vous séduite par le son de ma voix comme je l'ai été moi-même par les mots de votre annonce. Nous ne le saurons que si nous essayons.
>
> Bien à vous,
>
> Affectueux et Plein d'Entrain II
> (rien à voir avec le film !)

– J'ai seulement l'impression de ne pas pouvoir t'atteindre, de ne plus pouvoir te parler. Que tout ce que je fais est mal, que tout ce que je dis est soit stupide, soit maladroit, soit les deux.

– Chris...

– Non, vraiment je suis sérieux. J'ai l'impression que je t'insupporte. C'est comme ça.

– Ce n'est pas vrai.

– Ah bon?

– Non.

– C'est pourtant ce que je ressens.

La tête dans les mains, Rachel s'adossa au mur entre les annonces paroissiales, l'affiche d'un concert de musique ancienne et les avis concernant la restauration de l'église.

« C'est l'impression que tu me donnes, Rachel... »

Chère Miss Cœurs Solitaires,

Je suis sûr que vous avez déjà reçu une masse de réponses à votre annonce et je ne me fais pas trop d'illusion sur les chances que vous répondiez à ma lettre. Quand on a cherché aussi longtemps que moi, de toutes les façons, une véritable amie dans ce monde si dur, quelqu'un qui pourrait devenir l'âme sœur, on apprend à ne pas espérer ni attendre trop.

Au cas où ma lettre ferait résonner quelque chose en vous, je me permets de vous en dire un peu plus à mon sujet. J'ai trente-neuf ans (juste dix ans de plus que vous... comme vous voyez) et j'ai toujours vécu une vie de célibataire, bien que ce ne soit pas par choix. Chaque fois que j'ai lié connaissance avec une femme bien, il y avait toujours quelque chose qui n'allait pas. Bien sûr, à chaque fois, je me suis dit, arrête de te rendre ridicule et laisse complètement tomber. Mais ça ne dure pas et quelque chose en vous, je suppose qu'on peut appeler ça une sorte de désir, vous pousse à revenir vers quelqu'un d'autre.

J'espère très fortement que vous m'écrirez et que, si c'est le cas, nous pourrons nous rencontrer.

Quelque chose me dit que nous pourrons nous parler librement et sans détours l'un à l'autre.

Dans l'attente de votre réponse,

Sincèrement,

Martin Myers

– C'est ce flic, là. Ce Resnick, hein?

– Quoi, Resnick?

– Allons Rachel! Depuis que tu l'as rencontré, tu n'es plus la même. Enfin, plus avec moi.

– Mais enfin, Chris, tu parles de quelqu'un avec qui j'ai bu un verre une ou deux fois.

– Ça, c'est ce que tu dis.

– Qu'est-ce que tu sous-entends?

– Si c'est tout ce qui s'est passé, qu'est-ce qu'il fout à t'appeler à n'importe quelle heure de la nuit?

– Il m'a appelé ce matin parce que...

– Parce qu'il avait trouvé une bonne excuse.

Rachel éclata de rire, ahurie.

– Pendant que tu y es, dis carrément qu'il est allé commettre un meurtre pour avoir rendez-vous avec moi à cinq heures et demie du matin!

– Tu sais très bien que ce n'est pas ce que je veux dire.

– C'est ce que tu sous-entendais.

– Ce que je *sous-entends*, c'est qu'il aurait pu téléphoner à la permanence. C'est ce que n'importe qui à sa place aurait fait. C'est pas vrai, peut-être?

Rachel marcha jusqu'au porche. L'eau ruisselait encore des échafaudages, mais la pluie semblait avoir cessé. Un petit coin de ciel bleu émergeait timidement par-dessus les toits.

« C'est pas vrai? »

– Bien sûr.

– Pardon?

– Oui, tu as raison.

Elle s'était tournée vers lui pour le regarder en face.

Et elle vit que ce regard faisait mal. Sans trop savoir à qui revenait la faute. A Chris ou à elle-même.

Chère 124,

Entrons tout de suite dans le vif du sujet (comme disait la danseuse à l'évêque). J'ai vingt-six ans, je mesure 1,75 m sans chaussettes et 70 kilos tout mouillé. J'ai d'autres mensurations intéressantes, mais il faut en garder un peu pour le dessert. Vous verrez par vous-même.

Je suis plombier, j'ai ma propre affaire, camionnette et tout le toutim. Je bosse souvent le soir, mais comme je suis mon propre maître (pour le moment, parce que celle qui avancera bien ses pions...), je peux vous rencontrer quand vous voulez dans la journée. Je ne sais pas si vous travaillez, encore que je trouve que ça vous irait bien.

Passez-moi un coup de fil. J'ai un répondeur à cause du boulot, donc pas d'affolement quand vous appellerez. Comme je l'ai dit plus haut, gardez plutôt ça pour le dessert!

Allez, faites-le aujourd'hui et rappelez-vous ce qu'on dit à propos des plombiers.

Vous ne le regretterez pas!

Tendresses.

Dave

A travers les barreaux, ils pouvaient apercevoir les avocats entrer dans la brasserie, de l'autre côté. Un soleil blanc cassé avait fait son apparition et les pierres du mur avaient pris une légère teinte rosâtre.

– Il t'intéresse, hein? Resnick.

– Mais j'en sais rien, Chris.

– Bien sûr que si, tu sais. Les femmes savent toujours.

– Quelle importance?

– Alors, il t'intéresse.

– Écoute, Chris, dit-elle en lui prenant la main

l'espace d'une seconde. On ne peut pas parler de ça maintenant. L'heure est mal choisie.

– L'heure est toujours mal choisie.

Elle consulta sa montre.

« Tu rentres, ce soir ? »

– Bien sûr que... Mais qu'est-ce que tu es en train d'imaginer, Chris ?

– Je sais très bien ce qui se passe, je ne suis pas idiot. Ce que je veux savoir, c'est d'où ça vient et comment l'empêcher.

Rachel releva le col de son manteau jusqu'en haut et remit les mains dans ses poches.

– On en parle ce soir, O.K. ?

– O.K. ! soupira Chris. Bien sûr. Tu n'as aucune idée de l'heure à laquelle tu...

– Non, dit-elle. Chris...

– Oui, je sais, il faut que tu partes.

Il ne s'attendait pas vraiment à ce qu'elle regarde en arrière, mais il la suivit des yeux quand même, le long du dallage de pierre, et dans le vieil escalier, jusqu'à ce qu'elle soit hors de sa vue. Puis il balaya d'un revers de main les petites flaques d'eau sur le banc, devant l'église, et s'assit.

– Combien ça fait en tout, Graham ?

– Quarante-trois, monsieur.

– Comme l'âge de John Benedict.

– Pardon ?

Resnick désigna d'un geste la lettre en haut de la pile.

– C'est ahurissant, non ?

– Quoi ?

– Tous ces types, là, dehors. Qui éprouvent le besoin de donner dans des conneries pareilles, dit-il en se levant, remuant ses jambes engourdies. Je ne croyais pas qu'il y avait des gens pour prendre ça au sérieux. Un petit casier, avec un numéro d'ordinateur. Comment est-ce qu'ils en arrivent à ça ?

– En crevant de solitude, dit Resnick.
– Même, je trouve que...
– Quand vous les avez sorties du tiroir, coupa Resnick, vous les avez manipulées avec précaution?
– Avec des pincettes, monsieur.
– Je serais étonné qu'on arrive à y relever des empreintes, mais il n'y a aucune raison de rendre les choses plus difficiles. Mettez donc autant de soin à les ranger, et emportez le tout à la brigade.
Il considéra la pile de lettres.
« J'ai comme dans l'idée que notre façon de répondre au courrier va déplaire. »

– Tout va bien? s'enquit Carole lorsque Rachel entra dans le bureau.
– Moui, pourquoi?
– Pour rien. Tu m'as l'air préoccupée, c'est tout.
(Ce qui en soi n'avait rien d'étonnant, puisque effectivement, elle l'était.)
– J'ai réfléchi au sujet des enfants Sheppard, et, finalement, je me demande si le placement est la solution adéquate. Je crois qu'il serait préférable de les laisser avec leur grand-mère. Il y a toute la place qu'il faut, c'est seulement ses difficultés à se déplacer qui me semblaient poser problème, mais à la réflexion, ça peut s'arranger avec une aide à domicile. Le matin et le soir pour commencer. Cela permettrait déjà que cette femme accepte une aide extérieure pour elle-même, et ça pourrait évoluer positivement, aussi bien pour elle que pour les enfants. Qu'est-ce que tu en penses?

16

Resnick avait manqué l'arc-en-ciel annonçant le retour d'une belle journée d'automne. Le ciel était d'un bleu délavé et le soleil plus brillant avivait la couleur des briques. Il remontait une rue étroite bordée de chaque côté par des entrepôts spacieux sur quatre ou cinq étages, aux façades bien proportionnées et aux toitures en arc de cercle qui donnaient l'impression, lorsqu'on regardait en l'air, de se trouver dans une autre ville.

Il tourna à droite, à l'endroit même où jadis s'alignaient une quincaillerie, un marchand de légumes et le pourvoyeur local en tablettes de levure, flacons d'urine et supporters athlétiques, tous disparus après expiration de leur bail. Resnick descendit la côte, dépassant le vidéo-snack et sa vitrine encombrée de mobilier art-déco, puis plusieurs magasins de vêtements pour hommes dont les noms, Herbie Hogg ou Culture Vulture, laissaient un peu rêveur.

Le gymnase arborait une enseigne au néon violette, façon écriture manuscrite, annonçant « Club de Santé Victor's », au-dessus de vitrines en rotonde décorées de poids et haltères et de justaucorps aux couleurs violentes. L'aire d'accueil se présentait sous la forme d'un petit comptoir de dégustation : oranges pressées, jus de légumes ou espresso. La réceptionniste portait une coiffure couleur acier inox et son maquillage était le plus parfait que Resnick ait vu depuis qu'il s'était retrouvé coincé dans l'ascenseur d'un grand magasin avec quatre vendeuses du rayon parfumerie.

Elle regardait un grand Noir enfiler un training aux armes d'une marque de bouillie aux flocons d'avoine et vérifier comment tombaient les manches.

Aucun d'eux ne sembla s'émouvoir de l'arrivée de Resnick. Des profondeurs du bâtiment parvenaient un son disco étouffé ainsi que quelques grognements et bruits sourds sporadiques, mais là, personne ne semblait enclin à bouger ou à transpirer.

– C'est tout droit pour aller à la salle de gym? demanda Resnick.

– Pourquoi vous voulez aller à la salle de gym? dit

la fille sans le regarder, absorbée dans la contemplation du Black en survêtement. Elle arborait un badge sur le côté de son tee-shirt rose où était écrit « Jane » à l'encre violette, dans une calligraphie analogue à celle de l'enseigne extérieure.

– Pour quelle raison y vont les gens, d'habitude?

Elle leva un sourcil.

– Vous n'êtes pas membre.

– Non, dit-il, commençant à se sentir de trop.

– Ah! oui, vous avez dû recevoir un de ces trucs qu'on a fait distribuer sous les portes. Trois séances gratuites, c'est ça?

– Voilà.

Elle se tourna vers le survêtement.

– J'avais dit à Victor que c'était une idée idiote.

Quelque chose ou quelqu'un atterrit lourdement sur le sol, juste au-dessus de leurs têtes.

– Vous l'avez apporté? dit-elle à Resnick. Le prospectus. Autrement, vous n'avez pas droit aux séances gratuites.

– C'est bête, dit Resnick. Je l'ai déchiré.

– Comme ça, d'un seul coup, demanda l'homme, ou bien lentement, en tout petits morceaux?

Contre toute attente, Jane trouva ça d'une drôlerie irrésistible. Elle partit d'un fou rire qui ne tarda pas à lui tirer les larmes, des sons aigus sortant par intermittence de sa gorge. Elle risquait l'apoplexie, ou au moins quelques lézardes dans son maquillage.

– Elle s'amuse d'un rien, observa Resnick.

– Jane est un cœur simple, dotée d'un grand sens de l'humour, répondit l'homme.

Regardant les yeux de Jane, dont l'expression évoluait de manière inquiétante, Resnick insista :

– Je crois que les premiers secours s'imposent.

L'homme au training haussa les épaules et se pencha au-dessus du comptoir pour appliquer deux petites tapes au bas du dos de l'hôtesse. Jane avala une goulée d'air et se remit d'aplomb, stabilisant du même coup le cocktail carottes et germes de blé qu'elle tenait à la main.

« Je suis venu voir Warren », dit Resnick. « On m'a dit que je le trouverais à la salle. »

– Pourquoi voulez-vous voir Warren?

– Si on vous le demande...

– On ne laisse pas entrer les gens comme ça.

Tout ça devenait fatigant. Resnick sortit son portefeuille et exhiba sa carte.

– Je vais le chercher, dit l'homme.

– Restez là, je le trouverai bien tout seul.

Pendant un instant, il crut que l'autre allait essayer de l'arrêter mais celui-ci préféra rester tranquille et indiquer le corridor.

– En haut de l'escalier, à gauche, et puis tout droit.

– Je sais, je n'ai qu'à suivre le boucan, dit Resnick.

En fait, il suivit plutôt l'odeur de sueur et d'embrocation jusqu'à la salle de musculation, où l'on mouillait les vêtements de sport sans se préoccuper de la manière dont tombaient les manches. Le sol vibrait au rythme des poids qu'on soulevait et reposait. Il s'approcha d'une asiatique menue, allongée sur le dos, les jambes levées, pendant qu'un instructeur musculeux lui allongeait sa charge de dix livres.

– Et ça n'est rien à côté de ce qu'elle peut faire.

Resnick tourna la tête.

« Un soir, j'étais au restaurant où elle travaille. Bel endroit, pas le genre comptoir de plats à emporter. Nappes blanches, porcelaine... Et puis débarque une bande de mecs qui arrivent du pub, surtout un, désagéable, avec une grande gueule. Ils s'asseoient, commandent des bières et commencent à charrier la clientèle. Tout le monde garde le nez dans son bol de riz, comme s'il ne se passait rien. Elle va voir le mec, lui dit de se calmer ou bien de sortir. Lui commence à la traiter de tous les noms et elle le prévient qu'elle va appeler les flics. Il essaye de l'attraper, rate son coup, fait le tour de la table. Et elle, tranquille, se tourne. Un coup de pied dans les noix, et puis un autre dans l'œil. Éborgné. L'œil qui pend. Direction les urgences. Quatre heures et demie d'opération pour le lui remettre en face du trou. On voit plus la cicatrice, mais le type louchera horriblement pour le restant de ses jours. Je suis Warren, dit-il, en tendant la main.

– Détective-inspecteur Resnick.

– Je m'en doutais.

La poignée de main fut ferme et moite de sueur. Warren était juste un peu moins grand que Resnick, sans âge et nanti d'une musculature impressionnante. Il portait une vieille veste de training noire qui lui moulait les épaules et les pectoraux, un pantalon en coton gris. Il était pieds nus.

« Allons là-bas. »

Resnick le suivit dans un petit bureau situé en face du vestiaire des hommes. La pièce comportait juste un bureau et deux chaises ainsi qu'un panneau de bois recouvert de toile de jute sur lequel des feuilles d'emploi du temps étaient placardées à l'aide de punaises jaunes.

« Alors, comme ça, vous connaissez Georgie Despard ? dit Warren, en l'invitant à s'asseoir. »

– Comme ça.

Warren éclata de rire, découvrant une dentition régulière dont une canine plombée d'or.

– Georgie dit que vous avez essayé de le coincer pendant des années.

Resnick secoua légèrement la tête.

– Mais plus maintenant.

Warren rit encore.

– Il a oublié d'être con, Georgie.

– Et, vous, vous l'avez connu comment ?

– Lui et mon vieux traînaient ensemble, il y a des années. Ses parents étaient venus s'installer ici et lui s'emmerdait ferme. Il avait besoin d'action. Mon père avait grandi ici, comme lui. C'était la grande époque.

Je les vois encore en train de se saper en costard à paillettes. Ils ont débuté les week-ends dans le quartier ouest, une boîte qui s'appelait le *Flamingo.* Georgie Fame and the Blue Flames. John Mayall. Et ce type qui s'est balancé sous une rame de métro – comment c'était, son nom déjà? Ça va me revenir...

Il se renversa dans sa chaise, gagné par la nostalgie.

– J'imagine qu'ils ne se contentaient pas uniquement de danser?

Warren se redressa légèrement.

– Navré d'avoir décliné l'invitation, dit-il. Mais moi et les postes de police, c'est comme une allergie.

– Tant que la conversation a lieu.

– Une conversation à propos de Macliesh?

– A moins que vous ne souhaitiez me parler aussi d'autre chose.

– Juste Macliesh.

– O.K.!

– Vous l'avez fait plonger pour le meurtre de la fille?

– Disons qu'il est en détention provisoire.

– Vraiment provisoire.

– Ah oui?

– Enfin, je veux dire, personnellement, je m'en contrefous de le savoir à l'ombre. C'est de là qu'il vient et c'est là qu'il retournera tôt ou tard. Les types dans son genre, ça reste pas longtemps dehors. Question d'adaptation.

– La partie de son emploi du temps qui m'intéresse...

– C'est la nuit de lundi, c'est ça? La nuit où c'est arrivé. Enfin d'après les journaux.

– Pas seulement les journaux. Vous l'avez vu, ce soir-là?

– Je l'ai rencontré ici, au bar. Lui et Mottram.

– Mottram?

– Un mec de Liverpool.

– Un copain à vous ou un copain à lui?

– Macliesh le connaissait ni d'Ève ni d'Adam. C'est un gars que j'ai rencontré aux States. J'y allais tous les ans, pour des concours de body-building, des exhibitions, l'élection de Mr Univers.

– Mottram est également un culturiste?

Warren sourit, exhibant de nouveau sa canine plombée.

– Mottram, on lui souffle dessus et il tombe. Non, il a travaillé comme soigneur sur les rings. Extra pour les coupures. Et puis ses doigts de fée ont un peu souffert.

– La tremblote? L'arthrite?...

Warren souriait toujours.

– Il a eu des mots avec un type armé d'une hache.

– Et qu'est-ce qu'il faisait là, en ville?

– Il traînait en faisant plus ou moins la manche. Il est passé ici, un peu plus tôt. Je lui ai dit de rester dans le coin et de voir ce que Macliesh avait derrière la tête.

– Il y a quelque chose que je ne saisis pas, dit Resnick. A l'origine, Macliesh venait vous voir pour quoi?

Posément, Warren ramassa un sweat-shirt et l'enfila. La sueur commençait à sécher, et il avait froid.

– Avant d'aller plus loin, dit-il en faisant un geste vers la porte close, il faut qu'on soit bien d'accord que ça ne sort pas de cette pièce, O.K.?

Resnick acquiesça.

Tous deux savaient néanmoins que le policier ne perdrait pas une miette de ce que Warren lui dirait, qu'il le classerait dans ses archives, en tiendrait compte et le réutiliserait s'il en avait besoin. Ils savaient également l'un et l'autre que ce qui serait dit le serait sans témoin.

– De temps à autre, dit Warren d'un ton calme, il se présente un job qui demande un minimum de muscles, et, à ce moment-là, les gens mettent d'autres gens en cheville avec moi. Il n'y a pas de filière, simplement le téléphone arabe, d'une boîte à l'autre, à des heures un peu avancées. Les gens me repèrent, à l'entrée, avec mon costard sur mesure et mon air pas commode, et le tuyau circule. Point. Je ne sais pas auprès de qui Macliesh est allé à la pêche, toujours est-il qu'il a fini par s'adresser à moi.

– Lundi dernier?

– Ouais.

– Racontez.

– On descend jusqu'au restaurant italien, plus bas dans la rue, et là, il se met à me raconter son histoire d'entrepôt dans la zone industrielle, en dessinant des plans sur la nappe, comme dans une péloche ringarde. Il m'explique qu'il y a une milice qui patrouille le secteur et qu'il a besoin d'un chaperon, mais qu'il a un fourgue à la coule pour la marchandise. Composants électroniques, ordinateurs, ce genre de camelote. Bref...

– C'est une idée de Macliesh. De A jusqu'à Z?

– Ah oui, complètement, fit Warren avec un rictus ironique.

– Qu'est-ce qui s'est passé ensuite?

– Sur place, on constate qu'en effet le coin est surveillé. Un guignol en uniforme dans une camionnette avec un clébard genre chien d'attaque. Je fais pas la différence entre un vrai et un faux, mais j'aime pas. Saloperies de bestioles. Bon! et puis, sur ce, Macliesh commence à aviser des alarmes antivol un peu partout et gamberge que tout ce bazar est peut-être bien relié directement chez vous autres. Grosse panique. On traînasse un peu, on fait le tour du bloc, on revient, on refait le tour du bloc et, de fil en aiguille, il a une petite appréhension de se faire son déménagement, Macliesh. Dans l'intervalle, Mottram s'est descendu une bouteille de malt, et moi, j'ai vu arriver gros comme une maison une nouvelle soirée foutue. Voilà. Rien que de la branlette...

Resnick hocha la tête.

– Macliesh et vous, vous êtes restés ensemble entre quelle heure et quelle heure?

– Il a débarqué vers huit heures, huit heures et

demie. Le temps qu'on arrive au bout de son pique-nique à la con, ça fait un coup d'une heure et demie, deux heures du mat.

– Vous êtes prêt à signer une déposition?

Warren le dévisagea quelques instants, puis finit par soupirer :

– Si faut aller à la maison mère, non. Autrement, si vous voulez.

Resnick se leva.

– Je vais vous renvoyer les deux officiers que vous avez vus tout à l'heure.

– Là, maintenant?

– Maintenant.

Warren haussa les épaules.

– O.K.! ça marche.

Après l'avoir raccompagné à l'escalier, Warren ajouta :

« Je salue Georgie de votre part? »

– C'est pas indispensable.

17

Vera Barnett le leur avait dit. Rachel le sut à la seconde où elle pénétra dans l'étouffant vestibule qui empestait l'encaustique et le désodorisant. L'ouverture des serrures et verrous avait pris quelques minutes entrecoupées de murmures d'excuses et de frustration. Mal à l'aise dans son nouveau fauteuil roulant, elle portait des pantoufles et des chaussettes, par-dessus une vieille paire de collants en tire-bouchon qui disparaissait sous le plaid installé sur ses genoux. Sa chevelure n'arborait plus la moindre boucle et pendait, grise, maladive, comme une vieille perruque mal ajustée. La vieille femme regardait les jointures gonflées de ses mains qui venaient de la trahir une fois de plus.

– Mrs Barnett, je...
– Je n'ai plus la force...
– Ce n'est pas grave.
– Vous trouvez?
Rachel s'avança, avec un léger sourire.
– Je vois qu'on vous a apporté le fauteuil.
– Quelle saloperie d'engin!
– Il a l'air bien, pourtant.
– Une saloperie, je vous dis.
Rachel passa derrière elle et saisit les poignées du fauteuil.
– Vous allez vous y habituer.
– A être infirme?
– Ce n'est pas ce que je voulais dire.
– A quoi d'autre est-ce qu'on s'habitue dans une chaise roulante?
– Nous avons parlé de ça, Mrs Barnett. Ce fauteuil vous aidera beaucoup avec les enfants. Vous ne serez pas obligée de courir après eux tout le temps et vous vous fatiguerez moins.
– C'est vous qui le dites.
Rachel fit exécuter un demi-tour au fauteuil pour les conduire hors du vestibule. D'une autre pièce, par intermittence, lui parvenaient des sanglots étouffés.
– Faites attention, dit Vera Barnett tandis que le fauteuil tournait sur les roues arrière.
– Je fais attention, ne vous en faites pas.
La vieille femme émit tout de même un grognement lorsque Rachel remit le fauteuil d'aplomb sur ses quatre roues.
– Allons dans la salle de séjour, dit-elle.
– Vous n'arriverez pas à faire passer cette saleté. Pas sans cogner quelque part.
– Mais si, on va y arriver.
– Vous allez voir que non.
– Je suis sûre que tout ira bien.
– Des maisons comme ça ne sont pas faites pour les handicapés et les infirmes. Les roues vont m'arracher la peinture et laisser des traces partout.

Rachel installa le fauteuil à côté de la cheminée, et prit place sur le fauteuil Parker Knoll, en face.

– Si vraiment vous n'en voulez pas, Mrs Barnett, je peux appeler le service demain matin pour qu'ils passent le reprendre. Mais est-ce vraiment ce que vous voulez?

Vera Barnett ne répondit pas. Elle croisa les mains sur la couverture écossaise et regarda le feu. En dehors de sa respiration encombrée, il n'y avait pour bercer le silence de la pièce que le tic-tac de la pendule posée sur le rebord de cheminée, entre la photo d'école de Luke et le petit chien en porcelaine.

– Comment vont les enfants?

Vera Barnett ferma les yeux.

– Comment croyez-vous qu'ils vont?

Rachel continua de la regarder sans rien dire. Un premier sanglot monta lentement, puis brisa le silence. « Leur mère leur a été arrachée. »

– Vous leur avez dit comment...?

– Je leur ai dit qu'elle avait eu un accident. Un accident de voiture, dit-elle en regardant Rachel avec défiance, comme pour prévenir une éventuelle réprobation. Que vouliez-vous que je leur dise? Qu'elle avait été tuée par un monstre? Violée et tuée. Est-ce que c'est ça que j'aurais dû leur dire?

Rachel secoua la tête.

– Non, dit-elle avec douceur. Non.

– Ça s'est passé très vite. Morte sur le coup. Sans avoir eu le temps de comprendre. C'est comme ça que... Comme ça que... bredouilla-t-elle en grattant de ses doigts la toile des accoudoirs. Elle n'a pas eu le temps de souffrir.

Rachel devina qu'elle avait dû longtemps retenir ses larmes. Trop longtemps. Et à présent, chaque sanglot mettait ses os à rude épreuve, dans la poitrine, dans la tête. Elle s'approcha d'elle, passant délicatement un bras autour de ses épaules, et lui prit la main.

« Je suis désolée », répétait Vera Barnett à chaque

tremblement de son corps. « Je suis désolée. Je n'ai pas le droit d'être comme ça avec vous. »

– Mais si...

– Ce n'est pas votre problème.

– Bien sûr que si c'est mon problème.

Luke se tenait sur le pas de la porte sans oser rentrer, vêtu d'un pantalon de pyjama et d'un tee-shirt décoré d'un Snoopy jaune et bleu délavé.

Rachel lui adressa un sourire apaisant.

Les yeux clos de Vera Barnett se crispèrent comme pour arrêter les larmes et ses doigts étreignirent ceux de Rachel sans parvenir à les serrer. Puis, la tension se relâcha lentement et la vieille femme lui tapota légèrement le dos de la main.

– Je suis désolée, redisait-elle inlassablement. Je suis désolée.

Rachel leva les yeux en direction de la porte, mais Luke n'était plus là.

– Ne vous en faites pas pour ça, dit-elle. Au contraire, pleurez, cela vous fera du bien.

Malgré elle, elle jeta un œil à la pendule sur la cheminée. Le temps s'écoulait avec lenteur.

– C'est pour vous, monsieur.

Resnick s'était déjà engagé dans l'escalier. Il marqua un temps d'hésitation et leva les yeux vers Patel.

« L'avocate... »

– Olds ?

– Oui, monsieur.

Resnick retroussa sa manche pour consulter sa montre.

– Je suis déjà en retard.

– Elle insiste. C'est la quatrième fois en une heure. Son bureau a tenté de vous joindre toute la...

– Passez-lui le grand chef.

– Le superintendant Skelton est parti, monsieur.

– Eh bien, moi aussi, dit-il en descendant les marches.

Patel répondit quelque chose que Resnick n'entendit pas. En franchissant la porte principale, il ne put s'empêcher de penser qu'il devait y avoir des moments où son jeune subordonné le désapprouvait franchement.

Dans la rue, sous un lampadaire, un placard annonçait : « UN TUEUR DANS LA VILLE. TOUS LES DÉTAILS ». Le vendeur sortit un exemplaire de la dernière édition de l'emballage en plastique qui protégeait ses journaux de la pluie. Resnick traversa la rue jusqu'au parking en lisant.

> La police poursuit son enquête sur le tragique et horrible meurtre d'une jeune mère de famille retrouvée battue à mort dans le jardin de sa maison aux premières heures de la matinée.

Le temps que Resnick sorte ses clés de voiture de sa poche, le journal était trempé. Lorsqu'il pencha la tête, l'eau se mit à dégouliner dans son col de chemise et le long de son cou.

> Le détective superintendant Jack Skelton, chargé de l'enquête, déclare qu'il n'y a pas de relation apparente avec le récent meurtre d'une autre jeune femme, retrouvée étranglée à son domicile. D'après nos sources, il semblerait qu'un homme ait fait progresser l'enquête criminelle grâce à des renseignements précieux concernant le premier meurtre.

– Doucement, oh, mon Dieu, s'il vous plaît, allez-y doucement.

Rachel la souleva fermement, un bras sous les épaules, l'autre sous les cuisses, sentant les os affleurer sous la chair trop mince. La salle était trop exiguë pour que le fauteuil roulant puisse y pénétrer, et le WC se trouvait tout au fond, à côté de la baignoire. Vera Barnett s'avança lentement, avec précaution, utilisant comme points d'appui le mur, le porte-serviette, puis le réservoir de la chasse d'eau pour faire son demi-tour avant de s'asseoir avec difficulté. Chaque fois l'effort lui demandait de longues minutes avant de pouvoir retrouver sa respiration et de rassembler ses forces pour le trajet en sens inverse. Et ce soir, elle n'avait plus guère de force.

Sans prêter attention aux halètements rauques de la vieille femme, Rachel l'aida à retrousser sa jupe et sa combinaison, puis à baisser ses collants jusqu'aux genoux.

Comme elle était faible pour accepter ainsi une aide aussi intime de la part de Rachel, qu'elle connaissait à peine.

– Merci, je vais me débrouiller, maintenant.

– Faites-moi signe lorsque vous aurez terminé, je viendrai vous donner un coup de main.

– Il faudra bien que je me débrouille seule quand vous ne serez pas là. Sinon, comment voulez-vous que je m'en sorte?

– D'accord. Je suis à côté si vous avez besoin.

Elle sortit et passa voir les enfants. Sarah était roulée en boule dans le lit, dans le mauvais sens, le pouce dans la bouche et les couvertures emmêlées à côté d'elle. Luke reposait, appuyé contre le mur, bouche ouverte, respirant par le nez. La solution de laisser les enfants à leur grand-mère ne fonctionnerait peut-être pas, principalement à cause de la condition physique par trop détériorée de cette dernière. Cependant, avec l'assistance suffisante, la situation était jouable quelques jours, voire une semaine. Durant cette période, Vera Barnett réaliserait peut-être ce qu'elle pouvait gagner à faire face, retrouvant un peu de la force nécessaire pour continuer. Car, en dépit de tout le reste, Rachel sentait en Vera Barnett une femme résolue.

Elle arrangea draps et couvertures et caressa doucement avec le dos de sa main la joue de la petite fille. Sarah remua légèrement dans son sommeil, mais ne se réveilla pas.

Elle prit soin de laisser la porte entrebâillée de quelques centimètres avant de retourner vers la salle de bains où Vera Barnett mettait péniblement un pied devant l'autre en s'appuyant au mur.

– Ne vous dérangez pas, dit-elle quand Rachel entra. Mais elle n'opposa aucune résistance lorsqu'elle vint l'aider.

Elles avaient regagné la salle de séjour, Vera Barnett devant la télévision et Rachel en train de préparer du thé, quand on sonna à la porte.

– Qui ça peut être? fit Vera Barnett. Ne laissez entrer personne, surtout. Je n'ai pas envie de voir du monde.

– Il se pourrait que ce soit la police, dit Rachel.

– Comment ça se passe? demanda Resnick, en ôtant son pardessus mouillé.

– Ça pourrait être pire, dit Rachel.

– Les enfants?

– Ils dorment.

– Vous leur avez dit?

Rachel désigna la salle de séjour d'un hochement de tête.

– Elle s'en est chargée.

– Elle reprend le dessus?

– Si on peut dire ça de quelqu'un qui apprend à se servir d'un fauteuil roulant, dit-elle avec un sourire.

Ils parlaient bas, murmurant presque, goûtant l'étrange intimité que leur offrait cette maison étrangère.

– Et vous, comment ça va? s'enquit Resnick, avec l'envie de tendre la main vers elle pour la toucher.

– Allons-y, dit-elle en prenant le chemin du salon.

– Elle vous paraît d'attaque pour répondre à quelques questions?

– Oui, je pense, si vous y êtes obligé.

Vera se redressa dans le fauteuil, les mains inertes sur le plaid, croisées.

– Voici le détective-inspecteur Resnick, dit Rachel, refrénant le désir de prononcer son prénom.

Alors comme ça, il s'appelle Charlie.

Elle les abandonna pour gagner la cuisine.

Ils avaient bu le thé sans toucher à la demi-douzaine de biscuits disposés dans l'assiette, écoutant Vera Barnett leur parler de son gendre, soulignant au passage, avec une surprise fortement teintée d'ironie, le fait qu'il ait trouvé le temps de passer à l'état civil et aux pompes funèbres. Ils avaient aussi évoqué le chapitre de l'enterrement proprement dit et elle avait insisté sur la nécessité d'une cérémonie « digne ».

– Vous avez dit à la jeune femme officier que votre fille se trouvait en compagnie d'un homme, dit Resnick.

La tasse heurta la soucoupe.

– Je n'ai rien dit de tel.

Resnick baissa les yeux sur son calepin :

– « Elle est avec un homme », relut-il.

– Oui, ça me semble évident. Qui d'autre lui aurait fait ça ?

– Mais vous saviez...

– Non.

– Vous avez pourtant dit...

– Ça me paraissait cousu de fil blanc.

Resnick but une gorgée de thé. Il sentait que Rachel faisait des efforts pour ne pas trop regarder dans sa direction pendant qu'il interrogeait Vera Barnett. L'idée qu'elle l'observe pendant qu'il travaillait avait été loin de lui déplaire. Mais c'était avant qu'il ne commence à poser ses questions.

– Mrs Barnett, reprit-il, plus vite nous pourrons trouver avec qui elle se trouvait hier soir, mieux ce sera. Alors si vous avez la moindre idée à ce sujet...

– Ma fille et moi n'abordions jamais ce sujet.

– Jamais ?

– Elle ne me disait rien et je ne lui demandais rien,

dit-elle en pinçant ses lèvres jusqu'à ce que sa bouche ne soit plus qu'un trait. Elle était libre de faire comme elle voulait. Et d'ailleurs mon opinion n'aurait fait aucune différence.

– Et vous ignorez également qui elle a pu rencontrer au cours des six derniers mois? Il n'y a pas un nom qu'elle aurait mentionné comme ça, en passant?

– Non.

– Aucune idée si elle voyait une même personne de façon régulière?

Elle fit un bref signe de tête, négatif.

« Ou si elle avait entretenu une liaison plus sérieuse que... »

– Nous n'étions pas très proches, enfin pas depuis... Pas depuis le divorce. Elle avait l'air de penser que je lui en voulais à elle, plutôt qu'à lui, ce saligaud qui s'est mis à cavaler après la première traînée qui lui a fait de l'œil, comme un animal en rut. Quelle honte de l'abandonner, elle et deux beaux enfants comme ça. J'espère qu'il s'en mord les doigts, maintenant. S'il n'avait pas fichu le camp, jamais une chose pareille ne...

Elle se remit à sangloter et Rachel lui ôta doucement des mains la tasse et la soucoupe, avant de se tourner vers Resnick, l'enjoignant d'un regard à ménager son interlocutrice.

Il attendit, silencieux, qu'elle sèche ses larmes avec un mouchoir et que Rachel défroisse la couverture écossaise sur ses genoux avant de poursuivre.

– Nous avons trouvé des lettres.

– Quelles lettres?

– Des lettres que lui ont adressé des hommes. Il semble que Mary avait passé une annonce dans le journal local.

– Je ne comprends pas.

– Pour rencontrer quelqu'un.

– Pour rencontrer...?

– Une rubrique de petites annonces, baptisée

« Cœurs Solitaires ». Pour les gens seuls qui souhaitent faire des rencontres, pour sortir ou...

Resnick se sentit hésiter face au regard ébahi de Vera Barnett.

« ... pour entamer une relation plus durable. »

– Dans le journal ? Le... Vous voulez dire le journal ?

– Oui, acquiesça Resnick. Vous savez, c'est assez courant. Beaucoup de gens...

– Mary avait fait ça ?

– Oui. Enfin, nous avons tout lieu de le croire.

– Mary... ?

La pluie s'était transformée en une petite bruine qui emmaillotait les réverbères d'un léger voile. On eût en vain cherché une étoile dans le ciel.

– Je ne cracherais pas sur un verre, après ça, fit Resnick.

– Désolée, mais il faut que je rentre.

– Je peux au moins vous raccompagner.

Rachel secoua la tête.

– Merci, mais j'ai ma voiture.

Elle ne fit pourtant pas le moindre geste pour s'en aller. Lui non plus. Et lorsque Resnick ouvrit la portière de sa voiture, elle se glissa sur le siège du passager, à côté de lui.

« Je suppose que vous étiez obligé de lui dire ça. »

– Oui, je crois.

– Elle ne va pas comprendre. Tout au moins, elle n'en donne pas l'impression.

– Une fois qu'on aura relevé tous les noms sur les lettres, nous devrons vérifier si l'un d'eux lui évoque quelque chose.

– Mais elle vous a dit...

– Je sais, mais nous devons encore vérifier.

– Ce sera dur pour elle.

– Pensez à ce qui arriverait si nous négligions de le faire pour découvrir ensuite que ça avait en fait beaucoup d'importance. Elle peut se souvenir demain de ce qu'elle oublie aujourd'hui.

Resnick mit le contact et alluma le chauffage.
– Je crois d'ailleurs que je ne comprends pas non plus, dit Rachel. Enfin, pas vraiment.
– Vous avez de la chance.
– Je ne crois pas, non.
Elle avait dit ça sans y prendre garde, avec une certaine emphase.
– Vous sous-entendez autre chose que seulement... devina Resnick en désignant vaguement la maison qu'ils venaient de quitter.
Rachel répondit par l'affirmative.
« Chris ? »
– Ça s'arrangera bien tout seul, dit-elle sans le regarder.
Il pouvait voir son reflet, dans la vitre, de trois-quarts. Bon Dieu, pensa-t-il. Fais quelque chose. Dis quelque chose !
« Il faut que j'y aille », dit Rachel, ouvrant la porte.
Elle avait déjà un pied sur le trottoir quand Resnick posa la main sur son bras. Elle tourna la tête. Il n'enleva pas sa main.
– Faites attention à vous.
Elle eut un sourire ironique.
– Laissez faire les pros.
Les doigts de Resnick se reposèrent sur le volant tandis qu'elle fermait la portière. Il mit son clignotant et déboîta en se demandant combien de temps s'écoulerait, une fois rentré à la maison, avant que Skelton ou le chef des inspecteurs ne lui téléphone pour s'enquérir de la progression de l'enquête et de la suite à donner aux événements.

Patel avait été affecté à la permanence de nuit pour relever Lynn Kellogg et permettre à cette dernière de revenir aux horaires normaux. Dans un sens, cela lui convenait parfaitement. Peel n'était pas le mauvais gars et levait rarement le nez de son exemplaire du *Daily Mail*, ce qui laissait tout loisir à Patel de réviser en vue de son examen pour le grade de sergent.

– T'essayes d'apprendre à courir avant de savoir marcher, avait lâché Divine par-dessus son épaule, à la cantine. T'as vu, avait-il ajouté à l'adresse de Naylor, les bureaux de tabac et les marchands de journaux, ça leur suffit plus. Y veulent aussi racheter la police.

Naylor, qui potassait lui aussi (une initiative personnelle et spontanée dont tout le mérite revenait à Debbie), avait secoué la tête sans rien dire.

« Vous savez pourquoi nos copains les Asiates n'ont pas ramassé un rond sous l'Empire romain? » avait lancé Divine à haute voix.

Naylor et Patel savaient seulement qu'ils auraient droit, quoi qu'il arrive, à la réponse.

« Parce que y avait pas d'angle aux rues pour ouvrir une boutique. »

Patel aimait la nuit. Parce que, la nuit, il n'y avait pas Divine.

Il eut le temps d'avaler deux paragraphes avant de s'apercevoir que Peel le regardait fixement. Oh, non! Il n'allait pas s'y mettre, lui aussi. Et puis il comprit que quelqu'un d'autre venait d'entrer dans le bureau et que c'était ça qui préoccupait son collègue. Il se leva de l'endroit où il était, au pied du L formé par la pièce, et vit Grace Kelley, devant le bureau du chef, essayant de regarder à l'intérieur. Elle portait une cape rouge vif plastifiée, avec un chapeau assorti. Cinq centimètres de peau nue séparaient le bas de son pantalon en cuir noir de ses chaussures rouges à talons aiguilles. Son pull était pourvu d'un très large col roulé et agrémenté d'une broche en turquoise, représentant un cœur déformé, à l'endroit adéquat. Un pull de laine blanche, trop petit d'au moins une taille.

Elle gratifia Patel d'un large sourire lorsqu'elle le reconnut.

– L'inspecteur Resnick n'est plus de service, dit-il.

– J'espère que vous l'avez bordé.

Derrière Patel, l'agent Peel ricana bêtement et croisa les jambes.

– Il sera là demain à la première heure, assura Patel. Si vous pouvez revenir.

– D'ici là, je serai retournée vers la civilisation, dit Grace. Mes valises sont dans le coffre et j'ai fait le plein. J'ai fait le tour de toutes les distractions que ce patelin peut offrir à une jeune fille.

Elle adressa un clin d'œil à Patel et, d'un mouvement d'épaules lascif, fit glisser sa cape le long de ses épaules. Patel faisait tout son possible pour ne pas scruter le petit cœur en turquoise, mais il était comme envoûté.

« Tu peux toucher, si tu veux. C'est très doux », fit-elle avec un sourire. « Des fesses de bébé. »

Elle s'approcha mais pas trop quand même. Elle sentait le petit lapin aux grands yeux écarquillés prêt à disjoncter au moindre faux mouvement de sa part. Elle n'avait encore jamais essayé avec un Asiatique.

« Alors ? »

Elle distingua quelques gouttes de sueur qui commençaient à poindre sous le poil dru de sa moustache noire. Qu'il était mignon ! Aucune hésitation possible entre lui et le grand machin au menton fuyant, affalé sur une chaise derrière lui.

« Non ? Bon. Le mieux, c'est que je vous laisse un message à lui transmettre. C'est faisable ? »

– Bien sûr, dit Patel.

– C'est trois fois rien, seulement Shirley, ma copine qui s'est fait... bref, elle m'avait parlé une fois d'un type qu'elle avait rencontré, très distingué et tout, enfin c'est pas le problème. Eh bien, elle l'avait connu par les petites annonces. Vous voyez, le genre de truc style : « Blonde plantureuse, goûts simples, cherche mec bien balancé, possédant yacht. »

Elle éclata soudain d'un rire écorché qui résonna entre les murs de la pièce.

« Qu'est-ce qu'elle pouvait trimbaler, Shirley ! Ma copine la reine des pommes ! Foutue petite Miss Cœurs Solitaires ! »

18

Le fait de vivre seul était-il lié à sa génération?

Il choisit deux patates dans le bac à légumes, les rinça et commença à les éplucher. La plupart de ses collègues et des gens qu'il connaissait vivaient en couple. Les choses étaient ainsi. Pour le reste, il se demandait ce qui était le plus difficile. Trouver quelqu'un, ou bien vivre avec? Il songea à Rachel. Elle et lui dans l'espace clos de sa voiture. Cette lassitude qu'il n'avait jamais remarquée auparavant dans son regard. Agacé par le va-et-vient de Dizzy entre ses mollets, il souleva l'animal et l'envoya jouer un peu plus loin. Il songea à toutes les choses qu'il aurait dû dire; à la chaleur de son bras sous la manche. *Ça s'arrangera bien tout seul.* Bien ou mal, mais d'une manière ou d'une autre, les choses s'arrangeaient toujours.

Lorsqu'il tendit la main vers l'étagère de la cuisine pour prendre la râpe, il découvrit Pepper couché en rond dans la plus grande des casseroles en aluminium, le bout de sa queue dépassant du bord.

Qu'il vente ou qu'il neige, sa mère préparait des *latkes* tous les lundis soirs, râpant les pommes de terre avec une précision de dentellière, les oignons préparés dans une assiette, l'œuf battu, tandis que le four chauffait et que le jus de la viande du dimanche additionné de farine, épaississait et mijotait dans la casserole.

Heureuse ou malheureuse – mais en y repensant au fil des années, *résignée* convenait davantage – sa mère ne s'était mariée qu'une seule fois et n'imaginait pas une autre manière de vivre. Le soin méticuleux qu'elle mettait dans la préparation de ses galettes de pommes de terre était le même qu'elle avait mis, toute sa vie, à faire son lit. Un lit dans lequel elle n'avait plus qu'à entrer.

Resnick touilla une dernière fois sa mixture et graissa le fond de la lourde poêle. Il restait quelques tranches de jambon fumé au frigo et une cuillerée de crème aigre.

« Dizzy! Si je te marche dessus, faudra pas venir te plaindre! »

Il était en train de retourner l'une des galettes du bout de la spatule lorsque le téléphone se mit à sonner. L'extérieur était doré à point et aucune miette ne se détacha dans la manœuvre.

« Dizzy! »

Le chat opéra un repli stratégique sous la table d'où il lança un regard contrarié à Resnick.

« C'est bien fait. Je t'avais prévenu. »

En allant décrocher, Resnick paria sur Jack Skelton jusqu'à ce qu'il pose la main sur le combiné. Il sut alors que c'était Rachel, sûrement en pleine déprime, qui avait besoin de parler.

– Allô?

C'était Patel. Resnick reconnut instantanément sa voix posée, circonspecte. Il écouta d'abord attentivement avant de demander :

« Il y a combien de temps? »... « Elle est toujours avec vous? »... « Elle a été formelle? »

Lorsqu'ils en eurent terminé, Resnick garda l'appareil en main et coupa la communication avec son index, avant de composer un autre numéro.

Celui de Jack Skelton.

– La partie a changé d'aspect, Charlie. Il est normal que les règles changent aussi.

Il était aux alentours de sept heures et demie et ils descendaient les marches en direction du parking. Skelton avait revêtu son complet bleu nuit de fonctionnaire d'élite et fait reluire ses souliers d'un coup de brosse encore plus énergique qu'à l'ordinaire. La lueur quasi-messianique qui brillait au fond de son œil encourageait Resnick à se demander parfois si, pendant ses jours de congé, son supérieur ne travaillait pas au noir comme prédicateur laïc.

« Nous allons voir la haute technologie entrer en action. »

– Bien sûr, monsieur, fit Resnick d'un air maussade.

– Allons, Charlie, courage! dit Skelton. Songez à tout ce que va vous apporter ce superbe dispositif.

Un bordel monstre, se dit Resnick.

« Venez, je vous emmène », dit l'autre, en l'entraînant vers sa voiture.

Le cours normal de la procédure aurait voulu que la direction de l'enquête soit confiée au détective superintendant-en-chef du CID, mais celui-ci avait été détaché dans le comté de Cumberland pour enquêter sur une conspiration présumée mettant en cause du bétail radioactif. Il était donc à craindre que Len Lawrence fasse son numéro de shérif à la tête du département, pendant que Skelton aurait déménagé ses photos de famille et son attirail personnel vers la cellule de crise installée dans les locaux de Radford Road.

– Qui va être sur le coup? demanda Resnick tandis que son chef rétrogradait pour laisser le passage à deux bus.

– Tom Parker dirigera les équipes extérieures, ce qui est plutôt une bonne nouvelle pour vous, tandis que Howard Colwin s'occupera de coordonner les différents services.

– C'est ça la mauvaise nouvelle?

– Tout dépend de comment vous envisagez les choses. Colwin dirigera le bateau d'une main ferme, et je lui fais confiance pour organiser la routine administrative.

Resnick se fendit d'un sourire. Il considérait Skelton comme quelqu'un de très bien organisé, mais Colwin comme une sorte de pervers dans la manière qu'il avait de dater et de classer tout ce qui tombait sur son bureau, de noter l'heure du moindre coup de téléphone et d'assortir ses trombones à la couleur et au poids du papier. Howard Colwin était l'homme pour qui on avait inventé le terme de rétention anale. On ne l'avait jamais vu traverser une pièce sans serrer les fesses.

Tom Parker était différent. Resnick l'avait tous les matins au téléphone pour le tenir au courant de l'évolution des différents événements et savait qu'il pourrait trouver avec lui un terrain d'entente.

« Vous n'aimez pas ça, hein, Charlie? »

Ils roulaient dans la forêt bordée de demeures victoriennes de trois étages que des associations locales restauraient pour les transformer en appartements. Sur la droite, un peu plus bas, l'ancien site du Marché aux Oies se dressait sous les arbres, déserté, à l'exception de quelques promeneurs de caniches abricot.

– Il m'arrive quelquefois, dit Resnick en pesant ses mots, de m'inquiéter des effets pervers de ce genre de cirque.

– Par rapport au *vrai* boulot de flic, vous voulez dire? dit Skelton en soulignant l'adjectif d'un brin d'ironie.

– Par rapport à la solution du problème.

Skelton jeta un œil à son rétroviseur, mit son clignotant avant de ralentir et de tourner pour entrer dans le parking. Maniaquement respectueux du code.

– Je ne suis pas complètement satisfait de l'énoncé du problème, fit Skelton en sortant.

Resnick sortit à son tour et le regarda.

« Un meurtrier ou deux? »

Skelton ferma la porte et Resnick le suivit, saluant au passage le jeune agent en faction à l'entrée.

« Si vous mettez quelque chose au point avec Parker, je ne ferai rien contre, dit Skelton d'une voix confidentielle, gratifiant Resnick d'un de ses rares sourires. Il y a encore place pour l'initiative, même à l'ère du microprocesseur. »

Il reprit sa marche, laissant Resnick quelque peu dubitatif.

La salle de conférence était équipée d'un tableau noir, de deux chevalets supportant des diagrammes, ainsi que de deux moniteurs vidéo synchronisés, un écran d'ordinateur et une imprimante reliés, *via* la console installée dans une cabine adjacente, à l'ordinateur central du ministère de l'Intérieur. Des plans de la ville signalaient les lieux où avaient été commis les crimes et des photos, noir et blanc et couleur, avaient été placardées sur un panneau mural. Resnick les parcourut rapidement du regard, sans s'éterniser.

Jack Skelton trônait derrière un bureau, quelques feuillets disposés devant lui. A sa droite se trouvait le DCI Parker, la cinquantaine, le cheveu clairsemé, l'embonpoint avenant, en veste de sport noire sur un pantalon clair, une jambe croisée par-dessus l'autre. Il alluma une cigarette en attendant que Skelton ne commence et, apercevant Resnick, lui adressa un clin d'œil.

En face de lui, raide comme la justice sur sa chaise, l'autre détective inspecteur-chef, Howard Colwin, regardait droit devant lui. Il avait encore moins de cheveux que Tom Parker et mettait un soin maniaque à les gominer et à les aplatir sur son crâne. Costume marron sombre, mais chaussures noires. Il inspirait profondément et paraissait exhaler l'air à contrecœur.

Skelton s'éclaircit la gorge et consulta sa montre. Resnick parcourut la pièce du regard et ne vit que deux autres détectives inspecteurs en-dehors de lui, Andy Hunt et Bernard Grafton; Paddy Fitzgerald était l'inspecteur chargé du personnel en tenue.

– Nous allons commencer, annonça Skelton en croisant les doigts, ponctuant ses propros d'un léger craquement des jointures.

Colin Rich ouvrit la porte, la tête encore tournée en direction du couloir, achevant une conversation avec quelqu'un. Veste de cuir savamment débraillée, ceinture pendante, sur un pantalon de velours à pinces et des rangers. Lorsqu'il s'aperçut que Skelton le regardait, il marmonna un expéditif « Monsieur » et prit place.

« Je commençais à croire que les Affaires Criminelles allaient se faire porter pâles », dit Skelton.

– On y a bien pensé, patron, répondit Rich en se vautrant sur sa chaise. Mais on s'est dit qu'on vous manquerait.

– C'est le coche que vous avez failli manquer.

– Monsieur ?

– Mais peut-être n'étiez-vous pas au courant de l'heure ?

Rich secoua la tête.

– Non, c'est pas ça. Juste quelques instructions à donner à mes gars.

Skelton acquiesça.

– Et qui vous donne les instructions, à vous ?

Rich jeta un coup d'œil rapide à l'assistance et dégagea une mèche rebelle de son front avant de répondre.

– J' sais pas, m'sieur.

– Réfléchissez.

– Navré, monsieur, mais je ne vois...

– De qui recevez-vous vos instructions, inspecteur ?

Colin Rich n'était pas borné au point de ne pas voir où l'autre voulait en venir. Trente secondes hors du quartier général, et le roi n'était pas son cousin. Il finit par se lever presque au garde-à-vous.

– De vous, monsieur.

– Combien d'hommes ? demanda Skelton en consultant sa liste.

– Trois, monsieur.

Skelton vérifia, fronça le sourcil, mais ne fit pas de commentaire.

Les équipes du CID sous les ordres de Resnick et

des deux autres inspecteurs seraient composées de cinq personnes : Resnick aurait Millington comme sergent, le tandem Naylor-Divine ainsi que Lynn Kellogg et Patel. Il pouvait également compter sur dix ou douze agents en uniforme, en fonction des besoins, délégués principalement aux vérifications de routine et au porte-à-porte. Toutes les données recueillies passeraient par ici pour être soumises à l'ordinateur. Deux agents en uniforme seraient là en permanence, mais la majeure partie du travail serait confiée à des civils et des experts. Tout élément utile, même d'importance secondaire, serait passé au crible, traité par l'ordinateur central qui déterminerait alors la marche à suivre. Si le travail d'enquête nécessitait plusieurs semaines, alors les informations à gérer, les pistes possibles commenceraient à se multiplier à l'infini et aucun renfort d'officiers ne suffirait pour les vérifier toutes.

Néanmoins, c'était la procédure en vigueur depuis l'affaire Peter Sutcliffe. Traités au fur et à mesure pour être rassemblés et classés de façon rationnelle, les éléments de l'enquête sur le fameux éventreur du Yorkshire eurent certainement permis de sauver des vies grâce à une arrestation rapide. Telle était la nature du consensus. Nonobstant le fait que lorsque Sutcliffe avait été une première fois interrogé par la police, il s'était, à sa manière, exprimé très clairement et que les pièces manquantes pour boucler l'affaire n'auraient pu être produites par la technologie, fût-elle de pointe. Son arrestation, en définitive, avait été le résultat d'une opération de routine menée par deux agents consciencieux sur un vol de voiture.

– La coïncidence est là, poursuivait Jack Skelton, les deux meurtres ont été découverts par deux membres de l'équipe de l'inspecteur Resnick ici présent et il va sans dire que, de nous tous, il est le plus au fait de l'enquête en cours. Aussi, dès que nous aurons visionné le film vidéo réalisé par les services de l'Identité, je lui demanderai de nous donner une vue d'ensemble. Voilà. Vous avez sans doute d'ores et déjà des questions?

– Ouais, une, intervint Rich. Ici, ils n'ouvrent pas avant onze heures. Comment on va faire pour se boire un p'tit café?

19

– Alors, inspecteur?

Le sourire large et triomphant de Suzanne Olds était exactement le genre de chose dont Resnick se serait passé. La jupe de son élégant tailleur beige retomba au-dessous du genou lorsqu'elle se leva pour le suivre dans son bureau, où elle s'assit avant d'y avoir été invitée.

Elle observa Resnick libérer assez de place sur son bureau afin d'y poser un coude.

« C'est un peu déloyal de dire : “ Je vous avais prévenu. ” », dit-elle avec ce même large sourire, passant la main dans ses cheveux en faisant briller au passage le bracelet d'or à son poignet. « Mais c'est vraiment trop tentant. »

Le CID de Liverpool avait fini par mettre la main sur le dénommé Mottram, et Millington s'était rendu sur place pour l'interroger. Petit bonhomme nerveux et râblé, arborant un crâne poli et des doigts de fée, Mottram avait posé son baluchon dans un ancien cinéma, à Wallasey, reconverti dans les concerts enfumés en alternance avec les combats semi-pros, pour un même public réagissant de la même manière aux deux spectacles. Mottram s'occupait d'un jeune Noir affublé d'un strabisme. Il avait jeté l'éponge au milieu de la cinquième reprise et rapatrié le gamin au vestiaire sous les quolibets de la foule.

Millington avait dû détourner le regard pendant que

Mottram suturait l'arcade amochée de son poulain. La main sûre et la concentration inébranlable, Mottram avait parlé sans interrompre ses petits travaux d'aiguille.

– J'admets que c'était plutôt une idée à la con, avait-il dit d'une voix aussi douce que son tour de main, mâtinée d'une pointe d'accent gaélique, mais y a des moments où on rêve, c'est fatal... une nuit de boulot et un pactole à la clé.

Il coupa le fil d'un coup de ciseaux.

« Pour y être, j'y étais. Avec votre copain Macliesh et mon armoire de pote, Warren. »

Il fit un signe de tête au jeune, accompagné d'une bourrade.

« O.K. ! t'es réparé », dit-il, avant de se tourner vers Millington et d'ajouter.

« Ah ! Warren, s'il se donnait la peine de monter sur un ring, ça pourrait donner. »

– Vous êtes prêt à faire une déposition ?

– Vous remplissez, je signe.

Elle était là, sur le bureau de Resnick, quelque part.

– Comment faites-vous pour vous y retrouver ? s'enquit Suzanne Olds, narquoise.

– Je suis flic.

– Et ce nouveau meurtre, vous... enfin vous avancez ?

– L'enquête continue.

– Espérons que vous aurez plus de chance cette fois-ci.

– Pourquoi ne descendez-vous pas au bloc dire un mot au sergent ?

– C'est tellement agréable de bavarder avec vous.

– Oui, mais je suis sûr que le sergent du bloc...

– Difficile, quelquefois, de faire bonne figure dans la défaite, dit Suzanne Olds en se levant.

– Ah ! parce que c'est ça ?

Elle toisa tranquillement Resnick.

– Quand vous avez poussé mon client à bout, dans

la salle d'interrogatoire, vous vous êtes dit qu'il n'y avait plus qu'à ficeler le paquet, hein?

– Je faisais mon boulot.

– Mon Dieu! fit-elle avant d'éclater de rire. Je suis en train de rêver, là?

– Et qu'est-ce que vous diriez d'aller faire le vôtre?

– Le dialogue avec la police fait partie du cahier des charges.

– Il n'est jamais trop tard pour un recyclage.

– Bonne journée, inspecteur.

– Miss Olds.

Il s'était tourné vers le tableau de service affiché derrière son bureau lorsqu'elle entra de nouveau dans la pièce.

– Dites-moi, c'est vrai que ces deux femmes ont rencontré leur assassin grâce à un genre de petite annonce?

Resnick marqua un temps d'hésitation avant de répondre.

– C'est possible.

– Le même homme?

– On ne sait pas encore.

– Mon Dieu!

– Que se passe-t-il?

– J'ai une amie qui travaille dans le même bureau. Une fois tous les deux, trois mois, elle commence à se sentir abandonnée et décide qu'il est temps de refaire une tentative. La dernière fois, on a rédigé le texte de l'annonce devant une bouteille, au déjeuner.

– Prévenez-la, dit Resnick.

Suzanne Olds acquiesça, l'air absent.

« Et profitez de l'occasion pour me donner son nom. »

C'était le jour de l'enterrement. Assise au fond de l'église, sous les hautes voûtes, Lynn Kellogg écoutait le pasteur évoquer, du haut de sa chaire, à l'aide de notes écrites à la hâte, le souvenir de Shirley Peters. Il faisait froid – bancs de bois, sol de pierre – et les voix s'étaient tues avant même que ne s'achève le troisième couplet de l'hymne.

Il fallut soutenir Olive Peters en sortant de l'église et à travers le fouillis de tombes, jusqu'à l'endroit où se trouvait la fosse fraîchement ouverte. Le sol avait dû être difficile à creuser par ce froid. Les boucles décolorées d'Olive Peters dépassaient d'un chapeau noir trop petit, sans doute acheté en catastrophe par un parent qui avait mal évalué son tour de tête. Ils étaient quelques-uns : une sœur, ou peut-être une cousine; un homme aux cheveux gris qui marchait avec une canne; une gamine boulotte au regard mangé par ses joues rouges; un sous-directeur du bureau où avait travaillé Shirley qui, engoncé dans un manteau noir, regardait sa montre. La couronne envoyée par Grace Kelley était riche en lys et en roses de Noël. Sur le bandeau, le fleuriste avait mal orthographié son nom.

Dernière de la procession, Lynn hésita à s'approcher de la tombe. Elle songea à sa propre mère, affairée dans la cuisine, ranimant le feu, tournant la tête vers elle en entendant s'ouvrir la porte, prête à sourire. Elle finit par prendre une poignée de terre entre ses doigts et la laissa tomber dans la fosse, s'étonnant presque du son caverneux qui suivit.

– Faudrait coller ce guignol à la tête du MI 5 [1]. Avec lui dans le coup, les taupes auraient la vie dure.

Graham Millington était assis sur son coin de bureau dans la salle des enquêteurs et, sur les six personnes présentes, seul Resnick lui prêtait attention.

« Pour un peu, il m'aurait fait le coup du secret défense! Il a voulu parler au grand manitou en personne. »

– Vous avez quand même obtenu ce que nous voulions?

1. Services Secrets britanniques. (N.d.T.)

Millington soupira et se mit à explorer le contenu de ses poches à la recherche de son paquet de cigarettes.
– Noms et adresses des personnes ayant passé une annonce dans la rubrique « Cœurs Solitaires » au cours des deux derniers mois.
– Hommes et femmes?
– Oui.
– Les réponses?
Le sergent tira une cigarette du paquet.
– Difficile.
– Comment ça, difficile?
– Même carrément impossible.
Deux téléphones, en deux points différents de la pièce, sonnèrent simultanément.
– Je croyais que vous arrêtiez de fumer? dit Resnick.
– J'arrête, dit Millington, en glissant la cigarette dans sa poche latérale.
– C'est pour vous, monsieur, appela un des officiers.
– Qui est-ce?
– Le chef Parker.
– Demandez-lui si je peux le rappeler dans cinq minutes, répondit Resnick avant de revenir sur Millington. Ça veut dire quoi, carrément impossible?
– Il patiente, dit l'agent au téléphone.
– Très bien.
– Les lettres arrivent sous pli confidentiel, expliqua Millington. Le plus souvent une, quelquefois une demi-douzaine, avec juste le numéro de casier écrit sur l'enveloppe, celui correspondant à l'annonce qui les a fait flasher. Après, le journal les envoie par paquets, deux fois par semaine. Aucun moyen de connaître les expéditeurs.
– Il y a un moyen, dit Resnick.
– En tout cas, ça ne nous aidera pas pour les réponses qu'ils ont déjà reçues, monsieur. Quel qu'il soit, le salopard a écrit à Shirley Peters et Mary Sheppard.

Resnick se dirigea vers le téléphone.

– Et il va remettre ça, dit-il, sans trop savoir s'il espérait se tromper ou avoir raison.

– En tout cas, on aura besoin d'un mandat, monsieur. Caractère confidentiel! On aurait dit que le mot le faisait jouir. Et en plus, ce mec bosse pour un canard prêt à enfoncer un périscope dans le tout-à-l'égout pourvu que ça rapporte une manchette.

L'agent tendit le récepteur à Resnick qui écouta quelques instants ce que lui disait Tom Parker avant de l'interrompre :

– Monsieur, j'ai l'impression qu'il va nous falloir une commission rogatoire.

– Mrs Peters...

– Elle ne veut pas qu'on l'embête.

– Mrs Peters...

– Vous ne voyez pas qu'il faut la laisser tranquille?

– Mrs Peters, si...

– Oh! Combien de fois...!?

– C'est gentil à vous d'être venue, dit Olive Peters d'une voix à peine audible.

Mais Lynn Kellogg ne pouvait déjà plus l'entendre. Du fond de la pièce, qui paraissait bondée alors qu'elle était seulement occupée par sept personnes, le pasteur, assis sur le canapé rouge et gris, regardait anxieusement l'homme qui tentait de pousser la jeune femme vers la sortie.

– Je vous préviens que je vais vous casser cette canne sur la tête! hurlait-il.

– Ça m'étonnerait.

– Non, vraiment, intervint le pasteur en reposant un petit sandwich au jambon ou au beurre d'anchois, sur le plateau. Vraiment, je crois que c'est tout à fait déplacé.

– Vous n'avez rien à foutre ici.

– J'ai peur que si, monsieur.

– Allez plutôt vous occuper de l'ordure qui a fait ça,

au lieu de venir embêter les gens dans un moment pareil! A quoi vous jouez, à venir encore la tourmenter, bon Dieu!

– Si je puis me permettre... s'interposa le pasteur.

– Vous, tenez-vous en dehors de ça!

– Écoutez, je...

– Vous, on vous a assez entendu déconner comme ça pour aujourd'hui!

– Maintenant, vous allez vous calmer, dit Lynn en se plaçant entre les deux hommes.

À l'autre bout de la pièce, la petite grosse aux joues roses ouvrit par erreur la porte d'un placard en voulant sortir et prit un balai sur le coin de la figure.

Olive Peters serrait contre sa poitrine la photo encadrée de sa fille et d'elle.

– Nous réjouir de la savoir partie pour un monde meilleur! Six pieds sous terre, voilà où elle est! tonna-t-il en levant sa canne vers le plafond. Vous nous prenez vraiment pour des cons!

– Donnez-moi cette canne, dit Lynn Kellogg.

– Plutôt crever!

– Donnez-la-moi.

Le regardant droit dans les yeux, elle leva lentement sa main et la laissa ainsi jusqu'à ce que le vieil homme dépose calmement l'objet entre ses doigts.

– Je sais à quoi vous pensez, Graham, dit Resnick.

Ils descendaient en voiture jusqu'au Quartier Général, pris dans la première vague de circulation de l'heure de pointe. Millington était en train de se demander ce que sa femme avait acheté pour dîner et s'il mangerait desséché, froid ou les deux.

« Len Lawrence se retrouve assis dans le fauteuil de Skelton pour le temps que durera l'enquête. Pourquoi la même chose ne m'arrive-t-elle pas à moi? Vous êtes le sergent qui a le plus d'ancienneté et d'expérience. Pourquoi n'assurez-vous pas le même genre d'intérim dans mon fauteuil avec la possibilité de donner toute votre dimension? Quelque chose dans ce goût-là? »

– A peu près, monsieur.

– Il y a une autre manière d'envisager les choses, enchaîna Resnick.

Il y a toujours une autre putain de manière d'envisager les choses! pesta intérieurement Millington. En outre, si la question l'obsédait effectivement depuis l'annonce de la constitution des équipes, le matin même, il avait momentanément cessé d'y penser en montant dans la voiture de Resnick.

« Si nous arrivons à un bon résultat sur ce coup-là... »

– Enfin, nous et les autres, ajouta Millington.

– ... Ça fera davantage impression dans votre dossier qu'une semaine passée derrière mon bureau à déplacer de la paperasse.

Et peut-être que ça ne ferait aucune impression du tout. Et peut-être même que l'enquête ne donnerait aucun résultat.

Resnick pila brutalement pour éviter un gamin qui débouchait devant lui sur un skateboard. Le moteur cala et les deux hommes furent projetés en avant, retenus par leurs ceintures.

Un concert de klaxons se fit aussitôt entendre derrière eux.

– On aurait dû interdire ces machins-là dès le premier jour! grinça Millington, furieux. Et coller l'inventeur en taule.

– Les klaxons? dit Resnick en remettant le contact.

Au bout du compte, la petite boulotte aux joues rouges était devenue la petite boulotte aux joues rouges avec un pansement adhésif sous l'œil droit. Lynn s'était proposée pour la raccompagner en ville. Il était trop tard pour retourner au bureau et elle avait rendez-vous avec son petit ami au Pizzaland de Market Square.

Lynn était entrée avec elle boire un café, et écoutait la gamine se plaindre de ne pas arriver à maigrir tout en sirotant un Pepsi light.

– Darren aime bien venir dîner ici, le soir, mais moi, je n'ai droit qu'au menu végétarien. Biscotte-salade, ça devient déprimant, à force. Tandis que lui, double portion de pain à l'ail, une pizza entière pour lui tout seul et pas une livre à la clé, disait-elle en louchant vers l'entrée, impatiente. Je me suis même tapé deux mois d'aérobic et tout ce que j'ai gagné, c'est de perdre mon souffle.

– C'est normal, dit Lynn pour la rassurer. C'est plus difficile pour nous que pour les hommes.

– Mais vous, vous n'avez pas envie de maigrir? demanda la fille. Je suppose que si.

Lynn secoua négativement la tête.

– C'est utile, dans mon job.

– Je ne sais pas comment vous faites.

– Pour faire ce job?

– Pour pas avoir envie de maigrir.

– Je suppose que c'est parce que ça ne m'obsède pas.

– Et votre mec? Vous en avez un?

– Ça ne le préoccupe pas non plus, dit Lynn, sans ajouter que la seule chose qui le préoccupait vraiment était son vélo.

– Vous avez de la chance. Moi, même depuis que j'ai rencontré Darren...

– Comment l'as-tu rencontré?

– Vous ne devinerez jamais, dit la gamine, rougissant bien que la chose soit assez difficile à voir. Je l'ai connu par le journal. Rendez-vous par correspondance. C'est Shirley qui avait eu l'idée. On a passé une petite annonce à deux. Deux jolies filles cherchent beaux mecs pour soirée sympa. Shirley, elle faisait ça souvent.

Rachel rédigea une dernière note dans son journal de bord, puis ferma les yeux un instant. C'est seulement lorsque sa collègue lui tapa gentiment sur l'épaule qu'elle s'aperçut qu'elle s'était assoupie.

– Tout va bien?

– Très bien, répondit Rachel, enchaînant un bâillement et un sourire. Seulement un peu de sommeil en retard.
– Il est temps de rentrer. Tu as vu l'heure?
– Comme d'habitude.
– Eh, oui! C'est le métier qui veut ça.
Rachel acquiesça et se leva en s'étirant avant de commencer à rassembler ses affaires.
– Dis-moi, Carole, demanda-t-elle soudain.
– Oui.
– Cette chambre, chez toi.
– Eh bien?
– Elle est toujours disponible?

20

Le principal sujet à l'ordre du jour de la conférence du matin était la confirmation du laboratoire de l'Identité. L'analyse comparée des prélèvements de sperme recueillis sur les deux cadavres s'était révélé positive, de même que celle des poils pubiens retrouvés sur le corps de Shirley Peters ainsi que dans le lit de Mary Sheppard. Le labo était plus réservé au sujet des fragments de peau prélevés sous les ongles des deux victimes et n'avait pu établir aucune connexion entre les meurtres à partir des fibres de laine et de tissu récupérées sur les lieux.
– A partir de maintenant, dit Skelton, notre travail va s'orienter en fonction d'un seul et même assassin pour les deux meurtres.
– En voilà, une putain de trouvaille! sortit Colin Rich à la cantonade.
– Reste la manière d'opérer différente, objecta Grafton.

– Le rapport de l'Identité et le lien apparent avec cette rubrique de petites annonces – dont nous avons eu une nouvelle confirmation par un membre de l'équipe de l'inspecteur Resnick – paraissent plus importants. Bien que non définitifs.

– Tant que nous restons conscients des dangers que constitue une vision unilatérale de la situation, renchérit Tom Parker, cette voie est la plus indiquée : nous cherchons un seul homme.

Les noms et les adresses des femmes inscrites à la rubrique étaient actuellement passés à l'ordinateur. Chacune d'elles serait contactées ainsi que, dans la mesure du possible, toute personne leur ayant adressé une réponse. Cette dernière liste établie ferait ensuite l'objet d'une vérification minutieuse auprès du fichier central. Tout individu connu des services de police serait vu en priorité, ainsi que tous ceux ayant éveillé, pour une raison ou pour une autre, les soupçons des femmes qui les auraient rencontrés.

– Et que fait-on des lettres, monsieur? demanda Andy Hunt, le stylo en position, prêt à achever de noircir la feuille de son carnet.

– A quel titre?

– Eh bien, on a tous eu des copies de celles que Charlie a retrouvées au domicile Sheppard...

– Sacré vieux Charlie! grinça Colin Rich avec un mépris souverain et tranquille.

– ... et je crois que nous serons tous d'accord sur le fait que certaines se détachent un tantinet du lot.

– Ce ne sont pas toujours ceux qui promettent qui tiennent, tempéra Tom Parker.

– Il y a quand même un pleurnichard, dit Grafton, comment c'est son nom? Minors?

– Myers, rectifia Resnick.

– Je serais assez tenté de parier sur lui.

Colin Rich se pencha vers l'inspecteur en uniforme.

– Un week-end de stage à l'université et il se prend pour Sigmund Freud.

– On dit pas « Sigmund Freud ». Vous oubliez quelque chose.

– Docteur ?

– Putain de... Sacré putain de Sigmund Freud.

– C'est amusant ça, j'trouve, fit Rich. Putain qu'il est drôle !

– Nous nous sommes assuré la collaboration du Pr Ramusen du département Psychologie de l'université, qui examinera les lettres dans le but de déceler tout ce qui pourrait indiquer un comportement anormal, déviant, ou suggérer un penchant pour la violence.

Skelton marqua une pause dans l'attente de commentaires qui ne vinrent pas, avant de conclure :

« J'ai en outre contacté le Yard, tout à l'heure, pour demander le concours d'un expert-graphologue. J'attends leur réponse. »

Le reste fut expédié rapidement. Un contingent d'uniformes serait envoyé faire du porte-à-porte dans le voisinage des lieux des crimes, l'équipe des Affaires Criminelles s'occuperait des vieilles connaissances du Sommier, tandis que Grafton et Hunt se partageraient le restant, en commençant par ceux qui avaient répondu tous azimuts. Resnick et son équipe, quant à eux, suivraient les différentes pistes des lettres découvertes par Graham Millington dans la table de nuit de Mary Sheppard, sans oublier le nouvel indice pêché par Lynn Kellogg après l'enterrement de Shirley Peters.

La commission rogatoire leur permettrait bientôt d'ajouter à la liste toutes les réponses qu'apporterait le premier courrier du matin. Il était prévu que le paquet de lettres numérotées arriverait à l'issue de la conférence de presse que donnerait Skelton à onze heures. Tout cela promettait une part supplémentaire de travail fastidieux et de paperasses à classer. Et demanderait de la patience.

– A ce train-là, dans une semaine d'ici, on a droit aux astrologues et aux extralucides de mes deux.

Adossé au mur, près de la machine à café, Colin Rich observait l'air dégoûté de Resnick devant l'aspect du breuvage.

« Attends de le boire, Charlie. »

Mais Resnick se contenta de soulever le couvercle et de jeter le contenu de son gobelet.

« Tu vas bientôt sabler le champagne, j'en fous mon billet, poursuivit Rich. »

– Ah bon?

– Une affaire pareille, c'est des couilles en or à l'arrivée.

Resnick haussa les épaules et tourna les talons. Lui et son équipe avaient du pain sur la planche. Aucune raison de s'éterniser ici.

« Dis-le, qu'on sent le gaz, Charlie. »

Rich ne se tenait pas très loin de lui, mais avait parlé d'une voix suffisamment forte pour être entendu de tous.

Resnick ne se retourna pas.

« C'est ça, Charlie, marche devant! On verra bien si ton cul brille autant que l'étoile du Berger! »

– Alors, qu'est-ce qu'on dit à propos des plombiers?

Travail de réhabilitation classique : à la base, une grande, vieille maison, avec jardin sur deux niveaux planté de bouleaux et de fraisiers sauvages parmi des restes de pelouse; démolition de l'intérieur en gardant juste l'escalier et les murs de soutènement; grattage de la pourriture sèche, élimination des champignons au produit chimique adéquat; mesures antihumidité. Après quoi on aménageait une cuisine, en pin de préférence, pour aller avec le décor. Le résultat louchait côté appartements pour cadres dans quartier résidentiel très couru tout confort, très près du centre-ville. Loft en terrasse avec vue splendide. A saisir.

La tête de Dave Beatty était dissimulée derrière le

broyeur à ordures et la partie supérieure de son corps disparaissait sous l'évier. Divine s'approcha du petit transistor mal réglé sur la radio privée locale et coupa le son.

– Hey!?

Divine tapota légèrement l'Adidas fatiguée de Dave Beatty du bout de son rutilant soulier noir.

– Mais qu'est-ce que...?

– Allez, sortez un peu de là-dessous.

– Qui...?

– C'est l'heure de la pause.

Beatty s'extirpa d'où il était et se remit debout, une clé universelle dans sa main gauche. Divine le dévisagea, puis baissa les yeux vers l'objet avec un léger rictus dédaigneux. Il soupesa la bouilloire.

– L'électricité fonctionne?

– Ouais. C'est à quel sujet?

Divine brancha la bouilloire, dénicha un pot de café soluble qu'il reposa aussitôt.

– Y a du thé quelque part?

Dave Beatty fit passer la clé dans son autre main et ouvrit un placard où se trouvait un paquet de thé en sachets et du sucre. Il sentait le regard de Divine en train de le détailler.

« Un mètre soixante-quinze », fit Divine.

– Dites...

– Soixante-dix kilos...

– Ça va durer longtemps?

Calmement, Mark Divine lui ôta la clé des mains.

– ... Mais je sais toujours pas ce qu'on dit à propos des plombiers.

– Écoutez, si on vous a envoyé pour me souffler dans le cou, vous pouvez leur dire qu'ils perdent leur temps. Quand je dis la fin de la semaine, ça veut dire la fin de la semaine.

Divine sourit et éteignit la bouilloire.

– Vous faites la jeune fille de la maison ou je m'en occupe?

Dave Beatty ne fit pas un geste.

« Bon d'accord », fit Divine en glissant un sachet de thé dans une tasse propre, tout en se préparant à en laver une deuxième dans l'évier.

– Faites pas ça, le prévint Beatty.

– Vous n'en voulez pas?

– Si vous ouvrez le robinet, l'eau va gicler partout.

– C'est malin, fit Divine en haussant les épaules. Il laissa tomber le sachet dans la tasse sale et versa l'eau chaude en ajoutant :

« Enfin je suppose que vous savez ce que vous faites. »

Beatty lâcha un ricanement.

– J'essaye de poser un putain de tuyau d'évacuation. Et vous, vous êtes là pour quoi, à part me faire chier?

Divine ajouta du lait dans sa tasse et poussa l'autre vers Beatty.

– Vaut mieux que vous sucriez vous-même.

Divine se fendit d'un autre sourire. Aux anges, il était. Il s'amusait presqu'autant que si l'idée était venue à Beatty de vouloir le chatouiller avec sa clé universelle.

« Je vois vraiment aucune raison d'être revêche. Vous avez dit vous-même que vous pouviez trouver un moment à n'importe quelle heure de la journée. »

– J'ai dit ça?

– Pas seulement dit. Écrit.

Beatty cligna de la paupière droite et une petite veine commença à battre juste à côté. Il blêmit légèrement et loucha discrètement vers la clé universelle posée près de la bouilloire, mais Divine en était plus près que lui.

« Ça te rappelle quelque chose? »

– Écoutez, tout ça...

– Ouais?

– J'ai seulement écrit ces trucs pour...

– Pour?

– C'était juste une blague, quoi, histoire de...
– Histoire de se marrer.
– Ouais. Enfin, j' veux dire, j'étais pas sérieux quand je parlais de...
– D'entrer dans le vif du sujet?
– Hein?
– C'est ton truc, ça. On économise les préliminaires, madrigal, baisemain et autres singeries. Juste la tringlette. Crac, boum, hue! Merci bien, m'dame. Maintenant, montrez-moi cet autre petit travail de plomberie dont vous vouliez que je m'occupe.
– Mais enfin! Je me suis juste contenté de lui écrire!
– C'est tout?
– Mais, enfin, demandez-lui. Demandez-lui, bordel! C'était juste pour rigoler.
– C'est vrai qu' faut bien rigoler un peu.
– Ben oui.
– Ben oui.
Beatty semblait plus petit, de seconde en seconde. Plus jeune, aussi. Il ne devait pas être installé à son compte depuis bien longtemps et avait très certainement menti sur son âge, pensa Divine. Histoire sans doute de jouer les garçons mûrs, expérimentés. Qui ne recule devant aucun genre de travail de plomberie.
Divine le dévisageait avec le même regard que celui qu'il affichait face à l'équipe adverse juste avant une mêlée. Ou face à un ivrogne belliqueux rencontré au hasard d'une patrouille.
– Ton thé.
– Hein?
– 'Va êt' froid, ton thé.
– Mais...
– C'est vraiment con de préparer un aussi bon thé et de regarder quelqu'un le laisser refroidir.
Divine fit exprès un faux mouvement au moment où Beatty portait la tasse à sa bouche. L'autre sursauta et faillit tout renverser.

« Doucement! »

Divine eut juste le temps d'empêcher la tasse de lui tomber des mains. Il la redressa et raffermit la position des doigts du plombier autour de l'objet, avant de serrer par-dessus.

« La vérité? »

Dave Beatty vacilla légèrement, mais Divine ne relâcha pas la pression. Il savait qu'il n'avait qu'à attendre.

– O.K.! d'accord, mais c'est seulement arrivé une fois, après que je sois allé là-bas. A la maison. Faut me croire. Je veux dire, on avait rigolé un peu quoi, vous savez comment c'est. Mais elle avait le gamin avec elle, alors elle pouvait pas, enfin on n'a pas pu... c'est seulement quand j'ai écrit les lettres. J'imaginais même pas qu'elle les aurait prises au sérieux. Bon et puis un soir, elle m'a appelé. Je rentrais d'un boulot, une urgence. Un mec avec quinze centimètres de flotte dans sa salle de bains. Elle avait laissé un message sur le répondeur. Sur où elle voulait que ça se passe. Dans l'estafette. A l'arrière. Mais c'est la seule fois. Promis, juré!

La veine sur la tempe de Beatty battait si fort que Divine pensa un moment qu'elle allait éclater et faire gicler du sang sur le parquet ciré.

– Alors, c'est là que vous avez fait ça? fit Divine, essayant de se représenter la scène. A l'arrière de ta camionnette?

Beatty ne répondit rien, se contentant d'acquiescer timidement.

« J'entends rien. »

– Oui.

– Tu te l'es faite à l'arrière de ta camionnette?

– Je viens de vous le dire.

– Eh bien, redis-le.

– Oui, soupira Beatty, à l'arrière de la camionnette.

– T'étais garé dans une ruelle, ou quelque chose dans le genre, hein?

– Merde, qu'est-ce que ça peut foutre?

– Je veux savoir!
– D'accord. On était derrière les chantiers de Raleigh. Le raccourci, par-derrière le pub. Si vous voulez des détails, vous avez qu'à lui en demander à elle.
– A elle?
– C'est votre bonne femme!
– Tiens?
– Et elle a déjà dû pas mal raconter, sinon comment vous seriez là?
– Ma femme?
– Comment vous auriez fait pour me trouver? Je fais pas de pub dans les pages jaunes.
– J'ai pas de femme.
– Vous l'avez foutue à la porte, hein, c'est ça? Et vous allez vous servir de moi pour le divorce.
– J'ai jamais été marié.
– Vous vous foutez de ma gueule?
Divine avança la main assez près du visage de Beatty pour le faire tressaillir et recueillir ainsi toute son attention.
– Qu'est-ce qui se passe, alors, merde?!
– T'as justement commencé de me l'expliquer.
– Mais si vous n'êtes pas...
Mark Divine sortit sa carte de sa poche intérieure et l'exhiba sous le nez de Beatty, assez longtemps pour permettre à celui-ci de l'examiner. Puis, après une gorgée de thé, il la rangea et s'arma de son calepin et de son stylo à bille.
– La fille que tu t'es farcie, elle s'appelle?
– Melissa.
– Pas plutôt Mary?
– Non. Melissa.
– T'en es bien sûr?
– 'videmment.
Divine sourit par anticipation.
– D'accord. Alors, maintenant, on va voir ce que t'arrives à te rappeler d'autre, et en détail. Et puis après, on va causer d'un autre genre d'annonce, mais pas celles des pages jaunes.

Martin Myers travaillait comme volontaire pour une œuvre de charité de l'église anglicane, qui offrait repas, vêtements d'occasion et gîte provisoire pour personnes dans le besoin. Il devait assurer trois après-midi par semaine, deux cantines et une permanence de nuit un week-end sur deux. Pendant un temps, il avait travaillé le matin dans une boutique d'aliments macrobiotiques, mais cela avait posé des problèmes avec les membres à plein-temps du collectif et on lui avait demandé de partir. Du vivant de sa mère, il pouvait compter sur l'allocation vieillesse, mais à présent...

Ceci mis à part, ses besoins étaient modestes, et, depuis qu'un café avait ouvert au-dessus, à la bibliothèque, il prenait quelque chose là, le matin et cela semblait lui faire la journée.

« J'étais à la recherche, depuis que maman nous a quittés, de quelqu'un avec qui pouvoir vivre un échange. Une personne gentille, agréable. Tant de choses nous interpellent, dont il faut parler. Maman et moi, nous parlions, bien sûr. Elle était merveilleuse, si vive, si alerte, enfin presque jusqu'au bout. Et maintenant...

Patel prenait note consciencieusement, sans encourager ni interrompre la triste litanie.

« ... J'aurais tant voulu établir le contact, trouver les mots qui la toucheraient, mais, bien sûr, elle n'a jamais répondu. »

Le type devant l'entrée puait. Ses vêtements n'étaient même pas des haillons, mais carrément des loques qui semblaient tenir debout toutes seules et parmi lesquelles on distinguait avec peine un pantalon troué et un pull aussi râpé que l'intérieur d'une peau de mouton. Il avisa Graham Millington et sourit.

– Rentre chez toi, dit le sergent.

– Z'auriez pas une petite pièce pour une tasse de thé? dit l'homme avec un regard affable.

Millington le contourna pour entrer dans le magasin. Ils savaient l'un comme l'autre que l'homme n'avait probablement pas avalé une tasse de thé depuis la victoire des Alliés. Et encore, par erreur, sous l'effet d'une bouffée de romantisme. Et qu'il n'avait pas non plus de chez lui où rentrer.

Millington se sentit aussitôt agressé par la dominance des basses dans le réglage de la sono. Il se souvint également qu'il avait promis à sa femme de lui rapporter un CD de Julio Iglesias. Mais il n'avait pas envie de l'acheter ici.

– Pourquoi vous mettez ce truc à gueuler aussi fort? demanda-t-il à la fille assise derrière le comptoir. Il y a de quoi faire fuir les clients. Même ceux qui ont survécu au mur du son.

– Quoi? dit la fille en tendant l'oreille, à laquelle pendait une rangée de petites étoiles disposées en ordre décroissant.

– L'autre, à la porte, pourquoi ne lui dites-vous pas d'aller jouer ailleurs?

– Maurice? C'est comme qui dirait notre chasseur. De l'automne jusqu'aux premiers jours du printemps.

– L'été, il descend plus au sud, hein?

– A Eastbourne.

– Ce type doit être une véritable curiosité pour l'Action sanitaire, dit Millington, obligé de crier pour se faire entendre. Appelez le poste, à l'occasion, ils l'enverront se faire désinfecter.

La fille fit une grimace, tout en continuant de sortir des disques d'un carton et d'en cocher la référence au fur et à mesure sur une liste :

– Je préfère cent fois l'avoir lui dans le secteur, plutôt que les flics.

Millington se rembrunit, sortit son portefeuille et s'identifia :

– Darren Jilkes, lâcha-t-il.

– Au sous-sol, dit-elle. Rayon singles.

Millington constata que le visage de la fille avait tourné au cramoisi.

Les murs du sous-sol étaient couverts de posters, au-dessus des présentoirs. L'un des vendeurs, vêtu d'un sweat-shirt Smiths, tambourinait des deux mains sur le comptoir, se servant de la chevalière à son petit doigt pour marquer la cadence. Il portait les cheveux très courts, en un peu plus grand nombre que les boutons d'acné sur sa figure et, malgré une lumière peu violente, des lunettes noires. Son acolyte, en train de fouiller dans un tiroir de réserve, était aussi gras que l'autre était mince. Il était aussi quasiment chauve, hormis une couronne de cheveux longs ramenée sur la nuque par un catogan.

– C'est vous, Darren?

Pas de réponse.

Millington se pencha par-dessus le comptoir et leva le bras de l'électrophone avec un soin presque maladroit.

Le deuxième vendeur se leva et Millington put constater qu'il n'était pas seulement gros. Il était également très grand.

– Trop violent pour monsieur?

– Je vous ai déjà vu, dit Millington. Heanor Town Hall, il va y avoir deux ans. Catch à quatre. Les Oblivion Brothers. Une épaule déboîtée et un éclatement de la cloison nasale. Quand le soigneur l'a remis en place, je me suis ramassé du sang et de la morve plein ma chemise.

– Vous étiez au premier rang?

– Troisième.

– Je me disais aussi. En général, c'est les femmes au premier rang. Chaleur et humidité. La loge des émotions primitives.

– Vous avez lâché ou c'est seulement une année sabbatique?

– J'essaye de m'élever spirituellement. Y a pas que le sexe et la violence, dans la vie.

Graham Millington sentit un spasme familier au

creux de son estomac, si clairement qu'il s'inquiéta qu'on l'ait aussi entendu de l'autre côté du comptoir.

– Et vous avez trouvé à vous élever au fond d'un sous-sol ?

– La musique. Tout est dans la musique, pas vrai Darren ?

On ne sut pas ce que Darren en pensait, vu qu'il ne répondit rien.

– C'est quoi, votre vrai nom ? demanda Millington. Je me suis toujours dit que ce n'était pas Oblivion.

– Sloman. Geoff.

Millington acquiesça, se tournant vers l'autre.

– Et vous, alors, c'est Jilkes. Darren ?

– Qu'est-ce que vous voulez ? demanda Jilkes.

– Sûrement pas un disque, dit Sloman.

– Une de mes collègues a eu une conversation avec la petite amie du jeune Darren, hier soir. Et elle a parlé d'une histoire de double rendez-vous.

– Et puis ? fit Sloman, sur la défensive.

Darren était retombé dans son mutisme.

– L'autre fille qui était à ce rendez-vous s'appelait Shirley Peters. On l'a enterrée hier après-midi.

Darren recula de deux pas, donnant l'impression de ne plus trop sentir ses jambes. Sloman anticipa et l'empêcha de tomber d'une main dans le dos.

– Je me demandais donc qui était le deuxième homme de ce charmant rendez-vous. Darren ?

Darren battit des paupières, à deux doigts de s'évanouir.

Millington se tourna vers Sloman.

« Si vous n'avez rien de particulier à faire, vous pourriez finir plus tôt et accompagner votre ami Darren jusqu'à la brigade ? Ça vous dit ? »

Millington se saisit de son talkie-walkie dans la poche de son imper, prêt à demander des renforts au cas où l'expression mitigée de Sloman traduirait un refus.

21

L'ASSASSIN DES CŒURS SOLITAIRES COURT TOUJOURS
La ville en proie à la terreur

La conférence de presse de Skelton avait fait l'effet d'une bombe. Un bref paragraphe détaillait l'orientation et la progression de l'enquête, avant de laisser place à un mélange semi-hystérique des propos alarmistes et de conjectures. Le tout illustré par une photo de Skelton, prise le matin même, dans le plus pur style « visage de la police moderne ». Dans l'hypothèse d'une privatisation de la police, il suffirait de quelques photos du même genre sur le dépliant pour précipiter les gens sur les routes après avoir vidé leurs tirelires et leurs comptes-épargne.

Il y avait également des photos des deux victimes : Mary Sheppard en robe blanche et bibi à voilette, un enfant dans les bras, à l'occasion d'un baptême; Shirley Peters, floue à hauteur du visage et des épaules, comme distraite de l'objectif par quelqu'un appelant son nom.

Resnick parcourut l'article jusqu'à ce qu'on commence à parler de lui et mit le journal de côté pour prendre connaissance des rapports qui commençaient à atterrir sur son bureau.

John Benedict s'était révélé être un homme au visage mélancolique, affublé d'une encombrante tache de naissance à la base du cou et portant des chaussures usées à force d'arpenter les rues pour distribuer des prospectus. C'est le seul emploi qu'il avait pu trouver depuis qu'une allergie l'avait contraint à démissionner d'un travail de nuit dans une fabrique de pâtés de porc en croûte.

Il avait répondu à trois annonces en l'espace de trois semaines et Shirley Peters avait été la seule à lui écrire. Une lettre très gentille, en fait plutôt un billet, dans laquelle elle s'excusait de ne pouvoir le rencontrer, mais lui souhaitait bonne chance avec quelqu'un d'autre. Vous m'avez l'air d'un homme bien, c'est ce qu'elle avait écrit. Prévenante. La plupart des gens ne font pas attention aux autres. Mais elle s'était montrée si prévenante, si gentille et quand j'ai lu ce qui était arrivé dans le journal...

Les yeux de Benedict s'étaient embués de larmes et Naylor s'était soudain demandé si le mouchoir qu'il avait dans sa poche était propre, enfin assez pour qu'il le prête. Mais Benedict n'avait pas éclaté en sanglots et Naylor en avait été quitte pour penser à toujours se munir d'un mouchoir propre. Dorénavant.

– Les trois à qui vous avez écrit, avait demandé Naylor, c'était la première fois?

Benedict avait secoué la tête. Il avait écrit à d'autres. Vingt-quatre en dix-huit mois.

– Je les ai toujours, avait-il ajouté, au moment où Naylor rangeait son stylo.

– Pardon?

– Les annonces, celles auxquelles j'ai répondu. Je les ai gardées, enfin je veux dire, au cas où vous voudriez les voir. Je ne sais pas si...

Naylor avait regardé les deux douzaines de coupures, mesurant chacune moins de trois centimètres, scotchées en haut des pages d'un album bon marché.

– Gardez-les précieusement, avait dit Naylor. Au cas où nous aurions besoin de les consulter à nouveau.

– N'ayez crainte, l'avait tranquillisé John Benedict. Je ne me sépare jamais de mes registres.

« Affectueux et Plein d'Entrain II » n'aurait pu être plus différent. Lynn Kellogg avait suivi sa trace jusqu'au département alimentation d'un supermarché où il officiait en temps que sous-chef du rayon boucherie-charcuterie et plats cuisinés. Peter Geraghty était en train de découper un salami lorsque Lynn s'était approchée de lui. Elle avait observé d'un regard méfiant les fines tranches de viande trafiquée qui s'amoncelaient les unes sur les autres.

– Les gens achètent vraiment de ce truc?

– On est presque en rupture de stock.

Il avait pris une tranche entre le pouce et l'index pour la proposer à la jeune femme et elle en avait presque frissonné de dégoût. Geraghty avait regardé autour de lui avant de la manger et, au bout de quelques secondes, extirpé d'entre ses lèvres le filament de peau plastifiée pour le jeter à la poubelle.

Un instant, Lynn avait cru qu'elle allait être malade. Et devenir végétarienne. Lorsqu'elle avait entrepris Geraghty au sujet des petites annonces, il l'avait prise pour la correspondante.

– Comment avez-vous fait pour me trouver? Je n'avais laissé que mon téléphone.

– C'est mon métier, avait-elle répondu.

Il avait posé le couteau et rangé le reste du salami.

– Je ne savais pas que c'était un métier. Eh! dites, c'est pas un de ces trucs de massages à domicile, au moins? Non, parce que si je me désape et que je m'allonge ici, elles vont toutes se battre pour m'acheter à la demi-livre.

– C'est sérieux, avait dit Lynn.

– Moi aussi, je suis sérieux.

– Non, je ne crois pas.

Elle l'avait interrogé dans le bureau du chef de rayon. Là, sans la vendeuse qui travaillait avec lui au comptoir pour lui servir de public, il s'était montré un peu plus sobre. Le vendredi soir, il faisait le tour des pubs avec ses copains et terminait généralement dans une boîte ou une discothèque. Cinéma le samedi et bowling le dimanche. Le mardi, il allait aux cours du soir.

– En quelle matière? avait-elle demandé, s'attendant à quelque chose du style promotion des ventes ou entretien de véhicules.

– Le russe.

Elle ne parvint pas à dissimuler sa surprise.

– Vous savez, je suis loin d'être con.

– Je n'en doute pas.

– C'est pas si difficile, une fois qu'on a pris le pli. En plus, ça va devenir de plus en plus nécessaire...

Lynn avait hoché la tête : une amie à elle avait fait un voyage organisé là-bas. Trois villes en dix jours. Il paraît que la nourriture était effroyable.

« ... un jour ou l'autre, ils vont débarquer. »

Le jury du procès Taylor délibérait. Resnick avait été à ce point absorbé par l'enquête en cours qu'il en avait presqu'oublié que les débats continuaient. En fin de journée, il y aurait un verdict et il brûlait d'envie de se rendre au tribunal, d'être là quand le premier juré se lèverait, que le juge prononcerait la sentence. Pour voir l'expression sur le visage de cet homme. Le père.

Était-ce pour cela que les gens se mariaient? Avaient des enfants?

Le téléphone l'arracha à ses pensées. Il décrocha à la deuxième sonnerie.

– Charlie?

– Monsieur?

C'était Skelton, de retour de déjeuner, qui faisait une petite tournée d'inspection.

– Les gamins du magasin de disques?

– L'interrogatoire est en cours, monsieur.

– Vous ne vous en chargez pas personnellement?

– J'ai demandé au sergent Millington de démarrer. Je vais le rejoindre d'ici peu.

– Serrez-les de près, Charlie.

– N'ayez crainte, monsieur.

– L'un des deux est un catcheur, à ce qu'on m'a dit?

– Effectivement. Un ancien catcheur.

– Costaud, en tout cas?

– Pour ça, oui.

Skelton marqua une courte pause à l'autre bout du fil.

– Les coups portés à Mary Sheppard. Souvenez-vous de la force qu'il a fallu, Charlie. Une force exceptionnelle.

– Oui, je m'en souviens.

– Tenez-moi au courant.

– Comptez sur moi.

Il raccrochait juste quand Lynn Kellogg frappa à la porte. Il l'invita à entrer.

– Je me suis dit que vous iriez sans doute bavarder un moment avec Darren et son ami, monsieur.

Soucieux d'une certaine discrétion, Resnick avait fait en sorte d'éviter le Quartier Général et les entrées principales avec les deux suspects. Les faire parader sous le nez de quelque journaliste en mal de scoop n'aurait fait de bien à personne. Surtout pas aux intéressés si d'aventure ils se révélaient blancs comme neige.

« Je me demandais si je pourrais venir avec vous ? »

Resnick acquiesça et prit son manteau.

– Vous pensez nous avoir mis sur la bonne voie ?

– J'espère, monsieur. J'aimerais bien...

Elle s'interrompit, détournant le regard, une nouvelle fois assaillie par le souvenir du cadavre dans la pénombre du jardinet. L'éclair de peau blanche sur le sol dur et brun. Le sang séché. Noirâtre.

– Allons-y, dit Resnick, ignorant le téléphone qui sonnait de nouveau tandis qu'ils gagnaient la porte. Laissons tomber. C'est pas en décrochant ce machin toute la journée qu'on aboutit forcément quelque part. Et puis...

Il poussa la porte.

« ... Il y a très peu de chances pour que ce soit une bonne nouvelle. »

Graham Millington s'était réservé le catcheur, tandis que Patel attendait dans le couloir en compagnie de

Darren. Dans un coin de la pièce, l'agent faisant office de greffier suait sang et eau pour suivre le rythme de l'interrogatoire et implorait Millington du regard pour qu'il mette la pédale douce.

Geoff Sloman avait l'air de s'amuser. Son poids impressionnant confortablement réparti sur la chaise, il répondait aux questions comme si le rêve de sa vie avait toujours été de se faire interroger pour un sondage à la sortie de *Tesco's* ou de *Sainsbury's*.

Lors de leur première rencontre avec les deux filles, ils étaient allés boire un verre au pub, puis dîner dans une pizzeria. Shirley était plus âgée qu'eux mais cela ne l'avait aucunement gêné. Un bref conseil de guerre avec Darren aux lavabos des messieurs avait suffi pour que chacun désigne sa chacune. Ils avaient partagé un taxi pour le retour et Shirley était descendue la première. Il avait bien songé à la raccompagner sur le pas de sa porte, pour dire bonsoir avec un petit air de violon et une arrière-pensée, mais la perspective de rentrer ensuite chez lui à pied l'en avait dissuadé. En outre, il s'était déjà arrangé pour avoir un autre rendez-vous avec elle.

Cinq jours plus tard, ils s'étaient retrouvés tous les quatre devant une bière, avant d'aller à l'*Astoria.* Mais le genre de musique de la boîte avait instantanément fait saigner les oreilles de Shirley, dès qu'ils s'étaient installés au balcon. Alors, en homme du monde, il avait glissé un mot à Darren avant d'opter pour un curry au coin de la rue avec sa cavalière.

Elle lui en avait été reconnaissante.

Millington avait besoin d'une cigarette. Avec le pouce et l'index, il se frisa l'extrémité des moustaches.

– Racontez-moi ça.

Sloman haussa ses larges épaules.

– Elle m'a invité chez elle pour boire un café qui est devenu un scotch bien tassé, et puis on a rigolé. *I did not know when to say when.* Forcément, une fan de Sinatra, c'était pas étonnant que The Exorcists, ça lui colle des boutons. Voilà, quoi. On a terminé la soirée comme ça, plus ou moins, conclut-il en levant les yeux vers Millington.

– C'est-à-dire?

– Quoi?

– Ça a été plus, ou ça a été moins?

– Mauvaise période du mois...

– Donc, ça a été moins.

– Oui, plutôt.

– Sûr?

– Certain!

Millington hocha la tête et se leva pour faire quelques pas dans la pièce sous l'œil du grand balèze qui l'observait un peu à la manière d'un adversaire sur un ring. Il se souvint que c'était Sloman qui avait cassé le nez du gars d'en face, lors du match auquel il avait assisté. Ça avait fait le bruit d'une allumette qu'on gratte. Sauf qu'une allumette ne crie pas.

– Ça a dû vous foutre vachement en rogne.

– Non, répondit tranquillement Sloman, un bras pendant négligemment par-dessus le dossier de la chaise.

– Après le cirque qu'elle vous a fait? La soirée musique foutue parce que madame préfère les crooners, le curry qui vous travaille l'appareil digestif et pour finir, elle vous assoit sur le divan, vous sert un whisky avant de porter l'estocade et de vous faire ses excuses? Y a de quoi l'avoir mauvaise.

Sloman ramena son bras et joignit le bout des doigts avec une grâce inattendue.

– Elle ne m'a pas assis sur le divan, rectifia-t-il.

– Quelle différence ça fait?

– Je crois que ça en fait une pour vous.

– Le divan ou par terre...

– J'étais assis dans un fauteuil. Un fauteuil confortable avec un dossier moelleux et de grands accoudoirs. Un fauteuil en bois. Elle était assise sur le divan. Enfin quand elle n'était pas entre la cuisine et la stéréo. Ou sur mes genoux.

– En train de vous faire des bisous baveux dans l'oreille?

– Sur la bouche.

– Et vous n'étiez pas excité?

– Si, sûrement.

– Et vous ne vous êtes pas senti frustré?

Sloman haussa les épaules.

« Arrêtez votre numéro, Sloman. Vous espérez me faire avaler que cette fille vous invite chez elle, vous fait du rentre-dedans, vous allume et quand elle vous fait le coup de l'interruption momentanée des programmes, vous dites merci?

– Pourtant, c'est à peu près ça.

Millington se pencha vers lui, par-dessus le bureau, et lui rit au nez.

Sloman répondit d'un léger sourire.

« Vous savez, dit-il, j'ai l'habitude de tous les genres de provocation. Qu'elles viennent d'elle, de vous ou d'un mec sur un ring. Comment vous croyez que j'ai tenu le coup trois ans dans la partie? Face à des enfoirés qui font semblant de vous placer une prise pour finalement vous la jouer à la sournoise et vous coller un coup de talon dans le groin ou vous cracher dans l'œil? Vous croyez que ça finit comment, ces plaisanteries-là, si on n'a pas la dose qu'il faut de self-control? On peut pas se permettre de se laisser entamer. La frustration, c'est un luxe interdit. Autrement... »

Il cligna des paupières à l'adresse de Millington et fit jouer les muscles de ses bras.

« ... Qui que ce soit, une saute d'humeur et direction la morgue. »

Graham Millington avait l'air de sortir tout droit d'une essoreuse : la chemise collante de sueur, les manches retroussées n'importe comment, une tasse de thé dans une main, une cigarette dans l'autre et la tête de quelqu'un qui a besoin d'un double whisky.

– Un problème? s'enquit Resnick.

Lynn Kellogg resta sur le pas de la porte sans se décider à entrer immédiatement dans la pièce.

– Il a oublié d'être con, la vache! cracha Millington.

Resnick s'assit sur le bord d'une table abîmée et subtilisa la cigarette non allumée entre les doigts de son sergent.

– Racontez.

Millington raconta.

– Il reconnaît être sorti avec elle, une fois avec ce Darren et l'autre fille, et deux autres fois seuls. Il l'a trouvé charmante, mais il les préfère plus jeunes. Pas de sentiments compliqués, pas de regrets. Et il raconte que ça se serait limité à une poignée de main virile sur le pas de sa porte.

Resnick sourit. Et il savait sans avoir besoin de jeter un coup d'œil par-dessus son épaule que Lynn Kellogg souriait aussi. Rien ne mettait davantage Millington en fureur que le calme olympien arboré par un suspect en mauvaise posture ou un impulsif avéré. Tout spécialement un poids lourd coiffé comme un lutteur de sumo.

– Et vous pensez qu'il dit la vérité?

– Pas moyen de l'ébranler par un bout ou par un autre.

– Et son copain, vous en avez tiré quelque chose?

– Si vous voulez mon avis, ils sont tous les deux de la jaquette, comme les deux petites frappes de l'année dernière et...

– Ça n'est pas ce que je vous demande.

– Non, rien non plus du côté de son copain.

– Peut-être qu'il n'y a rien à trouver, tout simplement.

Millington posa sa tasse dans un bruit sourd et se leva, enfonçant nerveusement ses mains au fond de ses poches. Il braqua son regard sur Lynn Kellogg qui détourna les yeux mais ne bougea pas.

– Il a tout, bordel! explosa Millington. Il l'a rencontrée par petite annonce, il est baraqué comme une pompe à essence, il connaît sa force et ce qu'il peut en faire. Il lui aurait suffi d'allonger trois ou quatre coups de poing à Mary Sheppard pour la mettre dans l'état de tomate farcie où on l'a trouvée!

– Mon Dieu! laissa échapper Lynn Kellogg, outrée.

– Calmez-vous un peu, Graham, dit Resnick en se levant à son tour. Peut-être qu'il a justement trop le physique de l'emploi. Et d'après ce que vous m'avez raconté, il a peu de chance d'être notre homme.

– Qu'est-ce que j'ai dit qui...?

– D'après vous, nous sommes en présence d'une armoire à glace qui sait parfaitement comment utiliser sa force et aussi comment ne pas l'utiliser. Et qui, en outre, a un parfait contrôle de lui-même. Je me trompe?

Millington fixait un point sur le sol, situé à mi-chemin entre l'inspecteur et lui.

« Graham? » insista gentiment Resnick.

– Oui, je suppose, monsieur. Seulement...

– Qui que ce soit qui a fait ça à Mary Sheppard, monsieur, intervint Lynn Kellogg en s'approchant, a perdu tout le contrôle qu'il pouvait avoir sur lui-même.

– Elle a raison, Graham. Je crois qu'on va laisser tomber pour le moment. D'ailleurs, il ne semble pas que nous ayons grand-chose qui nous permette de le garder.

Le sergent secoua la tête et soupira. Resnick gagna la porte.

– Bon, je vais quand même les voir pendant que je suis là. Profitez-en pour demander s'il y a une fiche sur l'un ou l'autre, mais, à mon avis, on est parti pour les relâcher avec nos remerciements pour leur aimable collaboration.

– Il serait quand même prudent de les garder à l'œil. Le lutteur, au moins.

– Bien sûr, qu'on va les garder à l'œil, dit Resnick.

Millington resta assis là jusqu'à ce que le restant de thé dessine un cercle orangé tout autour de la paroi de la tasse. Il savait que Resnick avait probablement raison au sujet de la situation présente, mais espérait quand même un peu que la suite des événements lui donnerait tort. *Vous pourriez gagner beaucoup plus dans cette affaire qu'en restant à la brigade les pieds sur mon bureau.* C'est ce que lui avait dit l'inspecteur. Là-dessus, il espérait qu'il avait raison.

Graham Millington espérait beaucoup de choses.

Et il avait parfois du mal à comprendre pourquoi ses espoirs ne devenaient jamais réalité. Tôt ou tard, il allait bien falloir qu'il rentre à la maison retrouver une épouse suffisamment attentive pour comprendre que quelque chose n'allait pas. Elle laisserait passer un moment avant de lui demander ce que c'était, d'une voix douce et pondérée. Et, d'une voix aussi douce et pondérée que possible, Millington lui expliquerait. Elle resterait là, assise, à l'écouter, acquiesçant de temps à autre, lui touchant la main du bout des doigts ou lui caressant le visage. Et quand il aurait fini, elle confirmerait que oui, c'était scandaleux la manière dont se passaient les choses, quelquefois, mais que tout finirait bien par s'arranger. Après quoi, elle lui proposerait une tasse de thé ou bien, si les choses allaient vraiment très mal, un petit verre de malt.

Et, pendant tout ce temps, Millington contiendrait ce nœud à l'intérieur de lui-même, comme un poing qui tremble et meurt d'envie de démolir quelque chose ou de blesser quelqu'un.

Le téléphone balaya ses pensées.

– L'inspecteur Resnick? Non, il n'est pas là. Ah, non, je n'ai aucune idée de l'endroit où il peut être. Désolé.

Ce n'était pas très bien de faire ça. Mais, à ce moment précis, c'était tout ce qui semblait rester à Graham Millington.

22

En bas, Billie Holiday égrenait avec lassitude *Ghost of a Chance.* Resnick avait mis le disque sur la platine, mais compris dès les premières mesures qu'il n'arriverait pas à l'écouter. Ici, au premier étage, côté jardin, c'était bien plus qu'une simple mélodie familière. Doucement, il s'approcha de la fenêtre, pendant que Bud nichait sa tête dans le creux de son cou. Il caressa le ventre du chat dont le ronronnement s'intensifia, à mesure qu'il se rapprochait de son oreille, jusqu'à couvrir tout autre son alentour, l'abandonnant à ses pensées.

Sharon Taylor avait souri lorsque l'assistante sociale lui avait montré les poupées, la première fois. Timidement, avec une confiance modérée, comme l'expérience semblait déjà le lui avoir enseigné. Mais, quand même, elle avait souri et prolongé ce sourire en prenant les poupées. Sept ans. Il parcourut la pièce du regard. Il avait eu beau mettre deux couches de peinture par-dessus le papier, çà et là, on distinguait encore les motifs du dessin : les bras et les replis d'un costume de clown, une équilibriste sur le dos d'un cheval, un visage d'ours.

Est-ce que tu peux me montrer, Sharon...?

Lentement, mais sans hésitation, la petite fille avait indiqué l'endroit sur l'autre poupée, la poupée fille. Et elle avait laissé échapper un petit cri en le touchant. Le souvenir de la douleur qu'elle avait ressentie.

Le visage de Resnick avait touché la paroi glacée du miroir sans tain à travers lequel il regardait la scène.

Saleté de petite menteuse! C'était pratiquement la seule fois où le père avait manifesté une émotion quelconque... *Rien qu'une saloperie de môme!*

Bud commença à miauler et Resnick se pencha pour

le poser par terre, le suivant des yeux tandis qu'il trottinait vers la porte. Puis il écarta une liasse de vieux journaux et s'assit sur le lit. Des boîtes et des sacs en plastique remplis d'un tas de vieilleries étaient empilés tout autour et sur le dessus de la petite commode en bois blanc qu'il avait peinte et décorée lui-même au pochoir. Des moutons de poussière s'amoncelaient sur le bord des plinthes. Resnick se leva. Il faudrait penser à faire venir une benne pour se débarrasser de tout ça. Une fois pour toutes.

Vous devriez vous remarier, Charlie.

Il songea à l'existence parfaitement équilibrée de Jack Skelton, ajustée comme un de ses costumes trois-pièces, à la photo de sa famille dans le cadre en argent. Où en étaient ses gosses, maintenant? Collège? Université? Aussi impeccables que le nœud de cravate de leur père?

En préparant du café, plus tôt dans la soirée, Resnick avait regardé le journal télévisé. Dans le nord-est, on avait arrêté un homme pour attentat à la pudeur sur la personne d'une petite fille de dix ans et exhibitionnisme sur une enfant plus jeune encore. Ces incidents n'étaient pas isolés. La police et les services sociaux avaient de bonnes raisons de penser qu'il y avait d'autres adultes impliqués, ainsi qu'une cinquantaine d'enfants, dont les plus jeunes avaient le même âge que Sharon Taylor. Un autre reportage donnait des détails sur une ligne téléphonique spéciale mise à la disposition du public après la découverte d'un réseau de prostitution enfantine, à Londres, et qui offrait aide et assistance aux victimes d'abus sexuels. Jusqu'ici, il y avait eu cent quarante appels et témoignages. Jusqu'ici.

Les enfants, venant de milieux déshérités, ont été entraînés contre leur volonté dans un engrenage qu'ils ne contrôlaient pas. Leur pauvreté faisait d'eux des proies faciles et c'est pour cette raison qu'on les a choisis.

Resnick promena ses yeux encore une fois sur la petite chambre encombrée.

Oui, ça m'a fait mal.

En bas, le téléphone sonnait. Il se précipita dans l'escalier.

– Vous pleurez, Charlie?
– Qu'est-ce que ça veut dire?
– Vous pleurez?
– Bien sûr que non.
– Alors vous avez attrapé froid.
– C'est possible.
– Ce qu'il faut, c'est augmenter votre consommation de vitamine C. J'espère que vous y veillez?

Resnick écarta le récepteur de sa bouche afin qu'elle ne puisse pas entendre le rythme de sa respiration.

« Vous êtes toujours là? »

– Je croyais qu'après les heures ouvrables vous en aviez marre de materner les gens?
– Je confirme.
– Est-ce que je dors suffisamment, est-ce que je mange assez d'oranges?
– Les oranges ne suffisent pas à elles seules. Il vous faut également les comprimés.
– Rachel...
– O.K.! dit-elle avec un sourire qu'il crut percevoir dans le ton de sa voix. Je suis désolée, ça va avec le boulot. Je suis payée pour ça, entraînée pour ça alors, quelquefois, c'est dur d'arrêter la machine. Chris dit que...

Elle s'interrompit. Ce que Chris disait n'avait aucune importance.

« J'ai essayé de vous joindre presque toute la journée, Charlie. Personne ne semblait savoir exactement où vous êtiez. »

– Cette enquête m'oblige à bouger pas mal.
– Je pensais que peut-être... vous auriez envie qu'on se parle.

– Qu'on se parle?
– Oui.
Resnick regarda autour de lui. Il avait laissé la lumière allumée, ainsi que la stéréo dont il voyait briller le voyant rouge. Le seul bruit dans la pièce venait d'un des chats qui s'installait dans son panier.
« Je ne sais pas exactement ce que vous ressentez. »
– Non.
– Je suis désolée, je ne suis pas...
– Je ne sais pas non plus exactement ce que je ressens.
Il y eut un imperceptible soupir à l'autre bout du fil.
– Je n'aurais pas dû appeler.
– Si, bien au contraire. Je suis content que vous l'ayez fait.
Ils restèrent silencieux, l'un et l'autre, pendant plusieurs secondes.
– Bien, finit par dire Rachel. Peut-être un autre jour de cette semaine.
– Oui, dit Resnick. Promis.
Il y eut encore un autre silence. Plus bref cette fois.
– Si vous cherchez à me joindre, dit Rachel, appelez-moi plutôt au bureau.
Puis elle raccrocha.

Le journal était étalé sur la table de la cuisine, ouvert à la page des sports : constitution des équipes, transferts de joueurs. Resnick pris la bouteille de whisky sur l'étagère et vida dans un grand verre une canette de Budweiser tchécoslovaque toute fraîche, sortie du réfrigérateur. Le double meurtre avait toujours les honneurs de la première page mais, à gauche, dans un encadré. Il y avait une grande photo de Taylor accompagnée de la manchette « COUPABLE »! A l'issue du traditionnel résumé des débats par le juge, les jurés ne s'étaient retirés en tout et pour tout que vingt-sept minutes avant de rendre leur verdict. A l'annonce de la sentence, Taylor avait souri.

Resnick relut le paragraphe, revoyant le visage indifférent et l'attitude arrogante de l'accusé dans le box. Et en plus, il avait souri.

« Castrez cette ordure! » avait hurlé une femme dans le public, avant d'être expulsée par un agent.

En plus de l'article, on pouvait lire un court entretien avec Mrs Taylor, à qui le reporter était allé demander ce qu'elle avait ressenti à l'annonce du verdict.

– Je suis heureuse que Sharon ne soit pas passée par tout ça pour rien.

Et la sentence?

« C'est ahurissant. Tout simplement ahurissant. »

Trop clémente? Trop sévère? Vous voulez parler du sourire?

– Et lorsque votre mari sera libéré, Mrs Taylor? Pensez-vous que vous accepterez de reprendre éventuellement la vie commune?

– Je n'en sais rien. Vraiment je n'en sais rien. Il est trop tôt pour envisager ça. Je ne peux pas vous dire non d'une manière catégorique. Mais pour le moment... ma fille et moi devons continuer à vivre.

Trois ans, songea Resnick. Libéré sur parole au bout de deux. Un agent de probation qui l'aiderait à se réinsérer une fois sa dette payée. L'éventualité de reprendre une vie de famille. Sharon aurait dix ans, serait presque grande. Tous les trois ensemble pour des séances d'une heure dans une pièce sans fenêtres. Une thérapie. *Je ne peux pas dire non d'une manière catégorique...* Qu'est-ce que Resnick aurait voulu? *Castrez cette ordure!* Il y en aurait quelques-uns, en prison, pour se montrer moins indécis sur l'attitude à adopter, ça, ça ne faisait pas un pli.

Oui, ça m'a fait mal.

Il posa le journal et se leva. Œil pour œil, était-ce là ce qu'il aurait voulu? S'il s'était trouvé seul en présence de Taylor, après son arrestation, aurait-il pu résister longtemps à l'envie de le démolir? Pendant le procès, il avait eu envie de l'attraper et de le secouer jusqu'à ce que l'autre comprenne ce qu'il avait fait. Car Resnick était persuadé que Taylor n'en avait même pas conscience. Et lui-même avait répondu à Rachel qu'il ne comprenait pas. Que cela dépassait son entendement. Tout ça. La petite fille...

Le fils de Carole avait attrapé son sac à dos, emporté l'exemplaire corné, appartenant à son père, du livre de Jack Kerouac et s'en était allé courir le monde. Mais si loin que l'entraîneraient ses pérégrinations, une chambre l'attendait ainsi qu'une place à la faculté de médecine, à partir de l'automne prochain. « Je pense que cela fera de lui un meilleur médecin », avait dit Carole. « Vraiment! Et pour ce qui est d'être inquiète, bien sûr, je suis sa mère, mais on ne peut quand même pas les culpabiliser avec ça toute notre vie. Vient un moment où il faut s'arranger de tout ça toute seule. De plus, il a la tête sur les épaules et... sa carte de crédit. »

Rachel ignorait si Kerouac était parti ou non faire du stop, sur la route, avec l'American Express dans la poche revolver de son jean, mais elle en doutait.

Il y avait un poster de James Dean affiché au mur, et un autre proclamant « Je suis allé de par le monde ». Et puis, dans un coin, entre la tête du lit à une place et la fenêtre, un mannequin anatomique avec une moitié du corps ouverte, exposant boyaux et viscères en plastique véritable.

Rachel essayait de ne pas regarder dans sa direction. Elle attrapa son stylo et ouvrit un dossier en entendant des pas feutrés dans l'escalier.

On frappa délicatement à la porte.

– Rachel?

– Oui?

– Je peux entrer une minute?

– Enfin, Carole, fit Rachel avec un sourire, c'est ta maison.

– Réflexe conditionné, dit-elle. Le jour où Mark est entré au collège, il m'a prié, dorénavant, de frapper et d'attendre d'être invitée à entrer.

– Tous les parents n'auraient pas montré autant d'attentions.

– Pourtant, cela me paraît tout à fait normal, pas toi ?

– Nous avons tous besoin d'un territoire personnel.

Carole regarda par-dessus son épaule.

– Il y a quelqu'un pour toi.

Chris Phillips attendait au salon. Son visage était pâle et les cernes sous ses yeux très sombres.

– Carole dit qu'on pourra se parler ici.

– Se parler ?

– Je vais préparer du café, dit Carole, en s'éclipsant vers la cuisine.

Rachel resta dans l'encadrement de la porte, sans se décider à entrer tout de suite.

– J'ai le chien dans la voiture, dit Chris Phillips.

Quatre mesures d'intro à la trompette bouchée, soutenues par des accords effleurés sur le piano ; la même phrase qui se répète, renversée, la dernière note s'estompant dans la caresse de la brosse métallique sur la caisse claire. Alors, la voix de Billie enchaîne.

I need your love so badly

Le dernier mot se brise dans son phrasé et la première spirale glacée du saxophone dont les notes blanches, acidulées, s'enroulent autour d'elle sans jamais la toucher.

I love you oh so madly

Elle avait dix ans lorsque son beau-père abusa d'elle, et n'était pas beaucoup plus vieille lorsqu'elle quitta la maison pour aller vendre son corps dans la rue. On est en 1954, et elle n'emmènera pas sa quarantaine bien loin. Elle mourra sur un lit d'hôpital avec, pour seule compagnie, un policier qui monte la garde et, attaché à sa jambe malade, l'argent de son prochain fixe d'héroïne.

But I don't stand
A ghost of a chance with you

23

Tant pis pour les apparences. On avait promené des photos de Mary Sheppard et Shirley Peters dans tous les clubs, pubs et restaurants situés dans un rayon de deux kilomètres du centre-ville. On avait également vérifié auprès du personnel des cinémas et des théâtres. Un placeur de théâtre, trois barmen, un DJ du *Madison's* et l'ouvreuse en chef de l'*Odeon* se souvenaient avec certitude avoir vu Mary Sheppard la nuit où elle avait été assassinée. Sûrs et certains. Bien sûr, il faisait noir, il y avait foule, les gens se marchaient sur les pieds. Après un entretien plus poussé, deux des barmen et la femme du cinéma refusaient d'en démordre. D'après eux, elle était acompagnée alternativement par un grand type avec des cheveux longs et un blouson noir, par un homme de taille moyenne, dégarni, en veste grise et blue-jean ou encore par un homme sensiblement plus vieux, avec l'accent d'ici et une barbe.

Personne ne se souvint avoir vu Shirley Peters le soir de sa mort, après qu'elle eut quitté son domicile, sinon le chauffeur du taxi qui disait l'avoir déposée au nord de Market Square, devant le *Pizzaland.* D'après le personnel en service à la pizzeria ce soir-là, elle n'avait pas dîné ici. Ils avaient été suffisamment formels pour convaincre les policiers. Plusieurs avaient reconnu Shirley sur la photo, mais aucun ne se souvenait l'avoir aperçue à la date en question.

Avec qui venait-elle?

– Une fille parmi d'autres filles. Vous savez ce que c'est.

– Jamais vue avec un homme?

– Un homme? Pas un homme, des hommes. Rien de mal à ça, mais ça ne semblait jamais être le même. Normal. Elle était mignonne comme un cœur. Elle avait le droit de s'amuser.

L'un de ceux qui avaient répondu affirmativement lorsqu'on leur avait montré la photo de Shirley Peters se trouvait être Warren. Resnick fit un saut à la salle de gym et le trouva en train de cogner dans un sac.

– On s'entraîne pour le championnat? demanda-t-il.

– C'est bon pour les poires, répondit Warren en tournant vers Resnick un visage couvert de sueur.

– Je me disais que peut-être votre copain le magicien des arcades sourcilières avait réussi à vous convaincre. Il a l'air de penser que vous feriez des étincelles sur un ring.

– Il rêve peut-être de me recoudre, mais, moi, ça m'emballe pas du tout, dit-il en jouant des épaules pour étirer les muscles de son dos. Ne me dites pas que vous êtes encore sur le carnet de bal de Macliesh?

Resnick secoua la tête.

– Shirley Peters.

– Shirley?

– Vous l'avez identifiée.

– Exact, finit par dire Warren après réflexion, tout en s'épongeant le front avec une serviette. Elle est venue de temps en temps dans les boîtes où je travaille. Enfin, je veux dire assez souvent pour que je puisse la resituer, mais rien de plus. Je ne savais pas son nom ni quoi que ce soit sur elle.

– Ni avec qui elle venait?

Warren passa la serviette autour de ses épaules et secoua la tête.

– Je ne crois pas qu'elle soit venue avec un type en particulier. Enfin, je ne me rappelle pas.

Il essuya la sueur qui dégoulinait sur ses cuisses.

– Et vous saviez qu'elle était amie avec Grace Kelley?

Warren ne parut pas comprendre.

« Elle habite Londres. Elle était montée pour voir Shirley, mais elle est arrivée trop tard. Ce qui ne l'a pas empêchée de profiter de l'hospitalité d'une de nos relations communes. »

– Georgie Despard? risqua Warren avec un sourire.

– Lui-même.

– Le monde est petit.

Resnick acquiesça.

– Merci pour le dérangement.

– Quand vous voulez, dit Warren, en désignant les différents instrument installés dans la salle. Et si l'envie vous prend de venir faire une petite heure d'exercice...

– Merci, j'y penserai, dit Resnick en tournant les talons, avant de s'arrêter net. Dites, pendant que j'y pense. Geoff Sloman ça ne vous dirait rien, des fois qu'une coïncidence en appelle une autre?...

Warren chercha un instant avant de répondre par la négative.

« Il a fait du catch, ça fait déjà quelque temps. Les Oblivion Brothers. »

– Il était les deux à lui tout seul?

Resnick sourit.

– Il aurait eu le gabarit pour.

– C'est pas trop le genre d'ici, dit-il, mais je sonderai à droite à gauche, à l'occasion. Vous pensez qu'il aurait pu avoir une prise brutale, genre coup interdit?

– Pas vraiment, mais si vous entendez quelque chose...

– Je vous passe un coup de fil.

On continuait à passer en revue tous ceux et celles qui avaient envoyé une annonce à la rubrique du journal local et ça n'allait pas sans occasionner de petites contrariétés. Quelques amants latins et infatigables étaient encore à l'âge des culottes courtes; la secrétaire de l'Union des mères de famille gardait dans sa bible les photos envoyées en réponse à « Rousse sexy cherche chaud lapin pour ranimer la flamme »; quelques maris se trouvaient fort marris à l'idée que leur épouse apprenne que, et inversement; un couple s'était rendu compte que chacun des deux partenaires avait fait passer une annonce publiée le même jour. Processus lent, mais méthodique.

Petit à petit, les hommes ayant répondu aux annonces étaient identifiés et interrogés. Mais Skelton et son équipe commençaient à sentir la situation leur échapper. Il leur fallait quelque chose de plus solide, un élément susceptible de donner enfin une orientation définitive à l'enquête. Le double rendez-vous organisé par Shirley Peters leur avait paru être cet élément, mais l'embellie avait été de courte durée. C'était d'autant plus rageant que l'ex-lutteur faisait un suspect idéal.

– J'ai relu le rapport concernant Sloman, Charlie, dit Skelton. Vous n'avez pas l'impression d'avoir abandonné un peu trop vite?

– On garde un œil sur lui, monsieur.

– Alors qu'on l'avait sous la main, à pied d'œuvre. De son plein gré. Pas de garde à vue, pas d'avocat, juste une petite conversation amicale avant de le remercier et de le reconduire à la porte.

– On n'avait aucune charge. J'ai préféré laisser filer.

– Et vous ne pensez pas qu'un interrogatoire plus intensif aurait donné de meilleurs résultats?

– Je ne pense pas que si j'avais été à la place de Millington ou si j'étais repassé derrière lui cela nous aurait emmené beaucoup plus loin.

– Vous vouliez éviter un second Macliesh?

– C'est pas seulement ça.
– Quoi d'autre?
Resnick eut un léger haussement d'épaules.
– J'ai senti qu'on faisait fausse route.
– A ce rythme-là, Charlie, vous finirez par lire dans le marc de café.
– Si vous souhaitez qu'on l'entende une seconde fois, monsieur, il n'y a aucune difficulté...
– Non, pour ma part, je vous fais confiance, mais votre sergent est d'un autre avis.
– Millington? Il vous en a parlé? Je veux dire, directement?
Skelton mit les mains en avant pour prévenir tout malentendu.
– Il n'a rien fait dans votre dos, Charlie, non, rien de tel. Simplement un mot échangé dans le couloir, en passant. Une question de ma part, une remarque de la sienne. S'il y avait eu davantage, vous pensez bien que j'aurais demandé un rapport par la voie hiérarchique.
– Bien sûr, monsieur.
– Millington n'a pas précisément inventé l'eau tiède, mais ce n'est pas un mauvais flic.
Resnick acquiesça.
« Je pense comme nous tous, Charlie. J'espère malgré tout que nous ne serons pas contraints de déclencher la phase deux du plan. »

– Messieurs, la phase deux du plan va entraîner un élargissement du cadre de l'enquête.
– Et assez de paperasse perforée pour coller des ulcères à tout un régiment, grinça Colin Rich, du fond de la salle.
– Dans un premier temps, cela signifie étendre nos recherches aux agences matrimoniales et aux clubs de rencontres, pour commencer dans les limites de la ville, et si nécessaire à l'échelle du comté. Les agences de dimension nationale possèdent des fichiers informatisés qui seront mis à notre disposition sur présentation d'une commission rogatoire.

Skelton fit une pause pour dégager avec sa langue quelque chose coincé entre ses dents.

– Je n'imaginais pas qu'on puisse voir autant de pays à partir de trois poils de cul, fit Rich.

– Tu sais, répondit Resnick, avec la chirurgie moderne, on pourrait te remonter le cerveau au-dessus de la braguette.

– Dans un deuxième temps, reprit Skelton, nous orienterons nos recherches du côté des magazines spécialisés. Il en existe un certain nombre qu'on peut se procurer facilement en ville, des publications entièrement consacrées à ceux et celles qui recherchent un partenaire sexuel aux magazines féminins comportant le genre de rubrique qui nous intéresse, et qui sont disponibles dans tous les kiosques.

– Peut-être que Patel pourra nous avoir des prix, ricana Rich.

– Inutile de vous dire, messieurs, conclut Skelton, la difficulté de la tâche si nous sommes contraints d'aller jusque-là. Ni l'importance du travail rigoureux, méthodique et précis que l'on demandera à vos équipes respectives.

Dehors, le bleu pâle du ciel était strié de nuages transparents et rectilignes. Le givre du matin recouvrant toits et jardins avait à peine disparu et il ne restait plus guère de deux heures avant que la lumière ne commence à décliner. Lynn Kellogg songea à son père en train de s'affairer le long de ses poulaillers en carton-pâte, son éternel mégot éteint entre les lèvres ; à la voix de sa mère fredonnant approximativement des bribes de différentes vieilleries comme *Oh, Bela Margareta, Shrimpboats are a-coming* ou *Buttermilk Sky* ; au pain en train de lever ; à la soupe qui chauffait ; à l'odeur du savon et à celle des poulets.

Elle prit du thé, un sandwich fromage et oignons, et se dirigea vers la table qu'occupait Kevin Naylor, occupé à consigner des opérations dans son carnet noir après ses œufs au plat-frites.

– Je peux?

– Bien sûr, assieds-toi, dit-il, en poussant son assiette vers le bout de la table avant de ranger son carnet et son bic.

Lynn avait eu le temps d'apercevoir deux colonnes de chiffres écrits petit.

– Tu arrives à joindre les deux bouts?

Naylor secoua la tête.

– Ce matin, en venant, j'écoutais la radio dans la voiture et il y avait une bonne femme du Collège royal d'infirmières qui se plaignait de la maigreur de leurs salaires par rapport à ceux de la police.

– Qu'est-ce que tu racontes?

– J'en ai ras le bol d'entendre ça.

– Sûrement pas autant que les infirmières.

– Quand même. C'est pas une raison pour essayer de faire croire qu'on gagne des fortunes.

– On gagne plus qu'elles. Près du double.

– C'est un autre problème, dit-il en regardant autour de lui, de crainte d'avoir parlé trop fort. Debbie dit qu'à force de dire des trucs comme ça à longueur de temps, les gens vont finir par croire qu'on est surpayés, alors qu'en fait ce sont les infirmières qui sont sous-payées.

– C'est vrai, admit Lynn. Tout ce qu'on gagne à râper le fromage avant de le mettre dans les sandwichs, c'est d'en renverser partout.

– Pourquoi on s'en prend pas à ces mecs de la City plutôt qu'à nous?...

– Ne dramatise pas non plus, personne ne s'en prend à nous.

– ... Ces yuppies qui se font 60 000 livres par an.

– Nous avons un salaire décent et ça devrait être pareil pour les autres.

– Il y a un an, je ne savais même pas ce que c'était qu'un yuppie. Tu savais, toi?

Lynn salua quelqu'un à l'autre bout de la salle, songeant qu'en temps ordinaire c'était la croix et la bannière pour tirer trois mots à Kevin Naylor, pendant qu'il était à table.

« En tout cas, dit-il, mon salaire, je le vois plus passer depuis qu'on a la maison... »

– Pourtant, vous en avez deux?

Naylor marmonna quelque chose d'inaudible.

« Vacances d'été, sports d'hiver en Italie. Ou plutôt en Autriche, non? Je ne sais plus. »

– C'était une idée de Debbie, moi je n'y suis pour rien.

– Enfin, vous avez quand même réussi à vous les offrir.

– On avait encore les moyens, à l'époque.

– Qu'est-ce que tu veux dire?

– Que maintenant, on va plus pouvoir.

– Pourquoi? Elle a des problèmes, à son boulot? Ils ne vont pas la licencier, au moins?

– Non, c'est autre chose, dit-il le regard fuyant.

– Vous vous êtes disputés? Vous voulez divorcer ou...?

Lynn s'interrompit, songeant à autre chose, et lui prit le bras.

« Elle est enceinte, hein? C'est ça? »

Il leva des yeux paniqués.

– C'est ça, crie plus fort! dit-il à mi-voix.

– Et pourquoi pas? Tu n'es pas heureux? Tu devrais sauter de joie. Tu sais depuis quand?

– Ben, seulement depuis... En fait, on pensait, enfin elle pensait que... tu vois? mais on est sûr seulement depuis quelques jours.

– C'est formidable! Je suis vraiment contente pour toi, pour vous deux. Debbie doit être aux anges, hein?

– Malade...

– Hein?

– Ma-lade! Tous les matins. Quatre heures et demie et hop, direction la salle de bains, elle va rendre...

– Ça va passer.

– Ben, j'espère, parce que sinon...

– Kevin, on dirait que c'est toi qui dégueule tous les matins...

– Des fois, je préférerais que ce soit moi.

– Oh, écoute! A t'entendre on dirait qu'elle est en phase terminale de je ne sais quelle maladie. Mais elle va seulement avoir un bébé.

– Parle pas si fort!

– Ça me dépasse, dit Lynn dans un éclat de rire. Tu devrais être fier comme un paon, au contraire! Le dire à tout le monde, l'écrire sur les murs! Enfin, moi si ça m'arrivait...

– On voit que c'est pas toi qui vient de faire les comptes pour le budget de l'an prochain.

– Eh non! Je ne me prends pas non plus la tête avec le taux de radioactivité, le retour à l'ère glaciaire ou à l'idée qu'un autobus m'écrase en sortant d'ici.

– Je suppose que c'est toi qui as raison. Mais c'est seulement qu'on commençait juste à retomber sur nos pieds, à remettre un peu d'argent de côté et...

– Kevin, Kevin! fit Lynn en secouant la tête.

– Qu'est-ce que j'ai dit, encore?

– Tu t'entends pas? On dirait mes parents quand j'étais gamine. Toujours à économiser le moindre penny. Les grosses pièces dans une boîte à chaussures sous le lit, pour les cas d'urgence, et les petites dans un vieux pot à confiture, pour Noël. En commençant à le remplir le jour du Nouvel An, tu auras assez pour les cadeaux et une bonne bouteille de brandy.

Il la regarda avec un sérieux imperturbable.

– Je ne vois pas ce qu'il y a de mal à ça.

Lynn sourit tristement et se leva.

– J'ai quelqu'un à voir à l'Université.

– Faut aussi que j'y aille.

– Transmets mes félicitations à Debbie.

– Promis. Seulement, Lynn...

– Hum?

– Évite que ça se sache. Tu comprends, si Divine l'apprend, tu imagines les conneries qu'il...

Rapidement, elle se pencha vers lui.

– Tout le monde se fout des commentaires de Mark Divine et du bruit d'évier que fait sa tête quand elle remue. Si vraiment tu laisses des guides spirituels de ce genre-là conduire ta vie à ta place ce qui doit arriver arrivera : tu vas baisser dans mon estime.

Dans un coin du bureau des enquêteurs, Patel tapait ses rapports sur les personnes interrogées par ses soins dans la journée : un épicier qui cherchait à se consoler d'avoir sept enfants qui n'écoutaient pas tous le même genre de musique mais le faisaient simultanément ; un réfugié colombien qui voulait combiner sorties au cinéma et cours de langues ; un expert-comptable qui songeait sérieusement, après trois erreurs successives de l'ordinateur, à traîner l'agence où il était devant les tribunaux.

Deux autres tenaient conférence un peu plus loin, leurs carnets en main, entourés de téléphones, qui sonnaient alternativement.

Lynn Kellogg traversa la pièce d'un pas décidé jusqu'au bureau de Mark Divine, près de la fenêtre, et décrocha le calendrier où s'étalaient maintenant les rondeurs de Miss Novembre. Elle le déchira en deux et le jeta dans la première corbeille avec une satisfaction manifeste.

Lorsqu'elle retraversa la pièce pour sortir, même les téléphones ne bronchèrent pas.

La route étroite qui traversait le campus n'était que côtes, virages à angle droit et rampes. Après avoir perdu cinq minutes à chercher une place, elle finit par laisser sa voiture sur l'herbe, près du lac, et grimpa les marches de pierre jusqu'à l'entrée la plus proche.

Derrière un bureau grillagé, un portier en uniforme parlait dans un talkie-walkie.

– Le professeur Doria, s'il vous plaît, dit-elle.

Des bribes de phrases perçaient entre un orage de crachotements et de parasites.

– Saloperie de machin.
– J'ai rendez-vous avec le professeur Doria.
– F'rait mieux d' nous donner carrément des tam-tams, on perdrait moins d' temps!
– Je dois le voir à trois heures et quart.
– Pour une interview, hein?
– Si on veut.
– On voit d' plus en plus d'étudiants d'âge mûr, par ici. J' mentirai si j' disais que j' sais pourquoi, vu qu' plus on vieillit, moins on a besoin d'aller à l'école, théoriquement.

Lynn chercha en vain une trace d'humour dans la physionomie du garde. Le type n'avait pas dit ça pour plaisanter.

« Prochain bâtiment, dit l'appariteur, tournez à droite, traversez le parking, ensuite il y a une porte sur votre gauche vous la prenez et puis vous demandez à mon collègue ».

Lynn prit son temps et finit par trouver un long corridor désert et une porte où se trouvait inscrit, en lettres blanches sur le verre dépoli, le nom qu'elle cherchait : « Professeur W.J. Doria ». Elle frappa et attendit un instant, l'oreille aux aguets. Elle s'apprêtait à frapper de nouveau lorsque la porte s'ouvrit en grand sur une masse de cheveux noirs, un nez droit, et deux bras gesticulant pour l'inviter à entrer.

– Professeur Doria?

Dehors, l'horloge du campus fit entendre une note unique sonnant le quart.

24

Rachel n'avait pas rappelé et les jours passaient. Resnick avait cherché une ou deux fois le numéro du Service social, mais sans aller plus loin. Le DCI s'était intéressé au cas d'un charcutier de Gedling, au casier émaillé de menus larcins et deux vols aggravés. Son passage à la brigade pour interrogatoire lui avait valu les honneurs du journal local avec photo et, une fois remis en liberté, la vindicte d'une poignée de femmes entre deux âges qui s'en étaient prises à lui dans la rue. Suzanne Olds n'avait pas tardé à venir à la rescousse et il avait été question de poursuites pour arrestation arbitraire et harcèlement. L'estomac de Pepper s'était mis à gonfler comme un ballon et Resnick avait dû l'emmener d'urgence chez le vétérinaire. Debbie avait cessé d'aller rendre tous les matins à 4 h 30. Derrière le dos de Lynn, Mark Divine multipliait les qualificatifs, dans un registre particulièrement vicelard et ordurier mais, en sa présence, se limitait à un ronchonnement rageur et pas toujours compréhensible. Graham Millington était retourné au magasin de disques pour parler à Geoff Sloman et n'en avait rapporté qu'un 45 tours de Sandie Shaw qu'il avait dû écouter une fois et oublié aussitôt. Jack Skelton se levait à présent à quatre heures de manière à pouvoir courir huit kilomètres avant de se rendre au bureau, mais cela ne semblait pas l'ennuyer plus que ça.

Lynn ne savait pas au juste ce qui l'avait poussée à se rendre à la salle de l'ordinateur pour fouiller dans la paperasse. Cela la travaillait depuis des jours, d'avoir attendu si longtemps. Elle avait du mal à se concentrer sur son travail et sa tête était pleine d'images de bébés, qui flottaient spontanément, sans efforts dans son esprit.

Ce n'était pas difficile à comprendre.

La conversation avec Kevin Naylor, cette réticence qu'il avait montrée, aussi bien à accepter qu'à fêter l'événement. *Tu devrais être fier comme un paon, au contraire! Le dire à tout le monde, l'écrire sur les murs! Enfin, moi, si ça m'arrivait...* De caractère ordinairement taciturne, Kevin Naylor était la bande des Monty Pythons à lui tout seul en comparaison de son petit copain Dennis. Dennis était dans la vie quotidienne à peu près aussi liant et enjoué que l'Homme au Masque de Fer. La dernière fois qu'ils avaient fait l'amour remontait bien à cinq semaines, juste après *East Enders*, et avant qu'il ne prenne la route pour aller assister à une réunion amicale du Club de sauvegarde du balbuzard pêcheur, dans l'arrière-salle d'un pub de la région. Car il n'y avait pas que le cyclisme dans la vie de Dennis. Il y avait aussi l'ornithologie.

Bien qu'elle déteste la vieille blague de la femme officier qui était le vélo de la caserne, Lynn se disait parfois que la seule façon d'exciter vraiment Dennis eût été qu'elle s'harnache d'un guidon de course et d'une paire de cale-pieds.

– As-tu jamais pensé à avoir des enfants? Nous deux. Ensemble, avait-elle demandé à mi-voix.

Mais il dormait. Sans doute en train de rêver qu'il apercevait un lagopède muet passer dans le ciel tandis qu'il gagnait la dernière étape du Tour de France.

– Monsieur?

Elle avait frappé doucement avant de passer la tête à l'intérieur. Resnick leva les yeux du rapport qu'il relisait pour la troisième fois sans déboucher sur rien. Il y en avait une flopée d'autres éparpillés sur le bureau. La situation était dans sa phase kafkaïenne et le personnel chargé de vérifier les chapelets de données qui sortaient de l'ordinateur commençait à être dépassé par les événements.

« Vous auriez une minute? »

Resnick lui fit un grand sourire et sortit un pot de café soluble du dernier tiroir de son bureau.

– Ça peut se négocier si vous trouvez de l'eau chaude.

– Très faisable.

– Alors on voit ça devant un petit café?

Lynn sourit à son tour, rosissant légèrement.

Plus d'une fois, elle avait regardé les pots de Nescafé Cap Colombie sur l'étagère du rayon, à *Tesco's*, mais sans jamais en mettre un dans son caddie. Le prix était du genre à donner des palpitations à Kevin et Debbie Naylor. Elle lui trouva cependant plus d'arôme qu'à la plupart des cafés solubles qu'elle buvait d'habitude. C'était l'un des domaines où l'on pouvait faire une confiance totale à Resnick. Il aurait sûrement été l'élégance personnifiée s'il avait accordé la même attention à sa tenue vestimentaire qu'à son estomac. Mais bon!

– C'est un de ceux que j'ai interrogés, dit-elle en poussant vers lui la feuille de listing. Je ne serais pas vraiment capable de vous expliquer pourquoi, mais ça n'a pas cessé de me travailler depuis. C'est d'autant plus idiot qu'il n'y a sûrement rien là-dessous, à part du temps à perdre, mais...

Resnick déplia le document.

– Les flics qui me font vraiment perdre du temps sont justement ceux qui n'écoutent jamais leur instinct, ni leurs intuitions. Un peu comme un demi-aile qui passe bêtement le ballon sans jamais taper dedans, ni faire attention au jeu. Incapable d'anticiper ni de prendre la moindre initiative. Vous voyez?

Lynn Kellogg voyait. Très vaguement.

« On ne dit plus demi-aile, d'ailleurs, maintenant, ajouta Resnick. »

Lynn acquiesça sans trop de conviction.

Il parcourut la feuille silencieusement et aussi attentivement que possible, revint sur un passage puis leva les yeux vers Lynn :

– Alors, parlez-moi un peu de ce professeur Doria.

– Il enseigne à l'Université depuis neuf ans, et, avant, il était à Hull. Il y a trois ans, il a obtenu – elle marqua un temps pour rechercher les termes exacts – la chaire de linguistique et de théorie critique. Il...

Elle s'interrompit en voyant Resnick secouer gentiment la tête.

– Voyons, Lynn. Parlez-moi de *lui*, sans me réciter

ce que je peux trouver dans le bulletin de l'Université ou dans le *Who's Who*. J'imagine que ce n'est pas son pédigree ou sa chaire en linguistique qui vous font relever la nuit?

Elle serra la tasse entre ses mains, cherchant les mots pour formuler ce qui, justement, la faisait se relever la nuit.

– Je crois que, pour une part, il y a son attitude, à la fois une gentillesse excessive et marquant les distances. Par exemple, il m'a proposé un siège et ensuite, pendant un bon moment, il n'a pas arrêté de me demander si j'étais à mon aise, si je n'avais pas froid, l'air très inquiet à l'idée que je sois exposée aux courants d'air. Il se comportait comme un de ces grands universitaires – enfin, je ne les avais vus qu'à la télé – qui vivent à Oxford ou Cambridge, dans des pièces ressemblant à des bibliothèques géantes.

– Sandales, bouteille de sherry et bouquin de Wittgenstein ouvert négligemment sur un fauteuil? fit Resnick.

– Et en même temps, pas une seconde il ne m'a donné l'impression de prendre tout ça au sérieux.

– Et le sherry?

– Sur son bureau.

– Doux ou sec?

Lynn sourit et secoua la tête.

– Je ne sais pas, monsieur, je n'y ai pas goûté.

– Mais lui, oui?

– Il m'a dit qu'il en buvait un – le terme qu'il a utilisé est « prenait » – qu'il en prenait un chaque jour à quatre heures de l'après-midi. Que cela faisait partie intégrante de son rituel quotidien.

– Il était quatre heures?

Lynn secoua à nouveau la tête.

– Il a dit qu'en l'honneur de ma visite, de la visite d'un membre du CID, il ferait une exception. Vous voyez? ça a été ce numéro-là d'un bout à l'autre.

– Jusqu'ici, ça me semble un peu léger pour éveiller

les soupçons. Dans son milieu, la politesse, les bonnes manières sont des choses qui comptent.

– Pour ça, il a été poli. Et extrêmement serviable. Il a reconnu répondre de temps à autre à des annonces de la rubrique « Cœurs Solitaires », confirmé la liste de noms et il en a même rajouté un qui nous avait échappé.

– Vous l'avez vérifié?

– C'est dans la machine, oui. Je ne sais pas si cela nous mènera à quelque chose.

Resnick vida sa tasse.

– Bon. Onctueux à l'excès, académique. Ses manières ne vous reviennent pas plus que ça, mais ce n'est pas tout, Lynn, hein? Il y a autre chose?

Elle baissa les yeux et constata que le lacet de la chaussure gauche de Resnick était défait. Elle réprima une irrésistible envie de s'accroupir pour le refaire.

– Sans revenir à ce que j'ai dit, j'ai trouvé qu'il y avait quelque chose qui sonnait faux dans tout son cinéma. Mais je le sentais aussi comme excité.

– Excité?

– Ce n'est pas tout à fait le mot qui convient, mais c'est le seul qui me vienne à l'esprit pour décrire son attitude.

– Et par quoi?

– Par... Elle détourna la tête un instant, regardant vers la porte, puis se tourna à nouveau vers Resnick. Par ma présence.

– Il doit souvent recevoir des jeunes femmes dans son bureau, en tant que directeur d'études.

– Il y avait quelque chose d'autre.

– Mais ça n'exclut pas qu'il y ait ça aussi, insista Resnick, semblant tenir à son idée.

– Oui, bien sûr, mais ce que j'entends par autre chose, c'est la raison de ma présence.

– L'enquête?

– Je crois, oui. Je pense que c'était ça.

– Il semblait s'intéresser à l'enquête?

Lynn mordit légèrement le milieu de sa lèvre inférieure.

– Oui. Et, peut-être que ça va vous paraître délirant, au fait que je sois dans la police.

– Femme flic.

– Oui.

– C'est ce qui l'excitait?

Lynn soupira.

– Il donnait l'impression d'avoir comme un petit phantasme du côté des menottes et des uniformes.

– Vous n'en portiez pas?

– Non.

– Et j'imagine que vous ne l'avez pas laissé jouer avec vos menottes?

Elle rit.

– Non.

Resnick baissa un instant les yeux sur la feuille, puis regarda Lynn.

– Continuez.

– Pendant tout le temps où il a parlé, pour me raconter ce que je voulais savoir et même ce qui ne m'intéressait pas, il faisait de longues phrases pompeuses avec des mots que je ne comprenais pas toujours, et on aurait dit qu'il se trouvait en même temps à un autre endroit de la pièce, en train de s'écouter parler et de trouver très intelligent ce qu'il disait.

– En pâmoison devant lui-même?

– Oui, monsieur, et...

– Et?

– J'étais en train de prendre des notes, mon bloc sur les genoux et, une ou deux fois, j'ai levé les yeux vers lui quand il ne s'y attendait pas et... cette façon qu'il avait de me regarder. J'ai eu la sensation que ses yeux m'observaient, comme dissimulés derrière quelque chose...

Elle lança un regard inquiet, troublé à Resnick.

« ... Comme derrière un masque », dit-elle.

– On se raccroche à des fils de plus en plus minces, fit remarquer Tom Parker.

– Vous avez une vocation d'acrobate, Charlie? s'enquit Skelton?

– On n'a pas un choix très étendu, dit Resnick.

– C'est aussi mon avis, dit Parker.

– Vous rassemblez des éléments sur lui? demanda Skelton.

Resnick hocha la tête.

– Vous ne craignez pas que la demoiselle se soit laissée emporter par sa subjectivité? demanda Parker.

Tous trois marchaient côte à côte dans la forêt, respirant l'air pur et frais, emmitouflés dans leurs pardessus. Resnick portait une écharpe bleue nouée autour du cou et gardait les mains bien au fond de ses poches. Jack Skelton et Tom Parker étaient tous deux coiffés de feutres. Ils croisèrent deux gamins, qui auraient dû être à l'école, en train de jouer à cache-cache derrière les arbres et, un peu plus loin, un homme entre deux âges dont le cerf-volant essuyait un vent contraire qui le ramenait inéluctablement vers le sol. Un flot continu de véhicules circulait dans les deux sens sur le boulevard.

– C'est une femme, dit Resnick. Une femme intelligente et qui n'est pas née de la dernière pluie. Elle n'est pas du genre à se laisser impressionner par des effets de manches.

– Il était en robe? demanda Parker, surpris.

– Non, je ne crois pas.

– Ce qui paraît curieux, risqua Skelton cinquante mètres plus loin, c'est qu'un type comme ça aille chercher fortune dans les petites annonces, alors que, sans parler du personnel, l'endroit où il évolue regorge de jeunes femmes et même de jeunes filles. Les liaisons de ce genre ne sont plus entachées, aujourd'hui, d'immoralité ni montrées du doigt.

Resnick considéra le superintendant avec étonnement, essayant d'imaginer sa réaction si sa fille débarquait un beau matin pour lui annoncer qu'elle couche avec son directeur de thèse.

– C'est peut-être justement le problème, suggéra Parker. Il préfère chasser hors de son territoire.

Tout cela n'enchantait guère Skelton.

– En tout cas, c'est plutôt maigre. Rien qui justifie vraiment une enquête, ou même des soupçons.

– Tout ce que je demande, monsieur, c'est la permission d'explorer une hypothèse.

– Charlie, on est submergé par la paperasse.

– Je ne parle pas de mettre toute une équipe dessus, plaida Resnick.

– Cela va sans dire, fit Parker.

– Vous êtes quand même un cas quand il s'agit d'intuitions, dit Skelton, même lorsque ce ne sont pas les vôtres.

– Elle a l'étoffe d'un bon flic, répondit Resnick. Je crois qu'elle mérite une chance sur ce coup-là.

– Alors seulement deux officiers, finit par dire Skelton. On ne peut pas se permettre davantage.

– Oui, monsieur.

– Et à la minute où vous déboucherez dans une impasse, dit Parker, on abandonne. D'accord comme ça, Charlie?

– D'accord comme ça...

Ils regagnaient le poste quand les premiers flocons commencèrent à tomber sur leurs épaules. Parker rentra le premier.

– En dehors du rapport que vous a fait Kellogg, dit Skelton, j'ai l'impression que quelque chose vous préoccupe, Charlie. Je me trompe?

– Pas exactement, monsieur.

Skelton resta là, sans faire attention à la neige qui tombait et attendit.

« Il y a un des noms sur la liste, finit par dire Resnick. Une des femmes rencontrée par notre universitaire. Il se trouve que je la connais. »

25

La bannière rouge et blanche du drapeau polonais ornait la fenêtre du porche, face au chemin pavé. La maison, féerie victorienne toute en arches et en tourelles, se dressait un peu en retrait de la rue, derrière quelques massifs d'arbustes et quelques rosiers taillés presque jusqu'aux racines. A gauche du porche, trois petites fenêtres étroites en verre teinté alignaient à la verticale leurs dominantes vertes et bleues, tandis qu'un large vitrail placé en imposte représentant l'Annonciation dominait la lourde porte en bois vermoulu. L'intérieur de la maison était dissimulé aux regards indiscrets par des rideaux en dentelle riche et jaunissante.

Resnick pressa le bouton blanc et entendit un écho musical assourdi et lointain.

Il n'avait pas dû revoir Marian Witczak depuis au moins deux ans. Du temps de son mariage, la femme de Resnick avait manifesté un engouement passager pour les soirées dansantes qu'organisait la communauté polonaise, le samedi soir. De son côté, il ne lui restait qu'à rejoindre le petit cercle des hommes, à proximité du bar, ou bien grignoter jambon fumé et *pirochki*, en évitant le regard des matrones de la paroisse qui tentaient désespérément de caser leurs inmariables filles. Depuis, les temps avaient changé, et ces soirées dansantes ne se distinguaient pas de celles organisées par la British Legion et autres fleurons de la vie associative.

Une clé tourna dans la serrure, puis deux verrous, en haut et en bas, enfin, il entendit cliqueter la chaîne de l'entrebâilleur. Marian le reconnut avec une surprise teintée d'émotion, puis de plaisir.

– J'attendais un commissaire-priseur, dit-elle, mais, non, c'est bien toi...

Resnick sourit, lui aussi un peu ému. Marian et lui avaient le même âge, à quelques mois près, mais pourtant, face à elle, il se sentait comme le petit garçon qui se présente à la porte, la casquette à la main, pour balayer les feuilles ou battre les tapis.

– Je ne lis jamais les journaux, tu le sais, mais j'ai quand même vu ta photo. Tu descends toujours le même escalier, Charlie, après avoir envoyé derrière les barreaux un sombre criminel de plus. Avec toujours la même expression de tristesse et de colère sur ton visage...

– Je n'aime pas tellement être pris en photo.

– Et ce métier que tu fais ? Tu aimes ce métier ?

– Je me souviens que tu préparais du bon café, Marian.

– C'est la raison de ta visite impromptue ?

Resnick sourit et remua négativement la tête.

– Non.

– Bien sûr, dit-elle. J'aurais dû reconnaître cette façon de frapper à la porte.

– Marian, dit Resnick. Nous sommes en Angleterre, un matin de novembre et je n'appartiens pas à la Gestapo.

– Ah, oui, dit-elle, en s'effaçant pour le laisser entrer. La manière anglaise. Qu'est-ce que c'est ? *Ici, Brigade criminelle ?*

– C'était il y a bien longtemps, ça.

– Oui, dit-elle, en refermant la porte. Une autre époque. Aujourd'hui, vous êtes armés.

Resnick tourna la tête vers elle.

– Marian, je crains bien que nous ayons toujours été armés.

La cheminée en marbre noir, piqué de rose et blanc, avait deux mètres de large et autant de haut. Le foyer était carrelé de tuiles et on y avait installé un radiateur à gaz des années cinquante, chiche et utilitaire. Trois fauteuils et une chaise longue, couverts d'un même brocart sombre, à fleurs, et garnis de têtières en dentelle, entouraient une table basse ornée de fleurs séchées disposées dans un vase en verre. Les murs disparaissaient derrière des bibliothèques en chêne, contenant aussi bien des ouvrages reliés plein-cuir que de vieux livres de poche avec, au-dessus, des photos encadrées : le général Sikorski, le cardinal Wysznski, une villa surplombant les lacs de Mazurie et une famille pique-niquant devant le palais Wilanow.

Resnick n'eut pas besoin de s'approcher du piano, installé au fond de la pièce, pour deviner que la partition ouverte sur le pupitre était du Chopin. Probablement une des polonaises. La seule qu'il connaissait était celle en la bémol majeur.

Marian apporta le café dans un pot en émail, accompagné de petites tasses en porcelaine blanche ainsi que d'un sucrier avec pince en argent. Elle portait une robe droite verte et une paire de chaussures à talons plats assortie. Elle avait tiré ses cheveux en arrière à la hâte, pour les nouer à l'aide d'un ruban blanc. Ses yeux sombres, ses pommettes hautes et seyantes lui faisaient les joues creuses. Elle était néanmoins restée la femme séduisante d'autrefois.

– Après la guerre, dit-elle, une seule chose a changé. Lorsqu'ils faisaient irruption au milieu de la nuit pour nous sortir du lit, ils n'étaient plus allemands.

– Marian, dit Resnick, c'était il y a plus de quarante ans.

– Nous sommes nés il y a juste un peu plus de quarante ans, toi et moi.

– Alors, comment peux-tu prétendre t'en souvenir?

Son regard erra quelques instants sur les photos encadrées qui ornaient les murs.

– Nous savons ces choses, Charles, parce qu'elles sont arrivées à nos familles, à notre peuple, dit-elle, lui souriant avec indulgence. Est-il important que ce soit nos oreilles, nos yeux à nous qui en aient le souvenir?

Resnick détourna les yeux, contemplant le café noir dans sa tasse.

– Oui, dit-il, je crois que ça compte.

– Tes parents auraient dû te baptiser Thomas.

Il ne pouvait pas dire grand-chose. Thomas, le flic apostolique : apportez-moi le corps du délit. Il ne peut y avoir de mort sans cadavre.

Marian sucra son café, à deux reprises à l'aide d'une cuillère en argent.

« Mais ta famille avait déjà émigré vers ce pays, et toi, Charles, tu t'es intégré à la perfection », poursuivit-elle en posant délicatement la soucoupe et la tasse dans la paume de sa main, avant de tourner avec la cuillère. « Tu ne vas plus à la messe, tu ne communies plus. Tu ne fréquentes plus la communauté et tu ne viens plus aux danses. Tu n'as aucune trace d'accent quand tu parles. Il ne te reste plus qu'à changer ton nom. »

Resnick goûta le café, épais et amer. Quelque part dans la maison, une vieille pendule sonna, suivie par d'autres, à quelques secondes d'intervalle.

– Tu ne penses pas à vendre? à déménager?

– Comment pourrais-je?

– Tu disais attendre quelqu'un, un commissaire-priseur.

– Oh, c'est seulement pour une ou deux pièces rien de plus. Les chambres du haut regorgent de choses et ne servent plus beaucoup. Avant, des gens y passaient, restaient quelque temps. Beaucoup de gens. Maintenant... C'est une bien grande maison à tenir et je suis seule, dit-elle, avant de lui lancer un regard intense. Tu sais comment c'est.

Resnick acquiesça.

– La raison de ma visite...

– Je sais.

– Il s'enfonça dans le fauteuil et attendit.

« Comme je t'ai dit, je ne lis pas le journal, mais une amie à moi m'a dit que tu posais des questions sur les gens comme moi qui sont – comment est l'expression, déjà ? – des cœurs solitaires. »

– J'ai vu ton nom sur une liste...

– Une liste ? répéta-t-elle, avec une surprise teintée d'inquiétude.

– Nous avons vérifié auprès de tous ceux qui ont, soit passé, soit répondu à une annonce ; vérifié et contre-vérifié... Je ne voulais pas t'envoyer un étranger.

– Tu es gentil.

– J'ai été surpris...

– Que je fasse une chose comme ça ?

– Que tu cherches ailleurs que dans la communauté.

Son visage se fendit d'un sourire qui rappela à Resnick combien elle pouvait être belle.

– Oh, Charles, tu comprends, je suis trop connue dans ce cercle-là. C'est difficile pour moi de faire connaissance avec un homme. Enfin, un homme qui soit... Elle soutint son regard et insista sur le terme... sans attaches. Très difficile. Nous autres n'avons pas le même mode de vie que dans le monde extérieur. Oh ! bien sûr, il y a des hommes qui m'ont dit des choses dans le dos de leurs femmes. Mais juste des propositions, Charles. Pas des déclarations.

Elle posa sa tasse. Resnick se contenta de l'observer en silence, attendant la suite.

« C'était il y a plus d'un an, je me sentais, peut-être tu connais ça aussi, si seule que j'entendais ma respiration. Pendant trois semaines, je suis restée complètement enfermée dans la maison. Je relisais des piles d'anciennes lettres, mon journal quand j'étais petite, au pays. Je fixais pendant des heures des visages sur les vieilles photos jusqu'à avoir l'impression que c'était mon propre visage. Les cinq derniers jours, je n'ai pas mangé, rien bu d'autre que de l'eau. Je n'entendais même pas la sonnerie du téléphone. »

Elle tendit la main et il la prit, sentant les doigts glacés entre les siens. Comment pouvaient-ils être glacés à ce point?

« Un matin, dans la chambre, j'ai vu un visage dans la glace, un visage qui m'a terrifiée. Avec juste la peau sur les os, et seul le regard encore vivant. Je n'ai pas besoin de te dire quels visages du passé cela m'a rappelé. »

Au bout d'un moment, elle ôta sa main de celle de Resnick et s'enfonça de nouveau à l'intérieur du fauteuil.

« Veux-tu encore un peu de café? »

– S'il te plaît.

Elle lui servit une autre tasse et reprit.

– Cette annonce que j'ai envoyée, je l'ai voulue discrète, sans un seul mensonge. J'ai dit la vérité au sujet de mon âge, sur le genre d'ami que je recherchais – éduqué, un gentleman « raffiné avec aspirations intellectuelles », c'est ce que j'avais mis. Tu n'imagines pas les réponses que j'ai reçues, soupira-t-elle avant de réfléchir un instant. Pourtant il y en a eu une, la seule qui méritait que je réponde à mon tour. Un professeur à l'Université. Doria.

Elle sourit, inclina légèrement son visage dans la lumière de la fenêtre.

« Un homme de la Renaissance. C'est exactement ce qu'il est. »

– Donc, tu l'as rencontré?

– Oui, mais pas immédiatement. Comprends-moi, je ne savais plus très bien ce que j'étais en train de faire. Et je ne savais pas non plus si j'avais envie de le rencontrer, malgré ses lettres si charmantes, si érudites. Je me sentais très vulnérable et je n'en avais pas l'habitude. Alors, pendant un moment, nous nous sommes écrit. Rien de plus.

– Et il s'en contentait?

– Parfaitement.

– Mais finalement, vous vous êtes rencontrés.

– C'était un homme sensible et intelligent. Il

connaissait mes goûts. Un jour il m'écrit qu'il a deux bonnes places pour le concert de l'Orchestre symphonique national polonais, ici, en ville. Chopin, naturellement. Elsner, Lutoslawski. Tous les gens que je connais sont là. Le concert est merveilleux. On jette des fleurs sur la scène, le public applaudit debout, il y a trois rappels. Doria était charmant. Il m'avait apporté un petit bouquet. Il sourit à mes amies, leur dit bonjour. Avec moi, il se comporte comme un homme du monde. Quand nous sommes retournés à nos places, après l'entracte, il m'a pris le bras, pendant quelques instants, et, après le concert, il m'a emmenée souper. Nous avons bu quelques verres de vin. De la vodka! dit-elle, se souvenant, dans un éclat de rire.

– Tu as eu du succès, alors?

– Hum, ça dépend.

– Tu avais trouvé l'homme raffiné que tu cherchais.

– Oh! ça oui.

Marian se leva et fit quelques pas dans la pièce, en direction du piano.

– Tu l'a revu? demanda Resnick.

– Le lendemain et le jour d'après, répondit Marian, le téléphone n'arrêtait pas de sonner. Tous les amis qui m'avait oubliée quand j'étais si seule. Quel homme merveilleux, quel charme! Qui est-il? Où l'as-tu rencontré? Tu en as de la chance, c'est inouï...

Elle se tut et croisa les bras sur sa poitrine, avant de joindre les mains derrière son dos.

« Ce qui est inouï, c'est que, parmi tous ces coups de téléphone, il n'y en a pas eu un seul de lui. Ni de lettre. Seulement une carte, le matin suivant, me remerciant d'avoir été une compagnie agréable, et suggérant que peut-être, nous pourrions retourner au concert, un autre soir. Mais il n'y a pas eu d'autre soir.

Resnick attendit un instant avant de demander.

– Et tu n'as pas eu d'autre contact avec lui depuis?

Marian secoua la tête.

« Et tu n'as pas tenté de le recontacter? »

– Bien sûr que non, dit-elle sèchement.
– Et tu ne comptes pas le faire un jour?
– Non.
– Mais, s'il avait rappelé, tu aurais accepté de le revoir?
– Oui, je crois. Après tout, il était, c'est toi qui l'a dit, l'homme raffiné que je recherchais.
– Et il était vraiment tout cela?
– Que veux-tu dire?
– Ce charme, cette érudition t'ont paru réels?
– Autant que je sache.
– Lui t'a semblé sincère?
– Certainement.
– Quand bien même il ne t'a pas rappelée, cela ne t'a pas fait douter de sa sincérité?
– Charles, il a été honnête avec moi, enfin je crois. Il n'a pas caché que c'était de cette façon qu'il rencontrait les femmes, beaucoup de femmes. Il aimait, m'a-t-il dit l'excitation que procure la première rencontre, apprendre à connaître l'autre de cette façon. Il ne m'a pas dit qu'il recherchait quelque chose de plus sérieux.

Resnick finit par se lever.
– Je te remercie beaucoup, Marian. Pour ce que tu m'as raconté, et aussi pour le café.
– Tu ne le soupçonnes pas... pour ces horribles crimes?
– Non, je ne crois pas.

Elle lui rendit son manteau qu'elle avait accroché dans le vestibule et l'aida à l'enfiler.
– Est-ce que tu l'avais trouvé séduisant?
– Très séduisant, Charles. Et je pense que les autres femmes ont dû aussi le trouver séduisant. Toutes.
– Il est bel homme?
– Il sait écouter; te faire sentir que tu comptes.

Resnick hésitait à demander à Marian s'il s'était ou non passé quelque chose entre eux, s'ils avaient couché ensemble. Elle se tenait là, devant lui, l'observant tandis qu'il nouait son écharpe et mettait ses gants. Il n'osa pas poser la question.

« Charles », dit-elle, lorsqu'il fut sur le perron. « A la fin de la soirée, il a juste pris ma main et l'a embrassée. Si vite que j'ai à peine eu le temps de me rendre compte. C'est tout. »

Resnick acquiesça, se demandant s'il rougissait ou non.

– Au revoir, Marian.

– La prochaine fois, dit-elle, viens seulement pour le café.

Il se retourna avant de franchir le portail pour faire un signe de la main et s'en fut, l'abandonnant sous le drapeau battu par le vent.

26

Rachel avala une gorgée de thé et jura entre ses dents lorsque son toast se brisa dans sa main sous la pression du couteau à beurre. Derrière elle, sur l'étagère, les titres du bulletin d'information de Radio Four s'achevaient sur les prévisions météo, après la bande-annonce de la pièce de l'après-midi. De la salle de bains lui parvenait la fin de Morning Concert sur Radio Three. Dossiers, éphéméride, courrier à poster. Elle ramassa les miettes de toast dans sa main et les jeta à la poubelle.

– Pourquoi n'attends-tu pas une minute ? Tu profiterais de la voiture.

– Merci, Carole, mais, je ne peux pas. J'ai promis de passer voir les enfants Sheppard à la première heure.

– Il n'y a pas de problème, au moins ?

– Non, je ne crois pas, c'est juste histoire de me montrer. Comme ça mamie pourra passer ses nerfs sur moi au lieu de s'en prendre à l'aide-ménagère.

– Tu es là, ce soir?
– Pas sûr, mais je te verrai au bureau, dans la journée.
– J'ai une réunion de travail tout l'après-midi.
– Carole, si on ne se voit pas, je téléphonerai.
– C'est seulement pour savoir combien de lasagnes je prépare.
– Ciao!
La porte claqua légèrement derrière Rachel. La voiture était garée à une trentaine de mètres dans la rue. Elle s'apprêtait à monter à bord lorsqu'elle vit Chris Phillips descendre de la sienne.
Rachel posa son sac sur le toit de sa voiture d'un geste exaspéré et attendit.
– Désolé, dit Chris, mais à quel autre moment est-ce que je peux te trouver?
– Je pensais qu'on avait fait le tour de la question.
– Bon sang, combien de temps on a vécu ensemble? Il y a encore une semaine, on parlait d'aller s'installer ailleurs, d'acheter quelque chose ensemble...
– Tu parlais...
– ... et la semaine suivante...
– *Tu* parlais.
– D'accord, je parlais d'aller s'installer ailleurs, et maintenant, on ne parle plus.
– On a parlé l'autre soir, quand tu as débarqué sans prévenir. Tu as déjà oublié? Nous avons parlé et fait le tour du bloc avec le chien.
– Comment peux...? Tu aimais ce chien.
– J'aime toujours ce chien.
– Tu disais aussi que tu m'aimais.
– Qu'est-ce que tu veux, Chris? Je suis déjà en retard.
Rachel ouvrit la portière et posa son sac sur le siège du passager.
– Je me disais que peut-être, comme on ne s'est pas vus depuis un moment, on pourrait sortir déjeuner, ou dîner.

– On ne sortait jamais.
– A t'entendre, on ne faisait jamais rien.
Elle hocha la tête.
– C'est exact.
– Rachel, dit-il en s'appuyant contre la voiture, tu avais dit que c'était temporaire, que tu voulais réfléchir, te retrouver et régler certains problèmes...
– Oui, Chris, et si j'avais voulu régler ces problèmes avec toi, je l'aurais fait quand nous étions ensemble.
– Mais parle-moi, nom de Dieu!
– Je ne peux pas te parler.
– Ah bon?
– Ouais. Complètement insensé!
Rachel le dévisageait, une main sur la poignée de la portière.
– Tu sais bien que tu peux me parler. D'ailleurs, tu peux parler avec tout le monde. Tu n'as jamais eu de problèmes sur ce plan-là.
– D'accord, alors disons que je ne veux pas te parler.
– De mieux en mieux!
– Je ne veux pas te parler, Chris, et c'est le problème. Le problème principal. Quand j'ai le malheur de dire ce que tu n'as pas envie d'entendre, tu n'aimes pas ça.
– C'est un peu pareil pour tout le monde, non? Toi comme les autres.
– Il y a une différence entre ne pas être d'accord avec ce que dit quelqu'un et refuser carrément de l'entendre.
– Je t'entends parfaitement.
– Oui, mais tu n'acceptes pas.
– Sans blague?
– Tu refuses d'en tenir compte, de faire avec. Je n'arrive pas à imaginer comment tu fais, au boulot, si tu te comportes comme ça.
– Mon boulot va très bien, je te remercie. La différence, c'est que je sais quand j'y suis et quand je n'y

suis pas. Je suis en mesure de dire où se termine mon job et où commence ma vie privée.

– Ce qui signifie que moi, je ne sais pas?

– Ce qui signifie que si je suis comme ça vis-à-vis de toi, c'est parce que je réagis émotionnellement.

– Tu ne réagis jamais émotionnellement dans ton travail?

– Non! Pas de la même façon, bon Dieu!

Rachel regarda sa montre. Elle ouvrit la portière, prit place au volant et la claqua violemment avant de mettre le contact, s'y reprenant à trois fois avant de réussir à démarrer.

– Tu ne changeras pas d'avis? demanda Chris en se penchant à la vitre.

Rachel mit son clignotant avant de déboîter.

« Juste avaler quelque chose, rapidement... »

Il resta là, planté au milieu de la route, à regarder la voiture qui s'éloignait vers le flot de circulation.

– Comment va Debbie? demanda Lynn Kellogg.

– Bien, dit Naylor un peu hâtivement.

– Elle a vu le médecin?

– Honnête, elle va bien. Elle n'a même pas été malade ce matin. Enfin, presque pas malade, juste...

Resnick dégustait un demi-sandwich pastrami-moutarde au pain de seigle, accompagné d'une portion de salade de pommes de terre et oignons à la ciboulette. La seule chose qui lui manquait était une fourchette. Manger avec ses doigts ne l'aurait nullement dérangé s'il avait déjeuné seul, mais en compagnie de ses subordonnés, il se devait de donner l'exemple. Il garderait donc la salade pour plus tard.

Il prit une bouchée de sandwich et souleva une enveloppe kraft entre le pouce et l'index, la secouant légèrement pour en faire glisser trois tirages d'une même photographie qui s'éparpillèrent sur le bureau.

– William James Doria, universitaire du crû.

Les joues déjà roses de Lynn Kellogg s'empourprèrent d'un ton. Ainsi, il l'avait prise au sérieux. Bon point.

« J'ignore si cela nous mènera plus loin qu'une petite affaire sans importance, dit Resnick, mais j'en ai touché deux mots au superintendant et il est d'accord pour qu'on y regarde de plus près. Disons qu'on cherche trois jours et, si on n'a rien d'ici là, on le remet dans la pile, vu? »

Les deux agents-détectives acquiescèrent.

« Des questions? »

– Comment est-ce qu'on en est arrivé là? demanda Naylor.

– Lynn ici présente a tiré son numéro pour les interrogatoires de routine. Elle lui a trouvé quelque chose de plus que le reste des types qui répondaient aux annonces.

– Ah bon! c'est ça? fit Naylor, surpris.

– Il n'était pas ce qu'il avait l'air d'être, dit Lynn d'un ton énergique.

– Il était quoi, alors?

– Il était... visqueux. Il me donnait la chair de poule.

– On ne croule pas sous une telle avalanche de suspects qu'on puisse se permettre de négliger une telle intuition de flic, dit Resnick, pour couper court au manque d'enthousiasme de Naylor. Tout spécialement quand ses intuitions se sont révélées exactes par le passé.

N'en jetez plus, songea Lynn.

Resnick se disait que Naylor avait fait trop longtemps équipe avec Divine. Ou alors que ses angoisses budgétaires commençaient à lui manger la tête.

– Il enseigne au Lycée polytechnique ou à l'Université, monsieur?

– L'Université. Linguistique et théorie critique.

– C'est quoi, au juste?

– Je serais bien incapable de vous répondre avec exactitude, dit Resnick, mais Patel va plancher sur la question tandis que vous fouinerez à droite et à gauche.

Tout en pensant à Patel, Resnick se demanda si le pain de seigle de son sandwich était justement celui qui arrivait par van directement de Bradford.

– Vous souhaitez qu'on procède comment, monsieur? s'enquit Lynn Kellogg.

Elle était partagée entre la curiosité d'une seconde rencontre avec Doria, histoire de voir si son intuition se confirmait, et une appréhension terrible à l'idée de se retrouver enfermée seule avec lui dans son bureau.

– Kevin, fit Resnick, Lynn a obtenu de Doria une liste des femmes qu'il dit avoir rencontrées par le biais des annonces. Ça s'étale sur les deux années précédentes et il y a seize noms.

– Comment il a fait pour trouver le temps? fit Naylor.

– Avec l'emploi du temps qu'il a, il aurait presque pu caser les seize en une seule semaine.

Resnick risqua un œil en direction de Lynn, craignant d'avoir dit quelque chose de sexiste, mais ne discerna rien de particulier dans l'expression de la jeune femme. Il se demanda si elle était pour quelque chose dans la disparition du calendrier de Divine.

« Quoi qu'il en soit, Kevin, reprit Resnick, je tiens à ce que vous alliez voir chacune d'entre elles. La conversation porte sur les points suivants : se souviennent-elles de lui? où sont-ils allés et quelle impression leur a-t-il faite? et surtout, y a-t-il eu un seul rendez-vous ou plusieurs?

– Bien, monsieur, dit Naylor en prenant rapidement note sur son calepin.

– Il s'en passe des choses, en deux ans, continua Resnick. Certaines ne sont probablement plus des cœurs à prendre et se feront certainement tirer l'oreille pour évoquer l'épisode. Je compte sur vous pour insister gentiment, mais fermement.

Naylor semblait un peu perdu.

– Mais, euh... Je suis censé chercher quoi exactement, monsieur?

S'il a essayé de les étrangler avec leur propre écharpe ou de leur fracasser le crâne dans leur jardin, pensa Resnick.

– En premier lieu, dit-il, est-ce qu'une ou plusieurs d'entre elles ont ressenti quelque chose de semblable à Lynn à son contact. Quelque chose qui dénoterait des bizarreries dans son comportement avec les femmes.

– Des bizarreries du côté sexuel, monsieur?

– Pas nécessairement, mais, éventuellement, si vous parvenez à obtenir des renseignements sur ce terrain-là aussi, ça pourrait se révéler utile.

Resnick se pencha pour pointer un des noms de la liste.

– Je me chargerai du rapport concernant Marian Witczak. Je l'ai vue ce matin, c'est une relation personnelle. De toute façon, elle ne lui a rien trouvé d'anormal. Franc comme l'or et le charme de Fred Astaire.

– Je me suis toujours dit qu'il cachait aussi son jeu, celui-là, dit Lynn.

– Fred Astaire? firent en chœur Resnick et Naylor.

– Oui. Il est si... flagorneur.

– Vous devriez en parler à Ginger Rogers, suggéra Resnick.

– Vous savez, dit Lynn en s'asseyant, bien qu'ils aient formé un couple parfait à l'écran; il paraît qu'ils ne se sont jamais ne serait-ce qu'embrassés hors plateau. Je crois même qu'elle ne l'aimait pas.

– Torvill et Dean [1], dit Naylor.

Resnick termina son sandwich, avant de se tourner vers Lynn Kellogg.

– Promenez-vous un peu sur le campus. Foyer, cafétéria. Parlez avec les étudiants qui suivent ses cours et tâchez même d'en trouver un ou une qui préparent un

1. Couple de patineurs britanniques. (N.d.T.)

mémoire de maîtrise ou une thèse et qui soit susceptible de travailler en étroite collaboration avec lui.

Lynn leva les yeux et acquiesça.

– Vous ne souhaitez pas que je m'entretienne une nouvelle fois avec Doria, monsieur?

– Non, dit Resnick. Pas encore.

A mi-chemin de ses pénates, parmi les agents immobiliers et les employés de bureau assis seuls au volant de leur voiture, à inhaler du plomb et de l'oxyde de carbone, Resnick se rendit soudain compte de ce qu'il avait oublié de faire. Oublié de demander. Une étourderie dont la stupidité le mit en rage contre lui-même au point de lui faire l'effet d'une décharge d'adrénaline. Il alluma ses warnings et mit les pleins phares avant de faire demi-tour en klaxonnant, sous les injures et les poings levés des automobilistes qui arrivaient en sens inverse. Il roula environ cinq cents mètres avant d'emprunter un labyrinthe de petites rues résidentielles et d'arriver au rond-point qui le ramenait dans le quartier qu'il avait visité le matin même.

– Charles, quelque chose ne va pas?

Le regard surpris, dans l'entrebâillement de la porte retenue par la chaîne de sûreté, Marian Witczak considéra un instant Resnick avant de l'inviter à entrer.

Elle le regarda anxieusement, essuyant une de ses mains sur le tablier passé par-dessus sa robe verte. Elle avait abandonné ses chaussures assorties pour une paire de grosses chaussettes multicolores.

– J'ai oublié... commença Resnick.

– Au sujet de Doria? Mais je t'ai dit tout ce que...

– Bien sûr, dit-il, mais les lettres. Les lettres qu'il t'a adressées?

– Oui?

– Est-ce que par hasard tu les aurais gardées?

– Oh, Charles, dit-elle en posant affectueusement une main sur son bras, bien sûr, elles auraient pu te fournir des – comment dites-vous? – des indices. C'est ce que vous autres, les policiers, cherchez tout le temps. Une mèche de cheveux blonds, un bouton de jaquette ou une empreinte de pas. Tu sais, Charles, j'ai lu beaucoup d'histoires policières. Beaucoup.

– Mais après avoir lu les lettres... dit Resnick.

Marian sourit légèrement en cherchant dans ses souvenirs.

– Oh, je les ai gardées, Charles.

– Vraiment?

– Mes premières lettres d'amour en vingt ans. Enfin presque vingt ans. Et je ne crois pas me faire d'illusions en les appelant ainsi. Il me faisait la cour, à l'ancienne mode, avec ses mots si justes, si rassurants. Il me parlait de ce qu'il avait lu, vu au théâtre ou dans les expositions. De toutes ses expériences que nous aurions pu partager...

Marian posa une main sur sa joue. Derrière lui, Resnick entendait le tic-tac de la pendule, qui lui semblait presque assourdissant.

« Ta visite de ce matin m'a fait réfléchir sur la raison pour laquelle il n'a pas souhaité me revoir après cette si merveilleuse soirée », reprit-elle, sans plus regarder Resnick mais quelque point invisible sur le mur près de la porte. « Je pense que c'est parce qu'il avait eu ce qu'il voulait. C'était un jeu, vois-tu, une sorte de jeu d'esprit, et il l'avait gagné. Dès l'instant où il a reçu mon petit mot, disant que, oui, je serais ravie d'aller au concert avec lui, il tenait sa victoire. Bien sûr, il devrait passer la soirée avec moi, faire ma conquête un peu plus encore, de façon à ce que, lorsque nous nous séparerions, il soit sûr qu'il n'aurait qu'un mot à dire pour que j'accepte de le revoir. Pour Doria, c'était assez. »

Elle ponctua d'un léger sourire de regret.

– Pas pour toi? dit doucement Resnick.

Le sourire se rétrécit pour finir par s'estomper complètement.

– Oui. Non. Tout ce que j'ai appris me ferait plutôt dire que ma réponse aurait été oui, c'était assez pour moi aussi.

– Mais ?

– Mais si ça avait été son doigt sur la sonnette, son visage quand j'ai ouvert la porte...

Elle eut un imperceptible haussement d'épaules.

« Je suis navrée à propos des lettres. Tu me les aurais demandées il y a seulement trois mois, je n'aurais eu qu'à ouvrir le tiroir pour te les montrer toutes. »

– Ça ne fait rien, dit Resnick, ce n'était qu'un détail [1].

– Un insignifiant petit détail. Comment était-ce, Charles ? *Ces brises de mars qui font danser mon cœur*, chantonna-t-elle à demi, avec un accent plus prononcé, *Mais qui répond présent quand sonne l'heure* ? [2].

Elle se tenait près de lui, ses mains dans les siennes. Son regard brillait, mais s'il renfermait des larmes, elle était trop fière pour les montrer.

« Savais-tu que l'auteur de cette chanson idiote était anglais, Charles ? »

– John Strachey, dit Resnick.

– Que connaît-il de la vie ? dit Marian.

27

– Non, mais t'imagines qu'il reste encore des tarés pour envoyer des cartes postales genre : J'attendrai à côté des lions à huit heures pétantes, je serai celui qui a une bosse à son pantalon ; et puis des connes pour se précipiter au rendez-vous. Misère !

Colin Rich se tenait appuyé contre le panneau de

1. *One of those things* : allusion au poème de John Strachey « *These foolish things remind me of you.* » (N.d.T.)

2. *The winds of March that makes my heart a dancer*
A telephone that rings, but who's to answer? (N.d.T.)

verre de la fenêtre, une tasse de thé dans une main, une part de pudding dans l'autre. Resnick décida de donner une seconde chance au café maison.

« C'est aussi dingue que ces junkies de merde qui se piquent avec des s'ringues pas nettoyées ou les caves qui vont s'envoyer la première pute sans s'encapuchonner le braquemard. Ce ramassis de barges récoltent que c' qu'ils méritent ! »

Resnick préféra balancer son café par la fenêtre.

– Comment va la vie intellectuelle, Charlie?

– Doucement, monsieur.

– Êtes-vous passé par l'Université, Charlie, je ne sais plus au juste? fit Skelton, en contrôlant d'un œil distrait les annotations qu'il portait méticuleusement dans la marge.

– Non, monsieur, je suis seulement passé devant.

– Les campus bougeaient beaucoup, à l'époque, Charlie. Spécialement les facs de province. Je crains bien qu'on y ait passé plus de temps à faire des sit-in ou des marches de protestation qu'à étudier.

Un coup à décrocher une mention, monsieur, pensa Resnick, sans formuler sa question à voix haute.

– D'ailleurs, pour dire toute la vérité, si quelqu'un prenait le temps de consulter mon dossier à fond, je ne serais pas surpris qu'il retrouve mon nom fiché par les Services spéciaux au rayon « Danger pour la sécurité du royaume ». Et regardez-moi maintenant.

Resnick s'exécuta.

Skelton posa son stylo après l'avoir refermé.

« Andy Hunt est en train de piquer une rogne sur le cas de ce type qui travaille au chemin de fer. Deux femmes disent qu'il s'est montré extrêmement brutal lorsqu'elles n'ont pas voulu terminer la soirée comme il le désirait. Il a frappé la première – heureusement, rien de trop sérieux, mais elle a quand même exhibé un œil poché pendant une semaine aux clients de *Sainsbury's* – et il a fait pire avec la seconde : couteau sous la gorge pendant qu'il l'obligeait à le... la voix du superintendant changea de ton... à le masturber.

– Elles ont porté plainte?

Skelton secoua la tête.

– Non, aucune des deux.

– Y a-t-il une chance pour qu'au moins la seconde le fasse maintenant?

– Peu probable. Elle craint la réaction de son mari.

– Si tout cela finit devant une cour de justice, il faudra pourtant qu'elle en passe par là.

– Elle est prête à courir le risque, mais apparemment...

– Vous doutez qu'il soit notre homme?

– Il a accepté, contre l'avis de son avocat, de se soumettre à tous les examens. Le labo n'a pas encore envoyé son rapport, mais je suis prêt à parier que les résultats le mettront hors de cause, malgré ce que souhaite Andy.

– Il ne serait quand même pas inutile que quelqu'un lui dise deux mots de ses manières avec les dames.

– Soyez tranquille, dit Skelton, quelqu'un s'occupera officiellement de le chapitrer. Je pense en charger Rich. Après tout, ce genre d'affaire rentre pratiquement dans ses attributions.

– En outre, je crois que le courant passera bien entre eux.

Skelton décapuchonna son stylo pour noter quelque chose puis s'interrompit.

– Mes espoirs reposent davantage sur le lièvre levé par Bernard Grafton.

– Le type en traitement psychiatrique?

– Exactement. Neuf mois sous surveillance après une affaire d'exhibitionnisme devant le pavillon des infirmières.

– Qui avaient dû en voir bien d'autres, releva Resnick.

– Il est cependant demeuré un doute au sujet de ses intentions. Lui-même pensait en avoir agressé une au moment où elle terminait son service, mais en fait, la chose s'est seulement déroulée dans sa tête et finalement, aucune charge n'a été retenue. C'est seulement le rapport d'enquête sociale et son agent de probation qui ont motivé ce traitement. Il semble qu'il ait lui-même demandé un sédatif sexuel pour calmer ses pulsions et on lui a prescrit de l'Androcur. Le traitement a fonctionné, mais a cessé en même temps que la surveillance médicale, quand le type a été remis dans le circuit.

– Sans doute pas en très bon état, fit Resnick.

– Sans doute pas, mais en tout cas, il a abandonné l'attentat à la pudeur au profit de distractions plus légales.

– Je crois deviner lesquelles.

– Il a écrit à deux douzaines de femmes en l'espace de trois mois, et cinq d'entre elles ont accepté de le rencontrer. Il a posé un lapin à une, sans donner de raison précise. Quant aux quatre autres, on recueille actuellement leurs témoignages. Aucune ne semble avoir eu le sentiment d'être en présence d'un déséquilibré, mais les rapports nous en diront plus demain.

– Ça paraît intéressant, concéda Resnick, presque à contrecœur.

Skelton se leva, tambourinant légèrement sur son bureau avec le capuchon du stylo.

– Vous allez même trouver ça encore plus intéressant quand je vous aurai dit le petit détail qui reste, Charlie.

– Oui, monsieur?

– La fille à qui il a posé un lapin, d'après lui, serait Shirley Peters.

Il était difficile de ne pas reconnaître la mélodie de *Moonlight Serenade*. Resnick remonta sa fermeture Éclair et ouvrit le robinet tandis que, derrière lui, sur un fond sonore de chasse d'eau, Millington sortait des WC en sifflotant gaiement.

– Alors, comme ça, c'est vous? fit Resnick en s'essuyant les mains.
– Pardon?
– Glenn Miller à tous les étages.
– Ah, euh, oui, monsieur, répondit Millington en scrutant sa moustache dans la glace, d'un air légèrement décontenancé. C'est à cause de cette cassette que j'ai dans l'autoradio de ma voiture.
Il n'arrivait pas à comprendre pourquoi le côté gauche était toujours plus fourni que le droit, malgré le soin qu'il mettait à la tailler.
– Et ça ne vous lasse pas, à force?
– Non, monsieur. Enfin, c'est-à-dire, je ne sais pas, dit-il, attendant que Resnick ne termine avec l'essuie-mains. Je n'y ai pas pensé, en fait.
– Vous devriez.
– Quoi donc, monsieur?
– Y penser. On ne peut vivre complètement sans pitié.
– Bon, fit Millington, perplexe, se demandant quel rapport il pouvait bien y avoir entre la pitié et Glenn Miller.
– Du neuf à propos de votre catcheur? demanda Resnick, tandis qu'ils retournaient vers la salle des enquêteurs.
– Pas encore, monsieur.
– Alors j'ai du travail pour vous, annonça Resnick. Le détective inspecteur Grafton semble espérer beaucoup d'un suspect qui a fait l'objet d'un traitement psychiatrique et qui dit avoir posé un lapin à Shirley Peters. Voyez si vous pouvez discuter avec lui et savoir pourquoi.
– Peut-être qu'elle ne lui plaisait pas, tout simplement, risqua Millington avec un haussement d'épaules.
– Ou peut-être qu'il ment, tout simplement.
– Je m'en occupe, monsieur, dit Millington en poussant la porte.
– En urgence, insista Resnick avant de tourner les talons et de s'engager dans l'escalier.

Une fois trié le courrier bon pour la poubelle, il ne restait plus grand-chose. Resnick ignora le miaulement persistant des chats, le temps de moudre un peu de café, de le verser dans le filtre et de décider qu'une petite cure de Count Basie l'aiderait à se vider la tête des succès du Major Miller. Le ciel était sans lune, seule une légère bruine semblait envelopper la nuit d'un voile de gaze.

« Dizzy ! Continue de manger aussi vite et tu es bon pour l'indigestion. »

Il y avait une lettre d'un prisonnier condamné pour une longue peine, qu'il avait lui-même arrêté et envoyé à Parkhurst, deux feuillets sur papier recyclé lui expliquant comment il trouverait la paix grâce à Bouddha même s'il était toujours aussi difficile de trouver un plombier le dimanche, et un second rappel de cotisation pour l'Association polonaise. Resnick leva les coudes et tira les épaules en arrière afin de soulager la raideur qu'il sentait dans sa colonne. Il prit son café noir, arrosé d'une rasade de scotch, et l'emporta, ainsi que la dernière lettre qu'il lui restait à ouvrir, jusqu'à son fauteuil préféré. Le cachet de la poste était local, et l'écriture assez fine pour obliger le facteur à chausser ses lunettes. Resnick ouvrit l'enveloppe avec le manche de sa cuillère.

> Cher Charles,
>
> Je ne sais pas exactement si l'oubli de ce billet est dû à un trou de mémoire ou à un acte manqué trahissant ma propre sentimentalité. Dans un cas comme dans l'autre, sois gentil de le détruire quand tu n'en auras plus besoin.
>
> Amitiés,
>
> Marian Witczak

Rattachée à la lettre par un trombone, le billet en question était un bristol de couleur crème, modèle luxe, avec une surface satinée très douce au toucher. Pepper s'arrêta au pied du fauteuil un instant puis sauta sur les genoux de Resnick, tournant deux fois sur lui-même avant de s'installer.

Ma chère Marian,

Je ne peux qu'espérer que notre soirée vous fut aussi agréable qu'à moi. Je n'ai pas souvenir, pour ma part, d'avoir jamais assisté à un concert en compagnie d'une cavalière plus charmante et appropriée.

L'avenir nous ménagera certainement, souhaitons-le, une nouvelle occasion aussi délicieusement stimulante.

Avec mes amitiés et mes compliments,

William Doria

A un demi-centimètre du bas de la carte, à cheval sur un liseré horizontal apparaissait le nom « W.J. Doria », gravé en caractères burgundy. Au-dessus, l'écriture était stylisée à l'encre noire, mate, chaque lettre semblant davantage dessinée que simplement écrite. La rondeur des o et des a minuscules était agréable, précise et dénuée d'extravagances notables. Les capitales, en revanche, étaient très ornées : le trait inférieur du L soulignait une partie du mot « avenir », le mouvement du W coiffait le prénom pour rejoindre presque le D de Doria.

Quand Resnick eut longuement examiné la carte, il se tourna pour prendre sa tasse de café, dérangeant Pepper qui, grognon, sauta de ses genoux sans dissimuler sa contrariété.

Le téléphone sonna juste au moment où il portait la tasse à ses lèvres et il renversa la moitié du contenu sur sa chemise.

– J'allais raccrocher.

– Désolé, j'étais occupé à teindre ma chemise avec du café.

– J'espère que vous n'avez pas raté votre cravate.

– Pour ça non, fit Resnick, en la tordant de sa main libre.

– Je veux pouvoir vous reconnaître quand je vous verrai.

– Je croyais que vous aviez renoncé.

– J'avais renoncé.

Resnick changea le récepteur de main. Est-ce qu'elle parlait sérieusement?

« J'ai tenté de vous avoir plusieurs fois », dit Rachel. « Soit vous étiez à l'extérieur et personne ne savait quand vous seriez de retour, soit on ignorait carrément où vous étiez. » Elle ménagea un silence. « Charlie, vous n'aviez pas donné d'instructions pour qu'on me promène? »

– Qu'est-ce qui vous fait imaginer des trucs pareils?

– Peut-être le fait que j'étais sûre que vous m'appelleriez, alors que vous ne l'avez pas fait.

Resnick ne répondit pas.

« Vous n'avez pas essayé de m'appeler chez moi? »

– Vous m'aviez dit d'éviter.

– Oui, je sais.

– Qu'est-ce qui ne va pas?

– Je crois qu'il est grand temps que nous dînions ensemble, Charlie.

Il sourit.

– Vous croyez?

– Pas vous?

– C'est une possibilité.

– Il est sept heures vingt.

– C'est important?

– Oui, dans la mesure où vous avez rendez-vous avec moi à huit heures et demie.

– Ce soir?

– Vous n'avez pas encore dîné?

– Non, mais...

– Parfait. Je choisis le restaurant.

– En quel honneur?

– C'est moi qui invite.
– Pas question, si nous...
– Charlie, ne discutons pas. J'ai quelque chose à fêter, l'addition est pour moi, d'accord?
Il la revit, le jour de leur première rencontre, au tribunal. Comment une voix désincarnée pouvait-elle à ce point évoquer une crinière de cheveux bruns tombant sur les épaules et une touche de bleu entre les pans d'un manteau beige?
– Qu'est-ce qu'on fête?
– Je vous dirai ça tout à l'heure.
– O.K.! Vous voulez que je passe vous prendre, qu'on se retrouve quelque part?
– Qu'on se retrouve.
– Où ça?
– Entre les lions, bien sûr.
Colin Rich avait fait une réflexion extrêmement plaisante au sujet des gens qui se donnaient rendez-vous à cet endroit-là mais Resnick ne s'en souvenait plus du tout.
– Vous ne trouvez pas qu'on a passé l'âge?
– Parlez pour vous, Charlie!
C'est exactement ce qu'il avait fait.
– Alors huit heures et demie?
– Pour rester dans la tradition, je ferai en sorte d'être en retard.
– Rien de trop traditionnel, quand même. Il pleut.
– Charlie, je vous promets que nous ne nous en apercevrons même pas.
Il se demanda ce qu'elle aurait dit si elle avait pu le voir comme ça, debout au téléphone, souriant comme un imbécile heureux.
« Ah! Charlie, j'allais oublier...
– Quoi donc?
– Quel que soit ce que vous portez...
– Eh bien?
– Changez-vous.

28

Au nord de Old Market Square s'était autrefois dressé le Black Boy Hotel, décoré par Watson Fothergill, où Resnick et son ami Ben Riley avaient l'habitude d'aller prendre un verre en début de soirée, le samedi, avant que les choses ne se mettent à bouger trop vite. A présent, ce n'était plus qu'un long mur en brique grossière, vaguement déguisé en magasin Littlewood. Côté sud se trouvait la façade classée, datant de 1483, du Flying Horse Hotel où sa belle-famille avait dormi, l'une des rares fois où ils avaient fait le voyage d'Hayward's Heath, se plaignant du service et des bruits de voitures.

Les marches, entre les lions de pierre, étaient envahies de punks et de gamins tout en cuir, de filles en manteau de chez Top Shop ou Miss Selfridge, essayant de ne pas regarder trop souvent leurs montres, ainsi que deux jeunes durs en bras de chemise.

Resnick se dit qu'une bonne moitié d'entre eux allait le prendre pour un flic en service, l'autre moitié imaginant sans doute quelque chose de pire encore. Il sentit la présence de Rachel dans le square avant même de l'apercevoir, par une sorte de tension nerveuse qui lui fit tourner la tête. Elle contournait l'une des fontaines, les mains dans les poches de son manteau beige, le visage resplendissant dans l'éclairage électrique et les reflets de lumière, sur le pavé mouillé. Les talons de ses bottes claquèrent en rythme tandis qu'elle montait les marches, levant la tête vers Resnick comme il venait à sa rencontre. Elle avait relevé ses cheveux en chignon. Elle souriait.

– Vous voyez, je ne suis même pas en retard.

– Presque pas.

Son visage était glacé, mais il sentit le coin de sa bouche tiède lorsqu'elle effleura la joue de Resnick.
– Venez, dit-elle, en passant son bras autour du sien pour l'entraîner en direction de King Street. Nous allons par là.
Il ne sentait pas la pluie qui tombait.

Le restaurant était situé au premier étage, aux abords d'un supermarché chinois. Des rangées de tables, occupées pour la plupart, épousaient la forme en L de la salle. Le serveur qui les débarrassa de leurs manteaux salua Rachel d'un « Bonsoir, Miss Chaplin », avec une voix dont l'accent évoquait davantage l'est des Midlands que Pékin ou Hong Kong. Il les installa à une table près de la fenêtre, que Resnick identifia comme sa table habituelle, lorsqu'elle venait en compagnie de Chris Phillips et peut-être même avec d'autres. Sa place, son territoire, sa célébration.
Resnick prit une bière chinoise, Rachel une vodka-tonic.
– Tchin, fit Resnick, en levant son verre. A quoi buvons-nous?
– A l'indépendance, dit Rachel.
Le serveur leur apporta les cartes et s'éclipsa discrètement.
– Je ne vous ai jamais imaginée autrement, dit Resnick.
– Si seulement les autres m'avaient vue avec les mêmes yeux.
– Vous voulez dire Chris?
Elle but une gorgée de vodka.
– On avait pourtant passé un accord, lui et moi. Ce dont il était et ce dont il n'était pas question. Les choses à faire et à ne pas faire. En tête de liste : ne pas devenir possessif, ne pas devenir dépendant. Soir après soir, nous parlions, en cherchant à tester l'autre, de ce que nous pensions vouloir.
Elle rit avec amertume.

« On dressait des listes. »

L'amour, dans tout ça? voulut demander Resnick.

– Les listes, c'est bon pour aller faire les courses à *Tesco's,* dit-il.

– Et encore, si l'on n'oublie pas de les emporter.

– Vous voulez dire que Chris a oublié les bonnes résolutions en route?

– Elle secoua la tête.

– Pas seulement lui. Moi aussi.

Resnick essaya de se souvenir combien de temps avait tenu, à l'époque de son mariage, le plan scrupuleusement établi par sa femme : comment trouver le bonheur en dix leçons, tout en continuant à faire partie des 6 pour 100 de la population à posséder un lave-vaisselle.

– Dix-huit mois...

Tant que ça, songea Resnick.

« ... et c'était comme si on n'avait rien dit. Nous étions comme les autres. A quelle heure tu rentres pour dîner? Le samedi soir, nous allions à une soirée, un dîner ou un anniversaire de mariage.

– Ce qui n'a rien de tellement anormal.

Elle le fixa à travers le reflet de ses lunettes.

– Mais vous, Charlie vous ne vivez pas comme ça.

– Ma manière de vivre n'est pas toujours facile à vivre.

– Peut-être, mais c'est votre manière. Votre choix.

– Tiens?

– Absolument.

– Comment pouvez-vous en être si sûre?

Elle ne répondit pas directement.

– J'avais cessé de penser par moi-même, dit-elle. Je n'étais plus moi, j'étais une moitié d'un couple. Et je n'aimais pas ça.

Elle finit son verre.

– Couple ou pas, dit Resnick, je n'arrive pas à vous imaginer – comment dire? – en déséquilibre, submergée, dépossédée de votre identité.

– Moi non plus, dit-elle. Jusqu'au jour où c'est arrivé.

Le serveur revint, arborant un sourire d'encouragement.

– Rachel Chaplin, dit Resnick en lui prenant la main, il n'y a, dans mon esprit, aucun doute sur qui vous êtes.

– C'est bien là-dessus que je mise, répondit-elle, ôtant sa main pour tourner les pages de la carte reliée plein cuir. Je crois que le moment est venu de vous indiquer ce qui est bon...

Le plat de poisson aux haricots noirs grésillait dans son récipient de métal.

– Ne bougez pas, Charlie. Vous avez une chemise propre, ce n'est pas indispensable d'y faire une tache.

Cela lui avait pris quelques minutes avant d'en trouver une, sèche mais chiffonnée, et de l'humidifier pour y passer un coup de fer. Il avait utilisé l'ongle de son pouce pour gratter une éclaboussure de raifort à la crème sur sa cravate la plus présentable, rouge sombre, à rayures blanches en diagonale. Les flaques d'eau avaient vite eu raison du coup de cirage donné à ses souliers.

Rachel portait un chemisier bleu pâle boutonné au col et aux poignets et des pendants d'oreille en argent qui accrochaient la lumière lorsqu'elle remuait la tête. « Arrêtez de me regarder comme ça, Charlie », protesta-t-elle tout en disant le contraire avec le regard.

– C'est difficile.

– Épargnez votre salive. Ça ne vous va pas.

– Quoi ?

– Ce que vous vous prépariez à dire. Une flatterie.

– Tout ce que je voulais dire c'est...

– Charlie ! coupa-t-elle, pointant une baguette vers lui en guise d'admonestation.

– Tout...

– Ne dites rien !

Il sourit et se concentra à nouveau sur la manipulation des baguettes pour manger son riz. Même en levant le bol et en penchant la tête, il avait du mal. Les brocolis, les morceaux de poulet ou les poivrons ne posaient aucun problème, mais le riz...

– Combien de temps pensez-vous rester là-bas? demanda-t-il.

– Chez Carole? Je ne sais pas. Jusqu'à ce que je sente qu'il est temps de partir. De reprendre le cours de ma vie.

– Et ensuite, vous vous chercherez un endroit à vous?

– Bien sûr, dit-elle, quoi d'autre?

Le nez dans ton bol, s'ordonna Resnick. Mange et tais-toi. Ne pense même pas, parce que sinon, elle saura.

D'ailleurs, elle savait.

Les hommes, songea Rachel en secouant légèrement la tête. Ils n'apprendront jamais!

– Ça vous préoccupe, n'est-ce pas? dit Rachel entre deux bouchées. Le verdict.

Resnick prit son temps avant de répondre.

– Seulement parce que ça m'a fait repenser au reste.

– Vous préférez ne pas en parler?

– Pourquoi? Ça ne me dérange pas d'en parler avec vous, seulement... Je ne sais pas tellement quoi en dire.

– Ou quoi en penser? Que pensez-vous de la sentence, Charlie?

– Que ça ne suffit pas. Que ça ne suffira jamais.

– Charlie, ça ne résout...

– Je sais, coupa-t-il. Je connais l'argumentation par cœur. La vengeance n'est pas la justice, plus longtemps on laisse un type enfermé, pire il sera en sortant, etc.

– Vous dites ça comme quelqu'un qui sait ces choses mais n'y croit pas.

Resnick prit la bouteille de vin et Rachel couvrit son verre du plat de la main.

– Les choses ne sont pas aussi simples, dit-il, en remplissant son verre. Je sais ce que représente la perte de dignité, comment on fabrique des récidivistes...

– Mais votre métier...

– Mon métier, plus souvent que le contraire, plus souvent peut-être aussi que je ne le crois utile, consiste à envoyer des criminels en taule. C'est comme ça, Rachel. Parce que c'est la loi, en tout cas un aspect de la loi. A partir du moment où on ne peut avoir l'un sans l'autre, et tant que je croirai suffisamment à ce que je fais, je crois qu'il me faudra encaisser le reste.

– Comme les trois ans récoltés par le père de Sharon Taylor ?

– Trois ans, c'est pas grand-chose, par rapport à d'autres.

– De votre point de vue, peut-être. Mais pour lui...

– Bon sang, vous n'attendez tout de même pas que je m'apitoie sur son sort !

Les regards commençaient à se tourner vers eux, tandis que le serveur passait de table en table, s'assurant, d'un mot ou d'un sourire, du bien-être de la clientèle.

– Bien sûr que non.

– Il sera libéré sur parole dans moins de deux ans.

– Vous savez ce qu'ils lui feront, en prison, quand ils sauront pour quelle raison on l'y a envoyé.

– Oui.

– Vous avez l'air de penser qu'il le mérite.

– Ça me démange de le penser, en tout cas.

Rachel remua lentement la tête.

– Je ne comprends pas comment... Charlie, je ne vous connais pas encore très bien mais je ne crois pas que vous soyez ce genre d'homme.

– Et lui quel genre d'homme est-il ?!

– Charlie, ne...

– Tout ce que je sais, c'est que si ç'avait été ma gosse...

Rachel prit son poing fermé entre ses deux mains et le posa quelques instants sur sa joue.

– Charlie, ne vous punissez pas plus que vous ne le méritez.

Qu'est-ce que je suis en train de faire, là? se demanda Rachel tandis que Resnick s'était provisoirement absenté. Je suis libre depuis quoi? une semaine, tout au plus, et je débauche ce type adorable et placide pour jouer avec ses nerfs. Et pour quelle raison? Parce que je suis restée enfermée plusieurs nuits de suite? Parce que j'ai eu besoin d'autre chose que de la conversation de cette fine mouche de Carole pour me changer les idées après le travail? Ou tout simplement parce que j'ai toujours été attirée par les ennuis?

Elle tourna la tête en l'entendant revenir. Un homme grand, aux épaules larges, qui marchait un peu à la manière d'un danseur. Ou bien était-ce seulement parce qu'il lui plaisait? Elle sentit se tendre ses muscles abdominaux à l'idée qu'elle était prête à aller au lit avec lui, maintenant, sitôt le repas terminé. Et sachant qu'elle n'en ferait rien.

En prenant ses baguettes pour attraper la dernière crevette, Rachel se rendit compte qu'elle avait la chair de poule. Envers qui es-tu déloyale? se demanda-t-elle, en trempant la crevette dans la sauce avant de la porter à sa bouche.

Ni l'un ni l'autre n'étaient venus en voiture et ils avaient hélé un taxi en redescendant vers le centre-ville, juste en face du pub où ils s'étaient retrouvés la première fois. Resnick avait suggéré que Rachel soit raccompagnée en premier.

Ils étaient assis à l'arrière, le bras de Resnick autour des épaules de Rachel, la main de Rachel reposant sur le genou de Resnick. Ils demeurèrent silencieux jusqu'à ce que le chauffeur tourne dans la rue où habitait Carole.

– Charlie, dit-elle en se tournant vers lui, j'ai été très heureuse que vous soyez là quand j'ai appelé, et très heureuse aussi que vous veniez. J'ai passé une très bonne soirée.

Resnick se préparait au *mais* inévitable.

« Je vous aime bien, Charlie Resnick, enfin je crois, et j'aime bien être avec vous, mais il n'y a rien de plus. »

– Que pourrait-il y avoir de plus?

Rachel renvoya sa tête en arrière en éclatant de rire.

– Vous êtes impossible!

Resnick se pencha légèrement et embrassa le tendon qui saillait dans son cou pendant qu'elle riait. Elle se blottit contre lui, puis tourna la tête jusqu'à ce que leurs lèvres se rencontrent. La langue de Rachel effleura celle de Resnick au moment où la voiture ralentissait devant la maison.

– Je suis arrivée, Charlie.

– Eh oui, soupira-t-il.

Rachel ouvrit la portière, cherchant son porte-monnaie de l'autre main.

« C'est pour moi », dit Resnick. « Vous m'avez offert le dîner. »

– D'accord, dit Rachel en descendant du taxi.

– La prochaine fois, on fera l'inverse.

– La prochaine fois, c'est vous qui appelez, dit-elle.

– Entendu, acquiesça-t-il avant de refermer la portière.

Pendant que le taxi faisait demi-tour, il la suivit des yeux à travers la vitre, mais elle était déjà dans l'allée qui menait jusqu'à la porte. Elle disparut dans l'obscurité en quelques secondes.

Rachel fouilla son sac à main, le fond de ses poches et son sac à nouveau en se demandant ce qu'elle avait bien pu faire de la clé. Aucune lumière ne filtrait de l'intérieur de la maison, ce qui voulait dire que Carole était soit sortie, soit couchée. Rachel n'avait aucune envie de s'éterniser dans le froid humide, mais se refusait à sonner par crainte de réveiller son amie. Le ronronnement de moteur du taxi s'était déjà estompé dans le lointain.

– Tu ne changeras jamais, hein?

Les mots avaient déchiré le silence de la nuit et le cœur de Rachel s'arrêta de battre pendant un instant qui lui parut infini. Elle lâcha le sac à main. Elle fut d'abord incapable de reconnaître la voix et de situer d'où elle provenait.

« Ça m'a toujours dépassé, ça. Une personne aussi organisée que toi qui met une demi-heure à trouver ses clés. »

La terreur de Rachel se transforma en colère lorsque Chris Phillips sortit de l'ombre pour s'approcher d'elle. Elle voulut le frapper pour lui avoir fait si peur, mais il n'eut aucun mal à arrêter son geste en bloquant son poignet.

Le haut de son imper était trempé et ses cheveux aplatis sur son crâne par la pluie.

– Ça fait combien de temps que tu m'espionnes? demanda-t-elle, furieuse, en dégageant son bras.

– Ça fait combien de temps que tu as commencé à me mentir?

– Je ne t'ai pas menti!

– Sans blague? dit-il en désignant d'un signe de tête le coin de la rue où avait disparu le taxi, peu de temps auparavant. Tu m'avais dit qu'il n'y avait personne d'autre.

– Il n'y a personne.

– Et lui, c'était quoi? Une putain d'apparition?

– Un ami.

– Oui, ça, je m'en doute!

Rachel tourna les talons et marcha vers la porte. Une lumière apparut dans le hall, indiquant que leurs éclats de voix avaient réveillé Carole. Elle allait sonner lorsque la main de Chris s'aplatit violemment contre le battant de la porte, devant elle.

« Tu ne me tournes pas le dos quand je te parle! »

– Tu retardes, Chris. Ça fait déjà un moment que je t'ai tourné le dos, dit Rachel en se retournant vers lui.

– N'essaye pas de faire ton intelligente.

– Je n'essaye rien du tout.

– Non, ça vient naturellement...

– Chris...

– Comme mentir!

– Je ne t'ai pas menti, combien de fois faut-il que je...! A quoi ça m'aurait servi?

– ... et te comporter comme une pute!

La silhouette de Carole se dessina de l'autre côté de la porte à travers le vasistas.

– Ouvre-moi, appela Rachel.

La porte s'ouvrit aussitôt.

– Bonsoir, Chris, dit Carole d'un ton neutre.

Il l'ignora, le regard braqué sur Rachel, trahissant un mélange de haine et de désespoir. Il fit mine de la suivre et Carole eut le réflexe approprié de s'interposer dans l'encadrement de la porte dès que Rachel fut à l'intérieur, avant de repousser le battant que força Chris Phillips.

– Tu ferais mieux de me laisser entrer, Carole!

– Non, Chris, je ne crois pas.

– Rachel et moi devons parler de certaines choses.

– On s'est tout dit, Chris, dit Rachel, du vestibule.

– Tu l'as entendue, Chris, dit calmement Carole.

Il appuya de tout son poids contre la porte, obligeant Carole à reculer, mais sans parvenir à s'introduire à l'intérieur.

« Arrête, Chris, arrête! » fit Carole. « Rentre chez toi. »

– Pas avant que cette salope revienne me parler en face!

– Je n'ai plus rien à te dire, Chris, dit Rachel par-dessus l'épaule de Carole. Et quand bien même, la façon dont tu te comportes me montre que ça ne servirait à rien de toute façon. Fiche le camp!

– Va-t'en, Chris, renchérit Carole.

– Et si j'ai pas envie?
– Tu t'es déjà comporté assez stupidement pour ce soir. N'en rajoute pas, je t'en prie, répondit Rachel.
– Qu'est-ce que tu attends pour appeler la police? Ton copain le facho rappliquerait pour me travailler le portrait avec ses outils! C'est ça qui t'excite, ces temps-ci? Les menottes et la matraque à l'arrière du panier à salade?
Rachel bondit sur la porte et la claqua de toutes ses forces, avec rage. Si Chris Phillips ne s'était pas écarté à temps, il aurait perdu au moins deux doigts dans l'aventure. Le battant du vasistas rebondit sous le choc et l'onde fit trembler le bois pendant quelques secondes.
Le geste sûr, Carole mit le verrou et la chaîne d'entrebâilleur, puis tourna la clé dans la serrure.
– Laisse tomber, dit-elle.
Elles restèrent assises un long moment dans la cuisine, à l'arrière de la maison, Carole buvant du thé, Rachel du gin, sursautant au moindre bruit suspect, craignant sans se le dire que Chris ait fait le tour. Rachel raconta à son amie le dîner chinois dans ses moindres détails et songea à plusieurs reprises, au cours de la conversation, à décrocher le téléphone pour appeler Resnick, se ravisant à chaque fois.
Vers minuit et demi, Carole monta à l'étage et regarda à l'extérieur sans allumer la lumière. Chris Phillips se tenait toujours au même endroit ou à peu près. Elle redescendit tranquillement et servit un autre verre à Rachel.
Lorsqu'elle retourna voir, un peu avant une heure du matin, la rue et l'allée étaient désertes.

29

S'il existait quelque chose de pire à déchiffrer qu'un listing, c'était bien une microfiche. Patel passait d'un support à l'autre depuis déjà deux heures, alternant la consultation des principaux catalogues du rez-de-chaussée avec celle des documents plus spécialisés, regroupés au second étage, noircissant son carnet, feuille après feuille, d'annotations diverses. Publications, articles, conférences, notices défilaient devant ses yeux, le tout bercé par le ronronnement du chauffage central et, au-dessous, le va-et-vient des étudiants entre le comptoir d'accueil, les photocopieuses et la cafétéria.

Patel s'aperçut que lorsqu'il était entré à l'Université, sa joie était telle de simplement y être, porté par la fierté et l'enthousiasme de sa famille, qu'il avait été incapable de situer l'expérience dans quelque contexte que ce soit. Toujours premier arrivé, il était également dans les derniers à partir, levant la main lorsque arrivait le traditionnel : « Messieurs, si vous avez des questions, je serai heureux d'y répondre après le cours. » Patel avait consommé des rames et des rames de feuilles volantes, à la chaîne, sans faire travailler plus que ça son imagination, révisant dans la panique, ayant souvent de grandes difficultés à relire ses notes griffonnées à la hâte, ou à comprendre le sens de ce qu'il parvenait à relire. Heureusement, sa famille s'était satisfaite de l'obtention de sa licence, et il avait dû graisser la patte de quelques camarades pour obtenir le nombre d'invitations nécessaires à la cérémonie de remise des diplômes.

L'officier du recrutement de la police avait accordé une attention toute relative au document, ponctuant seulement son observation d'un ironique :

– Encore un petit génie, hein ?

– Oui, monsieur. Enfin, je veux dire, non, monsieur. Pas spécialement.

Patel en rougissait encore chaque fois qu'il y pensait.

Dans la file d'attente, à la cafétéria, il avait essayé de ne pas prêter attention à la discussion du couple juste devant lui, au sujet du rapport entre alcool et orgasme, puis, assis devant son café instantané et sa barre de Kit-Kat, avait laissé traîner une oreille dans l'espoir de glaner une réflexion à propos du Pr Doria, mais sans résultat. Une étudiante blonde, dont la coiffure ressemblait à un bonnet de bain, prit la file, attirant son regard. Elle portait une écharpe de l'université enroulée autour du cou, sur un duffle-coat bleu, prolongé par des jambes longues et galbées, avec, aux pieds, une paire de chaussures de sport jaune et blanche. Patel retourna vers les rayonnages, les mains collantes de chocolat fondu.

– Euh, voilà, monsieur... ce serait au sujet de mon transfert...

Naylor se tenait un peu en retrait du bureau de Resnick, les pieds en dedans, serrant son carnet contre lui.

– Passez donc un coup de fil à Graham Souness, fit Resnick sans lever la tête. Il cherche du monde pour la police montée.

Naylor cligna des paupières. La dernière chose qu'il attendait était une plaisanterie. A supposer qu'il se soit agi d'une plaisanterie.

– C'est rapport à Debbie, monsieur. Maintenant qu'elle est... Enfin que le bébé est en route, on... on réfléchit sur l'endroit où on va l'élever, ce qui serait le mieux et...

Resnick réfréna un soupir et posa son stylo. Il avait du sommeil en retard, du boulot par-dessus la tête et le superintendant sur le dos.

– Une impasse, Charlie, avait dit Skelton. Je suis très inquiet...

– On pédale dans la semoule. Va bientôt falloir un tuba! avait renchéri Colin Rich avec un ricanement.

Et maintenant, ça.

– Je ne veux pas que vous pensiez que je ne suis pas bien ici, continua Naylor. Au contraire, j'ai appris beaucoup sous vos ordres et si ça dépendait seulement de moi, je...

– Kevin, Kevin, dit Resnick pour l'exhorter à se taire. Une minute, d'accord?

– Oui, monsieur.

Naylor fixa le mur opposé, les mots qu'il n'avait pas pu placer continuant de défiler dans sa tête, dans un désordre absolu.

– Première chose, en matière de loyauté, c'est au gosse que vous vous devez en priorité et non à moi.

Naylor acquiesça.

– Oui, monsieur.

– Deuxième chose, il y a une procédure spécifique pour le problème dont vous parlez et même s'il est de bon aloi que vous m'en informiez, je ne suis pas la personne compétente à ce stade.

– Oui, monsieur.

– Troisième et dernière chose, pour ce qu'elle vaut, ce à quoi Debbie et vous devriez réfléchir, c'est au fait que l'endroit où on élève un enfant compte moins que la manière dont on l'élève.

– Oui, monsieur.

Les doigts de pieds de Naylor remuèrent à l'intérieur de ses souliers. Qu'est-ce qui lui avait pris de venir dans le bureau du chef et de mettre ça sur le tapis?

– A présent, fit Resnick, dites-moi un peu où vous en êtes avec les rendez-vous galants du dénommé Doria.

Lynn Kellogg avait déniché une salopette vert bouteille au fond de sa penderie, un gros pull qui sentait encore un peu la basse-cour et un béret noir. Elle avait complété cet ensemble d'une paire de boots usées, pardessus de grosses chaussettes à rayures, une tenue qui, sans être à la dernière mode étudiante, avait l'avantage de constituer un sujet de conversation à elle seule. Les premiers étudiants auxquels elle avait parlé roulaient en voiture de sport offerte par papa pour leur dix-huitième anniversaire et s'exprimaient d'une voix pâmée, sauf lorsqu'ils confiaient leur terrible déception de n'être pas à Girton.

Deux jours passés sur le campus, à traîner dans les couloirs, à avaler quiches, frites et charlottes à l'abricot ou à parcourir les rayons de la librairie, n'avaient abouti qu'à un sentiment de frustration. Elle n'avait entendu prononcer directement le nom de Doria qu'une seule fois, en traînant du côté du département de linguistique. L'étudiant en question, un grand échalas à mauvaise haleine avait répondu à la première question affable de Lynn, et déguerpi avant qu'elle ait pu achever la seconde, oubliant une pile de livres dans sa hâte.

Linguistique et après-texte, New York et Londres, Oxford University Press, 1975.
« Poésie et Repression : une nouvelle approche », *Étude critique*, v, 1979.
« Sorti de l'Inconscient », *Notes sur le langage moderne*, xcv, 1980.
Nietzsche et la femme : provocation et clôture, Chicago, Ill. et Londres, University of Chicago Press, 1983.
« (Tu as dit que tu ne demandais qu'un) Signe, Mon Amour. Déconstruction et Culture Populaire », Université de Birmingham/Centre d'Études Culturelles Contemporaines, 1984.
Déconstruire et Défigurer; New York et Londres, Methuen, 1986.

Patel abandonna un instant la liste des écrits de Doria et laissa reposer sa tête sur ses avant-bras. Les mots devenaient flous et semblaient sautiller devant ses yeux. Jusqu'ici, il était le seul de sa famille à n'avoir pas besoin de porter des lunettes. Il songea à faire une pause. La pluie avait cessé et il pouvait aller marcher sous les arbres, descendre de la colline jusqu'au centre sportif où il prendrait une douche. Il était libre jusqu'à deux heures et quart, horaire auquel devait débuter le cours magistral que donnerait Doria à ses étudiants de deuxième et troisième année. Il comptait bien y assister et avait acheté pour l'occasion un bloc A4 tout neuf à la papeterie.

– Ce que j'ai du mal à comprendre, monsieur, c'est pourquoi il est avec quelqu'un comme cette – comment s'appelle-t-elle, déjà? – Sally Oakes? Je veux dire, il n'y a rien de mal à travailler au Virgin Megastore, mais c'est sa seule activité et, en plus, elle...

– Elle pourrait être sa fille, finit Resnick à sa place. Vous savez, Kevin, ça n'a rien d'exceptionnel. Certains hommes d'âge mûr préfèrent les jeunes filles, et certaines jeunes filles préfèrent les hommes d'âge mûr.

– Je sais, monsieur, mais regardez les autres sur la liste. Une diaconesse anglicane de cinquante ans, une bibliothécaire du Centre d'histoire locale qui passe ses loisirs à faire de l'escalade dans Peak District, la gérante d'un magasin de vêtements de luxe de Bridlesmith Gate, énonça-t-il en fronçant le nez. Aucun lien apparent.

– Ce qui prouve que notre universitaire aime la variété.

Naylor posa les deux feuillets sur le bureau de Resnick.

– Regardez vous-même, monsieur. Quatre femmes en dix-huit mois. Il est sorti au moins trois fois avec chacune d'elles.

– Et cinq fois avec Sally Oakes, observa Resnick. C'est elle qui semble détenir le record.

– Et il n'attend même pas d'en avoir fini avec une...

– Ou qu'elles en finissent avec lui...

– Avant d'en rencontrer une autre. Regardez comme les dates se chevauchent.

– Avec Oakes en plein milieu, toutes les combien? Toutes les six semaines.

– Oui, monsieur, à peu près.

Resnick soupira et se renversa en arrière dans son fauteuil.

– Et la dernière fois qu'elle l'a vu remonte à deux ou trois mois.

– C'est ça.

– Pourquoi ne se sont-ils pas vus depuis?

– Elle a décidé de cesser de le voir.

– La décision vient d'elle?

– Absolument, dit Naylor.

– Et elle a dit pourquoi?

– Elle a un petit ami régulier et ne voyait pas comment continuer à rencontrer le professeur.

– A-t-elle dit comment il l'avait pris?

Naylor eut soudain le regard fuyant.

– Non, monsieur.

– Vous ne lui avez pas posé la question?

– Non, monsieur.

– Pas grave, dit Resnick, en contournant le bureau, essayant de faire un rapide calcul du temps écoulé entre la rupture de la relation intermittente avec Sally Oakes et le premier meurtre. Six semaines environ. « Bon boulot, Kevin, finit par dire Resnick. Mais je crois qu'une autre conversation avec Sally Oakes s'impose au plus tôt. »

Puis il fit en sorte d'éviter le visage rougissant de Naylor.

L'amphithéâtre était tout en profondeur, avec la classique alternance de bancs et de pupitres disposés en demi-cercle, d'un bout à l'autre de la salle, convergeant vers un tableau noir, un écran et deux chevalets installés sur l'estrade. La salle était aux trois-quarts pleine d'étudiants sur le visage desquels se lisait la perplexité, parfois l'incompréhension. Il y avait ceux qui prenaient fébrilement des notes sans lever le nez et ceux à qui quelques notes parcimonieuses suffisaient. Un garçon dégarni, au visage couvert d'acné, vêtu d'un sweater en laine d'Aran, passa l'heure entière à dessiner une gigantesque toile d'araignée au rotring. Une fille rousse, assise en plein milieu de l'amphi, demeura immobile, les yeux fermés, pendant toute la conférence, sans jamais se départir d'une expression de béatitude absolue sur le visage.

Patel, quant à lui, ne détourna que très rarement son attention de Doria.

La technique du professeur consistait à parler doucement, du haut de l'estrade, et à se référer de temps en temps à un éventail de fiches bristol de moyenne dimension, chacune étant soigneusement mise de côté après utilisation. Parfois il s'interrompait pour écrire un nom au feutre sur une grande feuille posée sur un chevalet et qui serait déchirée plus tard, lorsque l'assistance aurait eu largement le temps de prendre note. Il indiquait au fur et à mesure, les ouvrages ou articles auxquels il faisait allusion, dans la liste écrite au tableau, insistait sur leur importance et sur leur qualité, ainsi que sur la manière de les utiliser dans le cadre d'un travail personnel. Enfin, à intervalles irréguliers, Doria quittait son estrade pour venir s'asseoir sur les bancs du premier rang, dispensant d'un ton plus convivial des anecdotes sur les ultimes quatuors de Beethoven, les solos de Thelonious Monk, les nouvelles de Borges ou les poésies de Kurt Schwitters, ou encore l'influence prépondérante de Brian Clough sur le football anglais en général et sur le milieu de terrain de Forest en particulier.

De concert avec l'assistance, Patel rit de bon cœur tout en cherchant parfois l'astuce.

A un moment, Doria s'avança hors de son périmètre pour passer sa main dans les cheveux de la fille rousse assise au centre. Patel ne put distinguer alors le visage de celle-ci, mais imagina ses traits encore plus béats qu'auparavant.

« Rappelez-vous que, pour Derrida, “ écrire ” a un sens particulier. Pour lui, cela dénote une “ figure libre ”, cette part de n'importe quel système de communication qui ne peut être clouée au sol, qui demeure parfaitement imprévisible. Écrire, dans la perspective de Derrida, ne veut pas dire codifier, limiter. A l'inverse, triomphalement, d'une façon salutaire, l'écriture déplace le sens, démantèle les structures de l'ordre, défie la sécurité et l'équilibre, c'est, conclut-il avec emphase, l'excès! »

Le dernier mot résonna jusqu'au plafond avant de s'estomper dans le silence de la classe. Puis les sièges se rabattirent en cascade lorsque les étudiants commencèrent à se lever pour sortir. Doria regagna l'estrade et rassembla ses fiches avant de les ranger par paquets dans des enveloppes de couleur.

Patel sentait sa tête bouillonner. Il jeta un bref coup d'œil aux notes qu'il avait prises, aux phrases qu'il avait recopiées lorsqu'elles lui paraissaient importantes sans qu'il comprenne clairement pourquoi. Cette conférence avait été exaltante, comme il imaginait que skier devait l'être, ou plonger à travers la Grande Barrière.

La rousse remercia discrètement le professeur de son cours magistral, mais il sembla ne pas l'avoir entendue.

Parmi les trois ou quatre derniers à sortir, Patel s'apprêtait à gravir l'ultime marche avant la porte quand il fut stoppé par la voix de Doria, derrière lui.

– Il ne me semble pas vous avoir déjà vu à mon cours.

– Non, répondit Patel avec déférence. Non, c'est exact.

– Vous ne suivez aucun d'eux?

– Non, je suis désolé.

– Un autre cursus, alors?

– Génie mécanique, dit Patel.

Doria le considéra avec un sourire affable.

– Je me suis beaucoup battu, à une époque, pour une approche moins rigide des études interdisciplinaires, dit-il avec un ton de regret. Hélas, il est difficile de déplacer des montagnes. Il marqua un temps avant d'ajouter : Ce que nous cherchons consiste en une approche déconstructive du formalisme d'un cours magistral, voyez-vous ?

– Oui, dit Patel, je vois.

Il sentait le regard du professeur dans son dos tandis qu'il gagnait la porte et il fit en sorte de se retourner, très posément, avant de la franchir.

« Merci pour cette conférence, Pr Doria. C'était vraiment passionnant. »

Doria inclina très légèrement la tête et les épaules, et Patel quitta l'amphithéâtre.

30

– Que vaut le café, ici ?

Kevin Naylor leva le nez des tee-shirts et des cassettes et regarda en direction de la cafétéria.

– Aucune idée, monsieur.

Resnick s'avança un peu plus près et crut identifier un percolateur italien.

– La charmante Sally travaille où ?

Naylor désigna le rez-de-chaussée.

– Aux nouveautés, rock'n'roll et compagnie, en bas.

– Bien, touchez-en deux mots au directeur ou au chef de rayon pour qu'on lui accorde une pause. On se mettra ici pour discuter.

Il commanda un double espresso, ce qui créa une certaine confusion, et s'installa à une table au fond, près du mur. La cafétéria occupait une grande partie du dernier étage. L'endroit, décoré de plantes vertes et d'écrans vidéo, était spacieux et agréable, si l'on trouvait un moyen de se protéger les oreilles des astuces pour débiles balancées par le DJ maison.

Le café n'était pas aussi fort qu'il aurait dû l'être,

comme celui de la brûlerie du marché couvert. Une question de grains, probablement. Il l'avait presque terminé quand Naylor reparut avec Sally Oakes. Et Resnick songea que, même lorsqu'on ne s'attendait à rien de particulier, il était possible d'avoir des surprises.

Elle semblait bien maigrichonne dans son jean et son tee-shirt et, bien qu'il la sût âgée de dix-neuf ans, il fut étonné qu'elle les paraisse à ce point. Ses cheveux bruns, coupés très court, ressemblaient à de la fourrure. Elle portait une petite étoile d'argent à la narine gauche et un bracelet fantaisie en cuir noir au poignet.

Elle considéra Resnick d'un œil intrigué, puis, finalement, se décida à s'asseoir en face de lui.

– Vous êtes son patron? s'enquit-elle en désignant Naylor d'un signe de tête.

– En quelque sorte. Café?

Sally Oakes prit une profonde inspiration.

– Coke.

– Espresso pour moi, dit Resnick à l'adresse de Naylor. Un grand.

Resnick attendit qu'il se dirige vers le bar pour se présenter.

– Vous avez une cigarette? demanda-t-elle.

– Je crains que non.

Sally Oakes se leva et gagna une table voisine où deux jeunes gens étaient assis devant leurs portions de frites. Elle se fit d'abord offrir une cigarette, puis du feu. Resnick était certain qu'ils ne se connaissaient ni d'Ève ni d'Adam.

– Alors, dit-elle en se rasseyant et en tirant une bouffée. Qu'a donc fait ce vieux William James?

– Il a fait quelque chose?

– Dites, vous me prenez pour une demeurée? dit-elle avant d'avaler une gorgée de Coca en regardant Naylor du coin de l'œil. D'abord lui, maintenant vous. Ce n'est pas moi qui vous intéresse, je me trompe?

– Que pensez-vous qu'il ait pu faire? enfin, en supposant.

– Je suis censée le savoir?

– Peut-être le deviner.

Elle cligna des paupières, légèrement excédée.

– A quoi on joue, là? Donjons et Dragons version flic? On se regarde en chien de faïence jusqu'à ce qu'il y en ait un qui se décide à bouger?

– Bien vu, c'est à peu près ça.

Elle sait, pensa Resnick. Elle sait ou bien elle se doute. Et elle se tait.

« Comment en êtes-vous venue à sortir avec lui? » demanda Resnick, changeant de tactique. « De prime abord, ça ne paraît pas évident. »

– Je pensais que ça pourrait être marrant.

– Et ça l'a été?

Sally tira sur sa cigarette, inclinant légèrement la tête sur le côté.

– Non.

– Vous avez néanmoins continué de sortir avec lui. Pendant près d'un an.

– Je n'ai jamais dit qu'il n'était pas intéressant.

– Mais?

– Mais, rien, dit-elle avec un haussement d'épaules.

– Vous avez cessé de le voir.

– J'avais quelqu'un d'autre.

– Si vous aviez voulu, vous auriez pu continuer à le voir. Il suffisait de dire que c'était votre oncle.

– C'est ce qu'elles font avec vous?

Resnick répondit par un large sourire. Naylor, qui était en train de boire une gorgée de son cappuccino, s'en mit plein les moustaches en s'étranglant.

– Vous auriez cessé de le voir de toute façon, n'est-ce pas? risqua Resnick. Après la dernière fois.

– Qu'est-ce que vous entendez par là?

– Après ce qui s'est passé la dernière fois que vous l'avez vu.

– Qu'est-ce que vous savez?

– Seulement ce que vous allez m'en dire.

Sally Oakes se tourna de profil et tira trois bouffées

à la suite. Le DJ interrompit son histoire d'amour avec lui-même le temps de passer *My Baby Just Care For Me* de Nina Simone.

– Je peux avoir un autre Coca?

Resnick fit signe à Naylor.

« La première fois, commença Sally Oakes, enfin, les deux premières fois, j'ai cru que ça ne l'intéressait pas. Qu'il ne cherchait pas vraiment à ce qu'il se passe quelque chose. De sexuel. Et puis, j'ai fini par comprendre ce qui le branchait, ce qu'il attendait de moi... en fait, il voulait me regarder, voyez? Alors je me suis dit, O.K.! pas de problème, s'il préfère s'amuser tout seul, après tout si c'était bon pour Elvis... »

Elle écrasa sa cigarette.

« Ensuite, on est allé dans cette boîte. Il y avait deux orchestres qui passaient, des orchestres locaux, et lui a fait son truc habituel d'écouter la moitié du temps comme si les mecs étaient la réincarnation de je sais pas quoi, et le reste du temps à me parler à l'oreille pour me servir une de ses théories pointues sur tel ou tel truc, mais honnêtement, je faisais seulement semblant d'écouter. Après, on va chez moi et je me dis qu'on va faire comme d'habitude, mais non, voilà qu'il se met dans tous ses états, comme s'il avait envie d'essayer toutes les positions une par une, change d'idée, un pas en avant, deux pas en arrière. Moi, je commence à me demander où il m'emmène comme ça et puis, tout d'un coup, le voilà qui se lève et fonce dans la salle de bains. Je ne sais pas ce qu'il a foutu, j'imagine qu'il est allé se branler, mais bon, quand il revient, j'ai droit aux vieilles vannes sur les douches froides, et il s'est calmé. Il veut juste rester assis là, avec un verre dans une main et l'autre main baladeuse, pendant qu'on se tape un film allemand sinistre sur Channel Four. Pour changer... »

Elle prit son verre et avala la moitié du Coca d'un trait.

– Et ça a continué comme ça tout le restant de la soirée?

– Vous blaguez? Non. Il a recommencé à me peloter pendant une demi-heure, vers la fin de la soirée, tout en faisant l'inventaire des cassettes que j'avais ramenées d'ici. Il avait l'air particulièrement branché par le hip-hop.

Tu m'étonnes, songea Resnick.

– Parlez-moi de votre dernière rencontre, Sally, dit-il. Si cela ne vous gêne pas.

– Comme celle que je viens de vous raconter, ou presque. Un coup il parle seulement avec des mots de quatre syllabes, et la minute d'après avec des mots de quatre lettres. Ce soir-là, il m'a cloué au sol pendant qu'il...

Elle s'interrompit et baissa la voix, les yeux fixés sur le visage de Resnick.

« Il y a des tas de choses qui ne me gênent pas, contrairement à beaucoup de filles, mais je peux vous le dire... Il m'a fait mal. »

– Vous voulez dire qu'il vous a frappée?

– Non. Il m'a fait mal.

Resnick se demanda pendant un instant ce qui pouvait ainsi faire rire Millington et Mark Divine, puis se dit qu'il préférait ne pas le savoir.

Il avait déchargé Lynn Kellogg de ses travaux de prospection sur le campus pour l'envoyer prendre la déposition de Sally Oakes et s'assurer que celle-ci avait tout dit.

Graham Millington se détourna de Divine pour décrocher un téléphone qui sonnait et aperçut Resnick.

– Vous avez une minute, monsieur? dit-il, en venant au-devant de lui.

Mark Divine prit la communication à sa place.

« C'est un chaud, celui-là », démarra Millington avec enthousiasme. « Un client tout ce qu'il y a de sérieux. »

– Vous pensiez ça aussi de notre ancienne gloire du catch, rappela Resnick au passage.
– Sloman, railla Millington. Je persiste à penser que ce type est franc comme un âne qui recule.
– Et celui que vous avez vu?
– L'inspecteur Grafton s'occupe de son cas, et pas qu'un peu.
– Graham, soupira Resnick, on s'accroche tous à une solution envisageable. Parce qu'on a tous envie que cette affaire soit réglée. C'est ça ou bien une autre femme qui va terminer sa soirée de la même façon que Shirley Peters ou Mary Sheppard.
– Je sais, monsieur, mais...
– J'aurais parié deux mois de salaire sur Macliesh. Drame de la jalousie, affaire classée. Vous vous êtes attelé au cas Sloman parce que certains faits paraissaient correspondre et qu'il avait le physique de l'emploi. Qu'y a-t-il de différent à propos de ce type?
Qu'est-ce qui lui prend? se demanda Millington. Voilà qu'il parle comme un avocat de la défense.
– D'abord, il y a son passé psychiatrique, monsieur. Ce type n'est pas seulement un psychopathe. Il a lui-même avoué être un maniaque sexuel.
– D'après ce que je sais, il a seulement avoué des pulsions, pas un passage à l'acte.
– A ce qu'il dit.
– Il y a d'autres éléments?
– Le rapport du psychiatre. D'après lui, dès que le traitement s'arrête, notre client redevient comme un castor à la saison des amours.
– Ce sont les termes du rapport?
– Plus ou moins, enfin, je traduis.
– C'est gentil de votre part.
Avec Millington, le moindre trait d'humour ou d'ironie tombait à plat.
– Et puis il y a son histoire avec Shirley Peters. Il admet lui avoir écrit, avoir obtenu un rendez-vous, un lundi soir, trois semaines avant qu'elle ne soit assassinée.

– Mais il ne reconnaît toujours rien d'autre?
– Bine sûr que non, il n'est pas stupide.
– Je pensais qu'il l'était. Et que c'était justement là le problème.
– Ce que je pense, monsieur, c'est que ça n'a pas de sens. Ça ne peut pas coller. Il a rencontré toutes les autres femmes avec lesquelles il était en contact. Toutes sauf celle à qui il est précisément arrivé des bricoles. Comme par hasard, celle-là, il tourne les talons au moment de la rencontrer.
– Alors pourquoi l'avoir mentionnée?
– Comment ça, monsieur?
– Pourquoi avouer qu'il la connaissait?
– L'idée de l'inspecteur Grafton, c'est qu'il a dû croire que nous avions une liste de celles avec qui il avait correspondu, ou même carrément les lettres. Dès lors, il était bien obligé d'admettre le minimum.
– Et à aucun moment de l'interrogatoire, il n'a lâché d'un pouce sa version? Il a juste aperçu Shirley Peters et rebroussé chemin sans jamais la revoir ensuite.
– C'est ce qu'il persiste à dire.
– Et qu'est-ce que vous pensez de tout ça, Graham?
– Pour moi, aucun doute, monsieur, dit Millington. Il ment.

Resnick rédigea un mémo à l'intention de Lynn Kellogg et un autre à l'intention de Patel, leur demandant un rapport en urgence. Lorsqu'il appela Skelton, celui-ci était en réunion. Le DCI était présent et Resnick lui demanda s'ils comptaient procéder bientôt à une arrestation.
– Vous voulez dire Simms, le maniaque sexuel de Grafton?
– Tout juste.
– A titre officieux, Charlie, je pense que c'est imminent. A moins que vous n'ayez quelque chose de plus conséquent à nous proposer.

Resnick dit qu'il n'avait rien de plus conséquent à proposer.

– Vous ne nous cachez rien, Charlie?

– Vous pensez bien que non, répondit Resnick avant de raccrocher.

Ce qu'il raconterai lors du prochain briefing serait probablement un peu différent, mais pour le moment, il avait besoin de réfléchir.

Un peu moins d'une heure plus tard, il était assis dans son fauteuil, avec Bud autour du cou. Le chat était couché contre sa nuque, frottant sa tête contre son menton et lui caressant l'autre joue avec sa queue. Resnick écoutait la respiration voluptueuse de l'animal et les bruits de moteur sporadiques en provenance de la rue. Il y avait sûrement un moyen de rassembler tout ça, mais il ne l'avait pas encore trouvé. Il y avait sans doute quelque chose à faire avec un quart de livre de champignons et un demi-poivron rouge. Enfin quelque chose d'autre qu'une omelette dans laquelle il jetterait le tout haché menu.

Ce fut seulement quand il comprit qu'il n'y avait pas d'alternative à l'omelette qu'il souleva gentiment Bud pour le poser par terre et décida d'appeler Rachel.

Elle ne vint au téléphone que lorsque Carole eût mené au préalable un interrogatoire circonstancié.

– Elle a oublié de me demander le nom de jeune fille de ma mère, dit Resnick.

– Désolée, expliqua Rachel. Carole filtre les appels à cause de Chris.

– Que se passe-t-il?

– Oh! rien, seulement il m'attendait hier soir, quand je suis rentrée.

– Après qu'on se soit quitté?

– Oui.

– Bon sang!

– Ç'aurait pu être plus grave, j'imagine. Il était dans tous ses états. Très en colère et puis il s'est montré violent.

– Il ne vous a pas frappée?

– Non, ça n'a pas été jusque-là. Carole m'a ouvert la porte avant que les choses ne dégénèrent. Il est resté un moment à guetter et puis il a fini par partir. Depuis, il a essayé plusieurs fois d'appeler. Pour m'emmerder ou pour s'excuser, je ne sais pas, je me suis débrouillée pour l'éviter.

– Vous voulez que je fasse quelque chose?

– Vous ne pouvez rien faire.

– Vous, par contre, vous pouvez faire quelque chose pour moi.

– Quoi?

– Me sauver d'une autre omelette aux champignons.

– Charlie!

– Vous aviez dit que c'était mon tour de vous appeler.

– Je ne voulais pas dire dans moins de vingt-quatre heures.

– Vous n'avez pas été précise à ce point-là.

– Je sais. Mais de toute façon, j'ai déjà mangé.

– Ah! dit Resnick demeurant silencieux un instant. Et vous aviez prévu quoi?

– Prendre un bain et au lit.

Formidable, pensa Resnick. J'ai tout le nécessaire ici.

« Vous avez entendu ce que je viens de dire, Charlie? » demanda Rachel, comme il ne répondait pas.

– J'étais en train d'y penser.

– Vous n'êtes pas en train de me faire un numéro de Pervers Pépère, au moins?

– Venez.

– Pour quoi faire?

– Pour que je vous présente mes chats.

Elle ne dit rien pendant plusieurs secondes, puis.

– A quoi bon résister?

A l'exception de Dizzy, qui adressa à l'intruse un regard dédaigneux, les chats se montrèrent bien élevés comme chaque fois que Resnick avait des invités, ce qui était relativement peu fréquent.

– Je vous sers un verre?

– Vodka-tonic?

– Difficile.

– Gin?

– Ben...

– Qu'est-ce que vous avez en magasin?

Ils se retrouvèrent sur le canapé avec deux verres de Black Label et Art Pepper sur la platine jouant *You'd be So Nice to Come Home To.* Resnick ne mentionna pas le titre, craignant la fausse note, mais fit observer le lien avec Pepper le chat. Il s'apprêtait à dire autre chose lorsque Rachel se pencha vers lui et posa un doigt sur ses lèvres.

– Charlie...

– Hmmm?

– Ne dites plus rien et laissez-moi écouter.

En renouvelant les consommations, il dénicha un vieux 33 tours de Sinatra, intitulé *Songs for Young Lovers.* Rachel attendit *Someone to Watch Over Me* pour demander :

– Charlie, est-ce que par hasard vous tenteriez de me séduire?

– Moi?

– Vous ne vous en rendez même pas compte?

– Non.

– Êtes-vous honnête?

– En général.

– Et maintenant?

– Totalement.

– Parce que, dans l'hypothèse où vous tenteriez de me séduire, je n'ai pas mis mon diaphragme.

– Ah!

– Et je ne voudrais surtout pas que vous pensiez que je suis le genre de femme à l'emporter partout où elle va.

– Bien sûr que non.

– Même s'il se trouve que je l'ai dans mon sac à main.
– Ah bon!
Il la débarrassa de son verre de whisky et elle l'embrassa. Puis il posa son verre à côté du sien.
Et ils s'embrassèrent.
Les chats avaient, depuis un moment déjà, renoncé à trouver un coin tranquille quelque part sur le canapé quand Rachel prit la main de Resnick et l'invita à se lever.
– Ne pensez-vous pas qu'il est temps de me montrer la chambre?
– Oui, je crois.
– Et aussi la salle de bains, en passant.

– Au nom du Ciel, qu'est-ce que tu crois être en train de faire?
Rachel attendit bien quinze secondes que le miroir de la salle de bains lui renvoie une réponse intelligente, puis tira la chasse d'eau et éteignit la lumière.

– Ça va?
– Hmm.
– Vraiment?
– Non, je ne crois pas.
Resnick soupira et roula sur le côté. Il avait les yeux fermés et la respiration haletante. Il attendit qu'elle reprenne un rythme normal avant d'ouvrir les yeux et de fixer le plafond.
– Charlie, murmura Rachel en se blottissant dans le creux de son épaule, l'entourant de son bras. Ça n'a pas d'importance.
Resnick ne répondit rien.
« Honnêtement. »
– Hum...
Doucement, elle l'embrassa sur la joue, puis promena ses lèvres parmi le poil dru de sa poitrine, goûtant la sueur et le sel.

– N'y pense plus.

Mais Resnick continua de penser. Au visage de chat écorché de Sally Oakes, toute frêle dans son tee-shirt noir. A la petite fille aux poupées. A leurs voix, dont les paroles se répondaient comme un écho.

Rachel se serra contre lui et il lui caressa lentement le dos en partant du bas de sa nuque.

« Charlie », dit-elle dans un murmure. « N'arrête surtout pas, c'est délicieux. »

Elle n'ajouta rien d'autre car elle s'endormit.

Lorsqu'elle se réveilla, il faisait noir et elle était seule dans le lit. Le cadran lumineux de sa montre indiquait presque 2 h 30. Elle se glissa hors des draps en veillant à ne pas déranger le chat endormi, pelotonné sur la couverture.

Elle trouva Charlie dans la petite chambre, le nez à la fenêtre, immobile. Rachel posa sa joue contre son dos et passa ses bras autour de lui. Au bout d'un instant, il se retourna vers elle et, lorsqu'elle l'embrassa, elle sentit la trace des larmes, encore humide, sur son visage.

« Pourquoi pleures-tu, Charlie? »

– A cause des enfants...

– Quels enfants?

– Tous les enfants.

31

– Charlie.

– Hmm?

– Charlie.

Il se retourna, à moitié endormi, guidé par sa voix, le contact doux de sa peau, la chaleur de son corps.

– Il y a quelque chose sur ma tête.

– Hmm.
La main de Resnick tâtonna, effleurant le sein de Rachel au passage.
« Allez, Dizzy, descend de là... »
En soulevant le chat, il fit attention à ce que ses griffes n'accrochent pas les boucles de Rachel et, une fois qu'il l'eut posé sur le sol, attendit qu'il tente de remonter sur le lit pour le repousser plus énergiquement. Dizzy se glissa hors de la chambre extrêmement vexé.
« Jaloux », grommela Resnick.
– Il n'a pourtant aucune raison.
– Faudra qu'il s'habitue.
Rachel promena son doigt sur le bras de Resnick.
– Pas fatalement.
Il la regarda, d'assez près pour voir dans ses yeux le reflet de son visage, et referma sa main autour de la sienne.
« Quelle heure est-il, Charlie? »
Il lui leva le bras de manière à lire l'heure à sa montre.
– 6 h 10.
– Il faut que je parte à sept heures.

A moins cinq, Rachel buvait son café tout en se passant du fard à paupières. Derrière elle, Resnick fouillait dans la penderie à la recherche d'une chemise.
– Tu as été marié, Charlie. Pourquoi n'avez-vous pas eu d'enfants?
– Ça aurait pu se faire, juste après, au cours de la première année. Mais à l'époque, c'était moi qui n'étais pas sûr, qui préférais attendre. Je venais de rentrer dans la police, j'avais sans doute peur de ne pas pouvoir tout de suite mener les deux choses de front. Par la suite, les choses ont été différentes. C'est elle qui avait d'autres projets.
Elle l'observait dans le miroir tandis qu'il rentrait sa chemise dans son pantalon. Il la regarda.

– Et toi?

Rachel consultait son éphéméride, une main à l'intérieur de son manteau. Ils étaient dans le vestibule.

– On était jeunes. Boulot d'abord.

– Et maintenant?

– Je n'y pense que rarement, et sans vraiment savoir si j'en veux ou pas, dit-elle en rangeant le carnet dans son sac et en finissant de boutonner son manteau. Mais je crois que si j'en voulais, ce serait déjà fait.

Elle sentit son regard posé sur elle et lut dans ses pensées. Cela la mit un peu mal à l'aise.

« Au revoir, Charlie », dit-elle en ouvrant la porte. Dehors il faisait encore sombre.

– Je t'appelle.

– Non.

Rachel remarqua ses yeux soudain rétrécis par l'inquiétude.

« C'est mon tour de t'appeler. »

Soit Jack Skelton avait fait l'acquisition d'un nouveau costume, soit il en avait exhumé un de sa garde-robe que Resnick avait oublié. Le superintendant pénétra dans la salle de conférences d'un pas pressé, plus nerveux qu'à l'ordinaire. Aux photos des victimes affichées au mur s'ajoutaient à présent des clichés de Leonard Simms, de face et de profil. Il arborait une expression effrayée, les yeux légèrement exorbités et les joues creuses, comme s'il cherchait à reprendre sa respiration.

– La version destinée à la presse sera la suivante : « Un homme a fourni des éléments déterminants dans l'enquête sur les meurtres de Shirley Peters et Mary Sheppard. Ni lui ni personne n'a encore été inculpé, mais nous comptons procéder à une arrestation dans les plus brefs délais. »

– Les plus brefs délais, fit Colin Rich. Pourquoi pas tout de suite?

– Comme d'habitude, il était difficile de savoir s'il

posait une question précise ou s'il se contentait de déconner tout haut.

Le superintendant décida de répondre.

– Jusqu'ici, Simms a répondu à nos questions de son plein gré. Il a demandé à voir son médecin, ce qui a été accordé, mais il a toujours dit qu'il ne voulait pas d'avocat. Il est, semble-t-il, en train de changer d'idée à ce sujet et je ne suis pas convaincu que nous ayons des preuves suffisantes pour une inculpation. Il persiste à nier avoir été en contact avec Shirley Peters et nous n'avons pu établir aucun lien entre lui et le second meurtre.

– Ceci mis à part, intervint Parker, ce type reste notre grand favori.

– Mais cela ne nous empêche pas d'explorer d'autres voies entre-temps, ajouta Skelton.

– Même des voies sans issue, hein Charlie? ricana Colin Rich.

Le superintendant avait demandé à Resnick de remettre au moins deux membres de son équipe à disposition de l'enquête principale. Pour contacter les magazines spécialisés, les clubs de rencontres, les boîtes pour célibataires.

Et empiler la paperasse.

Patel avait dactylographié son rapport avec son application coutumière. Il avait utilisé force Tipp-Ex en partie à cause de ses doutes – partagés par une grande partie de la population – concernant le bon usage de l'apostrophe. Resnick posa les quelques feuillets agrafés sur le comptoir et ôta avec sa cuillère le chocolat en poudre sur la mousse de son cappuccino. La liste des publications, les états de services et les notes biographiques n'apportaient pas grand-chose. Quant aux notes prises au cours de la conférence sur Derrida et la déconstruction, il se demanda si elles signifiaient pour Patel davantage que des mots mis bout à bout. Répression, défiguration. Provocation, clôture.

– Vous faites des heures supplémentaires, inspecteur?

Suzann Olds se tenait derrière lui, lisant par-dessus son épaule. Resnick referma le rapport et le rangea dans l'enveloppe.

« Peut-être un peu lourd avant le déjeuner, non? » dit-elle, en s'asseyant sur le tabouret à côté du sien.

– Documentation, expliqua-t-il.

– Plutôt intellectuel, en tout cas, fit-elle en prenant un paquet de cigarettes dans son sac à main. Vous êtes un homme surprenant. Vous suivez le télé-enseignement universitaire, n'est-ce pas? Plan de carrière ou simple hobby?

– J'ignorais que vous fréquentiez cet endroit?

– Pour être honnête, je préfère l'espresso bar, mais il n'y a jamais un siège de libre.

– Le café est meilleur ici.

– Il est plus fort.

– C'est ça.

Suzanne Olds posa une pièce de 500 pence sur le comptoir et dit à la jeune fille de garder la monnaie.

– L'enquête progresse?

– Nous comptons procéder à une arrestation dans les plus brefs délais.

– Merci, dit-elle en tournant la tête pour souffler la fumée, j'ai lu la première édition.

– Alors vous êtes au courant.

– D'après ce que j'ai entendu dire, vous avez mis la main sur un exhibitionniste à moitié demeuré qui fait tout ce qu'il faut pour décrocher le gros lot.

– Vous ne le représentez pas?

– Je ne crois pas qu'il soit représenté.

– De plus, dit Resnick, si vous lisez jusqu'au bout, vous verrez qu'il est libre de ses mouvements.

– Jusqu'où et jusqu'à quand?

Il souffla sur son café et l'avala en trois gorgées.

« Vous ne pensez pas que ce soit lui, avouez? » dit-elle en penchant la tête vers Resnick, lui rappelant au passage qu'il n'aimait pas son parfum, ni ses pommettes saillantes.

– Vous croyez?

– Inspecteur, j'ai pu voir comment vous êtes quand vous croyez un homme coupable. Cet interrogatoire de Macliesh...

– C'était une erreur.

Elle posa la main sur sa manche.

– Vous m'avez quand même impressionnée.

– Il faut que j'y aille, dit Resnick en rangeant l'enveloppe dans sa poche intérieure, avant de descendre du tabouret.

– Vous savez, dit Suzanne Olds. Vous pourriez être un homme très séduisant si seulement vous vous en donniez la peine.

Resnick ne se donna pas la peine de se retourner.

Il y avait toujours un rôti de porc pour Noël. Son père découpait des tranches d'un demi-centimètre, après l'os, accompagnées de panais et de pommes de terre au four, sans oublier la sauce aux pommes à laquelle sa mère ajoutait toujours un demi-verre de brandy au dernier moment. Sa mère ne la lâchait plus à ce sujet depuis sa dernière lettre et reprenait le même couplet, au téléphone, chaque dimanche, à onze heures et demie.

« Tu seras à la maison? Tu viendras? La veille de Noël, dit ton père. En plus, il aurait bien besoin d'un coup de main pour la dernière livraison. Il y a bien un p'tit gars, mais il n'est pas très sûr qu'il viendra l'aider. Et puis il y a le poulet pour ton inspecteur... »

Lynn se demandait comment elle pourrait s'arranger pour être de service à l'occasion des fêtes de fin d'année.

– Un problème?

Elle n'avait pas entendu Resnick entrer.

– Non, monsieur.

– Vous avez l'air de vous sentir coupable à propos de quelque chose.

– A cause de Noël, monsieur.
– Pourtant, vous n'êtes pour rien dans ce qui est arrivé ce jour-là.

Deux téléphones se mirent à sonner en même temps. Mark Divine en prit un dans chaque main et tourna la tête d'un récepteur à l'autre.

– CID, j'écoute.

Il demanda à l'un des correspondants de ne pas quitter et adressa un signe à Resnick qui répondit par la négative.

« Il est occupé pour le moment. Pouvez-vous rappeler un peu plus tard ? »

Divine haussa les épaules et reposa le combiné.

« Raccroché, monsieur. »

Resnick se tourna vers Lynn Kellogg.

– Vous avez vu la fille ?
– Sally Oakes, oui, monsieur.
– Comment vous l'avez trouvée ?
– Bizarre. Vraiment bizarre. Taillée dans une allumette, mais alors ce regard !... J'ai dix ans de plus qu'elle et pourtant, j'avais l'impression d'être retournée à l'école.

Curieux, songea Resnick, comme son accent du Norfolk revenait chaque fois qu'elle restait un moment à rêvasser à son terroir.

« Et ce manège avec Doria. Je n'arrive pas à comprendre comment elle a pu trouver les mots pour me le raconter. Sans parler de comment elle en est arrivée à subir ça de la part d'un homme... »

Elle sentit qu'elle se laissait entraîner par ses émotions et redressa la barre avec toute la grâce dont elle était capable. Resnick en eut conscience mais, impressionné, préféra ne rien dire et la laisser continuer.

« En tout cas, elle ne s'est pas gênée pour l'envoyer paître. Et ces choses-là ne sont pas toujours simples... »

Pour moi, par exemple, pensa-t-elle, qui partage un appartement et un lit à deux places avec un homme qui ne m'inspire plus le moindre sentiment. Et tout ça parce que c'est moins difficile que de trouver les mots pour lui dire d'aller vivre ailleurs son histoire d'amour avec son vélo.

« ... Elle lui a montré la sortie et, d'après elle, il n'a pas fait d'histoires. Pas une seconde, elle ne m'a donné l'impression de s'être jamais sentie intimidée par lui. »

– Contrairement à vous, si je me souviens bien?

– Absolument. Moi, je me sentais toute petite.

– A cause de quoi? Sa manière de parler?

– Pas seulement. L'atmosphère de la pièce, tous ces livres que je n'ai jamais lus et que je ne lirai jamais, le sherry. On est loin du Norfolk.

– Pas mal de choses et d'endroits sont loin du Norfolk, fit Resnick avec un sourire.

– Mais pour Sally Oakes, rien de tout cela ne semblait avoir la moindre importance.

Resnick sentit Lynn Kellogg frissonner intérieurement et lui rappela les propres mots qu'elle avait utilisés à propos du regard de Doria.

– Oui, monsieur. Comme s'il me regardait derrière un masque.

– Si vous avez vu juste, le masque n'a pas l'air de tomber souvent. Votre rapport ne mentionne aucune rumeur à son sujet dans le campus.

– Aucune histoire croustillante, aucune rumeur concernant une éventuelle aventure avec l'une de ses étudiantes. Et d'après ce que j'ai entendu, il semble être le seul à ne pas sacrifier à la coutume, parmi les enseignants.

– Certaines lectures suivies doivent finir par donner des idées, glissa Resnick.

– Vous pensez vraiment, monsieur?

Lynn Kellogg se souvint du jour où un de ses petits copains lui avait offert un exemplaire d'*Histoire d'Ô*. Et aussi du jour où elle lui avait tapé dessus avec.

– C'est seulement une idée. Au fait, vous savez où est passé Patel?

– Oui. Il assiste à un thé dansant. L'Association « Mieux vaut tard », pour les veufs et les divorcés.

– Quand il reviendra, voulez-vous lui dire que j'aimerais assez qu'il me donne un cours particulier.

Lorsque Resnick termina son service, Patel n'avait toujours pas donné signe de vie. Peut-être s'était-il fait enlever par une matrone séduite par son jeu de jambes au fox-trot.

Il s'absenta quelques minutes pour traverser la rue et acheter le journal, dont la manchette promettait « une arrestation imminente dans l'affaire du double meurtre ». Au retour, il croisa Divine qui dévalait les marches quatre à quatre et manqua de justesse de s'étaler.

– Il y a eu un autre appel pour vous, monsieur, il n'y a pas une minute. Il avait l'air pressé de vous joindre et a demandé où on pouvait vous contacter. Moi, je vous croyais parti, alors je lui ai dit de rappeler demain.

Resnick acquiesça.

– Il a dit vers quelle heure il appellerait?

– Non, mais je crois bien que c'était le même que tout à l'heure.

– D'accord. Merci, dit Resnick en remontant à son bureau.

Il composa le numéro du Service social. C'est Carole qui répondit. Rachel était en rendez-vous à l'extérieur et rentrerait directement à la maison. Resnick la remercia et dit qu'il la rappellerait là-bas plus tard si elle n'y voyait pas d'inconvénient.

– Essayez, dit-elle, mais vous aurez de la chance si vous parvenez à la trouver. Elle repasse juste se changer avant de repartir à Sheffield voir une amie.

– Dans ce cas, peut-être attendrai-je demain, dit Resnick, mais soyez gentille de lui faire part de mon appel, s'il vous plaît.

– Bien sûr, dit Carole avant de demander : Est-ce vous qui avez appelé tout à l'heure?

– Non, pourquoi?

– Pour rien. Simplement, le standard a pris deux communications, mais on n'a pas laissé de nom.

– Ce n'était pas moi.
– Son ex-petit copain, probablement.
– Peut-être.
– Chiant, celui-là !
Resnick se remit à feuilleter son journal et découvrit en dernière page que l'équipe de County recevait sur son terrain.

Même après que Renick était redevenu un fidèle supporter de Trent, il n'était pas allé assister aux matchs pendant des mois et lorsqu'il s'était décidé à y retourner, l'équipe avait commencé à dégringoler. Sa plus forte période d'assiduité dans les tribunes de London Road avait corrrespondu, pour l'équipe, à une chute de deux divisions en autant de saisons. Il gardait notamment le souvenir d'un match en nocturne au cours duquel Villa leur avait mis huit buts dans les yeux grâce à un ailier blond particulièrement déchaîné. Ce match-ci se déroulait également en nocturne, sous l'abondante lumière des projecteurs, mais c'était bien là le seul point de comparaison.

L'équipe adverse avait emmené pour l'occasion deux douzaines de supporters isolés dans leur tribune et visiblement peu enthousiastes. Les gobelets de Bovril et le saucisson chaud circulaient dans les rangs pour la forme mais sans entrain.

Resnick se tenait à proximité d'un petit noyau d'habitués qu'il connaissait vaguement et dont le goût prononcé pour chaque erreur tactique, faute ou coup franc émanant de County, élevait le cynisme au rang d'art. Les insultes directes étaient exclusivement réservées aux arbitres mesurant moins d'un mètre soixante et aux ex-internationaux britanniques, les plus grossières d'entre elles formulées en polonais.

La première période ne suscita, parmi les spectateurs, aucun élan d'exaltation propre à faire oublier le froid qui régnait. Elle se solda par dix-sept hors-jeu, trois corners et aucun tir au but. Durant la mi-temps,

Resnick parcourut à nouveau les notes de Patel, qu'il avait glissées à l'intérieur de son programme. Les quarante-cinq minutes restantes furent du pur County. Un ballon arrivant de nulle part sur un joueur démarqué termina miraculeusement dans les buts adverses et, à l'exception d'un joueur, toute l'équipe resta massée dans les vingt-deux mètres jusqu'aux cinq dernières minutes au cours desquelles ils encaissèrent deux buts. Un, dû à la malchance, et un autre à une erreur de défense. Ils parvinrent néanmoins à décrocher un penalty dans les soixante dernières secondes, mais l'ultime chance d'égaliser s'envola au-dessus de la barre transversale.

– Face à n'importe qui d'autre, c'était du 3-0, dit une voix derrière lui.

Les mains dans les poches, Resnick acquiesça sans se retourner, suivant le mouvement en direction de la sortie.

« Mais, bon, c'est ce qui les rend si drôles à regarder. »

Quelque chose dans le ton de la voix conduit Resnick à tourner la tête et à ralentir le pas.

« Je ne vous voyais pas en supporter de County, inspecteur. Plutôt de Forest. »

– Ça remonte loin.

– Un jour ou l'autre, on revient de ses propres égarements.

Ils se tenaient de l'autre côté de l'entrée du marché aux bestiaux, immobiles parmi le flot de spectateurs qui sortaient. Un agent à cheval raccompagnait les supporters en visite jusqu'à leur autocar.

– Professeur Doria, finit par dire Resnick.

– William Doria, c'est exact, répondit-il en tendant la main. Et vous êtes l'inspecteur Resnick.

– C'est ça.

Doria prolongea plus que nécessaire la poignée de main, solide et ferme. Il était plus petit que Resnick, d'environ cinq centimètres et portait un long pardessus de laine noire. Le bas des jambes de pantalon était rentré dans d'épaisses chaussettes de laine qui remontaient au-dessus de boots en cuir marron. Il était coiffé d'un chapeau mou d'où s'échappaient des cheveux noirs grisonnants et avait noué une écharpe noire et blanche à l'emblème de County autour du col de son manteau.

– Je vous ai reconnu à cause de cette photo dans le journal, il y a déjà quelque temps. Une affaire d'abus sexuel sur une petite fille, je crois. Triste histoire, bien sûr, mais tellement symptomatique de notre époque.

Resnick ne vit pas en quoi cela rendait l'histoire moins triste.

« Mais bien sûr, à présent, votre énergie est tout entière concentrée sur le meurtre de ses deux malheureuses jeunes femmes », dit-il, ponctuant ces mots d'un étrange battement de paupières. « J'ai lu que la conclusion était imminente. La victime devrait bientôt être livrée à la justice. »

– La victime?

– Bien souvent, inspecteur, l'auteur de tels crimes contre la personne humaine, qu'il s'agisse de cette petite fille ou de ces deux femmes, est aussi une victime.

Mais pas la victime qu'on viole, se dit Resnick. Pas celle qu'on assassine.

« Mais peut-être n'êtes-vous pas d'accord sur ce point? » ajouta-t-il au bout d'un instant.

– J'ignorais que votre terrain était la sociologie, professeur, dit Resnick.

Doria sourit.

– Rassurez-vous, il n'en est rien. Je dirais même que j'ai assez peu de sympathie pour le genre de théorie visant à expliquer l'aberration d'un comportement par le chômage ou l'urbanisme concentrationnaire.

– Et quelle théorie aurait votre préférence?

Sans hésitation, Doria pointa son index vers son cœur.

– Celle qui consiste à chercher à l'intérieur de nous-mêmes. Dans ces pulsions irrépressibles qui nous habitent, et dont le besoin d'assouvissement subvertit les règles morales, sociales, familiales, tous les modèles sur lesquels nous basons notre vie...

Les derniers petits groupes de spectateurs disparurent au coin de la rue.

« ... A présent, inspecteur, conclut Doria en regardant sa montre, je vais vous prier de m'excuser, mais différents travaux et copies m'attendent chez moi et je crois que nous n'allons pas dans la même direction. Ça a été un plaisir de vous rencontrer. »

Resnick ne bougea pas, le regardant s'éloigner par le sud de London Road, en direction de Turner's Quay et du fleuve.

32

– Qu'êtes-vous en train de dire, Charlie ? Qu'il vous a fait une confession ?

Skelton se tenait adossé à la fenêtre, un lambeau de lune argenté au-dessus de l'épaule gauche. Une matinée claire et fraîche s'annonçait, sans signe de pluie. Resnick avait très peu dormi et était arrivé à la brigade bien avant la première équipe.

– Pas en ces termes.

– En aucun terme du tout.

– Il a dit...

– Je sais, Charlie, voilà trois fois que vous me le répétez, je commence à connaître les mots par cœur. Et ils ne signifient toujours pas ce que vous voudriez qu'ils signifient.

Ces pulsions irrépressibles qui nous habitent, et dont le besoin d'assouvissement subvertit les règles morales, sociales, familiales, tous les modèles sur les-

quels nous basons notre vie... Resnick l'avait clairement en tête. Il entendait encore la voix.

« Il vous a servi une théorie, Charlie, comme se croient toujours obligés de le faire ces puits de science à deux ronds. Qu'un dauphin aille s'échouer malencontreusement sur une plage à l'autre bout du monde, et il y aura toujours un expert pour essayer de démontrer que le dauphin a fait ça pour nous avertir des dommages que nous causons à l'écologie de la planète. Les abus perpétrés sur des enfants sont devenus un fond de commerce juteux pour les sociologues comme pour les psychologues d'enfants, d'Aberstwyth à Scunthorpe. Vous savez combien on paye un conseiller de la Couronne pour pondre en deux ans un exposé qui nous explique ce que nous savions dès le début? Nous sommes envahis de gens qui ont des théories sur tout et n'importe quoi, Charlie, et le mieux que nous puissions faire est d'utiliser leur savoir dans des limites établies par nous, au préalable, et rien de plus.

– Sauf votre respect, monsieur, je pense que nous ne sommes pas dans ce cas de figure. Doria savait très bien ce qu'il disait, et aussi à qui il le disait.

– Qu'entendez-vous par là, Charlie? Il vous cherchait, il vous attendait? Peut-être même a-t-il assisté au match dans le seul but de vous y rencontrer et d'engager la conversation, tant que nous y sommes? Bien joué! Aux chiottes l'arbitre! Soyez gentil de me faire penser, dès qu'ils auront tiré ce corner, à vous parler de ce double meurtre que j'ai commis il y a une petite quinzaine...

Facétieux, pensa Resnick. All-bran facilite le transit intestinal et rend facétieux.

– Ça ne me paraît pas impossible, dit seulement Resnick.

Skelton se réinstalla dans son fauteuil.

– Je vous accorde que se rendre au stade sans autre motif que de voir jouer cette malheureuse équipe relève de la pure perversion. Mais votre imagination travaille trop.

Resnick tourna les talons et se dirigea vers la porte. Le sarcasme systématique, ça allait bien cinq minutes!

« Inspecteur... », commença Skelton.

– Et la gamine, qu'est-ce que vous en faites? demanda Resnick en se retournant, élevant la voix d'une manière inhabituelle. Oakes. Sally Oakes. Qu'est-ce qu'elle devient dans tout ça? Elle nous a décrit...

– Les mauvais traitements qu'elle a subis, c'est je crois le terme exact, Charlie? Vous savez très bien que si on devait envoyer à l'ombre tous les types qui traitent leur femme de cette manière, il y en aurait plus dedans que dehors. Et épargnez-moi ce regard désapprobateur, parce que vous savez également que je ne prends pas ces choses à la légère. Seulement voilà. Là, dehors, tourne un monde, dans lequel nous sommes payés pour travailler. Et aussi obligés de vivre.

– Bien sûr, monsieur, dit Resnick d'un ton neutre quand Skelton en eut terminé.

Le superintendant tambourina machinalement sur les documents étalés sur son bureau, avant de conclure.

– Autre chose?

– Non, monsieur.

– Je suppose que plus personne de votre équipe ne hante le campus déguisé en étudiant?

– Non.

Skelton baissa la tête. Resnick sortit, s'appliquant à ouvrir et refermer la porte avec le respect dû au rang de son supérieur.

– Il y a quelqu'un pour vous, monsieur.

Malgré lui, Resnick fusilla Naylor du regard et l'agent se cogna dans la porte en reculant.

Persuadé que rien ne contribuerait à rendre la journée supportable, Resnick termina ce qu'il était en train de faire avant de se lever et de constater autour de lui une activité qui semblait plus intense qu'à l'ordinaire, et dont il s'était volontairement exclu. Plongé dans les tâches de routine à expédier, sans lever le nez de son ouvrage, il s'était dit qu'il finirait bien par cesser de ruminer et de s'apitoyer sur lui-même. La dernière chose qu'il souhaitait était d'avoir à adresser la parole à un autre être humain, et il savait, en outre, qu'il ne s'agirait d'aucune des deux seules personnes qu'il aurait voulu avoir en face de lui. Si ç'avait été Doria ou Rachel, il l'aurait su. D'instinct.

Ce fut Marian Witczak.

Elle portait une cape rouge sombre et avait relevé ses cheveux en chignon. L'image même que se faisait Resnick d'une prof de piano, ou d'une garde d'enfants provinciale.

Elle attendit d'être assise dans son bureau, après une brève reconnaissance des lieux, et d'avoir décliné poliment l'offre d'un café avant de sortir l'enveloppe de son sac à main et de la placer devant lui.

Comme une élève rendant un devoir.

Resnick lui lança un regard interrogateur.

– Ouvre! dit-elle.

La carte était identique à celle qu'il avait vue auparavant. Format, couleur, texture.

> Ma chère Marian,
>
> Je commence à regretter fortement d'avoir laissé s'écouler tant de mois depuis notre rencontre, et à ressentir un impérieux besoin de compagnie raffinée et de conversation adulte et stimulante.
>
> Je me suis demandé si vous consentiriez à oublier ma nonchalance épistolaire, et accepteriez de passer une soirée avec moi?
>
> Pourquoi pas samedi prochain?
>
> Votre ami sincère,
>
> William Doria

Au-dessous du nom gravé figuraient son adresse et son numéro de téléphone.

« Je l'ai découverte en descendant, dit Marian. Elle a dû être déposée dans la boîte aux lettres tôt ce matin. »

Ou tard dans la nuit, songea Resnick.

« Elle n'a pas été envoyée par la poste. Il n'y a pas de timbre. »

Resnick relut le mot en quête, comme disait Marian, d'un indice. Il n'en trouva aucun.

« J'ai pensé, à cause de ce que tu m'avais demandé la première fois, que cela pourrait t'intéresser, Charles. »

– Tu as eu raison, dit Resnick, et je t'en suis reconnaissant. Il marqua un temps avant d'ajouter : Qu'est-ce que tu comptes faire au sujet de cette invitation ?

– Ma première intention, cela ne te surprendra pas, je pense, a été de déchirer cette carte. Cette très jolie carte. Ma deuxième intention, va comprendre, Charles, a été d'accepter.

Elle s'interrompit pour regarder Resnick, dans l'attente d'un commentaire qui ne vint pas.

« Tu penses que je suis idiote ? »

– Pas obligatoirement.

– Que je n'ai aucune fierté ?

– Certainement pas ça, Marian.

Elle prit la carte et la regarda longuement, comme si elle voulait l'apprendre par cœur.

– Cette soirée que nous avons passée ensemble, celle dont je t'ai parlé, a été un enchantement véritable. Et lui un si agréable compagnon.

– Tu es décidée ?

– A moins que tu me dises de faire autrement.

– Pourquoi ferais-je ça ? Tu es libre de tes actes.

– Peut-être cherchais-tu à m'avertir de quelque chose, l'autre jour.

– De quoi ?

– Ça, je n'en sais rien, Charles.

Resnick tenta de faire taire les voix intérieures qui l'assaillaient de toutes parts.

– Tu m'as bien dit que tu n'avais ressenti aucun danger en sa présence?

– Bien sûr que non. Tu penses que j'aurais dû?

– La chose importante est que tu n'aies ressenti aucun danger.

– Je peux le confirmer.

– Bien. Où irez-vous?

– Je ne sais pas, je me suis dit qu'il pourrait choisir. Il a tellement de centres d'intérêts. A moins...

– Oui?

– Il y a un bal, à l'Association polonaise, dit-elle, un sourire éclairant son visage sévère. Tu te souviens de ces soirées dansantes? Bien sûr, ce n'est plus la même chose, mais je pourrais lui proposer. Qu'en penses-tu?

– Oui, fit Resnick avec une certitude que rien ne lui autorisait. Oui, je crois que c'est une excellente idée.

Il ne revit pas Jack Skelton du reste de la journée, ce qui l'aida à refréner l'envie d'aller lui toucher deux mots de la carte de Doria dont il avait gardé une photocopie. Mais que signifiait-elle vraiment? Un homme éduqué, aimant la compagnie des femmes, sortir avec elles pour les éblouir de son érudition et, occasionnellement, coucher avec elles. Quant au tour quelque peu violent que pouvait prendre les choses, le superintendant aurait certainement mis l'accent sur le fait que ce pouvait être l'apanage de tout un chacun, à un moment ou l'autre de son existence.

Doria aimait jouer avec le langage, avec les mots. Il s'en servait pour améliorer l'ordinaire, déranger la routine, balayer les lieux communs. Quel mal y avait-il à tordre le cou au conformisme?

En fait de preuves, Resnick n'avait que des dires, des voix : Patel décrivant le charisme de l'individu; Lynn Kellogg évoquant son regard scrutateur, dissimulé derrière des traits immobiles; Doria lui-même, soulignant ses propos d'un geste convaincu : index sur le cœur.

D'autres voix : *Il m'a fait mal...*

Fait mal...

Trois minutes avant onze heures, le matin suivant (l'officier à l'accueil avait pris note de l'heure exacte), Leonard Simms se présenta au poste et déclara qu'il souhaitait faire des aveux au sujet des meurtres de Shirley Peters et Mary Sheppard.

33

– Arrête, Charlie.

L'orchestre avait marqué une pause, aussitôt remplacé par la musique disco, la rampe de spots multicolores et les haut-parleurs 2 × 60 watts installés sous la scène. Ils s'étaient trouvés une table un peu à l'écart, entourés de grand-mères qui surveillaient les petits pendant que les parents dansaient. Au son du saxophone et de l'accordéon, Rachel et Resnick avait valsé, dansé le fox-trot ou simplement évolué sur la piste, tendrement enlacés. Ils avaient laissé tomber provisoirement, incapables de trouver leurs marques sur une version de *La Bamba* qui tenait davantage de la polka que des rythmes exotiques, du *barrio.*

« Arrête de me regarder comme ça. »

Ils n'avaient pas fait trois pas à l'intérieur qu'on leur apportait déjà des vodkas, tandis que des cris de surprise et quelques applaudissements saluaient l'entrée de Resnick, suivis d'embrassades et de poignées de main.

– Tu es censée avaler ça d'un trait, lui avait expliqué Resnick en donnant l'exemple.

Au bout de la seconde vodka, Rachel avait décliné forfait poliment, mais fermement. A présent, Resnick sirotait une bière, et Rachel un verre de vin blanc, mais de temps à autre quelqu'un passait près de leur table et posait un verre de vodka près de Resnick.

Rachel se pencha vers lui et prit sa main.

– Arrête d'essayer de me faire tomber amoureuse.

Marian Witczak laissa Doria agrafer la boutonnière fleurie au corsage de sa robe noire. Ses mains étaient adroites et sûres, mais elle vit une lueur d'excitation traverser son regard. Une étrange lueur. Il accepta l'offre d'un verre de sherry et ils prirent place, lui dans le confort douillet du fauteuil, elle sur le bord du canapé, jouant avec les bagues passées à ses doigts.

Il parla des cours qu'il donnait, de l'intelligence remarquable d'une de ses étudiantes – une rousse flamboyante qui, disait-il, eût fait reprendre les pinceaux à Rossetti du fond de la tombe – et de la passivité médiocre de la plupart des autres. Il avait séjourné à Londres et à Manchester, le temps de faire le tour des théâtres et des expositions, s'était rendu à Dubaï en première classe, tous frais payés, pour un article sur Paul de Man. Mais le fin du fin avait été ce récital à Bath.

– Fauré, Debussy, Ravel, bien sûr. Jamais encore il ne m'avait été donné d'entendre quelqu'un transcender la sensualité du dernier mouvement de la *Sonatine* de cette manière. Peut-être trouverez-vous, ma chère Marian, que j'utilise un cliché, mais je peux vous jurer ici que la pianiste et son instrument sont devenus une seule et même entité. L'osmose parfaite!

Doria sourit, termina son sherry et se dressa d'un bond.

« A présent, allons au bal! »

Le costume que portait Resnick, Rachel s'en souvenait, était le même que lors de leur première rencontre, dans le hall du tribunal. Elle sourit en repensant à la manière dont il l'avait regardée, à la dérobée, embarrassé et soucieux de n'avoir l'air de rien. Et dont il avait continué de la regarder, comme s'il ne pouvait faire autrement.

– A quoi est-ce que tu penses?

– Oh, rien de spécial.

– Tu souriais.

– Ah?

– J'espère que ça veut dire que tu t'amuses.

– Bien sûr, Charlie. D'ailleurs, je ne comprends pas pourquoi tu ne viens pas plus souvent ici.

Il eut un sourire d'enfant. Rachel se dit qu'une autre femme aurait aussitôt tendu la main pour lui dégager le front de ses mèches rebelles ou redresser sa cravate.

– Je ne peux ingurgiter autant d'alcool qu'une fois tous les six mois, dit-il.

– Tu es ivre, Charlie?

– Probable.

Un gamin blond, qui ne devait pas avoir plus de trois ou quatre ans, perdit l'équilibre en cavalant entre les tables et tomba au pied de la chaise de Resnick. Celui-ci le releva et le tint un instant dans ses bras, regardant Rachel par-dessus le sourire du gosse.

Non, Charlie, fit Rachel en elle-même, tu n'arriveras pas à me faire craquer là-dessus.

– Charlie, comme c'est gentil d'être venu.

Resnick posa le gamin et se leva. Marian portait de longs gants noirs, assortis à sa robe du soir corsetée. A ses côtés, se tenait Doria, en complet crème, chemise blanche et nœud papillon bleu nuit.

Resnick embrassa Marian sur la joue.

« Charles, dit-elle, permets que je te présente le professeur Doria. »

– William, dit Doria en serrant la main de Resnick. William Doria.

Il fit exactement comme s'ils ne s'étaient jamais rencontrés.

Resnick s'écarta légèrement et fit un signe en direction de Rachel.

– Marian Witczak, William Doria, voici Rachel...

– Chaplin, termina Doria en se penchant aussitôt, la main tendue. Rachel Chaplin, bien sûr.

Lorsqu'il se redressa, ses yeux scintillaient mais le regard ne trahissait aucune expression particulière.

– Pouvons-nous nous joindre à vous?

Resnick jeta un regard en direction de Rachel avant de répondre. Puis Doria alla chercher deux chaises et s'installa en face de Marian.

– Un verre? proposa-t-il, avant d'ajouter, avec un sourire à l'adresse de Rachel : un autre verre de vin blanc?

– Merci, non.

– Mais...

– Plus tard, peut-être.

Aucun muscle du visage de Doria ne bougeait, mais ses yeux étaient constamment en mouvement, quittant rarement Rachel plus d'une seconde.

« Charlie », dit-elle en désignant la piste d'un signe de tête. « Allons danser. Ce serait dommage de laisser passer Stevie Wonder. »

– Excusez-moi, dit Resnick avant de lui emboîter le pas.

Ils enchaînèrent sur le morceau suivant.

« Ça n'a pas l'air d'être le coup de foudre, toi et ce type », risqua Resnick.

Rachel se rendit compte que si elle prenait un temps d'avance sur son cavalier et gardait sa liberté de mouvement, ils parviendraient à former un assez joli couple.

« Tu l'as déjà rencontré? »

– Jamais.

– Tu es sûre?

– Je pense que je m'en souviendrais.

Elle s'écarta de lui le temps de tourner gracieusement sur elle-même, puis revint se serrer contre lui. Sa peau était brûlante.

– Il connaissait ton nom.
– Charlie?
– Oui?
– Tais-toi et danse.

Un cri retentit dans la salle à l'annonce des derniers numéros gagnants de la loterie. Resnick chiffonna la petite liasse de tickets rose saumon.

– J'ai eu un nouvel élève à l'une de mes conférences, cette semaine, était en train de raconter Doria. Un charmant garçon asiatique, qui était venu en auditeur libre, enfin je suppose. J'avoue que c'est assez flatteur quand les gens vous connaissent de réputation. Il semblait vouloir s'attarder, après le cours, peut-être pour un complément d'information, je ne sais pas, mais finalement il n'a pas osé.

Doria croisa une jambe par-dessus l'autre, à hauteur de cheville.

« Une réputation a aussi ses mauvais côtés, j'imagine. Parfois, cela peut intimider les gens. Vous devez connaître ça aussi, inspecteur? »

– Non, je ne crois pas.

– Allons. J'aurais cru pourtant que votre fonction reposait là-dessus pour une part, au moins. Dans le rapport avec le public, ou avec vos subordonnés.

– Je ne pense pas inspirer la crainte à mes subordonnés, Doria.

– William.

– Et je n'aimerais pas que ce soit le cas.

– Parmi les subordonnés en question, compteriez-vous par hasard un agent détective Kellogg?

– Pas par hasard.

– Elle est venue me voir pour... avoir un entretien avec moi, est-ce bien le terme exact?

– Ça fera l'affaire.

– Une personne charmante et sérieuse. Rien de particulièrement exceptionnel, mais certainement compétente.

– C'est un très bon élément.
– Était-elle là sur votre initiative?
– Dans le cadre d'une vérification de routine, oui.
– Au sujet de la mort de ces deux femmes?
– Oui.
– Vous devez être bien soulagé, maintenant que cette affaire est enfin résolue.
– Résolue?
– D'après les informations de six heures, l'homme que vous suspectiez initialement a avoué.
– Tout dépend de ce que l'on appelle avouer.
Doria décroisa les jambes.
– Un cognac, inspecteur? à moins que vous ne soyez en voiture?
– Je ne conduis pas, mais ce sera quand même non, dit Resnick.
Doria se leva, inclinant légèrement la tête et se dirigea vers le bar.

Une femme vêtue d'un ensemble mauve s'assit dans une des cabines et vida le contenu de son sac à main sur le sol, tout en chantonnant.
Devant la glace, Rachel finissait de se donner un coup de peigne, tandis que Marian Witczak, à ses côtés, faisait semblant de surveiller les plis de sa robe.
– Il y a longtemps que vous connaissez Charles?
– Non, pas très longtemps. Quelques semaines.
– Il a l'air très heureux.
– Je crois qu'il l'est.
Marian posa la main sur l'épaule de Rachel.
– Vous savez, dit-elle, je le connais depuis des années, et bien qu'il n'aimerait pas que je dise ça, je sais que Charles a depuis longtemps besoin de quelqu'un.
Rachel pinça ses lèvres avant d'abandonner le miroir.
La femme dans la cabine fredonnait toujours en rangeant ses objets personnels dans son sac.

– Ces fleurs sont superbes, dit Rachel en regardant la boutonnière de Marian. C'est votre ami qui vous les a offertes?
– Oui, dit Marian.
– Il a bon goût. On y va?

– Le taxi sera là d'ici quelques minutes, annonça Resnick.
– Vous ne partez pas déjà? protesta Marian.
– Je crains que si.
– Dans ce cas, fit Doria, se levant d'un geste ample, Rachel m'accordera bien une danse avant que vous ne nous quittiez.
Il demeura un instant immobile, les bras écartés, l'œil brillant, la mettant au défi de décliner l'invitation.
– Merci, dit Rachel, mais j'ai assez dansé.
– J'insiste, dit Doria.
– La réponse reste la même, dit-elle.
– Une autre fois, peut-être, dit-il en se rasseyant.
Rachel se contenta de soutenir son regard sans rien répondre.
– Tu ne veux pas profiter de notre taxi, Marian? demanda Resnick.
– Non, merci, Charles. Je pense que nous allons rester encore un peu.
Il lui prit les mains et l'embrassa sur le front.
– Rentre bien, dit-il.
– Bien sûr.
– Je t'appelle.

– Qu'est-ce qu'une femme si sensible et intelligente peut bien trouver à un cloporte comme Doria?
Resnick arrêta le moulin à café.
– Du charme, dit-il.
– Il a un regard de serpent.
– J'ai l'impression que tu ne l'aimes pas.
– Toi non plus, tu ne l'aimes pas.

– Ça se voyait? demanda Resnick en versant l'eau dans la machine.

Elle l'entoura de ses bras et posa la tête dans le creux de son dos.

– Tout se voit chez toi, Charlie.

Il se tourna vers elle et l'embrassa.

– Tu me préférerais tordu et dissimulateur?

– Sûrement pas.

– Dis-moi, si on prenait le café au lit? proposa-t-il avec un sourire entendu.

– Et voilà, dit-elle.

– Quoi : et voilà?

Leurs visages se trouvaient seulement à quelques centimètres l'un de l'autre.

– Il suffit d'une fois et tu crois que c'est arrivé.

– C'est faux.

– Oh, Charlie.

– Je ne crois pas que c'est arrivé. Ni que tu es arrivée.

– Tu penses tout naturellement que parce que j'ai dormi dans ton lit la dernière fois que je suis venue, cela va automatiquement se reproduire. On sort, on danse, on boit un verre et ensuite, on va au lit. C'est bien ça?

Resnick éclata de rire et la serra dans ses bras. « Bon, d'accord. »

Elle l'embrassa.

« Une condition. »

– Bien sûr.

– Je ne veux pas faire l'amour.

Comment aurait-il pu dissimuler le désappointement dans son regard?

« Je crois que j'ai seulement envie de m'allonger près de toi et de me blottir. »

– D'accord.

– Mais buvons d'abord le café tranquillement ici.

Marian décrocha presque immédiatement.

– Bien sûr, Charles, je suis bien rentrée, répondit-elle. Que se passe-t-il? C'est adorable de t'inquiéter ainsi de moi, mais qu'y a-t-il?

Resnick répondit seulement qu'il avait voulu être sûr.

– Sûr de quoi?

– Doria, est-ce qu'il...

– Il est parti dès que j'ai eu tourné ma clé dans la serrure, Charles. Un gentleman.

– Bonne nuit, Marian, dit Resnick.

– Charles, tu es un homme bien étrange, quelquefois.

L'épaule de Rachel était blottie dans le creux du bras de Resnick. Pepper avait élu domicile sur la hanche gauche de la jeune femme et Bud quelque part entre les oreillers et la tête du lit; Miles, quant à lui, ronronnait doucement sur la couverture, à ses pieds.

– Je me sens très honorée, Charlie.

– Mmm?

– La manière dont tes chats ont l'air de m'adopter.

– Parce qu'ils sentent que tu les aimes bien.

– Ils ont raison, dit-elle en se serrant contre lui. Où est le quatrième de la bande?

– Dizzy? Parti courir la gueuse, ou chasser.

– J'ai vu Vera Barnett, l'autre jour, je te l'ai dit?

– Non, je ne crois pas.

– Elle se remet bien, en dehors du fait qu'elle esquinte la peinture de sa salle de bains avec son fauteuil roulant, et qu'elle se plaint de ce que nous ne lui envoyons personne pour refaire la décoration. Les gamins ont l'air d'aller. Ils ne sont pas très vaillants, mais petit à petit, ils reprennent le dessus.

– Est-ce que cela ne te préoccupe pas plus que tu ne l'admets de ne pas en avoir? demanda Resnick en lui caressant la poitrine.

Rachel se tut pendant quelques instants. Puis elle ôta la main de Resnick et se leva dans le lit jusqu'à ce que les chats s'en aillent un peu plus loin. Elle s'agenouilla et lui fit face.

– Tu sais ce que j'ai l'impression de représenter pour toi, Charlie? Un ventre. Un ventre vacant et des arrière-pensées de mariage.

Le jardin était baigné d'ombre. Avec lenteur et insistance, Dizzy se frottait contre les jambes de l'homme, allant et venant, mais sans parvenir à recueillir la moindre attention de sa part. Rien ne semblait pouvoir distraire l'attention de celui-ci, fixée sur la lumière tamisée qui éclairait la fenêtre du premier étage.

34

C'était la première fois que Resnick prenait le superintendant sur le fait. L'autre arrivait, en petites foulées accompagnées de mouvements réguliers des bras, droit comme la justice, en direction de l'entrée principale du bâtiment. Resnick s'adossa contre le mur, au bas des marches et attendit. Le survêtement de Skelton était d'une coupe ample, gris clair et muni de bandes fluo le long des bras et des jambes pour être vu la nuit. Un minuscule étui était fixé à la languette d'une des chaussures, pour ranger sa clé et sa menue monnaie. La prévoyance faite homme.

Il ralentit le rythme dans les vingt derniers mètres et salua Resnick de la main.

– Matinée splendide, Charlie.

– Splendide mais fraîche.

– J'arrive du lac. Il y avait des poules d'eau et un cerf enveloppés dans les dernières volutes de brouillard. Magnifique.

Resnick savait que le tour du lac représentait quelques kilomètres, auxquels s'ajoutaient un kilomètre supplémentaire pour descendre jusqu'au parc, le long d'une large avenue bordée d'arbres qui allait au-delà du golf club, et un demi-kilomètre encore à partir de là, sans compter le retour. Le parcours se terminait par une côte particulièrement abrupte que beaucoup de cyclistes préféraient gravir à pied, en poussant leur vélo. Pourtant, Skelton était à peine essoufflé.

« Navré pour l'autre jour, Charlie. Cette histoire d'université », dit-il en soufflant et en exécutant quelques mouvements. « Pour dire la vérité, j'avais eu une discussion houleuse à la maison, ce matin-là, avec ma fille. » Il secoua la tête. C'était rare qu'il fasse allusion à sa vie privée en présence des collègues. « Enfin », dit-il. « Ça arrive dans les meilleures familles. »

– Bien sûr, fit Resnick. Mais tout est rentré dans l'ordre, à présent, j'espère?

– Oui. Une tempête dans un verre d'eau.

Resnick acquiesça d'un air bienveillant.

– Tout va bien, alors.

– Nous nous verrons plus tard, Charlie. A présent que tout semble vouloir rentrer dans l'ordre, autant reprendre un rythme normal.

– Oui, normal, répéta Resnick, presque pour lui-même, en le suivant à l'intérieur.

Divine n'avait pas encore fini de faire le tri entre les appels et les feuilles de mouvement dans les dossiers de la main-courante. Il leva les yeux et salua Resnick avec son entrain coutumier. Classique, songea Resnick en entrant dans son bureau : les dossiers ne sont pas prêts, mais le thé le sera d'ici cinq minutes. Peut-être faudrait-il qu'il ait une conversation avec Divine concernant les priorités, et concernant son avenir. Bien qu'il n'imagine pas Divine avoir un véritable avenir dans la partie.

Il s'assit à son bureau en se demandant si Kevin Naylor et sa tendre moitié avaient arrêté leur décision au sujet du transfert. Il se dit qu'il regretterait le départ du jeune homme, bien qu'honnêtement, Naylor eût encore du chemin à faire avant d'être un flic digne de ce nom. Peut-être que, pour commencer, le tirer des pattes de Mark Divine arrangerait les choses. Il songea à faire travailler Divine en équipe avec Lynn Kellogg et sourit simplement à l'idée. Il n'aurait pas été autrement surpris que Divine ait peur d'elle.

– Monsieur?

Millington passa la porte, la moustache pimpante et deux pastilles de menthe dans la bouche.

– Votre week-end s'est bien passé, Graham?

– Pas mal, merci. Ma femme m'a fait faire du ciment.

– Chouette.

– Ça fait depuis l'été qu'elle me tannait pour exécuter de menus travaux avant que sa mère vienne à Noël, dit-il en se calant une pastille dans chaque joue afin de faciliter son élocution. Au fait, je voulais vous demander, monsieur : est-ce qu'il est possible que je retienne quelques jours de congé dès maintenant, pour les fêtes, avant qu'il y ait foule?

– Je verrai ce que je peux faire, dit Resnick. Autre chose?

– Oui, juste une chose. Vous vous rappelez la vague de cambriolages?

– Télé, magnétoscopes et consorts?

– Oui, sur le boulevard. J'ai enfin eu un coup de fil de mon bonhomme.

– L'ancien fourgue?

– C'est ça. Il devrait y avoir un arrivage de matériel dans la journée. Je sais qu'il nous a déjà fait le coup, mais cette fois, je crois que c'est du casher.

– Sûr?

– Oui, monsieur. Alors j'ai pensé, enfin si vous êtes d'accord, je prends le jeune Divine avec moi. Il a du répondant, des fois que ça tourne au vinaigre.

– Entendu, Graham. A présent, je crois qu'il serait préférable de servir le thé avant qu'il ne se décompose.

Il est de bonne humeur, ce matin, remarqua Millington. S'il ne le connaissait pas mieux que ça, il aurait juré qu'il avait eu droit à une gâterie après le petit déjeuner.

– Comment ça s'est passé?

Rachel était en train de prendre connaissance des différents messages laissés par la permanence de nuit. Un gosse de quatorze ans retrouvé inanimé dans un parking souterrain à la suite d'un trip au détergent; une vieille femme de quatre-vingt-sept ans transportée d'urgence à l'hôpital avec de graves contusions, qui accusait sa fille, âgée de soixante-trois ans, de l'avoir battue; un petit garçon de dix ans, enfin, qui avait téléphoné lors d'une émission de la radio locale pour dire que son frère aîné et son oncle abusaient sexuellement de lui.

– Bien.

– Je ne te demande pas où tu as passé la nuit.

– Tu sais bien où... oh, Carole, je suis désolée! Quelle idiote! J'aurais dû t'appeler.

Carole s'installa derrière son bureau :

– C'est seulement que tu avais dit t'absenter pour une heure...

– C'est aussi ce que je croyais, et puis... fit Rachel avec une mine embarrassée.

– Je sais que c'est stupide de ma part, dit Carole, je sais que tu es blanche, majeure et vaccinée et tout, mais...

– Si le type de la lutte antiraciste t'entendait utiliser cette expression, releva Rachel avec un sourire.

– Oui, tu as raison.

– Je regrette que tu te sois inquiétée, Carole. Je sais ce que c'est. Si ça se reproduit, je te promets de te prévenir. Comme ça, tu pourras mettre le verrou.

– Pour tout te dire, j'ai même failli chercher le numéro et t'appeler, mais ça m'aurait trop donné l'impression d'agir en mère, dit-elle en feuilletant son agenda. Enfin, si tu comptes passer tes week-ends là-bas, ce serait...

– Carole!

– Quoi?

– Pas d'affolement.

– Je m'apprêtais seulement à dire que...

– Carole, s'insurgea Rachel, je ne compte pas passer tous mes week-ends chez lui. Pas du tout. C'est vraiment une manie!

– Comment ça, une manie?

– Tu réagis exactement comme lui. Tout le monde a déjà décidé à ma place de ce que j'allais faire. Merveilleux!

– Parce que lui aussi voudrait que tu t'installes?

– Est-ce que Ray Charles joue du piano?

– Où est le mal? Il te plaît, non?

– Il ne manquerait plus que ça. Bien sûr. Je n'ai pas l'habitude de passer la nuit avec des hommes qui ne me plaisent pas. Mais ça ne veut pas dire que... Enfin, Carole, je viens à peine de sortir d'une histoire.

– A t'entendre, on dirait que tu sors de prison.

– Peut-être bien parce que j'en ai quelquefois l'impression.

Carole détourna les yeux vers la fenêtre, et se mordit la lèvre inférieure. Trois ans déjà que Mike lui avait tendu une enveloppe, parce qu'il était incapable de prononcer les mots à haute voix.

« Regarde », dit Rachel.

– Quoi donc?

– Il a profité de ce que je ne regardais pas pour glisser ça dans mon sac.

Rachel posa les deux clés sur le bureau.

– Qu'est-ce que tu vas faire? demanda Carole.

– Les lui rapporter.

Graham Millington jubilait. Non seulement les événements lui avaient donné raison au sujet de ce sale petit pervers de Simms – bien qu'ils aient eu quelques difficultés à démêler son récit, très confus par endroits – mais, par-dessus le marché, il venait de décrocher la timbale : il avait résolu l'affaire des cambriolages. Naylor et Patel se trouvaient en ce moment même dans un box d'Hucknall dont ils faisaient l'inventaire. Magnétoscopes, chaînes stéréo, téléviseurs, walkmans à gogo. Et voilà le travail ! Et la corrida qui avait précédé n'avait pas manqué de sel non plus.

– Où est passé Divine? demanda Resnick.

– A l'hosto, monsieur. Il s'est probablement pété la clavicule.

– Et vous?

– Quelques gnons, mais ça va.

– Vous avez vu le médecin?

– Pour quoi faire?

Millington avait une estafilade sur la joue gauche et des traces de sang séché au coin de la bouche. Son complet avait l'air d'être passé sous un camion.

– Pour qu'il vous examine.

– Bien, monsieur.

– Je viens de parler au sergent du bloc. Il dit qu'ils ont dû se mettre à quatre pour coller Sloman en cellule.

– Il s'est agrippé comme un fou au radiateur. Il l'a pratiquement arraché du mur.

– Son copain a une belle entaille au-dessus de l'œil. J'espère que votre rapport nous dit tout sur la manière dont c'est arrivé.

– Oui, pas de problème : c'est Sloman qui lui a fait ça.

– Sloman?

– Oui, monsieur.

– Vous essayerez de faire gober ça au type des Droits civiques.

– Je vous promets que c'est la vérité. Quand on est arrivé, Divine et moi, j'étais à cent lieues de me douter qu'on allait tomber nez à nez avec ce tandem-là. Alors, bien sûr, ils m'ont tout de suite remis de l'autre fois, forcément, et Sloman a paniqué. Il tenait une platine cassette dans les mains, il s'est retourné brusquement et vlan, en plein dans la tronche de Jilkes. L'autre tombe par terre en gémissant, pendant que Sloman fonce vers la porte, comme monté sur ressort. On n'a pas eu le choix, Divine et moi. Même s'il a laissé tomber l'entraînement, ça reste une sacrée armoire.

– Il a parlé, d'après ce que j'ai cru comprendre?

– On peut même dire qu'il s'est épanché, et pas qu'un peu. Une fois qu'il a été calmé, en cellule, il est devenu intarissable. Son garage, c'est la caverne d'Ali Baba. Et y a autre chose.

– Quoi?

– Les disques volés, vous vous rappelez. La collection de James Brown, tout ça. Il les avait gardés chez lui. D'après lui ça vaut une fortune. Éditions originales américaines, pour un paquet d'entre eux. Inestimable.

– N'oubliez pas de voir le toubib, Graham.

– Oui, monsieur. Ah! j'allais oublier, il y a eu un appel pour vous.

– Qui?

– Une dame, du nom de Chaplin. Elle a dit qu'elle rappellerait ou qu'elle essayerait de vous joindre chez vous, ce soir.

Resnick tourna les talons, mais pas assez rapidement pour dissimuler le sourire radieux qui illuminait son visage.

Le vieux salopard, songea Millington. Il s'est enfin décidé à prendre du bon temps!

35

Au moment du premier appel, Rachel tentait de réduire l'amoncellement de papiers sur son bureau à des proportions raisonnables. Elle était seule : Carole était partie accompagner une jeune assistante stagiaire chez un cas difficile.

– Rachel Chaplin à l'appareil.

Elle avait des liasses d'articles photocopiés pleins les bras et crut d'abord que c'était Charlie qui se décidait enfin à la rappeler.

– Rachel?

– Oui.

– Vous êtes bien Rachel?

– Oui, c'est Rachel Chaplin, excusez-moi, qui est-ce?

Qui que ce fut, ce n'était pas Charlie. Un court instant, lui revint en mémoire la première fois qu'il l'avait appelée, au beau milieu d'une réunion de travail, pour lui proposer de prendre un verre.

– J'étais en train de me demander si vous étiez libre ce soir, mais peut-être que j'arrive trop tard?

– Quoi? Écoutez, si c'est un gag, désolée, mais je n'ai vraiment pas le...

– Bien sûr, je comprends, vous êtes déjà prise, n'est-ce-pas?

La voix était suave, pleine de sous-entendus. Presque libidineuse.

« Ou alors vous n'êtes peut-être pas seule dans votre bureau? Hein, c'est ça?... »

– Non, il n'y a...

Rachel s'interrompit, la bouche ouverte. Sa respiration s'arrêta.

– Non, vous êtes déjà prise. Et d'ailleurs, je comprends aisément. A la manière dont vous vous présentez sur...

– La manière dont quoi?

– Dès que je l'ai lue, j'ai pensé aussitôt : voilà une femme qui sait y faire, en matière de marketing.

– Mais, dès que vous avez lu quoi, bon sang? Je ne comprends rien à ce que vous dites!

– En fait, même si la jeune fille du standard n'avait pas dit : « Service social » en décrochant, c'est exactement le genre de métier dans lequel je vous imaginais.

Rachel se renversa dans son fauteuil, étreignant le récepteur.

– Bon ! écoutez, pour la dernière fois, je voudrais que vous m'expliquiez de quoi vous êtes en train de parler, parce que honnêtement, je n'ai aucune idée de ce qui se passe, O.K. ? !

– D'accord, vous êtes sous pression, là, en ce moment, et c'est pourquoi vous avez grand besoin de décompresser, de vous détendre. Mais comme vous avez déjà quelqu'un pour ce soir, je rappellerai une autre fois.

– Vous!

– Allons, Rachel! Il y aura d'autres nuits. Beaucoup d'autres. Et vous n'avez pas à vous inquiéter... Je vous joindrai directement chez vous.

La communication fut coupée.

Lentement, Rachel ressentit l'engourdissement de ses membres, des hanches aux orteils, et la crampe soudaine dans sa poitrine. Il lui fallut un long moment avant de pouvoir poser le récepteur, desserrer l'étreinte de sa main glacée de sueur. Elle se leva et posa les deux mains à plat sur le bureau, s'appuyant ensuite sur ses dix doigts. Puis, elle sentit le sang se remettre à circuler dans ses veines.

Vous êtes sous pression, là, en ce moment.

Elle tourna la tête, arrêtant un moment son regard sur le fauteuil vide de Carole et posa son front quelques instants contre la vitre de la fenêtre.

...dès que je l'ai lue...

Elle songea à appeler Resnick, mais il devait être occupé, autrement, il aurait déjà rappelé. En outre, qu'eût-il pu faire d'autre que d'écouter, avec patience et gentillesse? Était-ce du reste ce qu'elle attendait de lui? Ou d'elle-même? Aller tout de suite s'appuyer sur son épaule dès que quelque chose n'allait pas? Comment pouvait-elle dire à la fois, Charlie, les choses vont trop loin beaucoup trop vite, j'ai besoin de prendre du recul, et, Charlie, j'ai besoin de toi?

Rachel retourna vers le téléphone, le considéra pendant quelques secondes et finit par décrocher.

– Jane, vous venez de me passer une communication, il y a quelques minutes. Un homme.

– Oui, Miss Chaplin.

– Il ne vous a pas dit, ni laissé son nom, je suppose?

– Non, Miss Chaplin, désolée.

– Bien, merci, Jane. Oh! juste une chose... excusez-moi de vous demander ça, mais, lui avez-vous donné mon numéro personnel?

– Non, Miss Chaplin. Vous savez que nous ne donnons jamais les coordonnées personnelles aux gens de l'extérieur.

– Oui, je sais, mais est-ce qu'il vous l'a demandé?

– Non, Miss Chaplin.

– Merci encore, Jane. Bon, je ne vais pas tarder à partir, donc, plus d'appels, d'accord?

Mais lorsqu'elle eut raccroché, Rachel resta assise, immobile, à entendre la voix résonner dans sa tête, ce ton moqueur, agaçant. Et aussi cette aisance d'élocution qu'elle n'arrivait pas encore à situer dans sa mémoire.

Mais comme vous avez déjà quelqu'un pour ce soir, je rappellerai une autre fois...

– CID, Resnick.

Pourquoi fallait-il toujours que le téléphone sonne juste au moment de partir?

« Oui, effectivement, je la connais. »

Enfoncé dans son fauteuil, un pied contre le bord du bureau, il écouta quelques instants et se dressa d'un bond, attrapant son stylo de sa main libre.

« Oui, je vois... c'est grave? »

Sa bouche se crispa tandis qu'il écoutait et, pendant un instant, il ferma les yeux et se pinça l'arête du nez.

« Est-ce qu'elle... est-elle en état de parler? je veux dire... oui, c'est ça. Bon, j'arrive tout de suite. Dans dix minutes, un quart d'heure maximum. Merci. »

Il raccrocha en hâte et attrapa son pardessus en gagnant la porte. Dans le bureau des enquêteurs, Lynn Kellogg finissait de dactylographier un rapport d'interrogatoire effectué dans l'après-midi.

– Lynn !

– Monsieur ?

– Je viens d'avoir un coup de fil du service de réanimation de l'hôpital. Venez !

La voiture de Carole n'était pas devant la maison, ce qui voulait dire que son rendez-vous se prolongeait plus que prévu. Rachel aurait bien voulu l'attendre pour lui parler, mais elle rêvait encore plus d'un verre et surtout d'un bon bain chaud.

Elle entendit le téléphone sonner à l'intérieur tandis qu'elle tournait la clé dans la serrure. Contre toute logique elle sentit le fond de sa gorge soudain desséché. En refermant la porte, elle mit le verrou. Stupide ! Voilà qu'elle devenait paranoïaque, à présent. Elle ôta finalement le verrou et mit la chaîne d'entrebâilleur à la place. Bonnes vieilles demi-mesures libérales !

Le téléphone se trouvait au bout du couloir, posé sur une applique à côté d'un minuscule panneau d'affichage recouvert de toile de jute. En dessous, il y avait un guéridon muni de tout le nécessaire pour noter, bloc, crayons, stylos à billes, ces derniers dans un pot en forme d'âne, sur lequel était inscrit : « Souvenir de Skegness ». Une vieille blague, avait expliqué Carole.

Rachel regardait, écoutait, immobile. Quel que soit le correspondant, le téléphone n'allait pas sonner jusqu'au dégel.

Qui que ce soit. Même Charlie ou Carole.

Lorsqu'elle se décida enfin à répondre, la sonnerie cessa. Elle fut frappée par la soudaineté du silence et de l'absence totale de bruit dans la maison. Elle fouina dans la cuisine et dans le meuble du salon et se rendit à l'évidence : Carole n'avait pas de vodka. Elle s'octroya donc un gin-tonic bien tassé, avec de la glace et une rondelle de citron plus très fraîche. Elle avait effectivement besoin de décompresser, de se détendre et monta à l'étage pour se faire couler un bain. Cinq minutes plus tard, son verre trônait parmi les bouteilles de shampooing, ses vêtements étaient rangés sur la chaise près de la porte et ses cheveux recommençaient à boucler dans l'eau bien chaude.

Je rappellerai une autre fois...

Des téléphones sonnaient. Quelqu'un décrochait.

Resnick s'identifia à l'accueil et on leur indiqua une porte, un couloir et un ascenseur.

– Quand est-elle entrée, monsieur? demanda Lynn Kellogg.

– Aux premières heures du matin.

Leurs pas résonnaient sur le carrelage.

– Pourquoi ont-ils mis si longtemps à nous contacter?

– La notification a été faite, mais personne n'a fait le rapprochement avec le service. C'est elle, finalement, qui leur a dit.

– Elle y a mis le temps, vous ne trouvez pas? Plus de douze heures.

– Qui sait dans quel état elle était, fit Resnick en pressant le bouton de l'ascenseur.

Il s'arrêtèrent devant le sas du service de réanimation et sonnèrent, attendant que l'infirmière vienne leur ouvrir.

Emmaillottée dans deux serviettes, Rachel descendit avec précaution. La chaleur et l'alcool lui avaient un peu tourné la tête et elle avait besoin d'une tasse de café. Carole ne devrait plus tarder, à présent. Il était même surprenant qu'elle soit si longue à rentrer.

Comme Rachel traversait le couloir, le téléphone se remit à sonner et cette fois, elle décrocha instinctivement.

– Allô! Carole?

– Vous vous sentez mieux, loin des embarras d'une journée de labeur?

Rachel balança le récepteur contre le mur, et dut s'y reprendre à deux fois avant de le raccrocher convenablement.

– Connard! hurla-t-elle. Espèce de connard!

Elle remonta en courant, manqua de trébucher, et enfila ses vêtements en catastrophe avant de se sécher rapidement les cheveux. De retour en bas, elle ramassa le journal intact sur lequel elle avait marché en entrant, glissé sous la porte avec deux prospectus. Elle tourna nerveusement les pages : Automobiles, Immobilier, Service Funèbre... Cœurs Solitaires !

Son doigt tremblant parcourut la colonne.

« Mon Dieu! »

Rachel avala sa salive.

> Séduisante, Profession libérale aimerait entendre hommes pleins d'imagination et d'idées intéressantes pour lui apprendre à décompresser. Rachel

De rage, elle mit le journal en pièces.

Sous les pansements et les bandages, entre les oreillers soigneusement disposés et le drap blanc, il était difficile de reconnaître quelque chose de Sally Oakes. Sa mâchoire brisée était immobilisée dans une prothèse de métal.

Seuls les yeux semblaient avoir été épargnés, mais ils étaient clos.

Le médecin se tenait à côté de Resnick, au pied du lit. Lynn s'était assise près du goutte-à-goutte, qui dispensait plasma et glucose.

« On l'a trouvée sur la route. Un chauffeur de taxi qui rentrait au dépôt. Elle a failli tomber sous ses roues et il l'a évitée de justesse. Il l'a ramassée et l'a amenée aux urgences. Il aurait mieux fait de ne pas

la bouger et d'appeler une ambulance, mais c'est évidemment plus facile à dire après que pendant. En outre, il n'avait aucun moyen de deviner l'étendue des dégâts. Elle avait la figure et les vêtements barbouillés de sang et il a dû croire qu'elle était saoule et qu'elle avait seulement fait une mauvaise chute. Une hémorragie interne, ça ne se voit pas à l'œil nu.
Resnick écoutait. Regardait. Sans rien dire.

Les chats avaient accouru en entendant qu'on ouvrait la porte. Dizzy en tête, Pepper puis Miles et enfin le petit – comment s'appelait-il déjà? – Bud. Rachel referma derrière elle et se pencha, gratifiant Bud d'une caresse spécialement affectueuse. Dizzy salua l'intruse en lui montrant un arrière-train dédaigneux et s'en fut vers la cuisine.
Rachel le suivit en faisant tournoyer au bout de son index l'anneau contenant les clés de Resnick, tandis que les autres chats se frottaient contre ses jambes. Il faisait agréablement chaud ici, et les lieux lui parurent immédiatement accueillants, à la différence de la maison de Carole, si étrangement vide lorsque Carole n'y était pas. Un peu comme une maison désertée et vendue depuis des lustres qui attendaient que les nouveaux propriétaires emménagent.
Elle se sentait davantage chez elle, ici, bien qu'elle reconnaisse en cela la séduction du diable. Elle se souvint où Charlie rangeait la nourriture pour chats et garnit chaque écuelle d'une part égale. Il ne restait qu'un fond de lait au réfrigérateur, mais il ne manquerait sans doute pas d'en rapporter en rentrant. Dizzy termina avant les autres et s'en prit à la pâtée de Bud. Elle tenta d'y mettre bon ordre, mais le chat noir se ramassa sur lui-même et souffla désagréablement. Rachel décida finalement que tout cela ne la concernait pas. Elle ouvrit un tiroir et posa le double des clés dedans.

Le sergent de permanence lui dit qu'il était désolé, mais qu'il n'y avait actuellement personne au CID. Il lui proposa de la mettre en liaison avec le Central. Non, c'était à l'inspecteur Resnick qu'elle voulait parler. Le sergent ignorait si l'inspecteur repasserait ou non, mais l'assura qu'il transmettrait le message. Bonsoir, madame.

Rachel laissa le téléphone décroché.

– Monsieur ! regardez !...

Les paupières avaient bougé. Elles se mirent à battre, s'immobilisèrent, battirent à nouveau. Sally Oakes finit par ouvrir les yeux et essaya de stabiliser sa vue.

– Pas trop longtemps, dit le médecin. Elle est très mal en point.

Resnick acquiesça. Il prit place de l'autre côté du lit, en face de Lynn Kellogg, tous deux regardant anxieusement la jeune fille.

Ses yeux bougèrent de l'un à l'autre. Lorsqu'elle les reconnut, elle se mit à pleurer.

Confortablement installée sur le canapé, Bud sur ses genoux, Rachel parcourait quelques feuillets dactylographiés qu'elle avait trouvés sur la table. Des notes concernant le professeur Doria ou, plus exactement, concernant une conférence qu'il avait donné à l'Université.

> L'excès est primordial en littérature, dans l'art comme dans la société, du fait de sa faculté de combattre de l'intérieur, et d'aider au démantèlement des structures traditionnelles et des préjugés. C'est la raison pour laquelle la répression, en ce qu'elle s'oppose à l'excès, doit être refusée et combattue.

Elle sentit le petit chat se dresser sous sa main une ou deux secondes ! avant qu'on ne frappe à la porte.

Bravo, Charlie! Tu me donnes ton double de clés et tu oublies les tiennes.

– Excuse-moi, petit bonhomme, fit Rachel en posant Bud délicatement sur l'accoudoir. Je reviens tout de suite.

Elle eut un léger pressentiment. Trop léger et trop tardif, car elle s'en rendit compte en ouvrant la porte.

– Miss Chaplin. Rachel. Quelle bonne surprise.

Professeur.

Il avait déjà posé un pied sur le seuil.

– Je suis venu pour parler à l'inspecteur, dit-il en essayant de regarder à l'intérieur. Est-il là?

– C'est important?

– Hélas, je crains que oui. Autrement... il posa une main sur le battant de la porte. Autrement, je ne serais pas venu à l'improviste.

Les pensées de Rachel se bousculaient trop vite dans son esprit pour qu'elle soit en mesure de réagir adroitement.

– Repassez un peu plus tard. Mettons dans une heure.

Un sourire traversa le visage de Doria.

– Une heure, Rachel? Voilà longtemps que nous n'en sommes plus à une heure près.

– Nous nous apprêtions à dîner.

– Il est donc là? Appelez-le, s'il vous plaît. Ce serait bête de laisser refroidir le dîner.

Rachel tira la porte vers elle et la repoussa violemment, y mettant tout son poids. Doria bloqua la porte avec son bras, et elle s'aperçut qu'elle avait sous-estimé la force de son adversaire.

Resnick savait que dans quelques minutes, le médecin allait leur demander de partir et qu'il n'y aurait rien à faire pour s'y opposer. Une infirmière avait passé un bras sous les oreillers de Sally Oakes afin de surélever son dos, tandis que Lynn Kellogg tenait le carnet ouvert devant elle et que Resnick stabilisait le crayon entre ses doigts pour lui permettre d'écrire.

Par intermittences, des sons inintelligibles s'échappaient d'entre ses mâchoires. La seule chose qu'ils pouvaient faire était de compatir à la douleur de la jeune fille tandis qu'elle alignait péniblement les lettres sur la feuille.

Resnick comprit le premier mot avant qu'elle en achève l'écriture.

DORIA

Le deuxième mot qu'elle inscrivit était son prénom à elle, dérapant dessus avec le crayon, comme pour le barrer de plusieurs traits, tout en lançant des regards implorants à Resnick, pour lui faire comprendre quelque chose. Il acquiesça, l'encourageant à continuer. Elle tira encore un trait sur son prénom et tenta de faire un signe de tête qui lui fit mal. Le médecin passa devant Resnick, inquiet.

– Il faut que vous partiez, maintenant.

– Juste une minute encore.

– Demain. Elle doit se reposer.

Sally tapota la feuille du carnet avec le bout du crayon, regardant tour à tour Lynn Kellogg, le docteur et Resnick pour qu'ils concentrent à nouveau leur attention sur la feuille et le mot qu'elle s'apprêtait à écrire.

R

Moi? Pourquoi écrirait-elle mon nom? s'étonna Resnick.

RA

Qu'est-ce que?

RACH

– Rachel! dit soudain Resnick en cherchant son regard. C'est bien ça? Rachel?

Sally bougea ses yeux de haut en bas, faisant signe que oui.

« Pourquoi elle, Sally? Qu'a-t-elle à voir avec ça? »

– Inspecteur, il faut la laisser tranquille, maintenant!

Resnick écarta la main du médecin et scruta le

regard de Sally, qui l'invitait à regarder la feuille sur laquelle elle avait inscrit les noms. Ses yeux commençaient à se fermer. Le docteur fit un signe à l'infirmière qui aida la jeune fille à s'allonger de nouveau.

– Doria et Sally, dit Lynn Kellogg. Mais pourquoi quelqu'un d'autre?

Resnick attarda un instant son regard sur les traits que Sally avait tirés sur son prénom avant d'écrire celui de Rachel, puis il se pencha près d'elle.

– Pendant que ça se passait, dit-il lentement, pendant qu'il vous brutalisait, ce n'est pas votre prénom à vous qu'il prononçait, n'est-ce pas? Il ne disait pas Sally, mais Rachel, hein? Ce qu'il faisait, il le faisait à Rachel? C'est ça que vous essayez de me faire comprendre?

Oui, répondirent les yeux de Sally Oakes, avant de se fermer. Oui.

Resnick courait déjà dans le couloir, en direction de la sortie, avec Lynn à sa suite.

Rachel se tenait dos à la cheminée, la respiration encore haletante, les lèvres légèrement entrouvertes. Elle savait que si elle tentait de s'enfuir, vers la porte d'entrée ou sur sa droite, pour gagner la cuisine et saisir une arme quelconque, Doria attaquerait.

Pour le moment, il restait assis sur le bras du fauteuil, un sourire confiant et satisfait au coin des lèvres, parlant de cette même voix suave et inquiétante qu'elle avait entendue, à peine déguisée, au téléphone.

Il parcourait les notes de Patel tout en caressant Dizzy qui ronronnait voluptueusement.

– Il semble que j'ai jugé quelque peu hâtivement ce jeune homme venu de son lointain continent. Naturellement, il y a quelques erreurs, mais pour un néophyte, il a fait preuve de beaucoup d'acuité.

Son sourire se figea et ses doigts s'immobilisèrent. Le chat tendit la nuque contre la main de l'homme.

– La déconstruction, cela vous dit peut-être quelque

chose ? Non ? Dommage. Il semble apparemment que d'autres s'y intéressent, essayent de comprendre, et même davantage que je l'aurais imaginé. Comprendre. N'est-ce pas la raison d'être de votre métier ?

Rachel hocha la tête.

– Vous et les vôtres vivez journellement avec les déficiences, le mal-être de vos semblables. Vous faites preuve de compassion, prescrivez des thérapies. Mais notre ami commun, l'inspecteur, lui, applique d'autres méthodes. Le châtiment. L'enfermement. La répression...

Dizzy revint se frotter contre lui et Doria, d'un rapide revers de main, l'envoya promener au milieu de la pièce.

Le chat poussa un petit cri, souffla et disparut derrière un meuble.

Rachel esquissa un mouvement.

– Il sait, n'est-ce pas, votre inspecteur ? Naturellement, il sait.

– Oui, dit Rachel en prenant une respiration.

– Et vous aussi, ajouta Doria. Vous savez...

Rachel fonça en direction de la cuisine. Elle l'entendit se lever et se précipiter derrière elle. Elle claqua deux portes qui furent réouvertes presque aussitôt et se cogna la hanche contre la table de cuisine avant d'ouvrir le tiroir d'un geste trop brusque et d'en faire tomber le contenu sur le sol.

A l'entrée de la pièce, Doria, adossé au battant de la porte, riait.

D'une main tremblante, Rachel saisit le couteau à pain posé à côté de la planche.

– Carole, Rachel est avec vous? demanda Resnick d'une voix fébrile.

– Qui est à l'appareil?

– Resnick, bordel! Charlie Resnick! Elle est avec vous?

– Je croyais qu'elle était partie vous voir, justement. Elle voulait vous rapporter les clés que...

Il courut à la voiture. Lynn Kellogg s'était installée au volant et le moteur tournait.

– Chez moi, cria-t-il, vite. Je vais appeler du renfort en route.

Son imagination tournait à plein régime et il fit un effort surhumain pour en freiner les excès tout au long de ce trajet qui lui parut interminable. Il avait envie de conduire tout en sachant que ça ne les aurait pas fait arriver plus vite et qu'en cette minute, les réflexes de Lynn Kellogg étaient davantage sous contrôle que les siens.

– Quel côté de la rue, monsieur ?

– A gauche, là, tout de suite.

Il sauta en marche, manquant de perdre l'équilibre et se précipita pour franchir la grille ouverte.

Rachel se tenait là, immobile, d'un calme inquiétant, tenant Bud blotti dans ses bras et regardant vers la maison. Il la sentit vaciller au moment où il tendait le bras vers elle.

« Est-ce que ça va ? »

Lentement, sa tête remua, de haut en bas.

– Tu es sûre ?

– Oui.

– Doria ? Il était là, hein ?

– Oui, dit Rachel, sans parvenir à détacher son regard de la maison.

Resnick fit signe à Lynn Kellogg de s'occuper de Rachel. Le hurlement des sirènes de police se rapprochait progressivement.

Il y avait du sang sur le tapis du vestibule, et Resnick remercia le Ciel que ce ne fût pas celui de Rachel. Un long filet rouge sombre remontait l'escalier jalonné d'éclaboussures de tailles diverses sur les marches, la rampe et les murs. Resnick gagna le premier étage, suivant les traces, et s'arrêta devant la petite chambre.

Du bout du pied, il poussa la porte, mais quelque chose en bloquait l'ouverture. Il dut pousser de toutes ses forces pour pénétrer à l'intérieur.

Doria était étendu, inerte, au pied du petit lit. Lorsqu'il avait retourné contre lui-même l'arme qu'il serrait dans son poing, un flot de sang avait giclé sur les murs, tachant la peinture si souvent refaite et les quelques vestiges d'une décoration de chambre d'enfant.

Le dernier geste de Doria avait été de se trancher la gorge.

Malade, Resnick ouvrit la fenêtre en grand. En bas, il aperçut Rachel qu'on dirigeait vers l'ambulance garée devant la maison.

Achevé d'imprimer sur rotative
par l'Imprimerie Darantiere à Dijon-Quetigny
en mars 2004

Dépôt légal : décembre 1992
N° d'impression : 24-0290

Imprimé en France